Fedor von Zobeltitz

Das Mädchen am Spinnrad

Der Autor

Fedor Karl Maria Hermann August von Zobeltitz (* 5. Oktober 1857 auf Gut Spiegelberg, heute Poźrzadło, bei Topper in der Neumark, Land Sternberg; † 10. Februar 1934 in Berlin) war ein deutscher Schriftsteller und Journalist.

Fedor von Zobeltitz

Das Mädchen am Spinnrad

edition mabila

Erstveröffentlichung 1912

edition mabila
Reihe „Europäische Klassiker"
© 2012. Alle Rechte vorbehalten.
ISBN 978-1-4716-4877-9

In friedvolleren Tagen stand weit draußen vor den Toren ein Komplex von einander völlig gleichen eintönigen Baulichkeiten: da herrschte die Landwehrbezirksinspektion.

Ein offenes Automobil fuhr an einem schönen Märzmorgen mit sichtlichem Zögern die Front dieser großen roten Häuser entlang. Der Chauffeur schien nicht recht zu wissen, wo er halten sollte; er äugte umher, um die Nummern über den Portalen erkennen zu können, brummte etwas Unverständliches vor sich hin und wandte sich endlich fragend nach rückwärts:

»Wo denn nu? Gebäude eins, zwei oder drei?«

Die Damen, die sich im Fond des Wagens gegenübersaßen, schienen sich darüber aber selbst nicht im klaren zu sein. Es war eine Mutter mit ihren drei Töchtern: Frau von Göchhusen mit Fräulein Beate, der ältesten, mit Fräulein Elfriede (gewöhnlich Friede oder Friedelchen genannt) und mit Fräulein Maxe Erdmuthe Tugendreich, der jüngsten im Trio. Im alltäglichen Dasein rief man sie Maxe; wenn die Mutter böse war, aber setzte sie – des herberen Ausdrucks wegen – den Namen Erdmuthe hinzu, und wenn, Elfriede sie ärgern wollte, nannte sie die Schwester immer nur Tugendreich.

»Maxe, welches Gebäude?« fragte Frau von Göchhusen.

»Ja, wenn ich das ahnte,« antwortete Maxe und zog die Schultern hoch.

»Aber, Kleining,« sagte Beate, die neben der Mutter saß und ihr außerordentlich ähnlich sah, »das steht doch wahrscheinlich in deiner Einberufung.«

»J ja das ist möglich,« rief Maxe. Und während, das Automobil sich kaum noch von der Stelle bewegte, dafür aber um so lebhafter rasselte, durchkramte sie hastig ihr Handtäschchen, packte ihrer Mutter ein kleines, zackig und farbig besäumtes Schnupftuch, ein winziges Portemonnaie, ein Notizbüchelchen und drei Blätter Puderpapier auf den Schoß und förderte hierauf einen häßlichen graugelben Zettel zutage, auf dem allerlei gedruckt und verschiedenes geschrieben stand.

»Gebäude drei,« sagte sie energisch. »Gebäude drei!« rief sie dem Chauffeur zu, der sofort seine bremsende Tätigkeit aufgab. »Das hab' ich mir gleich gedacht.«

»Bestreite ich,« entgegnete Elfriede (es war die mittelste, die Blonde). »Ich behaupte sogar, daß du dir gar nichts gedacht hast. Oder du hast wieder gedichtet, was ich nicht denken nenne.«

»Ich dichte nie in einem Automobil, Friedelchen.«

»Tugendreich, du wirst noch deinen Herrgott erkennen lernen. Paß mal auf, wie sie dich im Dienste herannehmen werden. Da geht die Poesie heidi. Wenn du zur Artillerie kommst, mußt du schon morgens um viere die Haubitzen putzen.«

»Ich werde Franzer,« sagte Maxe.

»Weiß schon, warum,« warf Beate ein.

»Na, warum denn?«

»Das werde ich dir gelegentlich ins Ohr flüstern, wenn Mama nicht dabei ist. Aber du kommst gar nicht zu den Franzern. Du hast nicht das Gardemaß –«

»Und kein Grenadiergefüge,« sagte Elfriede.

»Nicht die Spur, du bist höchstens leichte Kavallerie. Vielleicht bringen wir dich bei den Husaren unter. Aber Reserveoffizier wirst du doch nicht. Du kannst ja nicht mal ein Monokel ins Auge klemmen.

»Kinder, nun hört mit euern Albernheiten auf!« rief die Mutter. »Maxe, laß sie reden. Sie ärgern sich bloß, daß die

Militärverwaltung dich bevorzugt hat. Schade – Beate wäre ein stattlicher Kürassier geworden.«

»Bitte, Mamachen – seit ich keine Kartoffeln mehr esse, magre ich sichtlich ab. Vier Pfund Verlust in vierzehn Tagen. Ich werde noch dürr wie eine Hopfenstange.«

»Davor sorge ich mich nicht. Aussteigen, Kinder! Und nun bitte ich mir Ernst aus. Der Dienst beginnt.«

»Richtig,« sagte Beate. »Das hat uns Krempel besonders eingeschärft: von dem Augenblicke ab, da wir den Boden des Militärfiskus betreten, stehn wir auch unter militärischer Disziplin. Sonst fliegen wir ins Loch.«

»Hätten wir Krempel nur mitgenommen,« seufzte Maxe. »Ich graule mich. Wenn sie mich nun für tauglich befinden und gleich dabehalten?«

Frau von Göchhusen lachte. Man war ausgestiegen. Die Mutter bezahlte den Kutscher; die drei Töchter, bestaunten das große rote Haus und die davor auf und ab marschierenden Wachtposten.

»Du mußt das Gewehr schultern,« sagte Elfriede.

Maxe probierte dies mit ihrem Regenschirm. Aber die Mutter verbat sich die Possen.

»Würde, Kinder! Und setzt die Füße auswärts. Beate, du nimmst den rechten Flügel. Ob uns die Schildwache überhaupt durchläßt?«

Sie tat es. Die vier Damen traten zunächst auf einen großen Hof und sahen sich von neuen Baulichkeiten umgeben. In einem Winkel schaufelten ein paar Soldaten den letzten Schnee zusammen. In der Mitte des Hofes stand ein dicker Oberst und ließ einen schwarzen Pudel über seinen Säbel springen.

Frau von Göchhusen war unschlüssig. »Wo denn nun hin?« fragte sie.

»Erkundigen wir uns,« riet Elfriede. »Bei dem dicken, Oberst da drüben. Dicke Menschen sind gewöhnlich gefällig.«

In diesem Augenblick schritt ein Sergeant an ihnen vorüber, und da faßte Frau von Göchhusen einen raschen Entschluß.

»Entschuldigen Sie,« sagte sie, riß Maxe den graugelben Zettel aus der Hand und zeigte ihn dem Sergeanten, » – wo müssen wir damit hin?«

Der Soldat warf einen Blick auf das Papier und entgegnete sofort: »Da müssen Sie hier herauf« – er deutete auf das nächste Portal –, »zwei Treppen und dann links. Da ist die Kontrolle.«

Er grüßte und ging weiter.

Maxe nickte. »Das gefällt mir. Kurz und bündig. Das Verwunderliche imponiert dem Mann nicht weiter. Er gibt einfachen Bescheid auf die einfache Frage. Ich, fühle, daß mich bereits ein starker militärischer Geist durchdringt.«

»Quack,« sagte die Mutter. »Also, gehen wir. Zwei Treppen und dann links.«

Sie betraten das große Haus und hielten sich an die Vorschrift. Ein riesenlanger Korridor durchquerte das zweite Stockwerk. Man wandte sich links, an zahlreichen geschlossenen Türen vorüber, die durch Papptafeln gekennzeichnet waren, und gelangte in einen Vorraum, in dem Bänke an den Wänden standen. Hier wartete eine Anzahl junger Leute. Neugierige Augen starrten die Damen an.

Die vier wurden verlegen. Sie paßten nicht hierher, das war ihnen klar. Dieses Haus gehörte dem stärkeren Geschlecht. Sie empfanden in ihren eleganten Frühjahrstoiletten zwischen den kahlen, abgeschabten Mauern auch ein Gefühl unerträglichen Widerspruchs.

»Es riecht hier so merkwürdig,« wisperte Elfriede und rümpfte das Näschen.

»So maskulin,« setzte Beate hinzu. »Auch nach Pferdestall.«

»Nein, nach Centauren,« sagte Maxe. »Ich wünschte doch, wir hätten Krempel mitgebracht.«

Frau von Göchhusen zuckte mit der rechten Achsel, »Haberei. Wir werden ohne deinen Krempel auch fertig werden.«

»*Mein* Krempel ist gut, Mama –«

»Na, ja. Unsinn, daß wir gleich zu viert angezogen kommen –«

»Das war Beates Idee. Sie war für eine ›Phalanx‹.«

»Natürlich,« sagte Beate. »Sollten wir dich allein in die Löwenhöhle lassen? Unsre zarte Poetin in das Heim rauher Krieger? Unsre –«

Sie brach ab. Eine Tür hatte sich geöffnet, und ein schnurrbärtiger Unteroffizier trat auf den Korridor. Er hielt eine Liste in der Hand und las mit befehlshaberischer Stimme vor:

»Wilhelm Kawalke –«

»Hier!« rief eine Stimme. Von einer der Bänke erhob sich ein junger Mann und trat vor..

»Ernst Feuereisen,« las der Unteroffizier weiter.

»Hier!«

»August Dingeldei –«

»Hier!«

»Zur Untersuchung!«

Frau von Göchhusen hatte wieder Mut gefaßt. Sie trat, noch immer den graugelben Zettel in der Hand, tapfer an den Unteroffizier heran. »Ich bitte um Verzeihung,« sagte sie höflich, »kann ich nicht einen der Herren Offiziere sprechen? Es handelt sich nämlich um mein Kind.«

Der Unteroffizier nahm den Zettel und überflog ihn. »Ist der junge Mann hier?« fragte er.

»Ja, aber es ist –«

Der Unteroffizier hatte es eilig. Er ließ Frau von Göchhusen nicht erst aussprechen, drückte ihr den Zettel wieder in die Hand und entgegnete: »Da muß er warten, bis er aufgerufen wird ...«

Die drei Mädchen hatten sich inzwischen verschüchtert an das große Fenster am Ende des Flurs zurückgezogen.

»Es ist gräßlich,« sagte Maxe. »Hier wird man rudelweise untersucht.«

Elfriede schüttelte den Kopf. »Ich habe mir die ganze Geschichte pläsierlicher gedacht,« meinte sie. »Vielleicht wäre es doch praktischer gewesen, Mutter hätte einfach, geschrieben, wie sich die Sache verhält.«

»Selbstverständlich,« fügte Beate hinzu. »Aber Maxe betrachtete die Angelegenheit als eine Sensation, die man ausgenießen müßte. Der Genuß ist bloß ziemlich fraglich.«

Nun kehrte Frau von Göchhusen zu ihren Kindern zurück. »Der junge Mann soll warten, bis er aufgerufen wird,« sagte sie. »Also warten wir, es hilft nichts.«

Man wartete, blieb aber in der Nähe des Fensters. Man traute sich nicht mehr auf den Vorraum mit den Bänken, den immer neue Ankömmlinge füllten. Von Zeit zu Zeit öffnete sich eine der Türen rechts, und die Kommandostimme des Unteroffiziers wurde vernehmbar. »Friedrich Puttfarken ... Karl Schulze ... Jakob Pieper ...« Dazwischen erscholl ein dreifaches »Hier«, und die Tür schloß sich wieder.

Dann und wann lockte die Neugier einen der jungen Männer näher. Die vier Damen erregten immerhin Aufsehen. Alle vier waren hübsch. Die Mutter konnte kaum vierzig sein; ihr frisches Gesicht mit dem lebhaften Spiel der dunklen Augen und dem unbekümmerten Ausdruck hatten Beate und Elfriede geerbt. Maxe, der Schwarzkopf, hatte etwas Sinnigeres im Blick. Sie war auch schlank und ephebenhaft, während die Älteste der Fülle der Mutter zuneigte und Elfriede, als »Mittelstück« und immer dem *juste milieu* ergeben, das rechte Maß hielt. Die Familienähnlichkeit der vier war groß;, nur die Hautfarbe unterschied sie. Beate war kastanienbraun wie die Mama; Maxe schwarz. Elfriede bezeichnete sich selbst als eine unechte Blondine. Ihr Haar hatte einen rötlichen Schimmer, aber die Augenbrauen wölbten sich dunkel unter der Stirn, und auch der schöne flaumige Teint war der einer Brünette.

Das Warten wurde langweilig. Man schaute auf den Hof hinab. Da gab es nicht viel zu sehen. Dann horchte man auf die Namen, die der Unteroffizier von zehn zu zehn Minuten ausrief. »Franz Thiessen ... Arnold Bönhase ... Gregor Kopetzki ...« Immer drei Namen hintereinander. Die Mädchen wiederholten sie und fanden einige sehr drollig. Sie munterten sich gegenseitig auf, erfanden Witzchen und kicherten leise. Aber das lange Stehen ermüdete auch ihren Humor. Ihre hübschen Gesichter erschlafften. Plötzlich begann Elfriede zu gähnen. »Wenn es noch länger dauert, setz' ich mich auf die Fensterbank,« erklärte sie ... »Mir schlafen die Füße ein,« sagte Beate.

Die Mutter marschierte währenddessen mit kleinen Schritten auf und ab und unterhielt sich damit, die Inschriften auf den Papptafeln der verschiedenen Türen zu lesen. Es waren meist die Namen von Ärzten, Offizieren und Feldwebeln: aber einer darunter, der Frau von Göchhusen interessierte. Sie sprach davon zu ihren Kindern.

»Major von Hartwig,« sagte sie. »Ich kannte einen Hartwig, er hieß Woldemar mit Vornamen – man durfte aber nicht Waldemar sagen, da wurde er ärgerlich, denn er hielt auf das ›o‹. Kinder, der wollte mich sogar einmal heiraten, und ich hätte ihn auch ganz gerne genommen, aber erstens: er war nicht viel älter als ich, und zweitens hatte er kein Geld und ich auch nicht.«

»Vielleicht ist das dein Woldemar mit ›o‹,« entgegnete Elfriede.

»Er stand damals bei den Franzern und war ein sehr hübscher Mensch.«

»Die Franzer sind alle hübsch,« erklärte Maxe. »Wollen wir uns nicht bei Herrn von Hartwig anmelden lassen, Mama? Er wird uns aus der Bredouille helfen – es fängt nachgerade an, trist zu werden. Und wenn es dein Woldemar sein sollte ... es ist ja möglich, daß er noch nicht verheiratet ist – und er kann sich immer noch eine gewisse Stattlichkeit in sein Majorsalter gerettet haben –«

»Dann verheiraten wir die Mama mit Woldemar,« beschloß Beate.

»Kindsköpfe,« sagte Frau von Göchhusen lachend. »Damals war er Leutnant – jetzt kann er schon einen Sohn haben, der Leutnant ist ...« Aber die Erinnerung glitt doch so lebhaft durch ihre Seele, daß der Ausdruck ihres Gesichts sinnender wurde ... »Er war baumlang,« fuhr sie fort, »und sehr brünett. Dabei grüne Augen – ganz hellgrün, lichtgrün, wassergrün. Das stand ihm ausgezeichnet. Er hätte eigentlich dunkle Augen haben müssen, aber die Anomalie machte ihn interessant.«

»Liebtet ihr euch sehr?« fragte Maxe.

»Schäfchen, so etwas fragt man nicht ... Ich weiß noch, wie er um mich anhielt. Mein Vater sagte rundweg ›nein‹. Ich habe drei Tage geheult und wollte Gift nehmen.«

»Und dann?«

»Ich nahm keins und habe die Tränen getrocknet ...«

Nun hörte man wieder die Stimme des Unteroffiziers, den dröhnenden Baß, der in dem langen Korridor ein Echo erwecken zu wollen schien: »Gottlieb Hiersekorn!«

»Hier!« ... Die Leute auf den Bänken erhoben sich.

»Friedrich Wendland!«

»Hier!«

»Immer kommen Sie näher!« rief der Unteroffizier, »ich beiße Sie nicht ...« Dann neigte er den Kopf von neuem über die Liste und verlas noch einen Namen, der vielleicht undeutlich geschrieben war oder seiner Zunge ungeläufig schien: »Max von Göch – Göchhausen ... nein, Göchhusen.«

Niemand antwortete.

»Ist Max von Göchhusen nicht da?« fragte der Unteroffizier. »Mir ist doch so, als ob ich vorhin –«

»Hier,« unterbrach ihn eine zarte und piepsige Stimme.

Der Kriegsmann schaute erstaunt den Korridor hinab. Alle jungen Leute schauten den vier Damen entgegen, die sich raschen Schrittes, näherten, diesmal paarweise: die Mama mit Maxe voran, Beate und Elfriede hinterher. Man verstand die Situation noch nicht recht unter den Gestellungspflichtigen. Auch der Unteroffizier war sich unklar, doch schmunzelte er: eine Ahnung des Begreifens dämmerte immerhin in ihm auf.

Nun stand Frau von Göchhusen mit Maxe dicht vor ihm und holte wieder ihren Zettel hervor.

»Der Vatersname ist richtig,« sagte sie, »aber der Vorname ist falsch. Nicht Max, sondern Maxe – mit einem ›e‹ am Schlusse ...« Sie lächelte ... »Mein Sohn ist nämlich eine Tochter – diese hier.«

Sie deutete auf ihre Jüngste, die rot geworden war, aber den Sinn für die Komik der Situation noch nicht verloren hatte.

»Ich glaube nicht, daß ich dienstpflichtig bin,« meinte sie mit einer niedlichen Wölbung der Lippen.

Nun wurde leises und lautes Lachen im Kreise der jungen Männer vernehmbar, auch eine kecke Bemerkung. Aber das litt der Unteroffizier nicht. »Ich bitte mir Ruhe aus,« sagte er ernst. Dann machte er vor Frau von Göchhusen eine kurze Verbeugung. »Also ein Irrtum, gnädige Frau. So etwas passiert. Im vorigen Jahre sollte eine siebzigjährige Witwe eingestellt werden. Es lag ein Schreibversehen vor. Hier wohl auch.«

»Jedenfalls. Der Name Maxe ist wenig gebräuchlich. Und statt Erdmuthe steht Edmund auf dem Zettel.«

Der Unteroffizier nickte. »Richtig – Edmund. Und Tugendreich steht auch noch da. Warum denn Tugendreich?«

»So heißt sie.«

»Ich denke Göchhusen.«

»Tugendreich ist ein Vorname – so ein alter – aus früheren Jahrhunderten.« Der Unteroffizier schwieg einen Augenblick, als wollte er diese neue Seltsamkeit erst geistig verarbeiten. »Na,« sagte er sodann, »jedenfalls müssen wir die Sache protokollieren. Wollen Sie so gut sein, mich zu dem Herrn Major begleiten.«

Er ging voran bis an die Tür, die eine Papptafel mit dem Aufdruck »Major von Hartwig« trug.

»Gedulden Sie sich einen Augenblick,« wandte er sich an Frau von Göchhusen zurück, »ich werde dem Herrn Major die Sache vortragen. Vielleicht sind Sie gar nicht nötig. Haben Sie den Geburtsschein Ihres Fräulein Tochter zur Hand?«

»Alles da,« rief Maxe, öffnete ihr Handtäschchen und gab dem Unteroffizier das Gewünschte. Er verschwand damit hinter der Tür.

»Nun bin ich neugierig, ob es, wirklich Woldemar ist,« sagte Elfriede.

Die Mutter zog die Stirne kraus. »Laß das, Elfriede. Einmal kann man sich so ein Witzchen erlauben, aber nicht öfter. Es schickt sich nicht. Hoffentlich läßt er uns nicht zu lange warten.«

Sie hatte kaum ausgesprochen, als sich schon wieder die Tür öffnete. Ein langer Offizier stand vor den Damen, über das ganze braune Gesicht lachend, die Hände ein wenig erhoben: wie zu herzlicher Begrüßung.

»Na, das muß ich sagen,« begann er, »so sieht man sich wieder! Gnädigste Frau, kennen Sie mich denn noch?«

»Aber natürlich, Herr von Hartwig. Als ich vorhin Ihren Namen an der Türe las, überlegte ich gleich: ist er's oder ist er's nicht? Und nun sehe ich, daß er's ist – und freue mich von Herzen darüber.«

Er zog ihre Hand an die Lippen. »Ich nicht minder ...« Sein Blick glitt rasch über den Braun-, den Blond- und den Schwarzkopf ... »Die Fräulein Töchter? – Und welches ist unser neuer Rekrut?«

»Maxe, tritt vor.«

Maxe tat es mit militärischem Anstand. Sie schlug sogar die Absätze aneinander.

Der Major freute sich. »Ach, wenn wir doch lauter solche Rekruten hätten,« sagte er. »Ich bin sonst eigentlich gegen die Frauenemanzipation, aber ... darf ich um Vorstellung bitten, gnädige Frau?«

»Nicht nötig – die Kinder wissen schon ... Lieber Herr von Hartwig, ich möchte nicht lange stören – sehe auch, daß der Unteroffizier wartet –«

»Er kann gehen. Gehen Sie, Westermann, ich bringe die Sache in Ordnung. Ja, Ordnung muß sein, gnädige Frau, und deshalb muß ich Sie schon bitten, einen Augenblick näherzutreten. Verhör, Protokoll und Unterschrift – anders läßt sich's nicht machen. Meine verehrten Damen, erschrecken Sie nicht über die Kleinheit und Ausstattung meines Zimmers; der Fiskus gibt's uns nicht besser. Herrgott, wenn ich nur vier Stühle habe!...«

Sie fanden sich gerade noch, aber von zweien mußten Stapel blau broschierter Aktenstücke auf die Erde gelegt werden. Für den Major selbst war kein Sitz mehr da, und nun stritten die Mädchen, wer von ihnen stehen bleiben wollte.

»Der Rekrut,« entschied die Mama. »Maxe, stell' dich an die Wand.«

»Kein Gedanke,« protestierte Herr von Hartwig. »Machen Sie mich nicht böse, gnädiges Fräulein. Oder nein: vorläufig haben Sie noch zu gehorchen. Noch sind Sie nicht in den Listen gestrichen. Aber ich will Sie als Freiwilligen behandeln. Nehmen Sie Platz, Freiwilliger.«

Maxe setzte sich. Dieser Major gefiel ihr. Allen drei Mädchen gefiel er. Majore neigen vielfach zur Korpulenz. Es ist das Übergangsstadium zum Kommandeur, bei dem der Ärger die Fettanschoppung wieder vertreibt. Doch, dieser war schlank, und Elfriede, die Malerin war, fand es hübsch, wie von der Taille aufwärts der Oberkörper des

Mannes frei und kräftig zu starken Schultern emporwuchs. Auch in bezug auf die Augen hatte die Mama recht: sie wirkten pikant. Sie standen mit ihrem hellen Grünlicht wie zwei offene Fragen in dem Dunkel seines Gesichts.

Herr von Hartwig war hinter seinen breiten, mit Papieren bedeckten Schreibtisch getreten. »Also nun zuerst das Geschäftliche,« sagte er. »Der Geburtsschein erklärt alles ...« Er las absatzweise vor: »›Vor dem unterzeichneten Standesbeamten erschien heute, der Persönlichkeit nach bekannt, der Königliche Legationsrat a. D. Franz Friedrich Erich von Göchhusen – wohnhaft daundda, evangelischer Religion – und zeigte an, daß von der Magda von Göch-husen, geborenen Tarrach ...‹ der Name weckt alte Erinner-ungen in mir an Ihr Vaterhaus, gnädige Frau ... ›wohnhaft bei ihm, am dritten März achtzehnhundertundsechsund-achtzig, vormittags zwölfeinhalb Uhr, ein Kind weiblichen Geschlechtes geboren worden sei, welches die Vornamen Maxe Erdmuthe Tugendreich erhalten habe. Vorgelesen, genehmigt und unterschrieben ...‹ Stimmt. Und da ich dies Kind weiblichen Geschlechts in persona vor mir habe, kann ich nach bestem Gewissen beeidigen, daß es, für den könig-lichen Dienst nicht zu brauchen ist – leider ...« Er schob mit einem Fußtritt ein hohes zusammengeschnürtes Aktenpaket neben sich, ließ sich trotz des Protestes der aufspringenden Damen darauf nieder, warf ein paar Zeilen auf einen Fo-liobogen und bat Frau von Göchhusen dann um ihre Unters-chrift.

»Abgemacht,« sagte er. »So, meine verehrte gnädige Frau – aber so rasch lasse ich Sie nicht wieder fort. Her-rgott, wie lange haben wir uns nicht gesehen! Und nun hab' ich Sie gleich vierfach vor mir ...« Keine Söhne, gnädige Frau?«

»Nein. Und Sie, Herr von Hartwig?«

»Auch nicht. Dieweil ich noch immer nicht die Rechte gefunden habe. Nun habe ich's aufgegeben. Ich glaube, ich habe den Zeitpunkt verpaßt.«

»Das sagen alle, denen das Junggesellenleben bequemer dünkt.«

»Ach Gott, gnädige Frau, das Junggesellenleben ...? Es klingt so nach unbeschränkter Freiheit und ist eigentlich das kläglichste Gebundensein. Bursche und Waschfrau sind die rollenden Punkte. Die Abhängigkeit wird zum Gesetz. Man verliert sein Ich und wird doch zum Egoisten. Nein, es ist nichts.«

»Warum sind Sie nicht bei den Franzern geblieben?« fragte Frau von Göchhusen.

»Ich hatte mir den Fuß gebrochen. Eine komplizierte Geschichte mit Sehnenzerreißung und derlei. Kurzum: auch nach der Heilung blieb noch eine Schwäche zurück – ich konnte nicht mehr marschieren, und an das vorschriftsmäßige Beinewerfen beim Parademarsch war gar nicht zu denken. Da hieß es denn: entweder zur Kavallerie oder Abschiednehmen. Für die Reiterei fehlte es mir am Nötigsten, und zum Abschiednehmen hatte ich keine Lust. Schließlich wurde meine gute Konduite zum Vermittler: man steckte mich unter die Bezirksoffiziere – und so sitze ich denn hier draußen in Schöneberg, was ja auch eine ganz hübsche Gegend ist. Und Sie wohnen noch immer in der Regentenstraße?«

»Jawohl. Aber woher wissen Sie –«

»Ich weiß alles. Nein, nicht alles – natürlich nicht. Aber doch viel ... Ja – immerhin ...« Seine hellen Augen wurden etwas unruhig, und ihr klarer Ausdruck verwischte sich – »Nämlich – ich hatte zu meiner Rekonvaleszenz ein Jahr Urlaub und verlebte ihn in Italien – teils in Rom, teils an den Seen –«

»Ah ...« Ein warmer Ton glitt über die Wangen der Frau Magda ... »Und da sind Sie mit meinem – mit Herrn von Göchhusen zusammengetroffen?«

»Jawohl, gnädige Frau. Es war zuvörderst ein Zufall. Aber der Zufall festete sich und gewann Halt. Was soll ich leugnen, daß ich ihm befreundet wurde! Er war immer ein guter Freund.«

»Gewiß, das war er. Das haben mir andere auch gesagt. Aber –«

Sie brach ab und neigte ein wenig den Kopf, während ein leises Zucken durch ihre Schultern ging.

Der Major verstand das stumme Spiel und suchte nach einem anderen Thema der Unterhaltung. Er war sichtlich verlegen geworden; unter dem kurz gestutzten schwarzen Schnurrbart vibrierte die Oberlippe. Dummheit, daß er von Göchhusen angefangen hatte! Wie war er nur darauf gekommen? ... Freilich, sie selbst hatte zuerst den Namen genannt – und ohne Befangenheit ... Dennoch: es war unangenehm ... Er wandte sich lächelnd an die Mädchen.

»Die jungen Damen wohnen natürlich bei der Mama?« fragte er und fühlte sofort die Albernheit der Frage. Er hatte überhaupt nur etwas sagen wollen und wußte kaum, was er sprach.

Doch die Frage fand Anklang. »Jetzt ja,« antwortete Maxe, »aber ein paar Jahr lang waren wir allsamt verstreut. Ich bin in Hannover erzogen worden – auf dem Mädchengymnasium –«

»Alle Hochachtung.«

»Habe sogar mein Abiturium gemacht ...« Sie lachte und hatte ein hübsches Lachen, nicht hell und zwitschernd, eher guttural; aber es klang melodiös. Und dabei krauste sich ein wenig ihre Oberlippe, und im Kinn zeigte sich ein Grübchen wie der Druck eines Nagels.

»Es ist die Möglichkeit,« sagte der Major. »Da hätten wir Sie also ohne weiteres als Freiwilligen einstellen können. Gott sei Dank, daß Sie keinen gelehrten Eindruck machen.«

»Nein, das macht sie nicht,« entgegnete Frau von Göchhusen heiter. »Sie möchte freilich gern weiterstudieren, aber das will ich nicht. Vorderhand wenigstens nicht. Mir kam es nur darauf an, den Kindern eine gewisse Selbständigkeit zu schaffen – für alle Fälle. Beate hat ihr Examen als Bibliothekarin gemacht, und Elfriede war zwei Jahre auf der Kunstschule in Weimar.«

»Also Malerin,« sagte der Major und wandte sich an Beate.

»Das bin ich,« rief Elfriede und tippe mit dem Zeigefinger auf ihre Brust.

»Tausendmal Verzeihung – jetzt weiß ich Bescheid. Beate, Elfriede, Maxe – die Namen gefallen mir alle drei. Nur über das Tugendreich der gnädigsten Jüngsten bin ich mir noch nicht völlig im klaren. Ist das ein Beiname? Er würde ja sicher bezeichnend sein –« »Es ist ein greulicher Name,« fiel Maxe unwillig ein, »ich werde so viel damit geneckt.«

»Ich glaube, er hat auch Ihren Unteroffizier erschreckt,« sagte die Mutter, »oder zum mindesten etwas nachdenklich gestimmt. Es ist ein Göchhusenscher Name. Sie wissen: rheinisches Patriziat und früher katholisch. Sie heißen alle Tugendreich und immer abwechselnd: mal die männlichen und mal die weiblichen Sprossen. Aber sie waren es wohl nicht alle.«

Nun stand Frau von Göchhusen auf. »Es ist Zeit, Herr von Hartwig. Hübsch, daß ich Sie bei Gelegenheit dieser Irrung einmal wiedergesehen habe.«

Der Major verneigte sich. »Die Freude ist auf meiner Seite. Darf ich der gnädigen Frau meine gehorsamste Aufwartung machen?«

»Oh, das wäre sehr nett ...« Der Ton lag auf dem »sehr« ... »Und damit Sie nicht vergebens kommen: zwischen vier und sechs sind wir immer daheim.«

Man verabschiedete sich. »Prachtvolles Haar,« sagte Hartwig, als er Elfriede die Hand reichte. »Verzeihen Sie den Enthusiasmus, gnädiges Fräulein, aber ich habe eine Schwärmerei grade für diese Farbe. Vielleicht bloß, weil sie so selten ist. Es ist nicht rot und nicht blond und nicht einmal rotblond. Es ist ein verlorengegangener Ton, den man sonst nur noch auf Bildern findet. Ingres liebte ihn auf seinen Kostümgruppen.«

»Interessieren Sie sich auch für Malerei?« fragte Elfriede lebhaft.

»Sehr. Ich ruiniere in meiner freien Zeit zuweilen selber saubere Linnenflächen.«

»Geht voran, Kinder,« sagte Frau von Göchhusen, »ich habe noch eine Frage an den Herrn Major... Ja, noch eine Frage,« wiederholte sie, als die Mädchen hinaus waren, »die Sie nicht mißverstehen werden, Herr von Hartwig. Wie lange ist es her, daß Sie mit Herrn von Göchhusen zusammen waren?«

»Im Winter vor zwei Jahren, gnädige Frau.«

»Ich frage nämlich deshalb... Früher schrieb er mir zuweilen – es gab noch allerhand Geschäftliches zu ordnen, und dann wollte er auch immer über die Kinder Bescheid wissen... aber seit ungefähr Jahresfrist bin ich ganz ohne Nachricht, und was das Merkwürdigste ist: mein letzter Brief an ihn – nach Pallanza, an seine alte Adresse – kam als unbestellbar zurück. Ich verstehe das gar nicht.«

»Möglich, daß ein Brief verlorengegangen ist, gnädige Frau. Ich weiß auch nur, daß er gleich nach dem Tode seiner Gattin –«

Ein schwacher Ausruf unterbrach ihn. Da erschrak der Major: er hatte unwissentlich eine neue Dummheit begangen. Die Wangen der Frau von Göchhusen waren kalkig geworden; der fahle Ton ging bis in die Lippen. Die Lippen bewegten sich, aber sie sprachen nicht. Die Brauen stiegen höher, die Augen vergrößerten sich. Dann flüsterte sie etwas, etwas Unverständliches, und wiederholte es noch einmal, diesmal lauter, aber mit einer Stimme, die einen Sprung zu haben schien:

»Tot? ... Wanda – ist – tot?...«

Herr von Hartwig nahm ihre Hand. »Gnädigste Frau, ich bin untröstlich ... ich ahnte ja nicht, daß Sie das noch nicht wußten... Verzeihen Sie –«

Sie hatte sich schon in der Gewalt. Die Nervenspannung löste sich. In ihrem hübschen Gesicht, dessen frische Haut allen Jugendreiz bewahrt hatte, sammelten sich wieder die Farben.

»Ich bin kindisch,« sagte sie. »Im Grunde genommen...« Aber sie führte den Satz nicht zu Ende. Sie fragte kurz: »Wann ist sie gestorben?«

»Im Juni vorigen Jahres. Sie war lange leidend. Göchhusen schrieb mir nur ein paar flüchtige Zeilen, daß sie erlöst sei und daß er zur Erbschaftsregulierung nach Mexiko wolle. Seitdem habe ich auch nichts mehr von ihm gehört.«

Sie nickte. »Ich danke Ihnen. Jetzt bin ich wieder ganz verständig. Es war nur die Augenblickswirkung. Wanda hat mir auch einmal nahegestanden... Also ich darf auf Wiedersehn sagen, lieber Major?«

Er küßte ihre Hand und öffnete die Tür.

Frau von Göchhusen war wieder die alte. Sie liebte keine Szenen und ärgerte sich, daß sie für einen Augenblick ihr seelisches Gleichgewicht verloren hatte. Die Kinder sollten jedenfalls nichts davon merken. Sie lächelte ihnen zu.

»Da bin ich wieder,« sagte sie. »Also, Maxe, du bist frei. Das hätten wir bequemer haben können, wenn wir den Irrtum schriftlich aufgeklärt hätten.«

»Dann hättest du aber deinen Woldemar nicht wiedergesehen.«

»Maxe-Erdmuthe, nun laß diese Späßchen...« Sie schritten den Flurgang und die Treppe hinab... »Der Major verdient allen Respekt.«

»Es störte mich,« sagte Beate, »daß er von Papa anfing.«

»Mein Gott, warum denn? Die Sache liegt ja so weit zurück und braucht doch auch wahrhaftig nicht als Geheimnis behandelt zu werden.«

»Sicher nicht,« gab Elfriede zu. »Beate ist gern ein bißchen altjüngferlich. Mir hat Herr von Hartwig ausgezeichnet gefallen.« »Ja natürlich,« entgegnete Maxe. »Weil er dir eine Schmeichelei gesagt hat. Das Haar mit dem verlorenen Ton. Siehe Teerseife.«

»Mama, ist Tugendreich nicht schändlich? – Teerseife bleicht außerdem das Haar, aber färbt es nicht. Im übrigen: Schmeicheleien fangen mich nicht, liebe Maxe. Mir gefällt der Major, weil er Kunstverständnis hat. Er ist kein Durchschnittsmensch.«

»Kinder, nun hört von dem Major auf!« rief die Mutter. »Sagt mir lieber, wie wir nach Hause kommen sollen. Kein Auto, keine Droschke. Und dabei sieht es ganz so aus, als ob es gleich schneien würde.«

»Es schneit sogar schon,« entgegnete Beate, »ich habe eben eine Flocke auf meiner Nase gespürt.«

Sie standen auf der Straße und schauten sich um. Das Wetter hatte sich verändert. Der Himmel war stahlgrau geworden und tiefer gerückt. Die Sonne hatte keine Leuchtkraft mehr; sie hing wie eine rote Metallscheibe im Märzendunst. Über dem Einschnitt der Eisenbahn quoll eine graue Dampfwolke. Die ersten Straßenreihen jenseits der Brücke umgitterte schon streifiger Nebel. Die Atmosphäre hatte eine beingraue Färbung; weiße Kristalle tanzten wie Federn durch die Luft.

Die elektrische Bahn klingelte heran,

»Wohin fährt sie?« fragte Beate.

»Ganz gleich,« erwiderte die Mutter. »Wir steigen ein und fahren mit, bis wir in belebtere Gegend kommen. Da werden wir ja eine Droschke finden.«

Die Elektrische hielt. Der Schaffner war höflich und wollte Frau von Göchhusen beim Aufsteigen die Hand reichen. Aber ein junger Mann mit einem großen Schlapphut auf dem Kopfe und, einem Schal um den Hals kam ihm zuvor.

»I, Krempel!« rief Frau von Göchhusen, »wo kommen Sie denn her?!«

»Herrjeh, Krempel!« rief auch Maxe und ebenso Elfriede, während Beate etwas feierlicher sagte: »Guten Tag, Krempelius; es ist merkwürdig, daß man dich überall findet, wo man dich durchaus nicht erwartet.«

Dann kletterten alle in den Wagen, mit Unterstützung Krempels, der jede der Damen an den Arm faßte und ihr beim Aufsteigen einen leichten Schwung, gab, wobei sein seltsam rundes pausbackiges Gesicht vor Freude glänzte, ohne daß er jedoch ein Wort sprach.

Früher hatten die Göchhusens ein ganzes Haus in der Regentenstraße bewohnt, aber seit der Scheidung der Frau

Magda von ihrem Mann beschränkte sie sich auf die erste Etage. Es war ja richtig: ihr Gatte hatte sie und die Kinder nicht auf dem Trockenen sitzen lassen. Er hatte sie mit einer runden Million Mark abgefunden, und das konnte er auch ganz gut, denn er stammte aus reicher Familie, und seine zweite Frau war eine Espinosa del Mercado, eine Tochter des berühmten Generals, der nach der Erschießung Kaiser Maximilians durch einen jener merkwürdigen Zufälle, die man Eilboten des Glücks nennen könnte, die Silber- und Bleierzminen bei Queretaro entdeckt hatte. Aber auch mit den Zinsen dieser Million konnte Frau von Göchhusen das Leben im großen Stil, wie man es ehedem gewohnt war, nicht weiterführen. Sie hatte ursprünglich daran gedacht, das Haus in der Regentenstraße ganz zu verkaufen und sich irgendwo eine Mietswohnung zu nehmen. Doch sie hing an diesen Räumen, in denen sie so viel Glück und auch so bittere Stunden verlebt hatte, und in einer ihrer sentimentalen Anwandlungen, von denen sie bei aller sonstigen Realistik in der Daseinsbewegung nicht frei war, hatte sie beschlossen, sich nicht von dem alten Hause zu trennen.

Ein altes Haus war es freilich: zu einer Zeit erbaut, der das moderne architektonische Raffinement noch fremd war und die nicht einmal Dampfheizung und Warmwasserversorgung kannte. Aber sein altmodisches Äußere hatte doch auch einen Zug von großväterlicher Liebenswürdigkeit; der Stil erinnerte an die friderizianischen Jahre, und beim Anblick der girlandentragenden Putten über dem Gesims des ersten Stockwerks konnte man, an die bescheidenen Anakreontiker der brandenburgischen Mark denken. Zudem standen zwei alte Kastanienbäume vor dem Portal, die alle Frühjahr ihre roten Blütenkerzen entfalteten und im Herbst ihre Früchte verloren, so daß sich die Schulkinder mit den braunen Früchten ganze Schlachten liefern konnten. Auch lag hinter dem Hause, von hohen Mauern umschlossen, die mit Geißblatt und Efeu verkleidet waren, ein hübscher Garten, den die Mädchen um so mehr schätzten, als sie ihre

Kindheit auf dem Lande verbracht hatten und auch ererbter Veranlagung nach Natursinn besaßen. Von diesem Gärtchen aus, dessen Hauptzier ein Tulpenbaum war, den man als Seltenheit einschätzte, weil er mit seltsamer Unregelmäßigkeit blühte, führte eine steinerne Treppe zu einem verdeckten Balkon, der den rückwärtigen Abschluß der Göchhusenschen Wohnung bildete.

Sie war genügend geräumig für die vier Damen und die drei Domestiken, die zum Haushalt gehörten. Zwei von diesen Dienstboten waren altes Göchhusensches Inventar: nämlich Genander, der Koch (der aber bei Gelegenheit auch als Diener fungierte), und seine Frau Lina, die sich Wirtschafterin nannte, deren Tätigkeit jedoch mehr die eines Berliner »Mädchens für alles« umfaßte. Genander hatte Frau von Göchhusen nach ihrer Scheidung eigentlich entlassen wollen, weil sie sich sagte, daß zu einem Koch die Voraussetzung einer üppigeren Lebensführung gehörte, als sie sich eine solche künftighin zu leisten gedachte, während eine Köchin mehr im Ganzen bürgerlicher Schlichtheit steht. Aber Genander hatte dringend gebeten, ihn wenigstens noch ein Jahr zu behalten, und als das Jahr um war, sah Frau von Göchhusen ein, daß auch die beste Köchin diese Perle nicht zu ersetzen imstande sein würde: oder vielmehr diese Doppelperle, denn Lina war unzertrennlich mit ihrem Manne verbunden, und beide führten die Wirtschaft mit so viel Umsicht, daß die dritte im Bunde, die Zofe, eigentlich überflüssig geworden wäre. Aber dieser Zofe bedurften die jungen Damen dringend, zumal Elfriede, die etwas koketten Sinnes war und mit den Geheimnissen ihrer Toilette nie so recht fertig werden konnte. Und da sie aus Schönheitsgefühl nur hübsche Gesichter um sich haben wollte, so wurden auch immer nur niedliche Krabben engagiert. Dies hatte aber den Fehler häufigen Wechsels, denn erstens war die alte Lina eine Frau von stark eifersüchtigen Wallungen und Genander trotz seiner Jahre ein Mann, der für alles lebendig Frische und Rundliche viel Empfänglichkeit besaß, so daß es jenseits des großen Flurs häufig zu dramatischen Szenen kam, deren Rückschlag sich auch im Vorderhause ärgerlich bemerkbar machte. Und zweitens wohnte über den Göchhusens ein Generalstäbler, der zwei Burschen sein eigen nannte, und es dauerte niemals lange, so hatten sich zwischen diesen soldatischen Eroberern und der Zofe in der ersten Etage zarte Fäden angesponnen, die fast immer zum schrillen Zerreißen kamen. Nur die Letzte schien ihr Herz festhalten zu wollen und hieß dafür auch Johanna, wie das gepanzerte Mädchen aus Orleans.

Da Frau von Göchhusen sich trotz der Einschränkung ihres Haushalts von den meisten ihrer alten Mobilien nicht hatte trennen wollen, so waren ihre Zimmer fast überfüllt. Es gab da namentlich einen Salon mit gelben Damasttapeten, in dem ein mit den gepolsterten, gepufften und verschnürten Untiefen dieses Raumes nicht hinlänglich Bekannter sich nur nach forschender Übersicht und bedeutsamer Überlegung langsam hindurchwinden konnte. An diesen Salon, den Maxe den »Irrgarten der Mutter« getauft hatte, schloß sich auf der einen Seite das Speisezimmer, auf der anderen, nur durch Portieren getrennt, ein kleineres Wohngemach, in dem ein uralter, sehr struppiger und immer heiserer Papagei als Besitzer eines riesigen Messingkäfigs den Gnadenmais verzehrte. Das sogenannte Frühstückszimmer (mit einem fast schwarz gedunkelten altholländischen Stilleben an der türfreien Querwand) bot die Verbindung mit den drei Gemächern der Mädchen, die sie sich nach eigener Laune und individuellem Empfinden ausgestattet und eingerichtet hatten.

In jedem dieser Zimmer stand ein Himmelbett mit fröhlich geblümten Gardinen, sonst aber unterschieden sie sich wesentlich voneinander. Bei Beate herrschte ein sichtlicher Ernst; es überwogen hier die Regale mit Büchern, und eine Büste Gutenbergs zeugte für den freiwillig erwählten Beruf der Inwohnerin, der ihr freilich nichts nützte, da sie ihn

nicht ausüben konnte. Elfriedes Zimmer dagegen war in
ewiger Unordnung, allerdings – so behauptete sie wenigstens – immer in malerischer. Es ging nach Norden hinaus
und hatte ein großes, halb verhängtes Fenster, vor dem die
Staffelei stand, und auch sonst bewiesen zahlreiche Dinge,
wie die Skizzen an der Wand, die dicken Mappen, eine ja-
panische Vase, in der Pinsel steckten, und mancherlei andere Requisiten, daß hier ein künstlerischer Geist waltete,
der es allerdings mit den Gesetzen kosmischer Ordnung
nicht streng nahm und ohne Bedenken einen vereinzelten
Strumpf, einen Brennapparat, eine Rechnung von Gerson
und Lenaus lyrische Gedichte in traulicher Gemeinschaft
liegen ließ.

Durch Maxes Zimmerchen ging immer Blumenduft. Sie
liebte das Blühende und verschwendete ihr Taschengeld für
Rosen, Veilchen, Narzissen und Flieder und namentlich für
Orchideen, von denen gewöhnlich ein ausgewählt kapri-
iöses Exemplar in einem schlanken venezianischen Kelche
auf ihrem Schreibtische stand. Denn an diesem Schreibtische saß Maxe viel, schrieb Märchen, verfertigte Gedichte
und hatte sogar eine schöne Novelle begonnen, in der sie
aber stecken geblieben war, weil die Heldin so stark von
den Pfaden bürgerlicher Tugend abzuweichen begann, daß
die Verfasserin selbst es mit einer gewissen schämigen
Angst bekommen hatte. Außerdem wußte sie auch sonst
nicht, wie die Geschichte eigentlich weitergehen sollte, und
ließ es deshalb lieber, was ihr übrigens keinerlei Weh ver-
ursachte, da sie von literarischem Ehrgeiz durchaus nicht
angekränkelt war und den Pegasus nur zu eigenem Vergnügen bestieg. Das Zimmer Maxes war das letzte in der Reihe
und lag schon nach dem Garten hinaus; auch das Fenster
war immer mit Blumen besetzt und das Gesims unaufhörlich von piepsenden Spatzen umlagert, die ganz genau
wußten, zu welcher Zeit im Göchhusenschen Hause gefrüh-
stückt wurde.

Heute war Schneidertag bei den Damen. Zwischen Küche und Zofenzimmer lag eine Stube, die offiziell den Namen Fremdenzimmer führte und sich dadurch auszeichnete, daß in sie alles das hineingelegt und gestellt wurde, was man in den anderen Räumlichkeiten nicht brauchen konnte: von aus der Mode gekommenen Makartbuketts und angestoßenen Nippes an bis herab zu dem ersten Zeichenbuche Elfriedes und einem Poesiealbum Beates in abgeschabtem Sammet, das noch aus der Schulzeit stammte. Hier thronte die Vegesack, die Schneiderin, Gemahlin des Hausportiers Herrn Vegesack, eines robusten Mannes mit den Gliedmaßen eines Giganten, ganz im Gegensatz zu seiner Frau, die sich noch als Dreißigerin die schmale Zierlichkeit ihrer Mädchenzeit erhalten hatte. Sie stammte aus besserem Hause, was sie gelegentlich auch gern betonte; ihr Vater war Bahnhofsvorsteher in Krebsjauche bei Frankfurt an der Oder gewesen, doch als sie sich in den Bierfahrer Vegesack verliebt hatte, war sie freiwillig von ihrer Höhe gestiegen, und die Mesalliance hatte ihr auch nicht weiter geschadet. Nun hatte Vegesack das Bierfahren längst aufgegeben, das eines ehemaligen Gardekürassiers auch nicht recht würdig war, und den Ruheposten in der Portiersloge des Göchhusenschen Hauses angenommen, wo er nichts weiter zu tun hatte, als die Türe zu öffnen, den Schnee vom Trottoir zu schippen und den Garten in Ordnung zu halten. Seine Frau aber hatte das Schneidern erlernt und war, wie Elfriede erklärte, namentlich eine Größe im Wenden. Es gab nichts, was ihr des Wendens nicht wert erschien, und es war geradezu erstaunlich, wie sie beispielsweise einen blauen Grund mit grauen Tupfen in einen grauen Grund mit blauen Tupfen zu verwandeln imstande war.

An diesem Tage handelte es sich zunächst um die geniale Umformung einiger Frühlingstoiletten vom vorigen Jahre, von denen man glaubte, daß sie noch, fähig sein würden, einige kurze Wochen des neuen Lenzes siegreich zu überdauern. Die drei Mädchen hatten vielerlei herangeschleppt, und so daß denn die Vegesack an ihrer Nähmaschine inmitten einer heiteren Farbenpracht, die ihren Glanz auf Stühlen und Tischen ausbreitete, und prüfte mit scharfem Auge und fühlendem Finger Stoff, Futter und Besatz.

»Vegesack,« sagte Maxe, ein blaßbläuliches Gewandstück in der Hand haltend, »es wäre doch eine Lächerlichkeit, wenn ich das nicht noch ein paar Wochen tragen könnte. Für Ostende und Scheveningen ist natürlich die Möglichkeit ausgeschlossen, aber in Zoppot und auf der Halbinsel Hela nimmt man es nicht so genau.«

Die Vegesack schüttelte den Kopf. »Gnädiges Fräulein,« entgegnete sie, »ich bin auch für Sparsamkeit, und wenn Vegesack so manchmal sagt: ›Tilde, dein Schwarzes ist unten ganz aus gefusselt, so kannst du nicht mehr gehen‹ – dann mache ich einen neuen Saum, und es geht doch noch. Aber was ich kann, können die gnädigen Fräuleins nicht. Das Blau ist verschossen, es hat keinen rechten Ton nicht mehr, es ist auch brüchig geworden, es war ein billiger Stoff.«

»Wenden!« rief Elfriede.

»Es lohnt sich nicht. Ich fahr mit der Hand hinein, da ist auch schon ein Loch da. Den Besatz kann man abnehmen, aber er müßte erst gereinigt werden. Und was das Reinigen kostet, dafür kriegt man's schon ebensogut auf neu.« »Also nichts,« sagte Maxe. »Ich habe heute kein Glück bei Ihnen, Vegesack. Das Blaue ist verschossen, und für das Halbseidene scheinen Sie auch keine rechte Meinung zu haben. Aber ich trage Ihnen das nicht nach. Ich ruiniere viel, ich weiß es. Das ist Charakterveranlagung. Fräulein Elfriede ist sanfter und Fräulein Beate die gediegenere. Ich bin zu stürmisch, ich zerreiße gleich alles ...«

Nun hatte Beate noch eine ernsthafte Aussprache mit der Vegesack zweier Blusen wegen, die vermittelst neuer Garnituren auf den Stand von heute gebracht werden sollten, und dann kam Elfriede mit dem wichtigen Anliegen, die vorjährige weite Glockenform eines, prunefarbigen Cheviotrocks in mondäne Enge zu verwandeln.

»Ich weiß bloß nicht, ob Sie sich das trauen werden, Vegesack,« sagte Elfriede besorgt; »da müssen Sie ganz ehrlich sein, denn ehe der Rock verschnitten wird, geb' ich ihn lieber zu Gerson. Er ist ja noch tadellos.«

»Ist er,« entgegnete die Schneiderin. »Ein Stoff wie Leder; gnädiges Fräulein kaufen immer besser ein als wie Fräulein Maxe. Aber er braucht nicht erst zu Gerson. Ich schneide unten einfach ein Stück ab, krause ihn um die Knie rum ein und setze ein Halbstück wieder an. Das ist keine Kunst.«

»Herrjeh!« rief jetzt Maxe, die nach der Uhr gesehen hatte, »Kinder, es ist Zeit – wir müssen zu Krempel. Wir sind doch zu vier geladen!«

»Ja, zu vier,« antwortete Beate. »Aber die Mama weiß noch nichts.«

»Hält sie noch Mittagsschlaf?«

»I wo. Sie räumt mit Lina und Johanna den Balkon auf.«
Das tat sie. Es geschah immer um diese Jahreszeit. Da wurde der Balkon durch Lina erst unter Wasser gesetzt und gründlich gesäubert und empfing dann seinen Frühlingsschmuck. Johanna hatte die Korbmöbel aufgestellt und war soeben dabei, ein paar Knoten in der Schnur der Marquise aufzulösen, während Frau von Göchhusen blauweiße Tontöpfe mit eingepflanzten Primeln und Maiglöckchen auf dem Balkonsims arrangierte. Da stürmten die Töchter heran.

»Wir wollen nun gehen, Mutterchen,« rief Maxe, »adieu!«

»Wo wollt ihr denn schon wieder hin?«

»Zu Krempel.«

»Zu Krempel? Warum denn?«

»Er hat uns eingeladen, Mama,« sagte Beate, »zu Schokolade mit Schlagsahne und Nußtorte. Letztere nur, weil Maxe sie so gern ißt.«

Frau von Göchhusen schüttelte den Kopf. »Ist denn sein Geburtstag?« fragte sie.

»Nein,« entgegnete Maxe, »der fällt in die Hundstage. Es handelt sich um die feierliche Einweihung seiner neuen Wohnung. Er hat jetzt zwei Zimmer und einen Vorflur, den er Diele nennt. Dort werden die Gäste empfangen.«

Frau von Göchhusen wiegte immer noch den Kopf hin und her. »Hört mal, das scheint mir doch nicht ganz passend,« meinte sie. »Drei Mädchen allein bei einem jungen *Mann*?«

Elfriede lachte. »Du legst den Ton fälschlich auf das Wort ›Mann‹, Mama. Für uns ist er ein neutrales Wesen.«

»So ist es,« bestätigte Beate. Und etwas nichtachtend setzte sie hinzu: »Gott, Krempel!« »Krempel hin, Krempel her. Ich kann mir nicht helfen: ich finde, ihr seid ein bißchen zu intim mit ihm geworden. Wenn ich nicht wüßte, was er für ein braver Junge ist ... Na also, da ihr mal zugesagt habt, geht in Gottes Namen. Aber um halb acht seid ihr wieder zurück.«

»Pünktlich, Mama ...« Nun empfing Frau von Göchhusen drei lebhafte Küsse, dann sprangen die Mädchen davon, Maxe voran: man hörte ihren flüchtigen Schritt in dem langen Korridor.

Ein Viertelstündchen später standen sie auf der Straße: gleichförmig gekleidet, in englischen Kostümen mit runden Blumenhüten. Bei Beate saß der Hut korrekt, Elfriede hatte ihn ein wenig in die Stirn gerückt, Maxe trug ihn seitwärts wie eine Ulanenczapka.

»Moppel, Droschke oder Elektrische?« fragte Elfriede.

»Ich schlage vor: einen Bummel zu Fuß,« antwortete Maxe. »Es ist erst viertel vier. Übrigens – stiften wir gar nichts?«

Das fiel allen dreien schwer auf die Seele. Natürlich forderte es der Anstand, daß man zu Krempels neuer Wohnung eine Kleinigkeit beisteuerte.

»Heut ist der Achtundzwanzigste,« seufzte Elfriede, »ich bin ganz blank.«

»Ich habe noch ein Fünfmarkstück,« sagte Beate, »das will ich opfern. Was bekommt man dafür? Eine Vase, einen hübschen Aschenbecher, ein Bücherbrett – alles mögliche. Aber da müßten wir zuerst zu Wertheim.«

»Lassen wir's,« erklärte Maxe. »Wir machen es so: wir kucken uns heute erst um, was er gebrauchen könnte. Und dann legen wir zusammen zu einem anständigen Geschenk.«

Elfriede nickte. »Ja natürlich; das ist das Praktischste. Vielleicht ein Teeservice – oder einen Regenschirmständer. Heut bringen wir ihm jede bloß einen Veilchenstrauß.«

»Anmutig und billig,« sagte Beate. »Aber in Anbetracht unsrer Notlage will ich nicht widersprechen. Im Übrigens bitte ich um eins: die Angelegenheit mit der Mama muß seriös behandelt werden. Vollkommen ernsthaft – sonst macht Krempel nicht mit.«

»Ernsthaft,« wiederholte Elfriede. »Selbstverständlich. Sie ist uns ja auch vollkommener Ernst.«

Maxe gab das zu. »Gewiß – trotz ihres etwas drolligen Beigeschmacks. Ein dreifacher Schrei nach dem Mann; aber wir schreien nicht für uns, sondern für die Mama.

Leider sind ein paar Wenns dabei. Zunächst: wenn wir nur den Richtigen finden, Und dann: wenn sie bloß rangeht.«

»Abwarten,« sagte Beate. »Der Richtige ist die Hauptsache. Das ist eben *unsre* Sache, den zu finden. Ich weiß ganz genau, daß die Mama schon ein paar Freier abgewiesen hat.«

»Wen denn?« rief Maxe neugierig.

»Ein paar. Den Geheimrat von Lossow bestimmt. Seit vorigem Mai ist er nicht mehr bei uns gewesen; da hat er seinen Korb gekriegt. Und den Oberst Trittmann ebenso bestimmt. Den hatte sie auch sehr gern. Aber erst will sie uns versorgt wissen.«

»Das ist das Unglück« – und Elfriede neigte zustimmend den Kopf –, »das ist der einzige Haken. Mutter hat's ja auch ganz offen erklärt. Sie hat mir einmal in einer gemütlichen Stunde ihr Herz ausgeschüttet. Sie hätte gerne wieder ge- heiratet – mein Gott, sie ist ja doch noch jung und lebenslustig und eigentlich bildhübsch. Ist sie das nicht?«

»Bildhübsch. Sie hat einen so prachtvollen Teint.«

»Und eine Figur! Manchmal« – Maxe wurde ordentlich eifrig –, »wenn ich euch beide so von weitem kommen sehe, dich, Beate und die Mama – ihr seht wahrhaftig wie Schwestern aus. Seid euch ja auch fabelhaft ähnlich.«

»Jedenfalls steht das eine fest,« sagte Beate, »daß sich in die Mama bisher mehr Männer verliebt haben als in mich. Bis auf den kleinen Eggebrecht, den Piesematz mit dem Bürstenschnurrbart, hat bei mir noch keiner anbeißen wollen – und für den danke ich ...«

Während dieser Unterhaltung waren die drei in die Tier- gartenstraße eingebogen und schritten nun westwärts hin- auf, nicht auf der Häuserseite, sondern den Promenadenweg neben der Reitallee verfolgend, die Rousseauinsel rechts liegen lassend.

Der Lenz war dies Jahr früh ins Land gekommen: er spann seinen lichtgrünen Zauber über Bäume und Buschwerk und lockte aus der Erde des großen Parks den Duft fruchtreicher Hoffnung. Der wolkenüberflatterte Himmel strahlte ein sanftes Umbralicht aus, das den geschorenen Rasenflächen in den Vorgärten der Tiergartenpaläste einen feinen Ton matten Goldes gab. In diesen schön gepflegten Gärten blühten auch schon die ersten Frühlingsblumen: Maiglöckchen und Märzveilchen in oval geschweiften, oblongen und sternförmigen Rabatten, von der Hand des Gärtners in Ornamente gezwängt, oder in architektonischen Linien den Rasen umsäumend. Lenzfreude blickte aus den Fenstern: alle Blumenkästen waren frisch gefüllt, und zwischen hängendem Grün leuchteten heitere Farben. Nur ein großer Christusdorn war noch ängstlich mit Stroh und Bast umwickelt und sah wie ein frierender alter Mann inmitten seiner fröhlichen Umgebung aus.

Die drei Mädchen schritten rasch fürbaß. Sie liebten einen tapferen Schritt und trainierten sich gern: der Tennisplatz und die Eisbahn hielten ihre Glieder geschmeidig. Maxe war die Kleinste, aber sie brauchte sich nicht anzustrengen, um mitzukommen. Sie pendelte ein wenig mit den Armen, hielt den Kopf in dein Nacken und hatte die Angewohnheit, zuweilen mit geschlossenen Lippen ihren Schleier aufzublasen. Beate dagegen hielt sich kerzengrade und die Ellenbogen wie das Abbild einer Gibson-Girl dicht an den Seiten; sie marschierte auch am regelmäßigsten, während Maxe gewöhnlich im Laufschritt war. Zwischen beiden ging Elfriede, sich leicht in den Hüften wiegend, ihrer pikanten Schönheit bewußt, immer ein anmutiges Lächeln auf den Lippen und auf der Stirn die Ringelflut ihres goldenen Haares. Sie hatte nur einen Fehler: sie setzte die Füße schlecht – »verzwerg« sagte Maxe –, und wenn sie sich

Mühe gab, ihren Gang zu korrigieren, stelzte sie zierig wie eine Ballettelevin.

Es war belebt im Tiergarten. Über den Fahrweg glitten die Equipagen, ratterten die Droschken und fauchten die Automobile; daneben, unter dem zartgrünen Buchenschleier, sprengten Reiter einher: ein paar Offiziere, junge Bankiers in schönstem Dreß, Damen von Welt und halber, und ihre langen Röcke wehten. Die Promenade war voller Menschen; ein lebendiger Strom rann die Parklisiere hinab, und auch zwischen den Bäumen weiterhin tauchten wandelnde Farben auf.,

Dem Malerblick Elfriedes, keinem geschulten, doch einem aufnahmefähigen, gefiel das wohl. Es war ein fröhliches Großstadtbild zwischen Häusermeer und Natur: ein Gewirr von geschäftigen und langsam schlendernden Leuten, von schönen Toiletten und Talmieleganz, huschenden Gören und Kinderwagen, blanken Zylinderhüten, blitzenden Uniformen; eine Revue von Gesichtern, frohgemuten und frischen, zermürbten, pastabelegten, lachenden und ernst durchfurchten, von charakteristischen Porträts und Karikaturen.

»Haltet mal!« rief Maxe plötzlich und blieb stehen.

»Was ist los?« fragte Beate; »hast du wieder zu enge Stiebeln und kannst nicht weiter?«

»Ach was...« Sie starrte einem Reiter nach, einem stattlichen Herrn in mausgrauem Rock mit zurückgeschlagenen Schößen; er ritt einen Falben mit buschigem hellem Schweif, den das nervöse Tier wie einen Windmühlenflügel quirlen ließ ... »Habt ihr den gesehen?«

»Wen?«

»Gehn wir weiter ... Es war nur ein Momentbild und selbstverständlich eine Täuschung ... Besinnt ihr euch auf das Ölgemälde von Papa, das früher in Mamas Zimmer hing und dann verpackt worden ist?«

»Aber natürlich,« entgegnete Beate. »Du meinst das von Gussow? Das Reiterbild?«

»Ja, das. Mir hat's immer so gut gefallen, und es ärgerte mich eigentlich, daß Mama es in einem Augenblick der Verstimmung ... Na also, eben ritt ein Herr vorüber, der das Original des Bildes hätte sein können.«

»Ein Doppelgänger Papas? – Lieber Gott, es' gibt manche Ähnlichkeiten in der Welt. Papa war es jedenfalls nicht. Der kommt nicht mehr nach Berlin ...«

Nun sprachen die drei, während sie weiterschritten, ein weniges von ihrem halb vergessenen Vater, Maxe hatte ihn kaum noch in her Erinnerung.

»Nein, kaum,« sagte sie. »Nur in seinem Sportdreß haftet er mir noch im Gedächtnis. Ich weiß, daß unsre Lina mich manchmal auf das Fensterbrett stellte und daß ich ihn abreiten sehen durfte. Seine gelben Kniestiefel imponierten mir immer gewaltig. Ich glaube, er hatte auch ein freundliches Gesicht und hübsche braune Augen wie auf dem Bilde – und gerade solche wie Elfriede.«

»Er war ein schöner Mann,« antwortete Beate, »ich entsinne mich seiner noch gut. Groß gewachsen und sehr elegant und gab viel auf seine Toilette. In seinem Garderobenzimmer habe ich einmal gezählt, wieviel Paar Stiefel er hatte. Es müssen an dreißig gewesen sein.«

»Ich war immer sein Liebling,« erklärte Elfriede. »Mir hat er ja früher auch noch zuweilen geschrieben; ich habe die Briefe aufgehoben und lese sie manchmal durch. Sehr liebe Briefe voller Herzlichkeit – aber auf einmal hörten sie auf. Mama deutete gelegentlich an, seine Frau wäre wohl eifersüchtig auf uns. Das macht das spanische Blut.«

»Sie ist gar keine Spanierin,« sagte Beate; »das weiß ich nun besser. Sie ist eine Mexikanerin, aber ihre Mutter war eine Vollblutpolin, die Tochter eines Adjutanten Kaiser Maximilians – oder eines seiner Hofchargen oder so was, und hat dann einen mexikanischen General geheiratet ... Jawohl. Ich habe auch einmal ein Bild von Papas zweiter Frau gesehen – bei der Mama.«

»Bei der Mama?« rief Maxe erstaunt.

»Ja, bei der Mama. Sie spricht ja nie über derlei. Aber sie räumte einmal ihren Schreibtisch aus, und ich mußte ihr helfen. Da lag in einem Fache die Photographie eines bildschönen jungen Mädchens, und hintendrauf stand: »Ihrer geliebten Freundin Magda Tarrach Wanda von Skawcze.««

Maxe hielt fast den Atem an. »O Gott ... Also so... Also da war sie eine Jugendfreundin Mamas., Das ist ja ein ganzer Roman.«

»Ist es auch ... Mama riß mir das Bild aus der Hand. Und dann fing sie an zu weinen. Und wie ich nun zärtlich wurde, erzählte sie dies und jenes. Aber ich habe ihr versprechen müssen, nicht darüber zu reden. Sie liebt das nicht.«

»Nein, sie liebt das nicht,« wiederholte Elfriede, »und ich finde das eigentlich unrecht. Warum informiert sie uns nicht ruhig über alle diese Dinge? Wir sind doch erwachsene Mädel und können uns allein unser Urteil bilden.«

»Das möchte sie eben nicht, Friedelchen. Ein Mensch vor dem andern. Sie hat wohl viel durchmachen müssen. Denkt euch nur, von seiner besten Freundin betrogen zu werden!«

»Greulich,« sagte Maxe. Aber sie war doch höchlichst interessiert: persönliche Neugier mischte sich mit unklarem romantischem Empfinden. In ihre Augen trat ein schwimmendes Licht. Sie blies mit geschlossenen Lippen ihren Schleier auf. »Beate, da muß doch die – muß doch diese Wanda in Berlin gelebt haben?«

»Ja – bei einer alten Tante. Sie ist ja hier erzogen worden. Ihr Vater war eine Zeitlang aus Mexiko verbannt; er muß da irgendwelche Dummheiten gemacht haben. Sie hat auch in unserm Hause verkehrt, aber ich habe sie nie zu Gesicht bekommen – wenigstens entsinne ich mich nicht. Na – und da hat sich der Papa in sie verliebt – oder sie in ihn –«

»Oder sie taten es gegenseitig« ergänzte Elfriede. »Das kommt ja vor.«

»Vor kommt es,« entgegnete Maxe. »Natürlich kommt es vor und häufig genug und nicht bloß in Romanen und Dramen. Aber ich finde es doch abscheulich. Das sage ich frei heraus, wenn es sich auch um unsern Vater handelt. Wenn man eine reizende Frau und drei reizende Kinder hat, soll man zufrieden sein und sich nicht von einer hübschen Kokette einfangen lassen.«

Elfriede lächelte. »Das klingt schrecklich moralisch, Tugendreich. Aber es ist doch sehr dumm. Es gibt kein Wenn in solchen Dingen. Oder schön: es soll's geben. Auch die Überlegung soll mitsprechen, Pflichtgefühl und sonst alles Gute und Edle. Endgültig bleibt es doch immer fraglich, ob das moralisch Bessere den Sieg davonträgt oder die Unvernunft des Herzens. Nun denke dir, unser Vater wäre dem Pflichtgefühl gefolgt und hätte bei uns ausgehalten: weißt du denn, ob es ihm möglich geworden wäre, seine Wanda zu vergessen? ob er nicht kreuzunglücklich geworden wäre und die Mama mit? ... Na, und wie liegt jetzt die Sache? Mutter hat sich getröstet und würde – das ist meine Überzeugung – längst wieder geheiratet haben, wenn grade der Rechte gekommen wäre. Papa hat sein neues Glück gefunden, und uns – uns fehlt schließlich auch nichts. Seien wir doch ehrlich.«

Aber Maxe war eigensinnig. »Mit dir ist über derlei schwer streiten, Frieda. Du bist die Modernere oder spielst dich darauf auf. Deine Moral wackelt immer, wenn sie auf ein interessantes Problem trifft – weil dir das Problem meist mehr zusagt als die Moral. Nun bin ich wahrhaftig auch nicht der Tugendreich, der ich heiße, aber –«

»Stille, Kinder,« fiel Beate ein. »Euer Gespräch führt zu nichts, und außerdem kommt Herr von Emmingen über den Damm – da wollen wir rasch ein harmloseres Thema anschlagen ... Also: wo gehen wir diesen Sommer hin? Soll's bei Zoppot bleiben, oder wollen wir die Mama mit List und, Tücke auf Ostende dressieren? ...«

Der Herr, der über den Fahrdamm den Mädchen entgegenschritt, schwenkte bereits seinen glänzenden Zylinderhut und machte dabei ein sehr glückliches Gesicht. Es gibt Gesichter, die keiner Maske fähig sind oder auf denen sie immer verunglückt. Man liest in ihnen wie in den Seiten eines Buches, liest alles von ihnen ab, was Herz und Seele bewegt, selbst das Heimlichere und das Stille, wenn man es sonst versteht, ein Menschenantlitz zu deuten. So war es bei Herrn von Emmingen, der sich absolut nicht verstellen konnte, was ihm selber in hohem Grade unangenehm war, da er zum diplomatischen Korps gehörte und der Ansicht huldigte, daß ein Diplomat unbedingt schauspielerisches Können besitzen müßte. Aber es gelang ihm nicht, etwas anderes zu, zeigen als das, was er fühlte. Und da er trotzdem immer gern über sich hinauswollte, so hatte er sich ein merkwürdiges nervöses Zucken angewöhnt und ein gelegentliches kurzes Auflachen, das eigentlich nur ein Verlegenheitsmeckern war. In seinem sonst wenig sagenden Gesicht standen ein paar recht gescheite Augen; das blonde Bärtchen war nach englischer Sitte ganz kurz gehalten und die übermäßig schlanke Figur vom Zylinder bis zu den Stiefeln so elegant equipiert, daß die landläufige Redensart, der Mann sehe aus wie aus einem Modekupfer geschnitten, bei diesem Legationssekretär keine Übertreibung bedeutete.

Er schwenkte seinen Hut zweimal mit kreisender Bewegung der Rechten und war dann bei den Mädchen.

»Meine gnädigsten Damen,« sagte er, »hohe Freude.«

»Höchste Freude, Kerr von Emmingen,« erwiderte Maxe, »wir bitten um den Superlativs wenn schon, denn schon.«

»Also höchste. Es ist auch richtiger. Hierher gehört die Steigerung. Auf Geschäftsgängen, wenn ich fragen darf, oder nur Promenade *pour prendre l'air*? Wär's letzteres, so würde ich den Mut fassen, gehorsamst zu bitten, die Gnädigsten ein paar Schritte begleiten zu dürfen. Bei einem Geschäftsgang, ob Schneiderin oder Hutmarchandage, wag' ich das nicht. Keinesfalls. Da respektiere ich den Ernst der Gedanken und die Absicht auf das Resultat ...«

Seine Augen kreisten über die drei, tatsächlich hatte er aber nur mit Maxe gesprochen. Die antwortete auch; Herr von Emmingen flirtete lange um sie herum, und die Schwestern hielten sich, diskret zurück: sie überließen ihn der Kleinsten.

»Sie können alles wagen,« sagte Maxe, »und wenn Sie uns bis an das Ende unsres Marsches, begleiten wollen: um so besser für uns.«

Er schloß sich an. Sofort teilte sich die Gruppe: Beate und Elfriede schritten voran, als hätten sie es, so verabredet. Es war aber nur kluger Instinkt.

»Und wohin, geht's, wenn ich fragen darf?«

»Sie dürfen immer fragen – auch ohne den Nachsatz. Nach der Lietzenburger Straße – in eine Gegend des freien Feldes.«

»Das gefällt mir. Die Flucht aus der Stadt, Sehnsucht nach der Natur. Ich kenne die Landschaft. Ganz reizend. Wie eine Schilderung Bret Hartes. Steppengras und aufgewühlter Boden, leere Sardinenbüchsen, Küchenabfälle, malerische Fetzen; alles unter dem Zeichen: ›Hier kann Schutt abgeladen werden.‹ Und darüber der Odem der Freiheit.«

Maxe lachte fröhlich. »Sie sind boshaft, Herr von Emmingen. Aber beinah haben Sie recht. Nur streben wir nicht so weit hinaus – nicht bis an die Region der Kjökkenmöddinger. Wir machen schon vorher Halt. Wir sind zu einem Freund geladen.«

»Freund? Ich verstehe doch richtig. Masculini generis?«

»Schaudern Sie. Es ist so. Zu einem jungen Mann namens Krempel.«

Herr von Emmingen nahm sein Monokel aus dem Auge. »Gnädiges Fräulein, das ist nicht möglich. Krempel gibt's nicht. Das wäre *vieux jeu*: alte Berliner Posse oder gar Kotzebue, nicht einmal Raupach. Ein moderner Mensch kann nicht Krempel heißen.«

»Es ist auch kein ganz moderner. Trotzdem heißt er so. Einer seiner Vorfahren war Magister – *liberalium artium magister* – und nannte sich Krempelius. Es war die Zeit, da man alles latinisierte. In der Gegenwart klingt Krempel immer noch hübscher als Krempelius. Wenn er nur wenigstens einen dazu passenden Vornamen besäße! Aber auch das ist nicht der Fall. Halten Sie Ihr Monokel fest, Herr von Emmingen, und bleiben Sie Ihrer Sinne Meister: unser Freund heißt Dionys Krempel.«

Der Legationssekretär schwieg zunächst ein kleines Weilchen, und dann sagte er: »Also, das ist der Gipfel. Es ist unter allen Umständen etwas Ungeahntes. Es ist zunächst eine leichte Schreckwirkung, die sich aber bald zu einem behaglichen Empfinden abdämpft. Ganz gewiß: Dionys Kremsiel verbreitet eine Atmosphäre von Behaglichkeit um sich. Ist er auch selbst ein Original?«

»'n – ja ... halb und halb. Jedenfalls kein Dutzendmensch. Sein Vater war ein ausgesprochener Sonderling, und von dem hat der Sohn mancherlei geerbt. Der Alte war Pastor auf einem Gute, das wir früher besaßen, und der Sohn hat uns alle miteinander in den Anfangsgründen löblicher Wissenschaft unterrichtet. Daher unsre Freundschaft.«

»Daher also. Es ist hübsch, wenn man so anhänglich ist. Ich beneide Krempel.«

»Warum?«

»Wegen der Anhänglichkeit. Und weil Sie so ganz *sans gêne* zu ihm gehen können – also, weil er Ihnen nahe steht... Wenn ich Sie einmal einladen würde, Sie drei, da würden Sie doch keinesfalls kommen?«

»Weshalb denn nicht? Zu einem Damenkaffee mit Stippe? Ich glaube schon, daß das Mama erlauben würde. Sie sind ja doch kein Oger, der kleine Mädchen frißt. Sie sind ein sehr korrekter junger Herr aus der besten Gesellschaft.«

»Sagen Sie nicht korrekt, gnädiges Fräulein. Man sagt es mir zu oft. Mein Gesandter hält mich dafür, und die Kollegen niederer Art wiederholen es. Vielleicht bin ich es auch: aus Instinkt; aber eine gewisse Warmblütigkeit sträubt sich dagegen. Ja wahrhaftig: ich sträube mich vielfach gegen mich selbst. Es gibt ja solche Zweiseelenmenschen. Das Innere will hütt und das Äußere hü. Wie ist da ein Ausgleich möglich?«

»Der findet sich in der Ehe,« sagte Maxe mit weiser Harmlosigkeit.

Herr von Emmingen zuckte und ruckte mit Schultern und Armen. »In der Ehe – na ja. Da findet sich alles. Bloß die Ehe selbst findet sich manchmal nicht. Ich bin dreißig, unbescholten, habe ein leidliches Nährbrot und noch etwas dazu – aber werde immer allein bleiben. Nämlich weshalb?

Wegen des Zweiseelenstands. Die eine Seele möchte gern, und die andre hat Angst. Die eine stürmt lebhaft vor, und die andre wirkt retardierend. Die eine will sprechen, und die andre sagt: halte den Mund. So geht's mir immer und in allem. Sogar in meinem Beruf. Ich bin eigentlich ein sehr unglücklicher Mensch...« Er blieb stehen: dicht am Portal der Gedächtniskirche... »Bemitleiden Sie mich und gestatten Sie mir, daß ich mich gehorsamst empfehle. Jetzt sprechen abermals die zwei Seelen. Die eine möchte Sie gerne bis an die Gegend der Kjökkenmöddinger begleiten, aber die andre weist auf die Uhr und mahnt mich daran, daß ich noch auf der russischen Botschaft eine Karte abzuwerfen habe.«

Maxe gab ihm die Hand. »Adieu, Herr von Emmingen. Ich bemitleide Sie nicht. Seien Sie energisch und würgen Sie die eine Seele ab: welche, müssen Sie wissen, und auch, wann es an der Zeit ist. Dann ist die andre frei.«

Der Legationssekretär hatte noch die Hand Maxes in der seinen und warf ihr einen Blick zu, der sie verwirrte. Er wollte auch sicher eine Antwort geben, aber da traten Beate und Elfriede hinzu, und er ließ es. Er verabschiedete sich mit liebenswürdiger Förmlichkeit und rief ein Auto heran.

Indessen gingen die Mädchen weiter.

»Hat er angebissen?« fragte Beate.

»Er beißt nicht,« erwiderte Elfriede. »Er gehört zu der Spezies je ne sais quoi. Er ist nicht einmal Schmetterling: er tut nur so. Er hat kaltes Blut.«

Aber Maxe verteidigte ihn. »Da irrst du dich. Er ist nur zu zag und steckt zu sehr in der Konvention. Er ist ein braver Mensch und soll auch tüchtig sein. Irgendwer hat mir neulich erzählt, er würde bald Rat werden, und dann kriegt er eine exotische Gesandtschaft. Aber heiraten möchte ich ihn um die Welt nicht.«

»Du bist ein Schäfchen,« sagte Beate. »Er paßt sehr gut zu dir – du könntest froh sein, wenn er um dich anhielte. Auf wen wartest du eigentlich?«

»Sie hat unentwegt ihren Krempel im Herzen,« warf Elfriede ein.

Maxe wurde ärgerlich. »Den Scherz hast du schon öfters gemacht, Friedl! – such' dir einen neuen. Durch eure albernen Anspielungen werdet ihr es dahinbringen, daß die Mama sich eines Tages jeden ferneren Besuch Krempels verbittet. Hätte auch recht so – und mir war's am liebsten. Dann hat der Unfug ein Ende.«

Sie war wirklich böse. Sie blies in ihren Schleier und hatte ein dräuendes Wetter auf der Stirn. Die Schwestern lenkten ein und sagten ihr gute Worte, und da dauerte es auch nicht lange, und das Wetter zog wieder ab. Nun gingen sie noch in einen Blumenladen, um die Geschenkveilchen zu kaufen, und blieben ein paar Minuten später vor einem großen Torweg stehen.

»Hier ist es,« erklärte Maxe. »Krempel hat mir gesagt, rechts von ihm läge ein Kohlenkeller und links eine Bäckerei mit Schrippen im Schaufenster. Das Topographische stimmt also. Im Hausflur müssen wir uns rechtsseitig halten, weil wir sonst zu dem Aufgang für Herrschaften geraten, der uns nichts angeht. Also, nun vorwärts!«

Sie traten in das Haus.

Herr von Göchhusen, der immer gern seinen Launen gefolgt war, hatte eines Tages Lust verspürt, sich ländlich anzukaufen. Aber es sollte nur ein kleines Gut sein: in der Nähe Berlins, leicht zu bewirtschaften und leicht wieder loszuschlagen, wenn man der Sache überdrüssig geworden wäre. Das fand sich denn auch, und zwar in der Umgebung des Schwielowsees, und hieß Zochin. Zochin war ein Dörfchen wie andere am Ufer des Schwielow, hatte aber eine berühmte Kirche, deren Grundstein noch die Kurfürstin Dorothea gelegt, und einen gleichfalls berühmten Geistlichen, den Pastor Krempel. Er war so berühmt, daß man zuweilen aus Potsdam und Spandau, auch aus Berlin herüberkam, um ihn predigen zu hören: aber weniger aus frommer Lust an innerer Erbauung als aus Neugier. Denn Krempel war ein eigenartiger Prediger; er sprach wie Abraham a Santa Clara und wie die geistlichen Herren des Mittelalters, liebte kräftige Wendungen und eine ungemein ausdrucksvolle Mimik, die er durch lebendige Gestikulation unterstützte, und verstand es, die Themen der Bibel auf eigentümlich realistische Weise zu modernisieren und der Gegenwart nahe zu bringen.

Er war auch sonst ein origineller Kauz, kein Eiferer, aber ein Wetterer, immer im Kampfe mit dem Konsistorium, ein Schulmann von seltsamen pädagogischen Prinzipien, ein passionierter Imker und ein großer Fischfreund, der halbe Tage lang im Boot auf dem Schwielow liegen konnte, um seine Netze zu werfen oder die Angel in das Wasser zu hängen. Dieser Pastor, der ein riesiger Mann war mit eckigen Schultern und quadratischem Kopf, hatte ein ganz, kleines, zierliches Frauchen geheiratet. Es hatte damals einen Skandal gegeben, denn das Mädchen, Dionysia Madersteg, die Tochter eines Inspektors der Königlichen Porzellanfabrik, war katholischer Konfession, und es hieß, Krempel habe sie zum Übertritt gedrängt. Der Santa Clara von Zochin hatte anfänglich schlimme Tage; die Eltern seiner jungen Frau klagten wider ihn, das Konsistorium setzte ihm zu, schließlich kam die Sache auch an den zuständigen Minister. Ein riesiges Aktenmaterial häufte sich auf; aber Krempel verteidigte sich gut, und da seine Frau bei dem Zeugenverhör unter rinnenden Tränen erklärte, sie sei aus freien Stücken und innerster Überzeugung evangelisch geworden, so schlug man den Prozeß endgültig nieder. Im Pfarrhause zu Zochin begann nun ein glückliches Leben, und als die Ehe im fünften Jahre durch einen gesunden Jungen gesegnet wurde, ein Sonntagskind, hielt Krempel eine so schöne Predigt, daß sämtliche Weiber schluchzten und selbst die alten Fischer des Torfes in zarte Rührung kamen, sich heftig schnäuzten und mit ihren braunen Fäusten über die Augen wischten.

Damals lachte auch über der Göchhusenschen Ehe noch blauer Himmel. Der Legationsrat (er hatte den Titel zum Abschied aus dem ihm langweilig gewordenen. diplomatischen Dienst bekommen) verlebte immer die Sommermonate in Zochin, stand sich mit seinem originellen, trinklustigen Pastor auf du und du und hatte nichts dagegen, daß auch die Kinder sich anfreundeten. Dionys war der älteste unter der kleinen Gesellschaft, was ihn aber nicht behinderte, bei allen Dummheiten der Anführer zu sein: sei es bei der Erstürmung der Kalkgrube, bei der die Kleider der Mädchen eine wunderliche Färbung annahmen, oder auch bei Wasserpartien, die nie ohne vollständige Durchfeuchtung abschlossen, oder bei halsbrecherischen Touren über Heuböden, in den Kirchturm, durch Holzställe und Kellerverließe oder bei sonstigen Extravergnügungen, wie sie die Kinderphantasie mit Märchenschreck, Räuberromantik und Prinzessinnenglück unaufhörlich auszuhecken pflegt. Dann wuchs Dionys heran, lernte zunächst in der Dorfschule die Grundzüge allgemeiner Bildung und kam hierauf unter die väterliche Fuchtel lateinischer Deklination und griechischer Grammatik. Allmählich wurde er so gelehrt, daß er schon selber den Präzeptor spielen konnte: Herr von Göchhusen berief ihn für die Unterrichtung Beates, bis sich später der Born seines Wissens auch über die beiden andern Kleinen im Schlosse ergoß. Denn die drei Mädchen hatten zu Beginn ihrer geistigen Entwicklung zwar eine englische Governeß und eine französische Bonne, der sich auch noch eine pikante Italienerin anschloß (so pikant, daß Frau von Göchhusen sie in Rücksicht auf ihren Gatten bald wieder entließ), aber keine deutsche Erzieherin mit gründlicher Vorbildung. So kam es, daß die Kinderfreundschaft zwischen dem Trio und Dionys auch die Studentenzeit überdauerte und daß das herzliche Verhältnis blieb, als die Mädchen zu ansehnlichen Jungfrauen herangeblüht waren und Krempel sich als Lehrer des Joachimsthalschen Gymnasiums »Herr Doktor« nennen lassen konnte. –

Das Göchhusensche Dreiblatt war also in den Torweg eingetreten und hielt sich nach dem Vorschlage Maxes rechtsseitig, um nicht links in den durch eine Marmorvase und einen Läufer gekennzeichneten Aufgang für Herrschaften zu geraten. Man durchquerte einen Hof mit einem abgezirkelten Rasenstück, einer großen Müllkiste und einem reckartigen Aufbau, der dem Teppichklopfen nützte, und beschritt hierauf das sogenannte Quergebäude, in dem die Treppe keinen Läufer besaß und die Fenster auch nicht so schön bunt verglast waren wie vorn.

Beate bemerkte dies sofort, aber Maxe verteidigte die Schlichtheit der Ausstattung.

»Teppiche sind Bazillenfänger,« sagte sie, »und helle Fenster lassen das Licht ein. Ich für mein Teil würde immer eine Gartenwohnung vorziehen, wenn man den Garten auch auf einem Schiebkarren forttragen könnte. Bemerkt ihr nicht die köstliche Ruhe in diesem sogenannten »Quergebäude rechts« und den guten Geruch, der durch die Spalten der Küchentüren strömt? Unten war es Schmorbraten mit Rotkohl, während hier ein gesunder Odem nach frisch, gekochtem Kaffee vorwaltet.«

»Es sind auch noch Nebenströmungen dabei,« erwiderte Elfriede und schnüffelte, »aber ich will nicht differenzieren. Außerdem glaube ich, daß wir am Ziele sind, und da vier Treppen unter uns gähnen, können wir hinzufügen: auf der Höhe der Situation.«

Sie standen vor einer Korridortür, auf die mittels vier Reißnägel eine Visitenkarte mit dem Namen »D. Krempel,

Dr. phil.« geheftet war. Maxe drückte auf den Klingelknopf.

Es verstrichen ein paar Minuten, ehe geöffnet wurde, und dann sahen sich die Damen ihrem alten Freunde gegenüber, doch trug dieser zu ihrer Verwunderung einen blauen Livreerock mit Silberbesatz und verbeugte sich fremdartig.

»Ich bitte einzutreten,« sagte er. »Der Herr Doktor Krempel werden sofort erscheinen. Wollen die Damen die Güte haben, inzwischen abzulegen.«

Er half ihnen, sich von Jacken und Hüten zu trennen, ohne das Kichern der Mädchen zu beachten, und verschwand dann rasch mit den Worten: »Ich werde den Herrn Doktor benachrichtigen – wenn die gnädigen Damen freundlichst solange im Antichambre verweilen wollen ...«

»Es fängt gut an,« sagte Beate.

»Höchst verrückt,« ergänzte Elfriede. »Also dies ist das Antichambre oder besser die Diele. Oben Japan und unten deutsches Bauernhaus.«

So konnte man den Stil bezeichnen. Von der Decke herab hing ein großer japanischer Papierschirm, sonst bestand das Mobiliar aus drei Holzstühlen, einer Truhe und einem Garderobenständer.

Nun aber öffnete sich die Tür zum Wohnzimmer, und in dem blendenden Kerzenlicht, das von dort in das Vorgemach fiel, erschien abermals Krempel, diesmal in schwarzem Rock und auch sonst sonntäglich gekleidet.

»Eine große Freude,« sagte er, »auch eine Ehre, euch in meinem bescheidenen Heim bewillkommnen zu dürfen. Hat mein Diener euch schon die Mäntel abgenommen? Er war zuletzt bei dem Grafen Schuwaloff engagiert, macht aber trotzdem immer einen etwas befangenen Eindruck. Deshalb habe ich ihn fortgeschickt. Darf ich euch bitten, in den

Salon zu treten, ohne Rücksicht auf den echten Perserteppich und das Polareisbärfell am Boden.«

Er hatte jeder der Damen die Hand gegeben, auch die Veilchen mit Dank entgegengenommen und wartete nun mit strahlender Miene ab, was seine Gäste zu der erleuchteten Pracht des Salons sagen würden. Sie waren des besseren Überblicks halber in der Nähe der Tür stehengeblieben und machten große Augen. Es war wirklich sehr schön. Die Rouleaux vor dem Fenster waren herabgelassen worden, um eine künstliche Nacht zu erzeugen. Dafür brannten auf dem Spiegeltisch zwei Kerzen in altertümlichen silbernen Leuchtern und auf dem Sofatisch eine sogenannte Astrallampe, wie sie in den sechziger Jahren Mode gewesen war. Alle Möbel im Zimmer stammten aus dieser Zeit; sie waren zum Teil aus gemasertem Birkenholz, zum Teil aus Mahagoni, aber die Stillosigkeit tat dem behaglichen Eindruck des Ganzen keinen Abbruch. Der echte Perser am Boden war nur Tapestry und der Polareisbär ein Ziegenfell, doch auch das schadete nicht. Über dem Sofa mit seinen gehäkelten Schutzdeckchen hingen ein paar Familienbilder und an der Wand gegenüber gekreuzte Schläger unter einem durchlöcherten Cerevis und einer alten Pistole. Der Tisch war sauber gedeckt mit weißen Tassen, die einen feinen Goldrand hatten; in der Mitte stand eine große Nußtorte und daneben eine Schüssel mit leuchtender Schlagsahne.

»Bravo, Krempelius,« sagte Beate, »es ist überwältigend.«

»Es ist mehr,« fügte Elfriede hinzu. »Der erste Eindruck blendet, das gestehe ich ein, aber dann kommt das Gefühl schöner Ruhe und einer gewissen traulichen Geschlossenheit.«

Maxe sagte anfänglich gar nichts. Sie war an die Bilder über dem Sofa getreten und betrachtete sie mit Rührung:

den Mann im Lutherrock mit einem starken quadratischen Schädel und schauspielerhaft ausgearbeiteten Zügen und die Frau mit ihrem zierlichen Köpfchen unter merkwürdig altmodischem Haubenputz.

»Deine Eltern, Krempel – oh, ich entsinne mich ihrer noch gut!«

»Ja, das sind die Alten,« sagte Dionys; »sind sie nicht ähnlich? Ich habe sie nach kleinen Photographien vergrößern lassen – das macht man heute ohne Schwierigkeit. Sieht Vater nicht aus, als ob er lebte und eben mit einer Predigt losdonnern wollte? Denn er donnerte eigentlich immer mehr, als er sprach ... Wenn ich hier sitze, bilde ich mir manchmal, ein, ich wäre im Pfarrhause von Zochin. Ich habe mir alle Möbel der Eltern vom Speicher kommen lassen; die birkenen sind neu aufpoliert, bei den Mahagonis reichte es nicht ganz. Mein Stolz ist das Sofa. Es stand daheim in der guten Stube und hatte noch mehr gehäkelte Deckchen. Mutter häkelte beständig solche Deckchen, die einem gewissen Schonungsbedürfnis entsprangen. Aber der modernen Zeit sind sie unbequem, deshalb habe ich mich auf die zwei beschränkt, die der Pietät Rechnung tragen sollen.«

Er strich zärtlich über die gehäkelten Naivitäten und fuhr dann rasch fort: »Also nun bitte ich Umschau zu halten, ehe wir zur Tafel schreiten. An dem großen Schreibtisch arbeitete Vater seine Predigten, die Myrten darüber stammen vom Brautkranz meiner Mutter. Im Pfeifenständer in der Ecke seht ihr noch die mit dem alten Blücher auf dem Porzellankopf, die letzte Pfeife, die Vater geraucht hat. Das Zimmer ist eigentlich ein Museum. Aber wir wollen uns bei Einzelheiten nicht aufhalten, sonst wird die Schokolade kalt. Nur noch einen Blick in die Flucht der Nebengemächer...« Er öffnete eine Tapetentür, die in ein winziges Zimmerchen führte, in dem ein Bett, ein Waschtisch, ein großer Schrank und ein Regal mit Büchern standen ... »Das Schlafzimmer,« sagte Krempel und deutete auf das Bett; »das Ankleidezimmer« – er zeigte auf den Schrank –, »das Bibliothekzimmer« – dabei wies er auf das Bücherregal – »und schließlich das Badekabinett« – er verbeugte sich vor dem Waschtisch ... »Die Wohnung ist für einen einzelnen ja etwas geräumig, aber ich liebe die langen Enfiladen. Nun verbleibt noch die Küche ...« Es ging über einen schmalen Flur, in dem man sich kaum umwenden konnte, und dann in die Küche, in der eine dicke Frau am Herde hantierte... »Frau Brendicke,« sagte Krempel mit einer Handbewegung, »meine Haushälterin, ein kulinarisches Genie, namentlich bedeutend in falschem Hasen und in Brühkartoffeln, aber auch in feineren Sachen erfahren. Wie steht's mit der Schokolade, Frau Brendicke?«

Frau Brendicke hatte vor den jungen Damen einen Knix gemacht und zu dem Lobe Krempels etwas schämig geäußert: »Aber, Herr Doktor ...« Dann kehrte sie zu der Schokolade zurück. »Sie ist fertig, soll ich sie 'reinbringen?«

»Bitte zu servieren,« entgegnete Krempel. Nun trat man wieder in den Salon.

»Das Dienerzimmer haben wir noch nicht gesehen,« sagte Maxe.

Krempel lachte. »Ich will die Illusion fallen lassen. Es sollte wie bei wahrhaft vornehmen Leuten sein, ein Empfang in großem Stil. Deshalb habe ich mir von euerm Genander eine Livree geborgt und wandelte mich zunächst in einen Levkoien aus gutem Hause um. Aber jetzt bin ich wieder ich und bitte euch, Platz zu nehmen« Beate auf das Sofa, Elfriede rechts und Maxe links ...«

Nun trat Frau Brendicke wieder in die Erscheinung und trug auf einem Brett eine stattliche weiße Porzellankanne, goldumrändert wie die Tassen und mit einer kleinen goldenen Puschel auf dem Deckel. Die Schokolade floß in die Tassen, und Krempel setzte kunstgerecht einen Inselberg von weißer Schlagsahne auf die braune Flut. Dann schnitt er die Torte und versah auch hierbei ein jedes Stück mit einer Schlagrahmkrönung, so daß man nunmehr an die Tätigkeit des Vertilgens gehen konnte.

Während die jungen Damen mit angeregtem Appetit speisten (nur Beate ihrer Neigung zur Fülle halber etwas vorsichtiger), ging das Gespräch hin und her. Krempels frisches Jungengesicht, das sich die Harmlosigkeit der Kindheit bewahrt hatte und in dem der kleine blonde Schnurrbart beinahe ein befremdliches Element bildete, glänzte vor Freude, die Freundinnen bei sich zu haben. Er war ein Mensch glücklicher Illusionen, für den es einen Nullpunkt des Empfindens eigentlich gar nicht gab. Über das Bescheiden mit dem Notwendigen stieg bei ihm immer ein Augenblickswohlsein, das zu einer förmlichen Kette von Frohgefühlen wurde. Er war ein ausgesprochener Optimist, für den die These des Aristoteles, daß das Glück den Selbstgenügsamen gehöre, zur Wahrheit wurde. Kleinlicher Ärger, der in seinem Lehrerdasein ja auch nicht ausblieb, fiel von ihm ab wie rasch rinnende Regentropfen. Er kannte im Wechselspiel des Lebens die Unlust nicht.

Im Laufe der Unterhaltung, die vom Hundertsten zum Tausendsten sprang, fiel das Niveau in der Schokoladenkanne: der Schlagrahmberg war abgetragen und die Nußtorte zu einem fragmentarischen Gebilde geworden. Maxe hielt es angesichts der Überwindung der Materie nunmehr für an der Zeit, mit dem Plane herauszurücken, für den man Krempel als Hilfskraft gewinnen wollte. Sie wischte mit dem Taschentuch über ihre Lippen, erbat sich eine Zigarette, rauchte ein paar Züge und begann also:

»Krempel, wie du siehst, sind wir deiner gefälligen Einladung gern gefolgt und haben auch auf dem Altar, den du uns errichtet hast, nach besten Kräften geopfert., Jetzt müssen wir dir aber sagen, daß du uns doch noch etwas anderes als nur die Lust an Schokolade und Nußtorte bewog, zu dir zu kommen: wir haben die Absicht, dich an einem Unternehmen zu beteiligen, dessen Gewagtheit dich vielleicht im ersten Augenblick erschrecken dürfte, dem du aber gewiß zustimmen wirst, wenn du in Ruhe unsre Gründe gehört und deren Nützlichkeit erwogen hast.«

Dionys machte ein verwundertes Gesicht, und zugleich flackerte in seinem Auge die Neugierde auf.

»Alle Wetter,« meinte er, »das klingt feierlich.«

»So sollte es auch, denn es liegt heiliger Ernst in der Sache.«

»Also schieß los.«

Maxe atmete stark auf und sagte dann mit Betonung:

»Wir wollen unsre Mama verheiraten ...«

Krempel klappte die rechte Ohrmuschel um, als habe er nicht recht verstanden und als wolle er noch einmal die Antwort hören. Aber das war nur eine unwillkürliche Bewegung, denn er hatte schon richtig vernommen, und da das Drollige der Äußerung nach dem ersten Stutzen in sein Bewußtsein trat, huschte zunächst ein Schmunzeln über sein Gesicht, dem leises Kichern und dann ein herzliches Lachen folgte.

»Entschuldigt,« rief er, »aber das ist wirklich ... Nehmt mir's nicht übel, aber ... Bitte, Maxe, wiederhole noch einmal: ihr wollt eure Mutter verheiraten?« »Das ist unser fester Wille,« antwortete Maxe, und Elfriede sagte: »Ich weiß nicht, weshalb du das so fürchterlich komisch findest, Krempel. Wenn die Mama uns verheiraten möchte, würde dir das ganz selbstverständlich erscheinen. Warum nicht auch umgekehrt?«

Nun nahm auch Beate das Wort. »Krempel, bemühe dich, die Sache ernsthaft aufzufassen. Es handelt sich keineswegs um einen frivolen Scherz – wahrhaftig nicht. Seit wir erwachsen sind und die Mama sich nicht mehr um uns zu sorgen hat, haben wir das Gefühl, daß sie sich nach einer neuen Ehe sehnt ... Jawohl, so ist es. Sie hat die Trennung von ihrem Manne verschmerzt, sie ist innerlich wieder frei geworden, und da sie noch nicht alt genug ist zu freiwilliger Entsagung, so ist die Hoffnung auf ein zweites Liebesglück doch etwas ganz natürliches. Selbstverständlich hat sie uns das nicht anvertraut. Mitteilung von Gefühlen hat immer seine Schwierigkeit. Vielleicht spricht bei ihr auch etwas Unbewußtes mit, aber die Übertragung in das Bewußte wird schon kommen, wenn erst der Bewußte sich zeigt.«

»Natürlich,« sagte Elfriede. »Krempel, wir sind verständige Mädchen und brauchen uns nicht hinter alberner Prüderie zu verkriechen. Wir wollen dir gegenüber auch ganz ehrlich sein. Wir sind immer noch Mutterkinder. Verstehst du, was ich damit meine? Wir müssen immer noch am Schürzenzipfel unsrer Mutter hängen, weil sie uns nicht freigeben will. Sie hat uns vernünftig erziehen lassen. Jede von uns hat etwas gelernt, aber sie verwehrt es uns, das Erlernte praktisch auszunützen. Warum? Weil sie eine etwas philiströse Angst vor der Öffentlichkeit hat.«

»Das hat sie,« rief Maxe. »Da wir doch einmal bei Konfessionen sind, müssen wir auch offen zugeben, daß diese in vieler Beziehung sehr unbefangen urteilende Mutter in manchen Dingen noch recht rückständig ist. Warum muß ich beim Abiturium haltmachen? Warum läßt sie mich nicht weiterstudieren?«

»Und warum darf ich,« fügte Beate hinzu, »mich nicht nach einer Stellung als Bibliothekarin umsehen? Warum hat sie Elfriede plötzlich die Malkarriere unterbunden? Weil sie Furcht hat, uns in Freiheit zu setzen, und diese Furcht ist nichts weiter als die Scheu, uns ohne Männer ins Leben treten zu lassen.«

Maxe schlug mit zwei Fingern auf den Tisch. »Und aus allen diesen Gründen,« sagte sie, »halten wir es für eine Notwendigkeit, die Mama schleunigst zu verehelichen.«

Krempel hatte mit gespannter Aufmerksamkeit zugehört und dabei abwechselnd den Kopf geschüttelt und genickt. Aber er lachte nicht mehr: er war wirklich ernsthaft geworden.

»Ich verstehe schon,« entgegnete er, »daß ihr euch nach einer gewissen Selbständigkeit sehnt, nachdem ihr quasi zu solcher erzogen worden seid. Aber wer gewährleistet sie euch denn für den Fall, daß eure Mutter sich wieder verheiraten sollte? – Der künftige Stiefpapa? Das ist doch noch sehr die Frage.«

»Wir werden unsere Bedingungen stellen,« rief Maxe.

»Sei nicht vorlaut, Maxe,« sagte Beate. »Bedingungen stellen ist Unsinn. Wir brauchen gar keine Zwangslage zu schaffen.. Es ist klar, daß eine Wiederverheiratung der Mama auch für uns entscheidend sein würde.«

»Das scheint mir durchaus nicht so klar,« antwortete Krempel. »Es wird der Wunsch eurer Mutter sein, euch auch noch weiterhin im Hause behalten zu können. Und ihr Gatte wird nachgeben.«

»Und dann ist die Zwangslage da,« sagte Elfriede., »Gewiß, Beate, es kann immerhin zu einer solchen kommen. Was schadet es auch? Wir wollen ja der Mama nicht durchgehen. Wir wollen uns nur auf unsere persönlich gewachsenen Füße stellen. Das erlaubt uns nicht nur unsre Erziehung: wir haben auch eignes Vermögen und können von den Zinsen recht gut leben.«

»Gott sei Dank,« rief Maxe. »Rechne mal, Krempel. Jede von uns hat hundertfünfzigtausend Mark. Wenn wir nun –«

»Ach Gott, Maxe,« fiel Beate ein, »laß doch die Albernheiten. Wir brauchen gar nicht erst zu rechnen. Es langt. Wenn wir uns eine gemeinschaftliche Wohnung nehmen, können wir einen fürstlichen Hausstand führen.«

»Wenn,« sagte Krempel mit Betonung. »Ich begreife ja, daß es einen großen Reiz für euch haben würde. Es ist wenigstens eine relative Freiheit. Aber wißt ihr denn, daß die die Mama sie euch gewähren würde?«

»Wir werden es durchzusetzen verstehen. Ich glaube auch nicht einmal, daß das so schwer halten würde. Mutter selbst wird sich ihrer jungen Freiheit freuen. Natürlich – es muß ja für sie ein peinliches Empfinden sein, sich von den eigenen Töchtern in ihrer Liebe beobachtet zu wissen. Und auch für uns wäre es unangenehm. Es ginge nicht. Wir sind zu groß geworden.«

Krempel sah das ein. »Also schön. Rekapitulieren wir: eine neue Ehe eurer Mutter wäre für alle Teile gut. Wollt ihr nun die Gewogenheit haben, mir zu erklären, wie ich euch dabei helfen könnte. Mit Heiratsvermittlungen habe ich mich noch nie befaßt, weiß nicht einmal, ob ich Talent dazu habe. Aber es kann schon sein. Mein angeborener Optimismus würde mich zum Glücksstifter befähigen. Auf Prozente verzichte ich.«

Die drei Mädchen huben gleichzeitig zu sprechen an.

»Ruhe,« sagte Beate, »ich bin die Älteste. Ich bin die Sprecherin, ihr seid nur der Chorus. Die Sache liegt so, Krempelius. Bis jetzt haben wir nur einen Mann auf Lager, der für die Mama geeignet sein könnte. Er heißt Woldemar mit Vornamen – mit ›o‹ – und ist eine alte Jugendliebe von ihr. Also ein beachtenswertes Objekt, wenn ich mich so ausdrücken darf. Aber das genügt nicht. Wir müssen das Lager komplettieren. Wir müssen uns eine reichere Auswahl schaffen. Unter den Leuten, die bei uns verkehren, ist nichts Passendes.«

»Nein,« setzte Elfriede hinzu, »gar nichts. Die meisten kennst du ja. Unser Verkehr ist sowieso nicht sehr groß. Ich bin schon auf eine ganz verwegene Idee gekommen, aber ich ängstige mich beinahe, sie euch mitzuteilen, weil sie ein bißchen frivol ist. Wie wär's mit einem Inserat?«

»Aber Elfriede!« rief Beate, und auch Krempel schüttelte abermals mißbilligend den Kopf. »Das ist zu gewagt. Und zuviel Risiko dabei. Und hat einen unangenehmen Beigeschmack. Nur keine Dummheiten.«

»Herrschaften, erlaubt,« sagte Maxe, »was wäre dabei? Es wird ja kein Name genannt. Ich denke mir das höchst ulkig. Wir könnten auf dem Inseratenwege auch um die Photographien der Heiratslustigen bitten. Dann kriegten wir eine hübsche kleine Galerie zusammen –«

»Maxe, was redest du für Unfug!« fiel Beate ein, »Wir wollen abenteuerliche Ideen beiseite lassen und praktische Ziele verfolgen. Krempel hat recht: bloß keine Dummheiten! Krempel, hör' zu – du bist der einzig Verständige. Hast du keine geeigneten Herren in deiner Bekanntschaft, die du uns zuführen könntest?«

»Das wäre zu überlegen,« antwortete Dionys. »Unter meinen Kollegen nicht. Ein Philologe paßt auch nicht zur Mama. Wir müssen da sehr vorsichtig sein und neben allen Äußerlichkeiten Charakter, Gemüt und Herz berücksichtigen. Mein Direktor ist Witwer, ganz passable Erscheinung, hat neulich den Kronenorden dritter bekommen – aber er ist ein bißchen verknöchert und schnupft Tabak. Also fort! Apropos: Adel ist doch nicht unbedingt notwendig?«

»Nein,« sagte Maxe. »Mama ist nicht so. In solchen Dingen sind wir sehr liberal.«

Krempel schnippte mit den Fingern und sprang auf. »Ich hab's!« rief er. »Ich habe einen Kandidaten für unsre Zwecke, wie man sich ihn nicht besser denken kann! Einen,

60

den ihr auch kennt und der sowieso bei euch Besuch machen wollte: den Superintendenten Warmuth.«

»Warmuth?!« rief Elfriede. »Den langen Herrn, den wir neulich bei Geheimrat Hegler trafen?«

»Denselben. Ein charmanter, liebenswürdiger Mann von Ernst der Gesinnung, dabei mehr weltfreudig als Asket – von recht gutem Sichgeben, vielleicht fünfzigjährig, stattlich, geliebt bei Gemeinde und Konsistorium – und außerdem heiratslustig.«

»Weißt du das?« fragte Elfriede.

»Nein. Aber warum soll er es nicht sein?«

»Wenn einer schon fünfzig geworden ist ... Zudem Geistlicher. Die heiraten immer frühzeitig.«

»Vielleicht hat er als Kandidat eine unglückliche Liebe gehabt. Aber das ist so lange her, daß er sie zweifellos schon wieder verschmerzt hat. Jedenfalls hegt er eine große Schwärmerei für eure Mutter.«

»Ich glaube, du schnurrst, Krempelius,« sagte Beate.

»Auf mein Wort nicht. Er hat mich bei Hegler förmlich ausgefragt nach der Mama. Alles wollte er wissen. Fand sie entzückend – und seine Augen folgten ihr, wo sie stand und ging ... Das wäre der eine. Nun kommt Nummer zwei.«

»Herrjeh,« rief Maxe, »hast du noch einen in petto?«

»Noch etwas Hervorragendes. Einen Witwer. Sozusagen ein Gegengewicht zur Theologie: einen Großkaufmann. Einen Kommerzienrat von schönen Einkünften: Herrn Friedrich Wilhelm Brökelmann.«

»Kenne ich nicht,« sagte Elfriede.

»Ich auch nicht,« setzte Beate hinzu. Doch Dionys rief lachend: »Natürlich kennt ihr ihn, wenn auch nicht persönlich. Ihr trinkt ja alle Tage seine Milch!«

Die Damen schwiegen einen Augenblick, dann lachten sie fröhlich auf, und Maxe rief: »Ach, den meinst du?! Den Brökelmilchmann!? ... Hör' mal, da glaube ich doch, daß Mama das geistliche Element vorziehen würde.«

»Das ist die Frage. Ihr dürft euch unter diesem Brökelmenschen nicht einen vulgären Milchmann vorstellen, der immer weiß beschülpert ist. Das ist ein halber Agrarier – mit industriellem Einschlag und von bedeutendem Unternehmungsgeist. Ein früherer pommerscher Gutsbesitzer – hat auch noch etwas von der Rasseneigentümlichkeit jener Landschaften beibehalten, aber großstädtisch abgeschliffen und durch häufige Besuche des Metropoltheaters geistig verfeinert. Ein Mann von Bildung und Lebensart, mit Hunderten von Kühen, die unablässig gemolken werden, um die Milch der frommen Denkungsart in unserm verpöbelten Zeitalter zu verbreiten. Außerdem ist er doch euer Nachfolger – was auch von einem gewissen Interesse ist.«

»Nachfolger – wieso und inwiefern?«

»Na ja – das wißt ihr auch wieder nicht. Er hat Zochin gekauft und dort seine Meierei angelegt. Aber diese Meierei, liebe Kinder, ist ein Institut, kein gewöhnlicher Rindviehstall. Ist eine ganze Stadt für sich, eine Sehenswürdigkeit: das Chicago des Schwielow. Das müßt ihr kennen lernen.«

»Wollen wir auch,« sagte Elfriede. »Nimm uns doch einmal mit!«

»Gern. Der Kommerzienrat hat einen Sohn; den unterrichte ich – einen prächtigen Bengel, mit dem ihr als Stiefbruder ganz zufrieden sein könntet. Durch den brauchen wir uns bloß anmelden lassen. Sein Vater hat übrigens auch eine Stadtwohnung, gar nicht weit von euch: in der Bendlerstraße. Außerdem ist er ein Jugendfreund des Superintendenten Warmuth, was wiederum eine niedliche Zufälligkeit ist.«

»Oder auch nicht,« warf Beate ein. »Wenn sich nun beide in die Mama verlieben und ihre Eifersucht zu gräßlichen Taten führt?«

»Ausgeschlossen,« rief Maxe. »Ganz unmöglich. Vergeßt nicht, daß der eine mit Milde, der andre mit Milch handelt.«

»Das ist frivol, Maxe, aber man verzeiht dir, weil es nicht unrichtig ist. Sie werden sich weder boxen noch schießen; der eine wird dem andern mit Anstand zuvorkommen. Also seid ihr einverstanden, daß wir den Kommerzienrat auf die Liste der Papabili setzen?«

Die Damen bejahten einstimmig: Beate mit der Einschränkung, daß man ihn erst einmal kennenlernen müßte. Aber Dionys erklärte nochmals, daß dies ein leichtes sein würde. Er wollte schon morgen dem kleinen Berthold, dem Sohne Brökelmanns, einen Brief mitgeben und um die Erlaubnis bitten, mit einigen befreundeten Damen die Meierei besichtigen zu dürfen.

»Gut,« sagte Elfriede. »Vielleicht kommt die Mama mit, dann finden sich gleich die ersten Anknüpfungspunkte. Sonst fordert ihn eine von uns aus Dankbarkeit auf, uns gelegentlich mit seinem Besuche erfreuen zu wollen ... Nun haben wir drei, die in Frage kämen: einen Offizier, einen geistlichen Herrn und einen Industriellen. Das dünkt mich vorderhand genug. Man soll nicht übertreiben. Bei allzuviel neuen Bekanntschaften könnte die Mama stutzig werden. Auf den Kommerzienrat rechne ich am wenigsten.«

»Und ich am meisten,« versetzte Krempel. »Ihr malt euch noch immer ein falsches Bild von ihm. Ihr denkt an Butter, Quark und dicke Milch. Aber er ist ein Gentleman, auch ein großer Mäcen mit einer schönen Bildergalerie und allerhand auserlesenen Kunstwerken in seinem Hause. Ihr werdet euch wundern, wenn ihr einmal zu ihm kommt.«

»Ist er denn äußerlich einigermaßen ansehnlich?« fragte Beate.

»Aber wie!« rief Krempel eifrig. »Denkt euch eine Mischung zwischen dem Farnesischen Herkules, dem alten Wrangel, dem Apoll von Belvedere und dem seligen Minister Miquel, dann habt ihr ihm vor euch. Er ist kraftvoll wie Herkules, geschmeidig wie Apoll, militärisch wie Wrangel und hat die buschigen Augenbrauen Miquels. Das Gesicht bartlos bis auf zwei Raupen auf den Backen. Die Augen etwas klein und zugekniffen, aber der Blick schelmisch und verliebt – ja entschieden verliebt. So ein Blick voll zärtlicher Gourmandise.«

»Nun bin ich aber wahrhaftig neugierig,« sagte Maxe. »Vor allem freue ich mich, daß wir so weit sind. Jetzt heißt es, die Mama mit Lang- und Sanftmut und großer Delikatesse auf das Kommende vorzubereiten. Sobald die Herren Besuch bei uns gemacht haben, müssen wir eine Gesellschaft geben. Und zwar schlage ich vor, daß jede von uns eins unsrer Opfer übernimmt, sich mit besonderer Liebe an den Betreffenden heranschlängelt und ihm das Lob der Mama in hellen Tönen singt.«

»Da bitte ich um den Major,« entgegnete Elfriede.

»Warum?«

»Weil er auch malt und wir uns gut verstehen werden.«

»Schön, ich habe nichts dagegen. Ich werde die Geistlichkeit übernehmen. Die Bearbeitung ist am schwierigsten, aber ich traue sie mir zu.«

Beate protestierte. »Erlaubt,« rief sie, »da bleibt ja für mich nur der *milkman* übrig? Wovon soll ich mit ihm sprechen? Ich habe keine Ahnung von Buttermaschinen und Zentrifugen, und eine Molkerei ist für mich wie das Bild zu Saïs.«

Maxe wurde ärgerlich. »Sei doch keine Spielverderberin! Du hörst ja von Krempel, daß die Bildung des Mannes hoch über das Melken geht.« »Du kannst beruhigt jedes Thema bei ihm anschlagen,« sagte Dionys, »sogar aus der alten Welt. Sprich mit ihm über die Pythia oder die Äpfel der Hesperiden – er wird Bescheid wissen. Nur den Stall des Augias und die heilige Kuh der Inder erwähne nicht, weil er das für Anspielungen halten könnte ...«

Der Plan wurde noch lange und in allen Einzelheiten durchgesprochen. Krempel amüsierte sich über den Ernst, mit dem die Mädchen auf ihr Ziel losmarschierten: es war beinahe so, als ob sie eine neue Ordnung der Dinge erstrebten und vom Hochzeitstage ihrer Mutter an den Beginn einer besseren Gegenwart erwarteten. Das reizte seine Spottlust, für die er sowieso Vorliebe und Verständnis hatte; aber er hütete sich, ihr die Zügel schießen zu lassen. Er machte das Spiel mit, weil es ihn harmlos dünkte und weil er diese prächtigen Mädel lieb hatte, die ja auch in ihrem guten Rechte waren, wenn sie die Forderung stellten, den Bau ihrer Erziehung nicht in Untätigkeit zerbröckeln zu lassen. Sie waren alle drei heitere Freiheitsvögel, und man konnte es verstehen, daß sie sich aus dem Neste heraussehnten. Gewiß: sie hatten es gut unter den Fittichen der Mutter und ihrer liebenden Sorglichkeit. Aber die Mutter selbst hatte die Antriebe zu einer kräftigeren Entfaltung ihrer Individualität in ihnen geweckt, und nun hielt es schwer, wieder zum Stillstand zu bremsen.

Auch Frau von Göchhusen kannte Dionys seit vielen Jahren und schätzte sie aufrichtig. Sie hatte lange unter dem Druck ihrer Scheidung gestanden. Dann aber kam die Rückbildung um so rascher; sie fand ihren Humor wieder, und ihr altes glückliches Temperament erwachte von neuem. Sicher war es auch nicht nur eine gewisse philiströse Rückständigkeit, die sie veranlaßte, das Studium ihrer Kinder zu unterbrechen: es war zweifellos ein naiver Egoismus dabei im Spiel, der heiße Wunsch, die Mädchen bei sich zu behalten. Es war ihr schon schwer geworden, sie wechselweise von sich zu lassen; aber während Maxe in Hannover in Pension war, um sich für die Weihe des Abituriums vorzubereiten, verblieben wenigstens die beiden anderen bei ihr, und als Elfriede zu Weimar den Urgrund zu berühmter Zukunft legte, behielt sie doch immer noch Beate, die bei einem zoddelbärtigen Berliner Professor die Mysterien der Bibliothekwissenschaft mit leichter Mühe erlernte. Und nun wollten alle drei auf einmal in die Welt hinaus. Natürlich war das hart für die Mutter, der um ihre Küken bangte. Aber nein: vielleicht bangte sie sich gar nicht einmal. Sie war ihrer Mädel sicher: sie hatte ja doch selbst dafür Sorge getragen, daß in diesen jungen Seelen das Verständnis für die Umwelt mit allen ihren Kontrasten, dem Zusammenstoß der Kräfte, ihren moralischen Versuchungen und auch der Verschiebung ihrer sittlichen Begriffe Wurzel schlug. Sie hatte fünf Kindern das Leben gegeben. Die ältesten, Zwillingsmädchen, ein schwächliches Paar, waren bald nach der Geburt gestorben. Aber dann ging es weiter: wieder ein Mädchen, und wieder eins und nochmals ein Mädchen – und da hatte ihr Mann sie die »Mädelmama« getauft und ihr scherzend vorgeworfen, wie schwer es halten würde, diese umherkrabbelnde Weiblichkeit mit allem Komfort der Gegenwart zu erziehen.

Freilich – solange der Legationsrat noch mitzureden hatte, wurde der sogenannte Komfort jedweder praktischen Betätigung vorgezogen, und Miß und Mademoiselle hatten nur darauf zu achten, daß die Kleinen artig waren und Englisch und Französisch besser zu lernen verstanden als die eigene Muttersprache. Aber dann kam es anders, und zwar kam es so, daß diese verständige Mädelmama sich ihrer Erziehung nicht zu schämen brauchte und zugleich wissen mußte: in dieser Erziehungsmethode ruhten die Triebkräfte zu einer späteren Selbständigkeit. Sie war zu klug, um das nicht einzusehen; was sie fürchtete, war sicher nur die Einsamkeit.

Also gut: da mußte man sie verheiraten. Dionys Krempel sprach nicht davon, daß es ihm noch sehr zweifelhaft erschien, ob alle gescheite Berechnung nicht doch etwas Falsches ergeben würde. Er ging nie einer humoristischen Wendung im Leben aus dem Wege; es gefiel ihm auch, daß die drei Mädel so forsch zuzupacken verstanden, alles Sentimentale ausschalteten und ohne heuchlerisches Pharisäertum auf die Entscheidung losmarschierten. Sie wollten ihre Mutter verheiraten, um sich selbst eine freiere Bewegung im Dasein zu schaffen. Das war die Hauptsache: der Egoismus der Kinder prallte gegen den der Mutter. Verständlich. Was sonst noch kommen konnte, war in Nebel gehüllt. Vielleicht verliebte sich wirklich einer der drei Auserwählten in die stattliche Frau. Vielleicht dachte keiner daran. Vielleicht erwiderte sie die Neigung dieses oder jenes; vielleicht gab sie allen dreien den Laufpass. Jedwede Hoffnung stand auf diesem »Vielleicht«. Aber gerade das machte Herrn Doktor Krempel Spaß.

Maxe sah die Zukunft bereits in rosigstem Lichte.

»Es bleibt dabei,« sagte sie, »unmittelbar nach Mutters Hochzeit nehmen wir uns eine gemeinschaftliche Wohnung. Das denke ich mir wundervoll. Dein Atelier hinten heraus, Elfriede, damit deine Modelle uns nicht beständig in die Quere kommen. Beate kriegt als Älteste das schönste Zimmer vorn, und meine Studentenbude gliedert sich an. Zur Einweihung laden wir Krempel ein: das ist die Revanche für heute.«

»Ich danke im voraus,« entgegnete Dionys, »und akzeptiere schon jetzt. In der Tat: es muß behaglich sein, wenn ihr drei erst zusammen haust. Aber das Trio kann sich bald in ein Duo verwandeln, und wenn von dem Duo eine von dannen zieht, wird sich die Übriggebliebene etwas verlassen vorkommen. Kinder, denkt ihr denn nicht an die *eigene* Heirat!?«

Eine aufgeregte Gegenwehr hub an. Aber die Stimme Beates durchdrang das Chaos.

»Krempel, wozu dieser Einwurf?!« rief sie. »Wir haben alle drei schon unsre Freier gehabt und haben kaltlächelnd gedankt. *Muß* denn immer geheiratet werden?«

»Nimm an, deine Mutter stellt die gleiche schwer zu beantwortende Frage.«

»Ach was, die Mutter,« sagte Elfriede, »hier handelt es sich um uns. Wir haben gar keine Ursache, uns in Abhängigkeit zu begeben, weder materiell –«

»Noch sonstwie,« ergänzte Maxe. »Wir gehören nicht zu den törichten Jungfrauen, die ihre Herzen nicht in Zucht zu halten verstehen, mein guter Junge.«

»Na, na – renommiere nicht. Es könnte doch einmal einer kommen –«

»Er soll nur! Er soll nur. Haha, wir lassen uns nicht überrumpeln! Ein bißchen vorsichtige Kaltschnäuzigkeit haben wir aus Mutters Erbe. Eine wird die andere beraten. Eine wird Schutz der andern sein. Wir halten zusammen.«

»Hoffentlich,« setzte Beate hinzu. »Krempel, es ist merkwürdig, wie du uns verkennst. Wir reißen uns nicht um die Männerwelt. Du weißt, ein bissel Pessimismus hat immer in mir gelebt. Ich glaube nicht an die wolkenlose Reinheit der Liebe. Wir haben ein vorbildliches Beispiel an der Ehe unsrer Mutter.«

»Die ihr aber trotzdem rasch wieder unter die Haube bringen möchtet.«

»Gott, Krempel,« rief Elfriede, »wirf die Motive doch nicht geflissentlich durcheinander. Es gibt Zweckessen und Vergnügungsdiners, du verstehst wohl. Ich bin minder pessimistisch angehaucht als Beate, aber ich gebe ihr recht: wenn man die Liebe nicht als eine reale Macht anerkennen will, gegen die es kein Wehren gibt, dann ist sie in hundert Fällen neunundneunzigmal ein Possenspiel, eine törichte Schnurre oder gar ein Verbrechen.«

»Huhu!«

»Nee – mach' nicht huhu, es ist schon so. Ich bin nicht eingebildet genug, um zu behaupten, daß ich nie hereinfallen könnte. Natürlich kann auch ich mich mal verlieben. Da werden die Schwestern kommen und mir raten, was verständig ist: ob es nicht besser sei, zu entsagen, als auf die Gefahr hin zu heiraten, meine Freiheit gegen ein vermeintliches Glück einzutauschen ... Du mußt doch einsehen, daß wir drei viel vergnügter und vor allem sorgenloser leben können, wenn wir unter uns bleiben, als wenn wir uns in eine, ihrer Entwicklung nach vielleicht zweifelhafte Ehe stürzen.«

Maxe schüttelte den Kopf. »Er sieht es partout nicht ein,« sagte sie, »er ist ja selber ein Mann. Der Hochmut seines Geschlechts sitzt ihm im Nacken ... Krempel,« rief sie, »bist du der Ansicht, daß unsre irdische Seligkeit am Manne hängt? Ja oder nein?«

»Jawohl,« entgegnete Krempel, »erstens wegen eurer im Stadium der Verliebtheit sich proportional steigernden Illusionsfähigkeit und dann wegen der polarischen Ergänzung.«

Da wurde Maxe sehr ärgerlich. »Nun hört ihr's! Es ist die alte Geschichte: jedesmal, wenn er mich übertrumpfen will, fängt er mit Fremdwörtern an. Aber die verstehe ich auch, und auf deine polarische Ergänzung pfeife ich. Und wenn du nun noch ein Wort sagst, dann heirate ich überhaupt *nie* ...« Sie wurde verwegener und schlug wieder mit zwei Fingern auf die Tischkante. »Deshalb wollen wir ja eben zusammenziehen, damit eine von uns nicht von einem

Manne fortgekapert wird! Jawohl, mein Teurer, wir bilden ein Schutz- und Trutzbündnis: keine wird heiraten, ohne daß die andern ihre Zustimmung geben – und daran halten wir fest. Wir stellen unsre Freundschaft über die Flüchtigkeit der Liebe und die polarische Übereinstimmung unsrer Seelen über deine Ergänzungstheorie. Wir sind freie Mädchen. Ja, mein Herr!«

Diese Rede gefiel Beate und Elfriede so wohl, daß sie lachend applaudierten. »Du bist geschlagen, Krempelius,« sagte Beate, »also schweige.«

»Vorläufig ja,« entgegnete Dionys, »aber wenn die Gelegenheit kommt, werde ich um so lauter sprechen. Ihr habt zu viel in den Schopenhauer geguckt und das Gelesene schlecht verdaut. Doch das macht nichts. Euer Pessimismus wird sich in das Gegenteil verkehren, sobald ihr beim Anblick eines gewissen Jemand das erste Herzklopfen spürt. Und dann bin ich sehr neugierig, wie die Schwestern das Herzklopfen der dritten beurteilen werden. Ich taxiere, daß in solchem Fall das berühmte Bündnis schmählich reißen wird ... Was darf ich euch noch anbieten? Frau Brendicke versteht es mit Meisterschaft, ein schlichtes Brötchen durch Aufputz von kaltem Ei und seltsam gekreuzten Sardellen förmlich ausländisch zu gestalten. Würde es euch danach gelüsten? Das Material ist zur Hand.«

Doch man dankte. Es war auch Zeit, allmählich an den Aufbruch zu denken. Krempel wurde noch einmal in ein Kreuzfeuer von Bitten, Fragen und Vorschlägen genommen, und dann empfahl man sich. Nun verschwand Dionys für einen Augenblick im Nebengemach und kehrte hierauf im Livreerock Genanders zurück, verbeugte sich tief und sagte:

»Wollen die gnädigen Damen die Güte haben, in das Antichambre zu treten ...«

Ein paar Tage später, in der sechsten Nachmittagsstunde, ließ der Major von Hartwig seine Karte im Göchhusenschen Hause abgeben. Die Mädchen waren gerade bei einer Freundin auf Besuch, und so mußte Frau Magda den Major allein empfangen. Er war im Überrock hatte aber den Helm in der Hand.

»Untertänigst Verzeihung, gnädigste Frau,« sagte er, »daß ich nicht ganz genau die übliche Visitenstunde einhalten konnte. Der Aktendienst nimmt mich so in Anspruch, daß ich oft genug nur den Abend frei habe –«

»Sie wären uns auch abends willkommen gewesen, Herr von Hartwig, und hätten dann ein Butterbrot mit uns essen können. Ich gebe zwar viel auf den ›guten Ton in allen Lebenslagen‹, aber wenig auf allzu strengen Formalismus. Und außerdem sind wir ja alte Freunde.«

Hartwig verbeugte sich. »Es ist schmeichelhaft für mich, daß Sie sich der Freundschaft von einst erinnern, gnädige Frau. Das Haus Ihrer Eltern steht mir noch lebhaft im Gedächtnis. Sie wohnten damals, in der Königgrätzer Straße, ungefähr der Christuskirche gegenüber, und ich weiß, daß Sie den kleinen Salon, in dem gewöhnlich die Besuche empfangen wurden, die ›Laterne‹ zu nennen pflegten, weil er einen achteckigen Ausbau mit zahllosen Fenstern hatte. Rechts davon lag Ihr Zimmer und links das der Frau Geheimrat, Ihrer Mutter, das mich stets besonders traulich angemutet hat, weil auf dem sogenannten Tritt in der Fensternische der Nähtisch stand und auf dem Fensterbrett immer Begonien blühten: wie in einem Interieur von achtzehnhundertdreißig.«

Frau von Göchhusen lächelte wehmütig. »Ja, so war es, Herr von Hartwig, genau so. Meine Mutter war eine prächtige Frau, aber kein Gegenwartsmensch. Sie liebte die Affekte von gestern, und wenn Paulus Cassel in der Christuskirche predigte, fehlte sie nie, weil der es ganz besonders verstand, die Augen feucht werden zu lassen – und so wollte es die Mama: eine Predigt ohne Rührung und reichlichen Tränenfluß hätte bei ihr den Zweck verfehlt. Mir selbst gefiel Paulus Cassel nicht. Er war mir zu dick – und ich ein spillriges Mädelchen. Das hat sich freilich geändert,« fügte sie heiter hinzu.

Der Major machte eine Kopfbewegung, die eine stumme Schmeichelei bedeuten konnte.

»Wie lange ist es her? Zweiundzwanzig – dreiundzwanzig Jahre ... aber zuweilen erscheint mir auch diese so weit zurückliegende Vergangenheit wie ein Tag von gestern und vorgestern, und seit ich Sie neulich wiedergesehen habe, ist mir, als ob sich die Empfindungen, die sich am Faden der Erinnerung aufreihen, noch stärker ausprägten. Ich entsinne mich mit fast farbiger Lebendigkeit gewisser Einzelheiten, die an sich kleinlicher Natur sind, aber eine feste Vorstellung in meinem Bewußtsein bilden, wie beispielsweise des Zimmers Ihrer Frau Mutter und des Korridors in Ihrer elterlichen Wohnung, in dem immer ein dunkler und ein erbsengelber Überzieher nebeneinander hingen und rechts und links vom Spiegel zwei bunte Lithographen: Ansichten von Teplitz ...«

Während er noch weiter sprach, erschienen Johanna, die Zofe, mit dem Theeservice, und Genander, der in den Besuchsstunden immer zum Diener avancierte, mit einem schönen alten Samowar, unter dem er die Flamme anzündete, um sich dann wieder zurückzuziehen. Das tat auch Johanna, und nun bereitete Frau von Göchhusen den Tee selbst, füllte die Tasse ihres Gastes, schob ihm den Teller mit Sandwichs zu und sagte:

»Ja, du lieber Gott, die Erinnerung! Es ist mir ja ganz ähnlich ergangen wie Ihnen, Herr von Hartwig. Als Sie neulich von dem Tode der zweiten Frau meines Mannes sprachen, haben Sie wohl gemerkt, wie heftig ich zusammenschrak. Das geschah aber, glaube ich, weniger zufolge der unerwarteten Plötzlichkeit der Nachricht, als aus einer blitzartigen Aufpeitschung des Gedächtnisses heraus. Ich sah in diesem Augenblick Wanda leibhaftig vor mir und hörte sie sprechen – hörte sie ganz deutlich sprechen: die Worte mit gewölbten Lippen prononzierend und mit dem scharfen Akzent, den sie sich trotz ihrer deutschen Erziehung nie abgewöhnen konnte.«

»Es hat mir noch nachträglich schmerzlich leid getan, gnädige Frau, daß ich eine wunde Stelle berührt habe.«

Er sprach das im Tone innigen Bedauerns, und mit einem merkwürdig hilflosen Gesicht, das in fast komischem Widerspruch zu dem Stattlichen seiner Erscheinung und der Ausdrucksenergie seiner Züge stand. Aber Frau von Göchhusen erhob abwehrend ihre Hand. »So ist es nicht, lieber Major,« sagte sie, » – Sie haben gar keine Ursache, sich Vorwürfe zu machen. Ich kann über diese Dinge so ruhig sprechen, als handele es sich um etwas sehr Gleichgültiges. Vergessen Sie nicht, daß zwischen heute und damals eine Zeit liegt, in der ich meinen vollen Frieden wiedergefunden habe. Jawohl, meinen vollen inneren Frieden. Ich gestehe, es gehörte ein wenig Selbstzucht dazu – aber es ist mir gelungen, und ich bin sehr froh darüber. Und da wir doch einmal bei dem Thema sind – ich wußte übrigens, daß es sich nicht umgehen lassen würde, und war darauf vorbereitet: es würde mich interessieren, von Ihnen zu hören, wie Sie mit Herrn von Göchhusen bekannt geworden sind –?«

Er warf, während er die kleine Teeserviette auf den Tisch zurücklegte, einen raschen, forschenden Blick aus seinen hellen Augen auf Magda, einen Blick, in dem man Erkennen und Wollen hätte lesen können, der aber auch gütig war, und antwortete hierauf ohne weiteres:

»Das kam so, gnädige Frau: Ich erzählte neulich bereits Ihrer Fräulein Tochter Elfriede ... apropos, wo ist Ihr reizendes Dreiblatt? Es hätte mir doch Freude gemacht, die Damen begrüßen zu dürfen.«

»Sie können jeden Augenblick zurückkommen, Herr von Hartwig. Besuch bei einer Freundin – aber es sollte nur eine Sprungvisite sein.«

»Also ja ... wie ich schon Ihrer Fräulein Tochter erzählte, vertreibe ich mir meine müßige Zeit zuweilen durch harmlose Malereien. Pour passer le temps, wirklich nichts weiter, und ohne Ruhmbegierde, selbst, ohne Hoffnung auf steigende Qualitäten. Na – und da strich ich denn auch während meiner Rekonvaleszenz in Pallanza zu öfterem hie und da mit meinem Skizzenbuch herum und sah eines Tages durch das Parkgitter der Villa Esperanza eine Partie, die mir außerordentlich gefiel. Ein paar Boecklinsche Zypressen als Hintergrund eines Rasenplatzes, darauf eine alte Platane mit seltsam gescheckter und zerrissener Rinde, ein Weiher mit dem obligaten Schwanenpaar und allerhand Schilfgewächsen am Ufer. Aber die Szenerie hatte auch Staffage. Unter der Platane stand ein sogenannter Triumphstuhl, und auf ihm lag eine sorglich in Decken gehüllte Dame –«

»Wanda,« fiel Frau von Göchhusen ein.

»Ja, gnädige Frau – und war in die Lektüre eines Tauchnitzbandes vertieft. Zu ihren Füßen ein Barsoi, rechtsseitig ein Tischchen mit einer Schale voll Früchte. Das alles sah so hübsch und malerisch aus, daß ich indiskret genug war, den Leseeifer der jungen Dame auszunützen und von der Straße aus das Ganze zu skizzieren. Nun wurde ich selbst eifrig, bis der Hund mich entdeckte und anschlug und die Dame erstaunt und, wie ich glaubte, auch mißbilligend aufschaute. Da stellte ich mich vor und bat um Entschuldigung – immer durch das Parkgitter – und muß bei dieser Gelegenheit wohl einen ganz netten Eindruck gemacht haben, denn die Dame lud mich freundlich ein, näher zu treten, um meine Skizze in größerer Beschaulichkeit beenden zu können. Das tat ich denn auch – und ich gestehe unbefangen ein: ich witterte damals so etwas wie ein hübsches Abenteuer –kein tannhäuserhaftes, Gott bewahre, aber doch immerhin eins, das die Langeweile von Pallanza angenehm zu unterbrechen imstande sein würde.«

Frau Magda lachte. »Merkwürdig, wie die Männer sich gleich sind,« sagte sie.

»Ja, das sind wir wohl, gnädige Frau: jedenfalls ist der Einschlag der Art immer unverkennbar, sobald uns das Ewigweibliche in gottgesegneter Fassung entgegentritt. Nur – – aber ich will bei meiner Geschichte bleiben. Mit dem Abenteuer war es in diesem Falle nichts: das merkte ich schon nach den ersten fünf Minuten meiner Unterhaltung mit Frau Wanda. Im übrigen erschien auch bald der Herr des Hauses der über die Abwechslung sichtlich erfreut war und mich zum Frühstück lud – und von diesem Tage ab war ich häufiger Gast in der Villa Esperanza und wurde schließlich ein Duzfreund Erichs.«

»A – ah ... so nahe sind Sie sich getreten?«

»Er bot mir das Du an. Ich hätte es nicht getan, weil ich – ich taxiere, weil ich temperierter veranlagt bin. Aber ich akzeptierte, denn ich war Erich aufrichtig freundschaftlich zugetan. Das Gegensätzliche der Naturen bildete wohl auch hier die Anziehungskraft. Ich habe immer Neigung für hastige Phantasiemenschen gehabt, die mit dem Leben häufig in Widerspruch geraten – für intelligente Querköpfe, die einen Reiz in der Erschwerung des Daseins sehen – auch für die Noblesse des Gebens und Gewährens, wenn sie sich mit einem gewissen geistigen Raffinement vereint: also wenn sie von Kultur zeugt. Alles das, weil ich selber das Gegenteil bin: trotz meiner Liebe zur Kunst ziemlich nüchtern, von guter, aber schwerfälliger Logik, und nicht reich genug, um mir Genüsse zu gönnen, die ich zu schätzen weiß. Ästhetische Genüsse, doch auch materielle, falls sie eine Mischung von Griechentum und römischer Lebenslust sind...«

Frau Magda saß schweigend in der Sofaecke und hörte zu. Dieser Major aus dem Bezirksbureau hatte eine Art zu sprechen, die sie fesselte. Das hatte er schon als junger Leutnant gekonnt: und was sie damals mehr noch als der Inhalt seiner Worte bezaubert hatte, das war der gefällige und melodiöse Wohlklang seiner Stimme gewesen. Dies Organ bestach; aber zweifellos, es gehörte zum Menschen, vor allem zum Ausdruck der Augen, die in ihrer Klarheit jedes Empfinden auf den Punkt seiner Stärke zu bringen schienen. Es gehörte nur nicht zur Uniform.

Eine kurze Pause trat ein. Frau von Göchhusen schaute vor sich hin, mit einem Blick der Verinnerlichung, als streife durch ihr Gedächtnis eine Reihe von Vorstellungen, deren Bruchstücke sie im Bewußtsein zu ordnen sich mühte. Und dann zuckte sie ein wenig zusammen, zuckte gleichsam aus einem Halbtraum auf, und sagte:

»Seltsam, wie ausgezeichnet Sie Erich mit wenigen Worten zu charakterisieren verstehen. Er war ein Grandseigneur und auch ein Kulturmensch, ganz richtig – und ich will Ihnen zugeben, nicht nur in äußerem Sinne: er strebte immer aus der Enge heraus und hätte sich in einer Welt lebendiger Schönheit am wohlsten gefühlt. Und das war zugleich der Grund seiner ewigen Unruhe und, ich muß es sagen, auch des Unglücks unsrer Ehe: daß ihm das Behaglichkeitsgefühl für kleine Kreise absolut abging und daß ihm jedes Beharrungsvermögen fehlte. Er sollte ursprünglich Kaufmann werden und die Farbwerke seines Vaters übernehmen. Daran war gar nicht zu denken. Dann studierte er Chemie: auch das behagte ihm nicht. Er sattelte um und wurde Jurist, kam ins Auswärtige Amt, zur Gesandtschaft nach Bukarest und wieder zurück nach Berlin – aber die Diplomatie langweilte ihn wie jeder andre feste Beruf, so daß er schließlich den Abschied nahm, um ganz sich selbst leben zu können ... Lieber Freund, es ist das gewiß eine schöne Sache, ›sich selbst‹ leben zu können; aber dann muß man ein geborener Egoist sein und völlig in seinem Selbst aufgehen. Dann muß man allein sein und auch in seinem Alleinsein eine frohe Festigkeit besitzen. Erich hätte nicht heiraten dürfen. Die Ehe ist immer nur eine umgrenzte Welt, und mich dünkt, es ist gut, daß es so ist. Er war in gewissem Sinne auch Herrenmensch. Was er liebte, wollte er besitzen. So nahm er mich – und als Wanda in seine Kreise kam und ein neuer Schönheitsrausch ihn verwirrte, nahm er sie. Ich glaube aber, auch mit ihr hat er kein volles Glück gefunden.«

Der Major schüttelte langsam den Kopf. »Nein, gnädige Frau – kein volles Glück. Er hat mir selbstverständlich nicht anvertraut, wie er in seiner zweiten Ehe lebte – aber ich spürte überall die Gegensätze: vor allem, ich spürte einen Verlauf ins Leere. Ich kann nichts gegen Frau Wanda sagen; sie war schon leidend, als ich sie kennenlernte, von einer eigentümlich rührenden Schönheit, sehr liebenswürdig und mit dem Weltschliff einer großen Dame, die sich viel auf internationalem Boden bewegt hat. Alles in allem: sie hat Eindruck auf mich gemacht. Aber für Erich war sie nicht mehr die Fülle seines Lebens – vielleicht auch nie gewesen. Ich möchte sagen, sie war für ihn zu einem Seitenbilde geworden. Zweifellos, daß er sie einmal sehr geliebt hat. Das mag auch noch in der Zeit gewesen sein, da er mit ihr in der Welt herumzigeunerte, denn wie Sie ganz richtig äußerten, war die Stabilität nie seine Sache. Dann begann sie zu kränkeln, und es kam das Muß der Ruhe. Und damit auch die Entthronung, die Entgötterung, der notwendige Sturz des Idols. Denn wenn er sie auch mit aller Sorgfalt umgab und selbst bei ihren mannigfachen kleinen Launen nie die Geduld verlor – es lag wohl in dem Ästhetizismus seiner Lebensauffassung, daß er selten rauh werden konnte: Zum Krankenpfleger war er nicht geschaffen.«

»Nein,« sagte Frau von Göchhusen, »dazu war er zu sehr Bewegungsmensch ...« Dann schwieg sie einen Augenblick, als wolle sie die begreiflichen Erörterungen gewaltsam abbrechen, und fragte endlich: »Woran ist Wanda gestorben?«

»Sie war lungenleidend.«

Wieder trat eine Pause ein. Der Major merkte, daß Frau Magda stark bewegt war. Er sah auch eine helle Träne in ihrem Auge. Diese Träne genierte sie sichtlich: Magda breitete ihr Gemütsleben nicht gern vor anderen aus. Aber es nützte nichts; die Träne ließ sich nicht halten: sie glitt die Wange hinab.

Frau von Göchhusen zog ihr Taschentuch. »Verzeihen Sie,« sagte sie. »Sonst habe ich mich besser im Zaume. Es war auch nur eine Träne, und die gönne ich Wanda – trotz allem. Ich habe nie hassen können – eine Schwachheit der Natur –, auch sie nicht: auch nicht in dem Augenblick, da ich wußte, daß sie mein Bestes nahm. Denn sie war keine Diebin; sie wurde geraubt. Sie war schon sein, als sie sich das erstemal sahen ... Aber ist es nicht seltsam, daß ich nie Nachricht von ihrem Tode erhalten habe? Und wenn wirklich ein Brief verlorengegangen sein sollte: warum schrieb er mir nicht aus Mexiko?«

Die elektrische Klingel an der Entreetür schrillte. »Das sind die Mädchen. Nun lassen wir das Thema fallen, lieber Major. Ich halte die Kinder gern im unklaren über das Gewesene. Wehmütige Retrospektiven sind nichts für ein junges Gemüt; sie verwischen die Eindrücke der Gegenwart – sie irritieren auch ...«

Die Tür ging auf, und Elfriede trat ein: mit luftgeröteten Wangen und glänzenden Augen.

»Tag, Mama,« rief sie. Dann stutzte sie, und der rosige Flaum ihres Gesichts tönte sich tiefer ab. »Ah – Herr von Hartwig ...«

Er hatte sich erhoben. »Gnädiges Fräulein.«

Sie gab ihm die Hand. »Hübsch, daß Sie Wort halten ... Mama, ich komme als Abgesandte von Beate und Maxe. Wir haben Herrn von Emmingen getroffen, und der hat sie in eine Konditorei verschleppt. Ich bin vorangestürzt, damit du nicht glaubst, wir seien in den Kanal gefallen oder unter der Elektrischen verunglückt.«

»Ich finde, daß Ihr Herrn von Emmingen häufig trefft.«

»Es liegt nicht an uns. Er gehört zu den Menschen, denen man immer begegnet. Es gibt solche Leute. Man entgeht ihnen nie.«

Nun trat die Zofe ein und meldete, ein Monteur von der Gasanstalt sei da und möchte die gnädige Frau sprechen.

»Hauswirtschaftliches,« sagte der Major. »Ich kenne das. Bei mir ist der Bursche die oberste Instanz. Er hat auch den Gaskocher unter sich, und Gnädigste Frau, ich empfehl mich zu Gnaden.«

»Warum so eilig, lieber Hartwig?« Der ›Jas‹ nimmt mich nur für ein paar Minuten in Anspruch. Sehen Sie sich solange das sogenannte Atelier Elfriedes an.«

»Das könnte mich locken ....« Der Major verneigte sich leicht vor Elfriede.

»Und wird mir eine Ehre sein,« erwiderte diese. »Ich habe freilich auch Furcht. Seien Sie kein allzu strenger Kritiker ....«

Sie ging voran, und Hartwig folgte ihr durch das Papageienzimmer. Frau von Göchhusen blieb noch einen Augenblick stehen und schaute ihm nach. Sie schaute einem Stück ihrer Vergangenheit nach und dachte daran, wieviel Schranken und Hemmnisse doch ihr Leben gefunden hatte. Dachte auch unwillkürlich an ihres jungen Herzens erste Liebe und wurde weich. Und seufzte ganz leise auf. Der Mann ihrer ersten Liebe hatte sich in Stattlichkeit erhalten – und sie war dick geworden. Es fand sich wieder etwas Unwillkürliches ein: sie schaute in den Spiegel. Da wurde der Wille zum Inhalt einer Vorstellung, und sie sagte sich, daß sie noch recht hübsch sei. Sie lächelte, und das Spiegelbild lächelte zurück und gab auch eine Antwort. Sie konnte noch immer einen Mann bezaubern, wenn sie wollte. Sie wollte es. Der Wille wurde stärker und zu positivem Empfinden: der Herzmuskel zuckte. Mein Gott, sie war ja noch nicht alt! – Dann ging sie zu dem Mann von der Gasanstalt: elastischen Schrittes und Sonnenschein im Auge, als ob sie auch diesen armen Monteur bezaubern wollte. –

Indessen hatte Elfriede den Major in ihr Zimmer geführt. Unterwegs sorgte sie sich ein wenig. War alles in Ordnung da drinnen? Manchmal hing ein Korsettschoner über der Staffelei, und manchmal lagen ein paar Stiefel mitten in der Stube. In hastender Eile glitt ihr Blick durch das Gemach, als sie die Tür öffnete, Gott sei Dank, es ließ sich so leidlich an. Vor dem Stuhl neben dem Bett ringelten sich zwar zwei seidne Strümpfe, aber der Major sah weder nach Bett noch Strümpfen, sondern schritt direkt auf die Staffelei los und blieb hier stehen: Elfriede merkte es, fast, etwas verblüfft.

Das Bild auf der Staffelei war eine Ölskizze, die sie schon im letzten Herbst vollendet hatte: ein freies Feld mit einer schlanken Birke im Vordergrund. Sie hatte damals die Worpsweder besucht, und die Landschaft hatte sie angezogen. Vor kurzem war noch ein Berliner Modell dazugekommen: ein kleines Mädchen in dürftiger Kleidung, das sich mit gefalteten Händen gegen den Baumstamm lehnt.

Hartwig sagte anfänglich gar nichts; aber er prüfte sichtlich mit großer Aufmerksamkeit, trat etwas zurück, dann seitwärts, kniff ein wenig die Augen zusammen und nickte befriedigt.

»Gut, gnädiges Fräulein. Stimmung und Wahrheit – ohne romantische Beschönigung. Der rotbraune Boden mit seiner aufgerissenen Oberfläche, hie und da das blaffe, glanzlose Gras und dazu das Weiß der Birke – das ist famos. Auch das Kind ... ja, das ist das einzige, das ich aussetzen möchte: das geflickte Kleid mit seinen schmutzigen Tönen und die rauhe, wie vom Wind durchplusterte Jacke – prachtvoll; aber das Gesichtchen gehört nicht in die Landschaft. Es trägt fremde Züge: einen verschmitzt großstädtischen Ausdruck, der nicht zur Schwermut der Umgebung paßt.«

»Richtig,« entgegnete Elfriede. »Es ist ein Portierskind aus der Nachbarschaft, das ich kostümiert habe. Aber dem Gesicht der kleinen Range konnte ich keine Maske geben. Sie sind ein scharfer Beobachter.«

»Mehr Beobachter als Selbstkönner. Das macht mich nicht unglücklich. Ein andrer würde daran zugrunde gehen, nicht über die Schranken seiner Begabung hinauszukommen. Ich bescheide mich in dem Troste, daß die Kunst schließlich nur ein Winkelchen meines Lebens ausfüllt – ein freies Eckchen, das ich mir für den Mußestand zur Disposition halte. Darf ich noch mehr sehen?«

»Aber mit Freuden ....« Hastig ging Elfriede an die Arbeit, ihre Mappen zu leeren. Da gab es Bleistiftstudien und Gouachen, Akte, Kostümstücke, Landschaftsausschnitte, Figürliches. Dann kletterte sie auf einen Stuhl und räumte den Schrank ab; dort waren ungerahmte Ölskizzen in Massen aufgestapelt. Sie staubten, als Elfriede sie herabnahm.

»Vorsicht!« rief sie, da der Major ihr helfen wollte. »Fassen Sie nur mit zwei Fingern zu: meine Galerie ist nicht auf Beschaulichkeit eingerichtet ....« Endlich kramte sie auch noch hinter der Kopfseite ihres Bettes ein paar aufgespannte Leinwandstücke hervor und riß einige Bilder von der Wand.

»Das ist mein Oeuvre,« sagte sie. »Notabene das, was ich davon übriggelassen habe. Alles Sonstige habe ich verbrannt. Aber was da liegt, wird Ihnen genügen, um mir sagen zu können, daß mein Talent nicht der Farben lohnt.«

»Ich würde kein Hehl daraus machen, wenn es wirklich so wäre. Die Akte zeugen von guter Schule – das ist alles! Viel bedeutsamer erscheint mir das Landschaftliche ...« Er stellte eine Ölskizze auf die Staffelei .... »Da – das hier – dieser simpelblaue Kohlgarten mit der grotesken Vogelscheuche im fernen Haferfelde ist prachtvoll. Und die perlfarbige Wolke am Himmel, die das Sonnenlicht abtönt und der Szenerie alles Krasse und Fettige nimmt – dazu gehört schon eine Feinfühligkeit, vor der ich den Hut ziehe.«

Elfriede war dunkelrot geworden. Dieses Lob eines Nichtzünftigen erfreute sie mehr, als wenn irgendeine fachmännische Berühmtheit sich schmeichelhaft über ihre Malerei ausgesprochen hätte. Sie wurde verwirrt. Ihre Hand zitterte leicht, als sie das Bild auf der Staffelei austauschte.

Er sprach indessen ruhig weiter: verständig und gleichmütig. Ein Strich Moorland mit einem metallisch schillernden Tümpel bei Sonnenuntergang gefiel ihm besonders; ferner eine Gruppe Wacholderbüsche auf erikablühender Heide und ein Stückchen Waldlistère, davor ein finsterer Graben mit blaugrün wuchernden Nesseln und Natternzungen. Aber für das Figürliche hatte er nichts übrig. »Merkwürdig, daß Ihnen das nicht gelingt,« sagte er. »Es ist immer gestellt und bringt ein fremdes Element in die Stimmungen.«

»Das empfinde ich selbst,« entgegnete Elfriede, »ich habe auch eine gewisse Scheu vor der Staffage. Aber ich würde mir zutrauen, sie zu überwinden, wenn die Mama mich mehr nach dem Leben malen ließe.«

»Wie soll ich das verstehen?«

»Sie ist immer in Sorge – vor Räubern, vor Überfällen, vor allem möglichen ... Herr von Hartwig, ich komme nicht weiter unter diesem Überwachungssystem. Ich möchte mich im Sommer so gern einmal einer Schule anschließen – oder mich mit Kolleginnen zusammentun und nach Holland oder Norwegen reisen, um neue Ausdrucksmöglichkeiten zu finden – Sie verstehen mich –, aber die Mama läßt mich ja nicht fort. Ich muß mich immer damit behelfen, fremde Formen in meine Bilder aufzunehmen, und das gelingt mir nicht – oder aber, ich habe noch nicht die Kraft, das Übernommene passend zu verwerten.«

»Ganz klar,« sagte der Major, »dazu gehört ein intensiveres Studium. Wenn man die Kunst schon hat, kann man alles wagen ... Ich verstehe nur eins nicht: warum macht Ihre Frau Mutter Ihnen Schwierigkeiten? Sie ist doch selbst eine großzügige Natur und ein innerlich freier Mensch.«

»Gewiß ist sie das. Sie ist eine Frau, die ....« Es kam nur eine kurze Pause. Elfriede war bereit, ein hohes Lied auf ihre Mutter zu singen. Aber sie blieb in den Ansätzen stecken. Irgend etwas versagte in ihr. Ein wenig schleppend im Ton ergänzte sie: »Ist eine prächtige Mutter. Jawohl. Nur übertreibt sie in ihrem Mutterempfinden. Die Liebe übertreibt ja gewöhnlich.«

Der Major lächelte, nickte aber zustimmend. »Das ist ein Fehler, der zu ihren Berechtigungen gehört,« entgegnete er und fuhr fragend fort: »Kennen Sie Birkenmüller?«

»Nein.«

»Den Maler Karl August Müller. Vertraute nennen ihn Birkenmüller, weil seine Force in der Wiedergabe von Birkenwäldern liegt. Aber er kann noch mehr. Man lernt bei ihm die Raumverteilung und die Vereinfachung der Umgrenzungslinien. Er hat eine gemischte Klasse, mit der er im Frühling häufig Studienausflüge in die Umgegend macht. Ich taxiere, dagegen würde die Frau Mama nichts haben.« .

»Man weiß es nie –«

»Zudem würde ich mich als Beschützer empfehlen. Meine beiden freien Vormittage in der Woche gehören dem Atelier Birkenmüllers, zuweilen auch noch der Sonntag. Ich habe gebeten, man möchte die Ausflüge auf den Sonntag verlegen, und ich glaube, es wird sich machen lassen. Es wäre doch sehr hübsch, wenn wir wenigstens dann und wann zusammen arbeiten könnten. Ich kann ja viel, viel weniger als Sie – immerhin, eine gegenseitige Beeinflussung ....«

Er brach ab, denn Frau von Göchhusen trat in das Zimmer, und fast zu gleicher Zeit kehrten auch Beate und Maxe zurück: verwundert und erfreut, Herrn von Hartwig vorzufinden, und sehr bedauernd, daß er sich schon empfehlen wolle. Aber der Major erklärte, indem er seine Uhr zog, daß er für eine erste Visitenstunde schon über die Gebühr geblieben sei; indes würde er sich mit gnädigster Erlaubnis bald wieder zeigen – »zwischen vier und sechs« und pünktlicher als heute – und hoffe dann auch, mit seinem verlorenen Rekruten (das galt Maxe) ein wenig plaudern zu dürfen. –

»Er ist der alte geblieben,« sagte Frau von Göchhusen, nachdem der Major sich verabschiedet hatte, »ein Prachtmensch. Nicht wahr, ein Prachtmensch? Er hat so etwas Sonniges – das liegt wohl in seinen Augen. Und dann seine sympathische Stimme. Ich erinnre mich nicht, ob er musikalisch ist; aber wenn man ihn sprechen hört, hat man unwillkürlich das Gefühl, als müsse er einen schönen weichen Bariton haben ....«

Sie hatte sich neben dem Schreibtisch Elfriedes auf einen sogenannten Puff gesetzt und sprach noch weiter von den angenehmen Eigenschaften des Majors, und die Töchter, die sie gleichwie in szenischer Anordnung im Halbkreise umgaben, lauschten mit Aufmerksamkeit und nickten jedesmal, wenn die Mama ein neues Lobwort für den liebenswürdigen Mann gefunden hatte.

Als die drei aber wieder allein waren, hob Maxe den Zeigefinger ihrer rechten Hand und sagte wispernd: »Scht, Kinder, nun Vorsicht! Den einen hätten wir fest. Das Interesse ist da und ist sichtlich stark. Er darf uns nicht wieder entschlüpfen.«

»Das ist Sache Elfriedes,« entgegnete Beates »sie hat ihn übernommen.«

»Also, Friedel, nun zeig', was du kannst.«

Elfriede räumte ihre Skizzen und Studien wieder zusammen. »Das ist rasch gesagt,« entgegnete sie. »Außerdem überlegt gefälligst: das Interesse zeigt sich vorläufig nur bei der Mama, aber nicht bei ihm ...« Sie betrachtete einen Augenblick das Moorbild, das noch auf der Staffelei stand, und fuhr dann rascher fort: »Es käme also darauf an ... ja, so ist es: vorläufig muß er zu öfteren Besuchen veranlaßt werden. Man muß ein Band knüpfen zwischen ihm und uns. Und das läßt sich machen, aber Ihr müßt mich dabei unterstützen. Nämlich: der Major malt im Atelier des Professors Müller und hat mir geraten, da auch noch Unterricht zu nehmen. Müllers Größe liegt in der Raumverteilung, und das ist meine schwache Seite.«

»Ich verstehe,« rief Maxe, »du willst auch bei ihm malen!«

»Ja, aber Ihr kennt ja Muttern. Sie wird erst nachgeben, wenn wir ihr alle drei energisch klarmachen, daß –«

Und Beate fiel ein: »Daß die Kenntnis der Raumverteilung die Grundlage alles malerischen Schaffens ist. Das werden wir tun.«

»Das werden wir mit Eifer verfechten,« ergänzte Maxe; »darauf kannst du dich verlassen. In Sachen, von denen ich nichts verstehe, finde ich immer die schönsten Worte.«

»Gut,« sagte Elfriede. »Aber noch eins ist zu bedenken. Mama könnte mißtrauisch werden, wenn sie gleich erfährt, daß der Major auch bei Müller malt. Wir wollen das also vorläufig unbesprochen lassen. Ich finde schon eine passende Gelegenheit, es ihr zu erzählen ...«

Auch damit waren die Schwestern einverstanden, und es kam zu einer neuen Verschwörung, bei der die Frage der Raumverteilung eine gewichtige Rolle spielte und Elfriede erst einmal erklären mußte, was das eigentlich sei.

Nun war der April gekommen, aber nicht in seiner gewöhnlichen wetterwendischen Garstigkeit, sondern mit mailichen Lüften und einem Himmel, dessen weite Bläue der Glanz der Frühlingssonne mit Umbratönen durchleuchtete. Die beiden Kastanien vor dem Göchhusenschen Hause setzten schon kleine braunlackierte Knospen an, und der Tulpenbaum im Garten sah beinahe so aus, als ob er sich dies Jahr wahrhaftig zum Blühen, entschließen wollte. Aber das konnte auch täuschen: er war immer eilfertig in seinen Versprechungen und hielt sie nachher doch nicht. Ansonst aber hatte Vegesack den Garten bereits ganz sommerlich instand gesetzt: die Buchsbaumrabatten beschnitten, in den Bosketts die trockenen Zweige gekappt und die Wege mit frischem Kies beschüttet, so daß sie sich wie gelbe Bänder durch das junge Grün der Rasenflächen schlängelten.

Im Hause selbst hatte man die alljährliche Frühlingslüftung vorgenommen, die sich von dem sonstigen »Großreinemachen« nur durch einen erhöhten Apparat und durch ein energischeres Zugreifen unterschied. Diese Frühlingslüftung währte immer drei Tage und stand im Zeichen eines allgemeinen Aufruhrs. Dann waren alle Fenster geöffnet, so daß der Wind fröhlichen Durchzug hielt, und sämtliche Möbel veränderten ihre Stellung. Der erste Tag gehörte fast allein dem »Irrgarten der Mutter«, dem großen Salon, der völlig ausgeräumt wurde. Genander klopfte im Hofe die Teppiche und Lina die Polster; Johanna putzte die Fensterscheiben, und Vegesack bohnerte den Fußboden mit Allgewalt. Es ging ein Sturm durch das stille Haus. Auch die behäbige Mama fegte wie eine Windsbraut durch die Gemächer, angetan mit einer weiten Ärmelschürze und mit einer Art Turbantuch um den Kopf, und war nach Ansicht ihrer Töchter unausstehlich, weil deren Hilfsbereitschaft nur wenig Anklang fand und hie und da als gänzlich zweckverfehlend sogar energisch zurückgewiesen wurde. Ein objektiver Beobachter konnte auch nicht bestreiten, daß die Ansicht der Mama in dieser Beziehung zu Recht bestand; es war merkwürdig, wie sehr alle Lebenserfahrung der Mädchen schnöde versagte und beinahe zu einer Verneinung praktischer Arbeit wurde, sobald die Tage des lenzlichen Großreinemachens da waren. Das Problem dieser häuslichen Erschütterung in seiner ganzen Größe vermochte keine von ihnen völlig zu erfassen, und sie retteten sich denn auch am liebsten aus dem Notstand des Augenblicks durch eine Flucht zu Bekannten und Freundinnen.

Diesmal war Dionys Krempel der Erlöser aus der unsicher gewordenen Lebensordnung. Er erschien am ersten Tage der Frühlingslüftung gerade in dem Augenblick, da Vegesack mit einem unerhörten Material von Schrubbern, Besen, Bürsten und Tüchern seinen Einzug in den geleerten »Irrgarten der Mutter« hielt, und erklärte, nun sei es so weit: Punkt elf Uhr Versammlung vor dem Hause des Herrn Kommerzienrats Brökelmann in der Bendlerstraße und dann gemeinsame Automobilfahrt nach dem Schwielow zur Besichtigung der Molkerei in Zochin.

Die Mama hatte von dieser in Aussicht genommenen Tour bereits vernommen und im Prinzip nichts dagegen gehabt, zumal sie begriff, daß es den Kindern Freude machen würde, das liebe alte Zochin einmal wiederzusehen. Als die Spritzfahrt aber nun mit nicht geahnter Plötzlichkeit vor sich gehen sollte, äußerte sie doch mannigfache Bedenken. Warum Automobile? Die Chauffeure können gegen einen Baum fahren oder in einen Graben, ein Reifen kann platzen, das Benzin explodieren, der Steuerhebel versagen. Alle Tage meldeten die Zeitungen gräßliche Dinge von allerlei Unfällen, die zufolge der Übertragung der Pferdekraft auf einen gefährlichen Mechanismus entstanden sind. Krempel erwies sich als Tröster. Es seien keine gemeinen Droschkenautomobile, sondern persönliches Eigentum des Kommerzienrats Brökelmann, das er zur Verfügung stelle: zwei prachtvolle Kraftwagen neuester Konstruktion mit fabelhaft geübten Fahrern, bei denen ein Unfall geradezu ausgeschlossen sei. Außerdem fahre Herr Brökelmann selbst mit, und dessen Leben sei allen seinen Angestellten heilig. »Heilig,« sagte Krempel und erging sich hierauf in einer längeren Schilderung aller Vorzüge des Kommerzienrats, so daß Frau von Göchhusen, um wieder an ihre Arbeit zu kommen, zu der Fahrt nach Zochin endgültig ihren Segen gab.

Die jungen Damen vervollständigten nun in Eile ihre Toiletten unter Berücksichtigung des blauen Himmels und der lenzlichen Witterung, und dann machte man sich mit Krempel nach der nahen Bendlerstraße auf den Weg. Krempel erzählte, daß er durch seinen Schüler, den jungen Berthold Brökelmann, einen Brief an den Kommerzienrat geschickt und daß letzterer sofort und mit größter Liebenswürdigkeit zugesagt habe, die Damen nach Zochin zu geleiten.

»Und zwar persönlich, meine holden Damen, was ich als ein besonderes Zeichen gütigen Geschicks preisen möchte. Denn nun sitzt er an der Angelschnur, und wenn Ihr es richtig anfangt, ist er in vierzehn Tagen in euerm Hause eingeführt und kann in drei Wochen um die Hand eurer Mama anhalten.«

»Immer langsam,« sagte Beate, »erst müssen wir ihn kennenlernen.«

»Das wird ja geschehen, und Ihr sollt euch wundern. Ich freue mich nur, daß ich heute einen stundenfreien Tag habe und euch begleiten kann ...« Da stehen schon die beiden Automobile – und da ist auch der, Kommerzienrat –«

»Und Herr von Emmingen!« rief Maxe einfallend, »der Mensch, dem man immer begegnet. Es ist die Möglichkeit!«

Man war in die Bendlerstraße eingebogen und sah vor einem der ersten Häuser die beiden schönen Automobile des berühmten Milchkönigs und ihn selbst auf dem Trottoir in eifriger Unterhaltung mit dem Legationssekretär von Emmingen. Kaum hatte dieser das Nahen der Damen bemerkt, so ließ er Herrn Brökelmann stehen und eilte ihnen mit der ihm eigenen kreisenden Schwenkung seines Hutes entgegen.

»Guten Morgen, meine Gnädigsten,« sagte er. »Habe ich Glück? Ich behaupte: mehr als der selige Beherrscher von Samos – ich fürchte mich eigentlich vor der Götter Neide. Ich wollte soeben nach meinem Bureau, um einem wichtigen Staatsakt die letzte Feile zu geben, und da sehe ich unsern lieben Kommerzienrat, und der ladet mich auch gleich ein, bei ihm in Zochin zu frühstücken. Sollte ich nein sagen, da ich gehört hatte, daß die Damen den Ausgangspunkt jener Materie kennenlernen wollen, die Sie voller Entwicklung beim Morgenkaffee genießen? Solch ›Nein‹ wäre mir schwer geworden. Aber die Entscheidung liegt dennoch bei Ihnen.«

Er hatte sich, während er seine schönen Wendungen drechselte, wie er es immer tat, fast allein an Maxe gewendet, die ihn zunächst mit Krempel bekannt machte.

»Ah – Herr Doktor Krempel,« rief Emmingen; »ist mir eine große Freude, daß ich Sie auch einmal kennen lerne! Gehört habe ich schon von Ihnen, und was man mir erzählt hat, entspricht in seinem Gesamtgefüge durchaus dem Bild der Persönlichkeit. Meine Damen, wir pflegen uns öfters zu begegnen –«

»Eigentlich immer,« warf Elfriede ein.

Herr von Emmingen stutzte. »Wieso?«

»Es gibt keinen Menschen, dem man so häufig begegnet wie Ihnen. Woran liegt das?«

Emmingen zuckte und ruckte mit Schultern und Armen und lachte sein drolliges Verlegenheitsmeckern. »Ja, du lieber Gott, woran? Innerlich angesehen, könnte man sagen, vielleicht an sympathetischen Strömungen, die sich nicht kontrollieren lassen. Äußerlich angesehen, an der Nähe unsrer Wohnungen und an deren topographischem Mittelpunkt: meiner Gesandtschaft. Aber meinetwegen, nennen Sie mich einen Begegnungsmenschen und mischen Sie ruhig eine Dosis Ironie in diese Bezeichnung: ich bin doch sehr glücklich darüber. Und nun kann ich auch meinen angefangenen Satz beendigen. Ich wollte sagen: wir pflegen uns öfters zu begegnen, aber so vergnügt darüber wie grade heute bin ich selten gewesen. Haben Sie nichts dagegen, wenn ich Sie nach Zochin begleite?«

»Aber Gott bewahre,« erwiderte Maxe, »es kommt nur darauf an, ob Ihnen der wichtige Staatsakt, den Sie unter der Feile haben, Zeit dazu läßt.«

»Immer,« erwiderte Herr von Emmingen mit Betonung. »Man soll diplomatische Angelegenheiten nicht über das Knie brechen. Bei diesem unerhört schönen Wetter kommen mir vielleicht noch bessere Ideen, als ich sie bereits fixiert habe. Und ich bitte Sie: die Aussicht auf die Brökelmannsche Milchwirtschaft. Kann da die sinnliche Vorstellung nicht zu schöner und ruhiger Gedankenarbeit werden?«

Maxe lachte herzlich über diesen komischen Diplomaten, bei dem sich alles gegenständliche Denken in seine Selbstbespöttelung aufzulösen schien, und folgte dann den Schwestern, die dem Kommerzienrat bereits durch Krempel vorgestellt worden waren.

»Fräulein Maxe,« sagte Brökelmann, ihr mit einer Verbeugung die Hand reichend, »die Jüngste – ich weiß schon. Ich bin orientiert. Der Brief Doktor Krempels war eine genaue Ausarbeitung und ein dreifaches *curriculum vitae*. Also, meine Damen, nun geht es nach Zochin. Das ist Ihr Zochin. Sie werden manches verändert finden: der ganze Wirtschaftshof ist erneuert worden und steht unter dem Zeichen meiner brüllenden Gemeinde. Aber von dem reizenden Herrenhause habe ich nicht einen Stein rücken lassen, und im Parke befindet sich noch immer ein geheimnisvolles Denkmal, das die Inschrift ›Montez‹ trägt. Wer liegt da begraben?«

»Ein Hund,« antwortete Beate lächelnd. »Ein großer Bernhardiner, ein prachtvoller Kerl – ich entsinne mich seiner noch gut. Ein Liebling Papas.«

Der Kommerzienrat wiegte den Kopf hin und her. »Man soll wirklich nie seiner Phantasie die Zügel locker lassen,« sagte er. »Ich habe an alles eher gedacht als an einen Bernhardiner. Zuerst natürlich an die berühmte Lola und habe lange darüber gegrübelt, welche Beziehungen die schöne Tänzerin mit diesem Fleck märkischer Erde verbinden könnten. Auch der Name Montezuma fiel mir ein, obwohl das Aztekische eigentlich noch ferner lag – und dann löste ich dies ›Montez‹ in seine Einzelteile auf und versuchte aus den Anfangsbuchstaben einen weisheitsvollen Sinnspruch zu konstruieren – – aber auf den Hund wäre ich sicher niemals gekommen ... Wie wollen wir uns nun verteilen, meine Damen? Ich möchte nach bibliographischem Rezept das Chronologische vorschlagen, so daß also die Fräulein Beate und Elfriede mit mir im ersten Wagen Platz nehmen würden, während Fräulein Maxe mit den beiden jüngeren Rittern sozusagen das Gefolge bildet. Aber ich habe auch nichts gegen eine anderweitige Einteilung ...«

Natürlich erklärte man sich allerseits mit dem Vorschlage einverstanden, und die Fahrt ging los. Man wollte bis zum Wannsee steuern und dann über die Rute in gerader Linie nach dem blauen Ufer des Schwielow.

Beate und Elfriede saßen im Fond, Brökelmann ihnen gegenüber. Die Mädchen fühlten sich wohl, denn es lehnte sich bequem in den weichen Polstern, und der Wagen sauste pfeilgeschwind durch die Straßen der freieren Welt entgegen. Beide hatten sich von dem Kommerzienrat eine irrige Vorstellung gemacht: vielleicht lag das an der kommerziellen Betonung im Titel, die sie auf zahlenmäßige Nüchternheit und einen gewissen trockenen Bureaukratismus schließen ließ. Aber der Mann war wirklich so übel nicht. Elfriede entdeckte in seinem Gesicht höchst malerische Partien und auch eine eigentümliche Unausgeglichenheit zwischen der sanften Herzenswärme der Augen und der sehr energischen Formung des Kiefers, die an den amerikanischen Rassentypus erinnerte. Es war ein ganz interessanter Kopf, mit einem Durcheinandergleiten verschiedener Töne und auch in seinem architektonischen Mißverhältnis von starken Akzenten. Selbst Beate, die gern absprechend war und sich an fremde Erscheinungen immer erst gewöhnen mußte, gefiel der Mann gut, und da ihr die Aufgabe übertragen worden war, ihn im Interesse der Mutter durch Liebenswürdigkeit zu fesseln, so gab sie sich Mühe, sich von ihrer angenehmsten Seite zu zeigen, was ihr denn auch gelang. Zunächst heuchelte sie eine ungemeine Sympathie für die Milch als Volksnahrungsmittel, indem sie gleichzeitig den Branntwein verdammte, und nun wandte sich das Gespräch von selbst den Meiereien des Milchfürsten zu.

»Ich habe klein angefangen,« erzählte Brökelmann, »eigentlich nur versuchsweise, weil ich meine pommersche Klitsche verkauft hatte und mir wieder etwas zu tun schaffen wollte; aber ich kam in einer Zeit nach Berlin, wo das Panschen an der Tagesordnung war und die Milchtechnik noch in den Kinderschuhen lag. Das ist nämlich der Witz des Unternehmens: alle Milch, die ich durch Lieferanten beziehe, wird pasteurisiert, ehe sie in den Handel gelangt. Wenn Sie einmal mein Berliner Geschäft am Kreuzberg besuchen, kann ich Ihnen die Sterilisierungsapparate zeigen, und wenn Sie wissen, daß unter den Kühen die Tuberkulose außerordentlich verbreitet ist, werden Sie sich auch denken können, wie wichtig für die Volksgesundheit dieses Verfahren ist. Natürlich hatte ich Glück, daß grade zur Zeit, da ich anfing, Pasteur mit seiner großen Erfindung an die Öffentlichkeit trat: mit drei Verkaufswagen ging die Geschichte los, und heute habe ich an dreihundert, die täglich gegen hundertfünfzigtausend Liter Milch den Haushaltungen zuführen.«

»Fabelhaft,« sagte Beate. »Bei dem Gedanken an diese milchige Fülle wird mir ganz weich zumute.«

»Ich spüre förmlich den Geschmack auf der Zunge,« setzte Elfriede hinzu, »und bin überzeugt, daß mein ganzes Wesen sich linder und gütiger entwickeln würde, wenn ich beständig in Ihrem Geschäft zu schalten und walten hätte, Herr Kommerzienrat.«

Brökelmann lachte. »Es mag etwas Wahres daran sein,« versetzte er, »daß die gewohnheitsmäßige Tagesbeschäftigung auch den Charakter beeinflußt. Meine Leute sind zum größten Teile Antialkoholiker.«

»Auch Sie selbst?»«

»Noch nicht. Dafür habe ich mit der Materie auch nur indirekt zu tun. Aber in der ersten Zeit bekümmerte ich mich um alle Einzelheiten – und damals habe ich mir das Milchtrinken abgewöhnt. Es zeigte sich also das Gegenteil der Erfahrung, die man bei robusteren Naturen konstatieren konnte. Namentlich der Aufenthalt in den Räumen, in denen die Abfälle in Milchsäure und Caseinpräparate verwandelt werden, fiel mir anfänglich so auf die Nerven, daß ich das Übelbefinden erst überwinden mußte. Der eigentümlich süßliche Geruch –«

Er unterbrach sich und zeigte aus dem Fenster. »Da drüben hat Kleist seinen Tod gefunden,« sagte er. »Wissen Sie, daß mir der alte Grabstein besser gefallen hat als diese moderne Nüchternheit? Der Stein trug eine fast völlig verwischte Inschrift, die ich bei Gelegenheit einmal mühselig entziffert habe. Ich kann sie auswendig; sie hieß: ›Er lebte, sang und litt In trüber, schwerer Zeit, Er suchte hier den Tod Und fand Unsterblichkeit.‹ In der Unbeholfenheit des Ausdrucks lag etwas Rührendes – und in der Abgeschiedenheit der Gräber vom Getümmel der Großstadt, in der Einsamkeit des kleinen Akazienhains eine wundervolle Poesie. Nun ist alles anders geworden; wenn die sogenannte Pietät sich unsrer Dichtergräber annimmt, flüchtet die Poesie gewöhnlich eiligst ...«

Man verblieb noch auf den Spuren Kleists. Der Wagen raste weiter, der Wald wurde lichter, ein kleiner Bach rieselte durch das Wiesengrün, dann tauchten niedrige Häuser auf: Kohlhasenbrück, und natürlich kam man nun auf Kleistens Erzählung. Der Kommerzienrat erwies sich als ein Kleistschwärmer, der auch die Literatur gut kannte; er zitierte ›Zoddelbär und Panthertier‹ und den Anfang der

Germania-Ode und sprach mit Begeisterung von der schönen Totenklage Fouqués um den verlorenen Freund. Beate unterdrückte ein Lächeln: dieser realistische Milchhändler, der in der Romantik reizvolle Illusionen suchte, erschien ihr von drolliger Zwiespältigkeit. Aber sie wurde doch auch wieder ernster, da ihr das Begreifen kam, daß ein Mann von Bildung die völlige Ausdehnung seines Lebens nicht im Naturalismus seines geschäftlichen Berufes finden kann, sondern als Gegengewicht nach selbständiger Geistigkeit streben wird. Immerhin blieb ein schwankendes Empfinden zurück, das sich auf der weiten Kurve zwischen pasteurisierter Milch und Caseinpräparaten und dem Wert dichterischer Substanzen und idealer Erregungen noch nicht zurechtzufinden vermochte.

Auch im zweiten Automobil hatte man von Kleist und Michael Kohlhaas gesprochen, und Emmingen und Krempel waren dabei in Streit geraten, weil ersterer behauptete, der Junker, mit dessen Leuten der Kohlhaas bei der Schenke von Wellaune in Hader gekommen, habe Wenzel von Tronka geheißen, während Krempel ihn Günther von Zaschwitz benannte. Sie stritten heftig miteinander, bis Maxes gutes Gedächtnis die Fehde schlichtete: Emmingen hatte als Leser geurteilt und Krempel als Philologe; die Sache lag einfach so, daß Kleist den geschichtlichen Zaschwitz aus freier Phantasie in einen unhistorischen Tronka verwandelt hatte. Nun sahen die Streitenden ihr Unrecht ein und neigten ihre Häupter vor der klugen Vermittlerin, und der Legationssekretär sagte beschwichtigend:

»Was tut der Name! Wenn Kleist die Geschichte beugte, so meisterte er sie doch auch. Ewigkeitswert hat schließlich er erst der Episode gegeben. Die Märkische Chronik, der er den Stoff entnahm, liest kein Mensch mehr; aber seine Erzählung ist Gemeingut des Volkes geworden.«

»Oder auch nicht,« gab Krempel zurück; er war heute rauflustig. »Kleist hat den Wohnort seines Helden hierher verlegt, und so hat man denn den Flecken Kohlhaasenbrück getauft. Aber fragen Sie einmal die biederen Häusler, ob sie etwas von ihrem geräderten Heros wissen? Es wäre recht und billig gewesen, wenn sie ihm einen Denkstein gesetzt hätten. Statt dessen sehe ich nur Erinnerungstafeln mit dem sehnsuchtstillenden Friedenswort: ›Hier können Familien Kaffee kochen‹ ...«

Herr von Emmingen antwortete nicht. Dionys Krempel war nicht nach seinem Geschmack. Schon der Name störte seine ästhetische Korrektheit. Er empfand auch eine leichte Mißstimmung bei der Intimität, die zwischen diesem Manne und Maxe herrschte. Sie duzten und neckten sich, als seien sie urewige Freunde und dem gleichen Gesellschaftsboden entwachsen. Nun bildete Herr von Emmingen sich freilich etwas ein auf die stolzfreie Liberalität seiner Weltanschauung, die alle Enge des Kastengeistes im Handumdrehen überwand. Aber er knüpfte sie doch an gewisse unerläßliche Bedingungen, wenn es ihm gerade so paßte, und griff rasch nach der Kleinheit, wenn seine eigene Größe ihm unbequem wurde. Das war entschieden nicht schicklich, daß dies junge Mädchen und ihr früherer Lehrer auf so vertrautem Fuße miteinander standen. Es konnte zu Irrungen führen, wenn man alle Grenzlinien verwischen wollte, die sich in der Technik des Gesellschaftlichen gewissermaßen von selbst gebildet hatten; es zermorschte die Begriffe des sozialen Bestandes. Es war ganz entschieden nicht richtig ...

Auch Dionys witterte in dem Legationssekretär sofort den heimlichen Gegner. Gegen Leute, die ein Monokel trugen, hegte er stets Antipathien. Er hielt ein Monokel für eine künstliche Verkümmerung. Ein Einglas setzt ein Auge voraus, und alles Halbe war ihm fatal. Der odysseeische Polyphem hätte ein Einglas tragen können: es war allenfalls ein Urphänomen, paßte aber nicht zu unserem doppelt gegliederten Geschlecht. Es war albern. Der ganze Mann war albern mit der schönen Schweifung seiner rednerischen Perioden, seinem Gelegenheitsmeckern und seiner äußeren Aufmachung. Alle Lust am Augenblick verließ Dionys, wenn er die Weste Emmingens sah, die mostrichgelb war mit roten Wellenlinien und violetten Punkten dazwischen. Natürlich war diese Weste sehr modern und äußerst schick; aber bei Krempel wurde die vorgefaßte Meinung zum strikten Maß der Wirklichkeit und die mostrichfarbene Weste zum Zeichen für ein ganz irreguläres Innenleben ihres Trägers.

Maxe spürte die stillen Gegenwirkungen ihrer Begleiter und fühlte sich unbehaglich. Ihr weiblicher Instinkt deutete unklar auf das Wesentliche der rasch erwachten Männerfeindschaft: auf das Spiel eifersüchtiger Regungen, das in beiden eine Umbildung ihrer Beobachtungen in das Übertreibende vollzog. Dies Gefühl war nur dunkel, und doch ängstigte sie es ein wenig; und wäre es ein Selbstbekenntnis gewesen: sie hätte sich dagegen gewehrt. Denn ihr Herz empfand wirklich nur eine aufrichtige Freundschaft zu dem lustigen Krempelius, und es regte sich gar nicht für Emmingen. So war sie denn froh, als der Wald sich auftat und der Weg sich abwärts senkte und es nun durch einen Elsbruch ging und unten der blaue Spiegel des Schwielow sichtbar wurde.

»Zochin!« rief Maxe, und Dionys wiederholte in weichem Tone: »Mein liebes Zochin...« Die ersten Häuser huschten vorüber, der See verbreiterte sich. Über dem Wasser stand weißes Gewölk, eine ganze Flotille durchkreuzte die Flut. Der Wind war wach geworden, und die Wimpel flatterten; drei Fischer in schenkelhohen Stiefeln zogen einen Kahn an Land; in dem Vorgarten eines Häuschens grub eine alte Frau die Erde um und zählte dabei mit halblauter Stimme die Spatenstiche.

Das Dorf hatte eine hübsche Lage am See. Es umkränzte das Ufer und zog sich an der Berglehne empor; Kirsch- und

Apfelbäume umbuschten es, Obstspaliere deckten auch hie und da die Wände der Häuser. Im Wasser spiegelten sich die bewaldeten Höhen, über den Türmen von Potsdam hing ein Streifen rauchigen Dunstes.

»Sieh, Maxe,« sagte Dionys und wies aus dem Fenster, »da drüben hinter der weißen Scheune hatte der Ortsschulze seine Kalkgrube. Weißt du noch, wie du in die geplumpst bist? ... Und jetzt kommt der Krämer, wo wir uns immer Raute und Zuckerpapier kauften, der hieß damals Dusedan und hatte eine große wackelnde Warze am Kinn, vor der du dich fürchterlich graultest ... Und paß auf – nun geht's um die Ecke, und da liegt unser Pfarrhaus, mit den dicken Efeutroddeln am Giebel – und gegenüber die Kirche, wo die vielen Rochows begraben sind – und unter den drei Trauerweiden auf dem Friedhof liegen die Gräber der Eltern ... Jetzt kommt der Krug, wo wir mal auf den Boden geklettert sind, um den Storch zu fangen und ihm ein Halsband umzubinden – und wo mir die Hosen zerrissen und die alte Pittelkon sie wieder mit Zwirn zugenäht hat ... und nun wird das Herrenhaus sichtbar ... Da – hinter den hohen Buchen ...«

Maxe nickte nur immer. Ihr war doch eigen zumute, als sich dies Fleckchen Kindheit wieder vor ihr auftat und die Erinnerungen sie überstürmten. Auch Herr von Emmingen sprach nicht. Er hatte Respekt vor dieser bloßmenschlichen Festhaltung einer kleinen Vergangenheit, aber in Wahrheit: das Herz tat ihm dabei weh. Es schmerzte ihn, daß die beiden so viel Gemeinsames verband und daß dieser schreckliche Krempel mit seiner Aufrüttelung weicher Stimmungen ihn zu einer gewissen Ohnmacht verurteilte. Bei seiner Klarheit über Begriff und Urteil verstand er sich schon recht: er wußte, daß ihn die Eifersucht packte. Aber hatte er für das herzige Mädelchen auch seit langem eine liebende Sympathie empfunden, so war er bisher doch nicht so ganz über seinen quälerischen Zweiseelenstand hinausgewachsen und hatte geschwankt, ob er es zu einer Erklärung kommen lassen sollte oder nicht. Das war ja sein Unglück: die logischen Grundfunktionen ließen ihn nie im Stich, aber dann kam das Subjekt mit seinen Fragen und Erwägungen. Immerhin tröstete er sich: hier hatte eine Kinderfreundschaft lockere Wurzel geschlagen, und das war nicht der Aufregung wert. Ein Fräulein von Göchhusen konnte nicht so schlankweg Madame Krempel werden. Alles, was recht ist – aber das ging nicht an ...

Die Wagen waren nunmehr in den Park eingebogen und hielten vor dem kleinen Schloß in Zopfstil, aber mit einem Rokokoportal, das von alten Buchen überragt wurde. Man mußte sie schon erwartet haben, denn ein Diener sprang herbei, und auch eine ältere Frau mit einer seltsam goldgestickten Haube auf dem Hinterkopf – wohl Haushälterin – nahte sich mit rhythmischen Knicksen.

»Guten Tag, Frau Risolin,« sagte Brökelmann, »wie ist's mit dem Frühstück?«

»Alles bereit, Herr Kommerzienrat,« antwortete die Frau mit der Stimme eines Bassisten, »und alles nach Befehl.«

»Na, schön... Meine Damen, eine Frage entsteht: wollen Sie erst das Milchreich besichtigen und sich bei dieser Gelegenheit nach der langen Fahrt ein bissel die Beine vertreten – um mich mehr berlinerisch als ästhetisch auszudrücken – oder wünschen Sie zunächst das Frühstück? Letzteres ist eine kalte Pracht und kann warten; nur die Bouillon ist warm, doch bürgt Frau Risolin dafür, daß sie in ihrem hitzigen Zustande verbleibt.«

Man entschied sich ohne weiteres für das »Beinevertreten« und schlängelte sich auf geschwungenen Pfaden durch den Park. Da begann zwischen den Mädchen und Krempel denn wieder der Austausch der Erinnerungen, während Brökelmann und Emmingen hinter ihnen herschritten. Die vier, die vorweg waren, sprangen zuweilen auf einen

Rasenplatz, wo eine einsame Rottanne sie lockte, von der sie früher einmal ein Krähennest geholt hatten, oder glitten rechts und links in Boskettwege hinein, um nach Spuren der Vergangenheit zu suchen, und liefen schließlich Sturm, als sie in der Ferne den Denkstein für den getreuen Bernhardiner sahen, dessen Namen den Kommerzienrat zu allerhand gewagten Vermutungen veranlaßt hatte. Dadurch hatte sich ein ziemlich weiter Abstand zwischen den beiden Gruppen gebildet, den Herr von Emmingen durch kräftiges Ausschreiten verringern wollte. Aber Brökelmann war dagegen.

»Lassen Sie sie tollen,« sagte er. »Ich möchte sowieso gern ein Wort unter vier Augen mit Ihnen sprechen. Wie lange kennen wir uns lieber Emmingen?«

»Wie lange? Warten Sie: wann kam ich nach Berlin? Vor drei Jahren.«

»Richtig. Und kamen aus München, und im Kupee vetterten wir uns an. Ich hatte Simmentaler gekauft und war guter Laune, und Sie auch, weil Sie das Königlich bayrische statistische Landesamt mit einem angenehmeren Posten an der Berliner Gesandtschaft vertauschen durften. Wir spielten während der Fahrt unentwegt Sechsundsechzig miteinander.«

»Stimmt. Und Sie gewannen.«

»Mag sein. Jedenfalls bildete dies Sechsundsechzig das Fundament für einen freundschaftlich werdenden Verkehr. Ich konnte Ihnen gelegentlich einen großen Dienst erweisen.«

Herr von Emmingen brach einen trockenen Ast vom nächsten Strauche und warf ihn auf die Erde. »Kommerzienrat, sagen Sie, was Sie wollen und kürzen Sie die Einleitung ab. Ein Endziel muß doch da sein.«

»Ist da. Ich habe eine Bitte an Sie.«

»Also los. Sie wissen, daß ich Ihnen noch eine Revanche schuldig bin.«

»Die können Sie mir jetzt geben. Ich möchte, daß Sie für mich den Freiwerber spielen.«

Emmingen blieb einen Augenblick stehen und sah Brökelmann aufmerksam an. Dann nickte er lächelnd.

»Warum nicht?« erwiderte er. »Ganz ohne Kuppelpelz. Ich tue es aus Freundschaft. Haben Sie nur die Güte, mich mit dem Wesen, dem Ihre Neigung gilt, bekanntzumachen. Wobei ich gleich erkläre, daß dieses äußere Kennenlernen keinerlei innere Umwandlung in mir vollziehen soll, selbst wenn mir Ihre Zukünftige durchaus nicht gefällt.«

»Ich schätze. Sie hat Ihnen schon gefallen,« entgegnete Brökelmann. »Jedenfalls kennen Sie sie längst. Ich meine Fräulein von Göchhusen – Beate – die älteste.« Emmingen blieb abermals stehen: diesmal in der Haltung eines plötzlich Erstarrten.

»Wen?« rief er.

Der Kommerzienrat winkte mit her Hand. »Bitte, nicht so laut. Gehen wir weiter. Fräulein Beate, ich sagte es. Ich habe sie heut früh zum ersten Male gesehen. Grade darum. So habe ich es schon einmal gemacht. Ich war ein junger Bengel von dreiundzwanzig Jahren, als mir auf einer Schnitzeljagd ein Fräulein von Driesen vorgestellt wurde. Am Nachmittag hielt ich um sie an, und acht Wochen später waren wir Mann und Frau. Ich liebe ein rasches Handeln.«

»Kommerzienrat, das mag ja sein – und ich habe auch nichts dagegen. Rasches Handeln ist Wachstum des Seins. Aber – entschuldigen Sie, wenn ich das ausspreche: Sie sind heute nicht mehr ein junger Bengel von dreiundzwanzig Jahren.«

»Nein – ich bin ein gereifter Mann von dreiundvierzig. Aber gesund, und auch die inwendige Struktur ist in Ordnung. Wie sehe ich aus?«

Emmingen mußte abermals lächeln. »Nicht wie der Kommerzienrat in den Fliegenden Blättern. Beileibe nicht. Mehr transatlantischer Typus. Merkantilischer Einschlag gewiß, aber verfeinert durch intellektuellen Bestand. Kein Adonis – nein, Brökelmann –, ich habe auch etwas gegen die männlichen Beautés, die mich häufig an das Schaufenster eines Friseurs erinnern... immerhin, das kann ich beschwören: eine würdige Erscheinung – ja, eine würdige. Und wenn ich ein Mädchen wäre ... das heißt, wenn ich ein Mädchen über die Mitte Zwanzig wäre, dann würde ich zugreifen. Aber sehen Sie, das scheint mir doch ein Hindernis: Fräulein Beate ist zu jung für Sie.«

»Gibt's nicht mehr,« antwortete der Kommerzienrat unbeirrt. »Altersunterschiede spielten früher einmal eine Rolle, als noch die Marlitt groß war und die Braddon und die Flygare-Carleen, und man auch im Leben zwischen romantischen Sentiments hin und her pendelte, – aber nun sind wir realistischer geworden und tragen uns nicht mehr mit so kleinlichen Gefühlserwägungen. Das sorgt mich nicht, lieber Emmingen, und ich glaube, es würde die Entscheidung auch nicht beeinflussen. Aber andre Punkte könnten erwogen werden. Zum Exempel die Tatsache, daß ich Brökelmann heiße.«

»Es gibt schlimmere Namen.«

»Natürlich. Dionys Krempel klingt auch nicht hübsch. Und da hat das Widerspruchsvolle doch seine Humore. Brökelmann ist plebejisch, ist zum mindesten kleinbürgerlicher Urgrund. Diesem Umstande muß ich Rechnung tragen. Finden Sie Friedrich Wilhelm Freiherr von Brökelmann klangvoller?«

»Kommerzienrat!« rief Emmingen. »Sie wollen sich doch nicht etwa adeln lassen?!«

»Ich bin schon adlig, lieber Freund, bin veritabler Freiherr vulgo Baron, aber ich habe noch keinen Gebrauch davon gemacht. Ja – das ist eine sehr merkwürdige Sache. Ich habe nämlich einen Freund in der lippeschen Regierung – und da handelte es sich einmal um den Ankauf gewisser Besitzungen, die zu den Staatsdomänen geschlagen werden sollten, und man hatte kein Geld, und ich hatte grade ein paarmal Hunderttausend liegen, und da gab ich sie denn. Natürlich zu günstigen Bedingungen. Lippe hat ja wundervolles Schlachtvieh, und ich plante damals – aber das gehört nicht zur Sache. Dagegen gehört zur Sache, daß ich für meine außerordentlichen Verdienste meuchlings geadelt wurde. In Lippe. In Lippe bin ich Herr Baron; wenn ich aber irgendwo die Grenzen überschreite, sinke ich wieder in mein bürgerliches Nichts zurück. Natürlich läßt sich das ändern. Ich brauche nur die lippesche Staatsbürgerschaft zu erwerben und kann dann ungehindert überall meine Freiherrnkrone zur Schau tragen. Was meinen Sie: soll ich mich zu Lippe bekennen?«

Herr von Emmingen rieb sich schmunzelnd die Hände.

»Mein lieber Baron,« begann er, doch der Kommerzienrat fiel ihm ins Wort:

»Nein – bitte, nicht. Hier stehen wir auf preußischem Boden, und mir fehlt noch die Gerechtsame der sieben Zinken. Sie fassen die Sache spaßhaft auf, Emmingen, und sie hat ja auch ihre fröhliche Seite. Für mich ist sie lediglich eine Nützlichkeitsfrage. Meine erste Frau stammte auch aus altadligem Hause und stieß sich nicht an dem Untitulierten. Aber wie die Göchhusens darüber denken, weiß ich nicht.«

»Ich taxiere, vernünftig. Die Göchhusens sind Industrieadel, die Mutter ist bürgerlicher Geburt, die Kinder sind verständig erzogen. Aber Sie können für alle Fälle ja *à deux mains* spielen. Werden Sie lippescher Bürger nach aller Form Rechtens und halten Sie sich damit die Tür in die Nobelkaste offen. Ob Sie hineinspazieren wollen oder nicht, bleibt Ihnen dann immer noch überlassen ... Nun brechen wir das Thema ab, denn ich sehe, die Mädchen nähern sich wieder.«

Brökelmann nickte. »Gut. Aber nachher muß ich Sie doch noch einmal am Wickel nehmen. Von wegen der Freiwerbung. Da laß ich nicht locker. Ich bin nämlich der Ansicht ...«

Er schwieg mitten im Satze. Die jungen Damen kehrten mit Krempel zurück; Beate hatte auf einem buntgesprenkelten Wiesenfleck eine Handvoll Schneeglöckchen und Veilchen gepflückt und überreichte sie Brökelmann, ohne zu ahnen, welche große Schauer ihre Liebenswürdigkeit in seinem Herzen hervorrief.

»Mein gnädiges Fräulein,« sagte er, »ich bin gerührt –«

»Wir sind es auch, Herr Kommerzienrat,« antwortete Beate, »und sind Ihnen aufrichtig dankbar, daß Sie uns erlaubt haben, unsre Heimat wiederzusehen. Denn wir betrachten Zochin nun einmal als unsre Heimat, weil wir hier die glücklichste Zeit unsrer Kindheit verlebt haben. Nicht wahr?«

»Ja!« riefen die Schwestern, und hierauf legte Brökelmann die rechte Hand auf seine Herzseite, verbeugte sich und sprach:

»Meine gnädigsten Damen, es würde mir eine besondere Freude sein, wenn Sie Zochin auch fürderhin Ihre Heimatsgefühle bewahren wollten.«

»Dürfen wir Mama einmal mitbringen?« fragte Maxe.

»Aber versteht sich, versteht sich. Wenn die Frau Mutter so reizend ist wie die Fräulein Töchter, dann kann ich mir zu der neuen Bekanntschaft nur gratulieren.«

Nun dachte Beate wieder an ihre Mission und sagte: »Sie ist viel netter als wir, Herr Kommerzienrat. Wenn Sie uns schon reizend finden – ach Gott, nun – dann werden Sie bei der Mama in Schwärmerei geraten ...« Sie überlegte einen Moment und sprach rasch eine forsche Lüge aus. ... »Und denken Sie,« fuhr sie fort, »für die Milchwirtschaft hat sie sich immer besonders interessiert!«

Brökelmann nickte vergnügt. »Charmant. Ein Annäherungspunkt mehr. Nun bin ich neugierig, wie Ihnen meine glattstirnige Gesellschaft gefallen wird. Wir sind nämlich da ...«

Eine Ahornallee führte zum rückwärtigen Parkausgang. Man trat auf den Wirtschaftshof, einen riesigen Raum, den zwölf Stallungen quadratisch umschlossen: gleichmäßige Backsteinbauten von ansprechendem Äußeren. Jetzt begannen wieder die Erklärungen des Kommerzienrats. Während in dem Berliner Geschäft alle eingelieferte Milch pasteurisiert wurde, ging die aus der Zochiner Molkerei frisch von der Kuh aus in plombierten Flaschen in die Welt. Aber es wurden nur solche Kühe, meist Simmentaler und Jeverländer Schlages, eingestellt, deren Gesundheitszustand durch eingehende klinische Untersuchung als tadelsfrei befunden wurde. Ein eigener Tierarzt kontrollierte täglich den Viehbestand; es gab auch ein besonderes Lazarett für krankgewordene Rinder.

Herr von Emmingen, der aus einer agrarischen Familie stammte, pries in lobenden Worten die hygienische Einrichtung der Ställe mit ihren Zementböden, ihren Wasserspülungen und Ventilatoren und den leicht zu reinigenden Wänden aus glasierten Tonplatten, und schlängelte sich dann an Maxe heran, um sie auf ein paar besondere Prachtkühe aufmerksam zu machen, die in behäbiger Ruhe ihr Heu zermalmten und die Fremdlinge dabei mit großen blanken Augen gutmütig anstarrten. Hierauf warf man noch einen Blick in das Maschinenhaus mit seinen riesigen elektrischen Kraftmotoren, besichtigte flüchtig das Kühlhaus, wo ungeheure Kompressoren mit flüchtiger Kohlensäure das erforderliche Eis und Kühlwasser erzeugten, und wandte sich schließlich einer kleineren Gruppe von Baulichkeiten zu, die seitlich des Wirtschaftshofes auf einer von Akazien gekrönten Anhöhe lagen.

Das war eine Neuschöpfung des großen Milchindustriellen, auf die er besonders stolz war: die bakteriologischen und chemisch-analytischen Laboratorien, die er hatte anlegen lassen, um einerseits eine ständige Kontrolle über die in den Handel gebrachte Milch ausüben zu können, andererseits aber auch, um alle in Betracht kommenden Fragen wissenschaftlich prüfen und praktisch bearbeiten zu lassen. Hier versagte nun das Erklärertalent des Herrn von Emmingen, und er mußte zu seinem Ärger fühlen, daß Krempel in der Chemie bedeutend besser Bescheid wußte als er. Wenigstens tat Krempel so, er zog Maxe bald an diesen und bald an jenen Apparat und prunkte mit seinem Wissen, ohne es mit den Einzelheiten allzu genau zu nehmen. Es machte ihm sichtliche Freude, den Nebenbuhler übertrumpfen zu können; er sprach mit gewichtiger Stimme von Kohlenhydraten, Eiweißkörpern, Wärmebildnern und Fettsubstanzen, während Maxe mit einem Gesicht zuhörte, auf dem sich die Empfindungen mischten: der Versuch reger Aufmerksamkeit und eine entschiedene Gleichgültigkeit gegen die Zusammensetzung der Milch und die in ihr lebenden Kleinwesen.

Inzwischen hatten sich der Direktor des Laboratoriums und sein erster Assistent eingefunden, ließen sich vorstellen und begannen auch ihrerseits mit belehrenden Erläuterungen. Der Assistent bemühte sich um Maxe, während Professor Beyfuß, der Direktor, Beate für Spaltpilze, Kokken, Saprophyten und prototrophe Bakterien zu interessieren versuchte. Der Biologie dieser Mikroorganismen brachte freilich auch Beate keine sonderliche Sympathie entgegen, dagegen machte es ihr Freude, von dem Professor etwas über die Entstehungsgeschichte der Laboratorien zu hören, weil sie charakteristisch für die Wesenheit des Kommerzienrats Brökelmann war. Sie bekam Respekt vor dem Unternehmungsgeist dieses Mannes, bei dem die materielle Seite seines Berufs zu der Grundlage umfassender geistiger Arbeit geworden war. Professor Beyfuß konnte nicht genug von der Opferwilligkeit des Kommerzienrats erzählen; die Einrichtung und Erhaltung des bakteriologischen Laboratoriums kostete riesige Summen, aber dafür nutzte es auch der Gesamtheit der Menschen und hatte der Forschung bereits große Dienste leisten können. Mit Stolz wies der Professor auf einige neue Entdeckungen, die sich dem Gesichtssinn Beates allerdings nur als blaßfarbige schleimige Substanzen zeigten, und trat dann mit ihr in ein Nebengemach, in dem hinter Käfiggittern Hunderte von niedlichen Meerschweinchen hin und her huschten. Sie dienten durch Übertragung der isolierten Keime zur Untersuchung auf pathogene Eigenschaften. In einem Sonderkäfig befand sich bereits eine Anzahl Meerschweinchen, denen bestimmte Bakterien eingeimpft worden waren; auch Mäuse, Kaninchen, Hühner und sogar auch ein ganzes Rudel fröhlich umhertobender Affen waren für die Experimente vorhanden. In Spiritus gelegte Tierteile, eine aufgeschnittene Maus, der Magen eines Meerschweinchens ließen den Weg erkennen, den das Gift des Bakteriums genommen hatte, und obwohl Beate sich sagte, daß dies alles eigentlich greulich sei und dem normalen Menschen den Appetit verderben könne, gab sie doch ohne weiteres zu, daß der Kommerzienrat sich in seinem Institut ein unvergängliches Denkmal geschaffen hatte. Sie bedauerte sehr, daß die Mama nicht hier sein und die Berühmtheit Brökelmanns gewissermaßen an der Quelle genießen konnte. Doch nahm sie sich von neuem vor, ihm gegenüber die ganze gefällige Art ihres Wesens auszuspielen, um so das Feld vorbereiten zu helfen. Denn, sagte sie sich, es ist klar: wenn er die Töchter fein und wohlerzogen findet, so ist das eine Förderung der Möglichkeit, daß er auch der Mutter geneigt sein dürfte. Und dann würde die Mama bereits eine Auswahl vorfinden: hie Hartwig, hie Brökelmann. Es waren eigentlich beides Menschen, die für sie paßten: sie hatten in der realistischen Zuständlichkeit ihrer Umwelt sich einen hübschen Idealismus bewahrt. Und für so etwas war die Mama immer zu haben.

Es gab noch allerlei zu sehen, wie beispielsweise die Milchzuckerfabrik, wo aus großen Kristallen ein feines Zuckerpulver entstand und die Abfälle sich in Melasse, milchsauren Kalk oder milchsaures Eisen für bleichsüchtige Kinder wandelten, oder auch in reine Milchsäure, die in den Färbereien verwendet wird. Aber die Schaulust schien doch schon befriedigt zu sein; jedenfalls machten die Damen erfreute Gesichter, als der Kommerzienrat vorschlug, Frau Risolin nunmehr nicht länger mit ihrer Bouillon warten zu lassen.

Man kehrte zum Schlößchen zurück, und da stürmten die Mädchen unter Anführung Krempels abermals voran, um rasch noch die altvertrauten Räume besichtigen zu können, ehe es zum Frühstück ging, und der Kommerzienrat folgte wieder mit Herrn von Emmingen, froh darüber, sein Zwiegespräch von vorhin bequem zu Ende führen zu können. Aber ehe er begann, nahm Emmingen das Wort.

»Hören Sie, lieber Brökelmann,« sagte er, »ich habe inzwischen Zeit gefunden, Ihre plötzlich eingetretene Herzensaffäre hin und her zu bedenken. Habe mir daraufhin auch Fräulein Beate noch einmal angesehen – mit vorsichtigen Augen natürlich, aber doch aus einem gewissen psycho-physiologischen Gesichtswinkel. Der Unterschied ist nicht so groß. Entweder ist Beate älter als wir annehmen, oder sie sieht so aus. Sie neigt ein wenig zu früher Üppigkeit – ich meine nicht im Überschuß ihrer gedanklichen Entwicklung, was ich nicht kontrollieren könnte, sondern in äußerlich formalem Sinne.«

»Jawohl,« entgegnete der Kommerzienrat, »und da Sie gerade vom Äußerlichen sprechen, gestehe ich Ihnen auch, daß ich das liebe. Eine Kurve ist immer angenehmer als eine Linie, und mein Leben lang habe ich das Runde dem Eckigen vorgezogen. Ich gehe daher, wenn ich in Italien bin, auch lieber in das Pantheon als in den Mailänder Dom. Natürlich weiß ich, daß der moderne Geschmack bei der Frau die ›Linie‹ vorzieht. Aber erstensmal kümmere ich mich nicht um den modernen Geschmack, und dann halte ich ihn auch für verderbt. Die Linie ist der Anfang, die Rundung Entwicklung ... Das nebenbei, denn natürlich ist das Äußere nicht allein maßgebend für mich.«

»Verstehe und beuge mich. Also ich fahre fort und gebe nochmals meiner Ansicht Ausdruck, daß der Altersunterschied keine gewichtige Rolle spielen dürfte. Wie denken Sie sich nun eigentlich meinen Anteil an Ihrer Freiwerbung? Wir müssen doch mit den Sitten von heute rechnen –«

»Natürlich,« fiel Brökelmann ein. »Ich denke so: mich kennen die Göchhusens kaum. Die Töchter wenig, und was die Mutter von mir kennt, knüpft sich wohl nur an die Sahne, Voll- und Magermilch, die sie von mir bezieht. Das gibt aber noch gar kein Gesamtbild meines Menschlichen. Ich möchte daher, daß Sie als Freund des Hauses ein wenig vorbauend und orientierend wirken. Kann Ihnen das schwer fallen?«

»Nein,« erwiderte Emmingen, »zumal nicht, wenn ich Glück habe. Nämlich, Kommerzienrat und Baron – Sie müssen schon gestatten, daß ich Sie in diesem Augenblick als Standesgenossen betrachte: ich habe die Absicht, morgen vormittag zwischen elf und zwölf bei Frau von Göchhusen um die Hand von Fräulein Maxe anzuhalten!«

»Oho!« rief Brökelmann und blieb mit starkem Rucke stehen.

»Warum oho? Bin ich heiratsunfähiger als Sie? Wo sind Grenzen des Alters oder der sozialen Schichtung, die bei mir berücksichtigt werden müßten? Ihr ›Oho‹ kränkt mich.«

»Das sollte es nicht. Es war ein Ausruf ohne Bedeutung. Ich kann mich ja nur freuen. Geben Sie mir die Hand, lieber Schwager,« – er schüttelte kräftig die Rechte Emmingens – »wir wollen treu zusammenhalten und uns gegenseitig unterstützen. Ist das schon eine alte Liebe bei Ihnen?«

»Meinerseits ja. Bei ihr weiß ich noch gar nichts. Aber ich halte den Zeitpunkt der Erklärung für gekommen.«

»Und gleich bei der Mutter?«

»Es ist das Korrektere.«

Der Kommerzienrat nickte. »Korrektheit muß sein. Nun liegt das Ganze anders und günstiger. Wenn Sie sich die Entscheidung holen, können Sie auch ohne weiteres von mir anfangen. Es ist ein Aufwaschen. Es läuft so mit unter ...« Er überlegte im Weiterschreiten einen Augenblick und hub hierauf wieder an: »Oder meinen Sie –«

Dann stockte er, aber Emmingen fuhr fort: »Ja, das meine ich. Ich kann Ihren Satz ergänzen. Ich meine, daß Sie selbst um Beate anhalten müssen. Die Sache mit der Brautwerbung fällt doch allzusehr, aus dem Modernen. Anders, wenn wir zusammen auftreten. Dann ist die gegenseitige Unterstützung von vornherein gegeben. Wir können nur Rühmliches von uns sagen. Ich werde Ihre Vorzüge in Rotfeuer erstrahlen lassen. Die liegen übrigens auf der Hand. Ihre Stellung im kaufmännischen Leben, das Laboratorium,

Ihr Reichtum, die lippesche Freiherrnkrone – können Sie nicht auch bald Geheimrat werden?«

»Es bedürfte nur des Antippens.«

»Tippen Sie. Äußere Ehren sind immer etwas Greifbares. Was habe ich denn zu bieten?«

»Das lassen Sie meine Sorge sein. Eine Hand wäscht die andere. Fränkischer Uradel wird höher bewertet als die siebenperlige Krone von Lippe. Diplomatischer Dienst hat auch immer für feiner gegolten als der Milchhandel. Und dann Ihre Jugend. Und dann Ihr Exterieur. Und nicht einmal Witwer. Ja, Emmingen, noch eins sorgt mich: ich habe einen Sohn. Zwar einen prächtigen Bengel – trotzdem, er könnte ein Hindernis sein.«

»Halt' ich für ausgeschlossen. Im Gegenteil: besser als Kinderlosigkeit. Da könnten Verdächte wach werden. ... Also, Kommerzienrat, Sie sind einverstanden?«

»Ich habe ein bißchen Angst. Kenn' ich sonst nicht – aber in diesem Falle ... Wenn ich bloß die rechten Worte finde!«

»Das ergibt der Augenblick, Brökelmann. Ich bereite mich auch nicht vor. Ich spreche, wie mir zumute ist. Punkt elf bin ich bei Ihnen und hole Sie ab.«

»Schön. ... Noch eins, Emmingen: Frack oder was?«

»Überrock und Zylinder. Immer korrekt.«

»Immer korrekt. Na – hoffen wir das Beste ...« Sie gaben sich die Hände und lächelten beide. Aber dies Lächeln hatte ein tieferes Innenleben als das eines flüchtigen Augenblicks. Es war zaghaft und auch Hochstimmung dabei. Es fehlte bei dem einen die immer bereite Ironie und bei dem andern das ungehemmte Selbstbewußtsein. Das Herz sprach mit. –

Man frühstückte im Gartensalon, einem Raum mit Biedermeiermöbeln, Gitterfenstern und einem schmalbrüstigen

Spiegel über dem Kamin, in dem ein Feuer flackerte. Zwei Diener servierten. Es gab weder Voll- noch Magermilch, sondern Schwarzhofberger und Léoville Lascazes und endlich Cliquot. Auch war der Kaviar frisch wie die Wachtelpastete, und die getrüffelte Pute verriet rühmliche Abstammung.

Fahrt und Spaziergang hatten die Gäste hungrig gemacht; auch die jungen Damen speisten mit gesundem Appetit. Die »bunte Reihe« war hergestellt, so gut es sich ermöglichen ließ: der Kommerzienrat hatte Beate zur Rechten und links Elfriede, Maxe saß zwischen Emmingen und Krempel. Der feindliche Sinn der beiden Nebenbuhler offenbarte sich nicht bei Tische; es schien, als habe die Wirkung des Materiellen sie sanfter gestimmt. Als die Diener den Champagner schenkten, wollte Emmingen das Wort ergreifen. Doch Beate gab ihm ein Zeichen, nahm selbst ihr Glas zur Hand, räusperte sich ein wenig unter hellem Erröten und begann:

»Als älteste der drei Göchhusens, die in diesem Hause ihre Kindheit verlebt haben, möchte ich dem Herrn Kommerzienrat unsern herzlichsten Dank sagen für die Gastlichkeit, mit der er uns aufgenommen hat. Als wir vorhin den Park durchwanderten und hier von Zimmer zu Zimmer gestreift sind, hatten wir den Eindruck, als sei die Spanne Zeit zwischen damals und heute eine unendlich kleine. Das war erklärlich, denn wir fanden alles so wieder, wie wir es verlassen hatten. Bäume und Sträucher sind natürlich größer geworden, aber sie stehen doch noch auf ihrem alten Fleck. In das Haus sind neue Möbel gekommen, doch der Charakter ist geblieben, und – ja, das möchte ich aussprechen – alles das hat etwas Rührendes für uns. Ein andrer hätte sich hier vielleicht einen Palazzo erbaut mit Marmortreppen und Lift und hätte den Park neuzeitlich ausbessern lassen, oder zum mindesten ein paar Statuen hineingesetzt oder einen künstlichen Wasserfall geschaffen oder derlei. Das tat unser Herr Kommerzienrat nicht, und deshalb erkannten wir die Heimat auch gleich wieder und fühlten uns schrecklich wohl und ergreifen begeistert die Gläser und rufen: Hoch lebe der Herr Kommerzienrat Brökelmann!«

»Hoch, hoch, hoch!« fielen die übrigen Gäste ein, nur Herr von Emmingen setzte ein dreifaches »Hurra« an die Vivatstelle. Schließlich erhob sich alles und stieß mit Brökelmann an, der während der schönen Rede Beates fast unbeweglich auf seinem Platz gesessen hatte; aber in seinen kleinen, etwas schlitzigen Augen lag dabei ein Ausdruck, der Emmingen in der mephistophelischen Schärfe seiner Beobachtung wie ein Fühltaster nach dem Glück erschien oder wie eine Durchleuchtung mit dem Radium einer seligen Erkenntnis. Verhaltene Ironie zuckte wieder einmal um die Mundwinkel des Legationssekretärs; er hatte einen netten Witz auf der Zunge und hätte ihn gern an den Mann gebracht. Aber er bezwang sich, zumal er sah, daß der Kommerzienrat sich anschickte, den Toast Beates zu erwidern.

»Mein gnädiges Fräulein,« sagte Brökelmann, stehen bleibend und den Leib etwas einziehend, um sich eine bessere Figur zu geben, »meine gnädigen Damen, ich fühle mich geradezu beschämt durch Ihren Dank, den ich wirklich nicht verdiene. Denn was habe ich Großes getan? Draußen mußte ich notgedrungen eine Umwälzung vollziehen, wie mein milchernes Geschäft sie verlangte, aber innerhalb des Parkgatters konnte ich alles beim alten belassen und tat es mit Freude, weil mein Geschmack weniger zur Palazzohaftigkeit neigt als zur ruhigen Stimmung. Und die war hier gegeben. Das war ja von vornherein mein Gedanke, als ich Zochin kaufte: mir hier in der Umsäumung meines äußeren Lebenswerks, das durchaus nicht immer so sanft verläuft, wie man bei einer so beruhigenden Flüssigkeit annehmen sollte, das sogar zuweilen förmliche Wellen schlägt – war mein Gedanke, sage ich, mir hier im

Mittelpunkt meines Zuständlichen ein Buen Retiro zu schaffen, in dem das Individuum Souverän sein konnte. Sie werden das begreifen, wenn ich Ihnen versichere, daß sich meine unsterbliche Seele häufig genug aus der Milch heraussehnt und gern einmal nach anderen Resonanzen sucht, als sie bei den Zentrifugen und in der Butterei und bei meinen hygienisch einwandsfreien Sahnepräparaten zu finden sind. Im Wechsel der Eindrücke liegt ja immer noch der Hauptreiz des Lebens. Ich bin also sehr glücklich, daß auch Sie sich hier wohlfühlen, und wiederhole mein Anliegen von vorhin: betrachten Sie Zochin nach wie vor als Heimat. Das, meine Damen, sagen Sie auch Ihrer verehrten Frau Mutter, auf deren Wohl ich mit mir anzustoßen bitte.«

Er zog den Kommerzienratsleib noch mehr ein, so daß er fast schlank erschien, und neigte sein Glas zunächst vor Beate, um es sodann auch an die Gläser der andern anklingen zu lassen. –

Beim Kaffee bat Krempel um die Erlaubnis, vor der Abfahrt noch einmal auf den Friedhof gehen zu dürfen, um die Gräber der Eltern zu besuchen. Die drei Mädchen wünschten ihn zu begleiten, denn auf dem Kirchhofe lagen auch ihre kleinen Schwestern begraben: das Göchhusensche Zwillingspärchen, das wenige Tage nach der Geburt die Welt des Lebens wieder verlassen hatte.

Gegen einen solchen Pietätsbesuch ließ sich nichts einwenden. Während der Kommerzienrat und Herr von Emmingen sich in das Rauchzimmer zurückzogen, dort ihre Zigarren ansteckten und nochmals über das ereignisvolle Morgen zu plaudern begannen, machten die vier anderen sich auf den Weg nach dem Kirchhof.

Kaum hatten sie das Parktor hinter sich, da vermochte Beate nicht mehr den Zusammenhang ihres Fühlens zu meistern. »Kinder,« rief sie, »hab' ich meine Sache nicht brav gemacht? Hab' ich meine Sendung erfüllt? Hab' ich unsern Brökelmann nicht förmlich in Liebenswürdigkeit eingewickelt?«

»Es war fast zu viel,« entgegnete Maxe, »es fehlte das Abgewogene. Deine Rede war ein Panegyrikus. Weniger wäre besser gewesen.«

Der Widerspruch ärgerte Beate. »Krempelius, bitte, entscheide *du*,« sagte sie. »Bin ich undiplomatisch gewesen?«

»Durchaus nicht,« erwiderte Krempel. »Im Gegenteil: du hast deine Sache prachtvoll gemacht. Maxe beurteilt den Kommerzienrat nicht richtig. Er hat ein gewisses Verlangen nach Anerkennung. Und dann neigt er zu Sentiments. Dem allem hast du in deinem Toast vortrefflich Ausdruck gegeben. Die Hauptsache war ja doch, ihn für die Göchhusens im allgemeinen zu interessieren, um so eine bequeme Annäherung zu ermöglichen. Und das hast du erreicht.«

»Zweifellos,« sagte Elfriede. »Er hängt an der Angelschnur. Und ich möchte fast glauben, daß er für die Mama noch besser geeignet ist als der Major von Hartwig. Ich habe diesen Brökelmann verkannt. Er imponiert mir wahrhaftig. Tugendreich, du kannst nicht bestreiten, daß auch du angenehm enttäuscht bist,«

»Bestreite ich gar nicht. Aber der Major ist mir doch lieber.«

Ein feiner rosiger Ton stieg in die Wangen Elfriedes. »Es kommt dabei nicht auf dich an, sondern auf die Mama,« entgegnete sie energisch. »Im übrigen bleibe ich auf meinem Standpunkt: Mama würde sich besser als Kommerzienrätin wie als Majorin ausnehmen. Ihrem Äußern und auch ihrem Wesen nach müßte sie mindestens schon zwei Sterne im Epaulette haben. Wenn Hartwig Oberst wäre oder General, würde ich nichts sagen. Aber so – ist sie nicht mehr jung genug für ihn. *Meiner* Ansicht nach.«

»Ich taxiere, der Kommerzienrat wird auch nicht viel älter sein als der Major.«

»Krempel, hier entscheidet der äußere Eindruck.«

»Nein,« warf Beate ein, »hier entscheidet die Mama! Warten wir ab. Wir haben auch noch den Superintendenten *in petto*. Der fällt auf Maxe. Wollen sehen, Tugendreich, ob du ihn so zu entzücken verstehst, wie ich meinen Brökelmann.«

Maxe ließ ihr gutturales Lachen erklingen und krauste die Oberlippe.

»Der ist mir sicher,« entgegnete sie zuversichtlich. »Er ist Orchideenzüchter. Die liebe ich auch, und bevor ich das nächstemal mit ihm zusammenkomme, lerne ich den entsprechenden Artikel im Konversationslexikon auswendig. Du entflammst dich für die Milch, Friedel für die Kunst, ich tu's mit der monokotyledonischen Planzenfamilie aus der Ordnung der Gynandren, eine der größten des Pflanzenreichs mit etwa sechstausend Arten, die über die ganze Erde verbreitet sind und selbst innerhalb der arktischen Zone nicht ganz fehlen. Vorbereitet bin ich schon, wie Ihr vernehmt.«

Krempel schüttelte lachend den Kopf. »Es ist fabelhaft,« sagte er, »mit welchem Eifer Ihr euch der Sache annehmt. Aber es ist auch eine Gefahr dabei. Nämlich die, daß Ihr selber den für die Mama in Aussicht genommenen Herren die Köpfe verdreht.«

»Wir?« rief Maxe. »Den Alten?«

»Alter schützt vor Torheit nicht. Eine Binsenweisheit, die immer noch zutrifft.«

»Glänzende Idee,« sagte Beate, »ich als Brökelfrau, ich als Milchkönigin. Glänzend.«

Maxe nickte mit wieder gekrauster Oberlippe, die ihrem hübschen Gesicht etwas Spitzbübisches gab. »Und ich Superintendentin? Warum nicht? Es ist etwas Höheres, das liegt schon im Namen. Es ist schon Hochwürden und besser als Propst. Frau Pröpstin klingt häßlich. Vielleicht wird Herr Warmuth auch einmal Generalsuperintendent. So etwas gibt es. Oder Hofprediger. Dann rangieren wir gleich nach den Exzellenzen, und Elfriede mit ihrem Major kommt erst ein ganzes Stück hinterher.«

»Kinder, seid Ihr albern,« antwortete Elfriede kurz. Das Hellrot ihrer Wangen hatte sich abgeschattet, aber zwischen den Augenbrauen, senkrecht zur Nasenwurzel, faltete sich eine kleine Linie in die Haut und blieb wie eine Drohung stehen.

»Du malst ja mit ihm,« begann Beate lächelnd und sah sie seitwärts an und schwieg plötzlich. Sie hatte das Fältchen bemerkt und wurde ein wenig verwirrt. »Lassen wir den Unsinn,« fuhr sie fort, »und halten wir uns an das große Ziel. Deine Vermutung, Krempelius, steht sowieso auf schwachen Füßen, da wir uns bei deinem Zauberfest feierlich zugeschworen haben, nur dann zu heiraten, wenn die Schwestern damit einverstanden sind.«

»Stimmt,« sagte Dionys, »ich meinte auch bloß so.«

Man trat auf den Friedhof und wurde stiller. Dieser Ort des Schweigens war so alt wie die Kirche, aber das Gotteshaus hatte man renoviert, den Friedhof nicht. Er war ein verwilderter Garten geworden, in dem Bäume und Strauchwerk sich frei angesämt hatten und das Gras wucherte. Es gab da viele zerfallene und vermorschte Holzkreuze auf eingesunkenen Gräbern, zwischen deren Efeugespinst sich Frühlingsblumen zur Sonne drängten. Aus zusammengeknäultem Wacholder und niedrigen Berberitzenbüschen streifte ein Schwarm Vögel auf, als die schweigenden Menschen nahten. An den großen Trauerweiden, auf deren feuchten Zweigen sich die Knospen schon zu kleinen Blättern geöffnet hatten, blieben die vier ein paar Minuten stehen. Dies gemeinsame Grab war besser gepflegt, der Efeu beschnitten, das Unkraut gerodet; das Kreuz aus Sandstein trug die Doppelnamen des Pastors August Krempel und seiner Ehefrau Dionysia, geborenen Madersteg. Aber es ruhten hier auch noch andre des gleichen Namens, so in einer Ecke des Friedhofs unter einem alten Maulbeerbaum mit klaffend gespaltenem Stamme der erste der Krempels, der aus Schlesien an die Ufer des Schwielow verschlagen worden und sich der Sitte der Zeit gemäß noch Krempelius genannt hatte, dieweil er ein sehr gelehrter Herr, mächtig der alten Sprachen und groß in den Wirnissen der Theologie gewesen war. Er hatte den Rochows gedient, die einstmals in dieser Gegend umfangreichen Besitz gehabt hatten, und deren Wappen: die langgehalsten Pferdeköpfe und der Steinbock auf dem gekrönten Helme, über dem Kirchenportal in Stein gehauen war.

Von den Trauerweiden ging es hinüber zu einer Gruppe zypressenähnlicher Lebensbäume, die wie große schwarze Flammen aus dem dunstigen Erdreich emporwuchsen. Hier lagen die Göchhusenschen Zwillinge begraben, die nur die Nottaufe empfangen hatten, denn der Tod war bei den kleinen Wesen schnell gekommen. Ihr Vater, immer eigenwillig in seinem Trotz gegen das Hergebrachte, hatte es vermieden, ein Kreuz auf das Grab setzen zu lassen. Dafür erhob sich an dieser Stelle ein kleines Kunstwerk aus hellem Marmor, das den Winter über durch einen Holzverschlag geschützt wurde: eine Urne, um die zwei Putten eine Rosengirlande schlingen.

Indes man weiterschritt, sprachen die Mädchen über das Monument. Es hatte etwas Störendes für Elfriede, und auch Beate stimmte dem zu: es passe nicht zu dem schlichten Charakter eines märkischen Dorfkirchhofs. Krempel war andrer Ansicht.

»Ihr dürft nicht vergessen,« sagte er, »daß diese Spielerei, wie Ihr es nennt, der Ausdruck einer bestimmten Empfindungsrichtung ist. Es widerstrebte eurem Vater, den beiden Kleinen, die doch nur ein paar Tage gelebt haben, ein Symbol wuchtigen Ernstes setzen zu lassen.«

»Kann ich begreifen,« erwiderte Maxe, »und auch verstehen, daß man die Umgebung vergessen und nur das Gewollte sehen kann: ein Kunstwerk, das für sich selber spricht.«

»Das aber,« warf Elfriede ein, »nicht im Einklang mit dem christlichen Gedanken unsrer Kirchhöfe steht.«

»Auch darüber wird man streiten können,« entgegnete Dionys. »Seht euch doch mal die Friedhöfe in Mailand und Genua an! Da mischen sich allerwärts Motive aus den Evangelien mit realistischer Gegenwart und einem fröhlichen Heidentum. Und wie ich mich eures Vaters entsinne, war auch er eine Natur, für die der Begriff der Überwelt viel mehr eine strahlende Feerie war als ein dunkles Tor. Die beiden spielenden Putten sind einfach eine künstlerische Verkörperung dieses Empfindens. Er dachte an einen Himmel der Kinder – und warum nicht?«

Maxe blieb stehen; man hatte den Friedhof wieder verlassen. Sie nickte mit gemessener Kopfbewegung und sagte:

»Ja, warum nicht? – Wißt ihr – es ist seltsam: ich kann mir den Papa nicht mehr vorstellen. Weiß mir kein Bild von ihm zu schaffen. Weiß nicht, wie er war und wie er jetzt ist. Jetzt vielleicht ganz anders als ehemals. Schade, daß ich ihn nie kennenlernen werde!«

Etwas Sinnendes trat in ihr Auge; es strich auch ein melancholisches Wehen darüber. Sie hob den Blick und ließ ihn über den Dorfplatz schweifen und fuhr mit eigentümlich sanftem Lächeln fort:

»Ich habe eine große Bitte, Dionys. Ich habe einen Herzenswunsch. Ich möchte beim Krugwirt noch einmal auf den Boden klettern, wo wir damals den Storch fangen wollten, um ihm ein Halsband umzulegen. Komm mit, ich bitte dich.«

Die Schwestern lachten. »Maxe, das ist ganz verdreht,« sagte Beate. »Außerdem können wir den Kommerzienrat nicht warten lassen.«

»Es dauert nur zehn Minuten, Beate.«

Elfriede schüttelte den Kopf. »Aber um Himmelswillen, was willst du denn auf dem Boden?!« rief sie.

»Es soll der Abschied von meiner Kindheit sein,« versetzte Maxe mit einer gewissen Feierlichkeit. »Aber Ihr versteht mich ja doch nicht.«

»Nein,« entgegnete Beate unwirsch, »das verstehen wir wirklich nicht. Es ist auch mehr kindisch als kindlich. Man klettert keinem Storch nach.«

Nun fühlte sie das Drollige dieser letzten Wendung und lachte wieder. »Mach' was du willst, Kleine, aber beeile dich, denn unsere Automobile warten.«

»Komm!« rief Maxe abermals, in einem so glücklichen Tone, als sei ihr etwas unermeßlich Schönes erlaubt worden, und nahm Dionys bei der Hand. Der zögerte noch einen Augenblick, nickte den beiden älteren Schwestern achselzuckend zu, als wollte er sagen: Was soll ich anderes machen?, und trabte dann mit Maxe quer über den Platz. Sie liefen wie ein paar Kinder, in kurzen Schritten und schlugen mit den Füßen hinten aus und unterbrachen ihren Trab zuweilen durch einen ausgelassenen Luftsprung. Erst an der Schmiede fielen sie in vernünftigere Gangart; da stand ein Bauer und ließ sein Pferd beschlagen. Den Schmied mit seinem braunroten, verwitterten Gesicht und den weißen Zoddeln am Kinn kannten sie noch von früher

her und sagten ihm guten Tag. Aber er entsann sich nur des jungen Krempel und hatte für das schöne Fräulein nichts als eine verwunderte Augenstarre, bis Dionys ihm erzählte, wer das sei. Da schoben sich auf einmal alle Falten in dem närrischen alten Gesicht durcheinander und die wie vom Feuer gedörrten Lippen verzogen sich zu fröhlichem Grinsen. »Aber nee, so was,« sagte er, wischte seine große Tatze an der, Hose ab und nahm vorsichtig Maxes Hand, »unse Frölen – aber nee, so was...«

Er rief Muttern herbei und August, den Sohn, und auch den Großvater, ein uraltes, zwerghaftes Geschöpf, gekrümmt, gebückt und verbogen unter der Arbeit eines allzu langen Lebens, und alle sollten das Frölen sehen, und es nahm des Staunens kein Ende, daß das wilde Kind von früher nun groß, hübsch und fein geworden war. »Aber nee, so was,« sagte ein jeder: es war eine geläufige Phrase m Zochin. So sagte auch Pittelko, der Krugwirt, ein Mann, dürr wie eine Bohnenstange, mit ganz fahlem Gesicht und einer seltsamen Kartoffelnase, und auch er rief seine watschelnde Alte herbei und schenkte dann, um den Besuch zu ehren, einen süßen Rosenlikör in unförmliche Schnapsgläser. Er war arg verwundert, daß die beiden auf den Boden wollten, wie sie erklärten, um durch die Luke die Aussicht zu bewundern, hatte aber für sein Teil nichts dawider (und auch Mutter nicht) und gab den Schlüssel.

Nun klommen Maxe und der dionysische Krempel eine schmale Holztreppe empor, öffneten nicht ohne Mühe ein riesiges Hängeschloß und stießen die Falltüre auf, die zum Boden führte.

»Da wären wir,« sagte Krempel. »Maxe, dein Wunsch ist erfüllt. Aber in Respekt und Ehrfurcht: klar ist er auch mir nicht. Was willst du eigentlich in diesem Rattenloch?«

»Es war so eine Idee,« entgegnete das Mädchen. »Meinetwegen eine Laune. Herrgott, Krempel, wenn auch *du* mich nicht verstehst ... Weißt du nicht, was eine plötzliche Sehnsucht ist? Wir hatten von dem Papa gesprochen, und da kroch mein Ich auf einmal in seine Kindheit zurück. Hier in Zochin tappsen wir ja auf Schritt und Tritt in unsrer Kindheit herum. Die Sache liegt doch so einfach. Ich sah das schiefe Krugdach und das Wagenrad mit dem Storchnest auf dem First – und es lüstete mich nach der alten Märchenspur ... Das ist kein Rattenloch in meinen Augen. Das war unser Feenreich. Hier hörte die Wirklichkeit auf, und die Phantasie begann. Krempel, denk' doch ein bissel zurück! Unter der großen Luke haben wir nebeneinander gehockt, und du hast mir die Geschichte vom Zwerg Nase vorgelesen. Und was konntest du schön erzählen! Von Ali Baba und den Räubern und Aladins Wunderlampe und von dem Jungen, der das Fürchten lernen wollte. Wie kam da das köstliche Grauen – hurrjeh, und in allen Ecken regte sich Ungewisses und jeder Schatten nahm Gestaltung an! Auch ein Mäuschen huschte wohl mal vorüber, aber das war eine verzauberte Prinzessin und trug eine kleine Krone auf dem Kopf. Ach Gott, Krempel, dies Rattenloch ist ein Buch der Erinnerung und steckt so voller Poesie! ...«

Krempel stand still vor ihr und sah ein goldenes Glanzlicht in ihrem Auge und einen Ausdruck, der wie eine Rückdatierung des Lebens war. Gewiß ankerte sich in der Erinnerung ein Bild der Kindheit fest, die mit buntem Märchenspiel erfüllt war und dem Gleiß glücklicher Illusionen. Aber es kam noch etwas dazu, das zu einem Weiterwerden der Erinnerung wurde und auf eine Höhe freier Stimmung führte: der stürmende Flug einer jungen Dichterseele, die alles sichtbar Gewesene in Symbole und Ahnungen umschuf, und eine Sehnsucht aus der Enge des Endlichen in das Grenzenlose der Phantasie.

Das war die kleine Maxe, wie er sie kannte: mit den Träumeraugen, in denen auch der Schalk springen konnte, und dem heißen Herzchen voll unbewußt poetischer Impulse.

»Du hast recht,« sagte er, »ja, Maxerle, du hast tausendmal recht. Laß nur die Schwestern lachen! Wenn du auf den Boden kletterst, steigst du den Sternen entgegen, und an jedem Spinngewebe, das dein Arm streift, hängt Märchenduft. Und du bist du und sollst es bleiben.«

Er küßte sie, und sie ließ es sich ruhig gefallen. Sie errötete nicht einmal unter diesem Kusse, der ihr als etwas Natürliches erschien, ob es auch der erste war, den Dionys ihr gab. Ihr Blick vertiefte sich, ein wenig und stieg wie nach innen. Es war ein rasches Verdunkeln, aber ebenso rasch kam der Sonnenschein wieder und breitete in der Iris sich aus. Sie lachte.

»Was sind wir für komische Menschen!« rief sie. »Du, Krempel, und ich. Suchen wir hier nicht nach Verlorenem? Sind wir nicht Kinder?«

»Gut, daß wir's noch sein können,« antwortete er. »Nach Verlorenem? Nein. Wir haben in uns, was wir finden wollen. Aber etwas andres entscheidet. Wir haben keine Zeit. Hörst du den dumpfen Ruf vom Schlosse herüber? Das Geheul eines Fabelwesens. Schade, daß es nicht in unsre Traumwelt paßt. Die Hupe gibt uns ihr Zeichen. Die Wirklichkeit ruft: Herr von Emmingen.«

»Warum grade der?«

»Ich fühle es so. Ich höre ganz deutlich seine Stimme. Es ist die Stimme der Gegenwart und einer verfluchten Nüchternheit. Der Brunftschrei des Aktivismus, verstehst du.«

»Eins von deinen Fremdworten. Dann pflegst du ernsthaft zu werden. Du kannst den Mann nicht leiden. Weißt du, was ich glaube?...« Sie hatte die Hände auf den Rücken gelegt, stand dicht vor ihm und hielt den Kopf erhoben. In dem Halblicht dieser Bodenkammer sah er das neckische Glitzern ihrer Augen. Spöttischer Übermut züngelte um ihre Mundwinkel.

»Was glaubst du?«

»Daß du eifersüchtig bist, Dionysos. Die berühmte Natter knabbert an deinem Herzen.«

»Bah,« machte er. Es sollte nebensächlich klingen, aber der Ausruf stand im Widerspruch zum Tonfall. Das fühlte er selbst und fuhr achselzuckend fort: »Eifersüchtig? Ich weiß wirklich nicht ... Vielleicht. Jedenfalls ärgert mich der Herr ›Von‹.«

»Bloß, weil er ›von‹ ist?« »Ach wo. So albern bin ich nicht. Aber weil das ›Von‹ ihn noch mehr couragiert. Er meint, daß du ihm sicher seist. Er hält dich am Bändel, Maxe; er steckt voller Raffinement und wickelt dich ein. Und eh' du dich versiehst, bist du seine Braut.«

»So? Und das weißt du ganz genau?«

»Es liegt im Empfinden. Der Mann hat ja alles, was, locken kann: Namen, Stellung, Mammon, auch einen viven Geist. Ohne Schulung, voll Zerfahrenheit, einen Geist wie ein Blinkfeuer. Aber das ist ein Reiz mehr für euch naive Gemüter. Das Aphoristische zieht euch hinan: das Schwelgen in subjektiven Stimmungen, in ironischer Dekadenz – so das ganze Weltmannsgebaren ... Maxe, sei vorsichtig. Laß dich nicht überrumpeln. Er wartet nur darauf.«

Sie nickte. »Sehr schönen Dank. Er kann lange warten. Aber er wartet gar nicht. Er spielt mit dem Feuer, nur verbrennt er sich nie. Dazu ist er zu schlau. Du mißverkennst ihn – und mich erst recht. Das eine ist mir wurscht, das andre ärgert mich wütend. Wozu diese lange Predigt?«

»Weil –« sagte et und stockte. Draußen am Himmel mochte das Abendrot stehen. Durch die offene Luke quoll ein rosiger Glanz und umschmeichelte das Gesicht Maxes. Sie schaute wieder in einer Haltung kecker Neugier zu ihm auf, aber auch in willfähriger Erwartung. Eine lyrisch-sentimentale Regung überschlich ihn und stimmte ihn sehr weich. Es war gut, daß sich das Signal der Hupe von neuem hören ließ. Da fuhr er rasch fort: »Weil ich deine Unerfahrenheit schützen möchte, Maxe. Weil ich Angst habe. Weil ich dich liebe ...« Er zuckte zusammen und stand blaß da im Rosenlicht des Abends. »Warum soll ich das nicht sagen? Ich sage es ganz ruhig – ich weiß ja doch, daß wir uns nie gehören werden. Ich sage es ganz ruhig. Ich liebe dich seit unsrer Kinderzeit – das ist nur natürlich, es konnte gar nicht anders kommen. Ich bin auch eifersüchtig – aber kein kalter Egoist. Nein, das bin ich nicht. Ich möchte ...« er stockte wieder und seine Sprache wurde stammelnder, »möchte alles Glück der Welt – das möchte ich mit vollen Händen um dich aufhäufen. Aber der Mann, der Emmingen – dieser Mann wäre kein Glück für dich. Ihm fehlt die ausgleichende Ruhe, die frohe Grundstimmung. Er lebt unter beständiger Anfeuerung seiner selbst. Er steckt immer voller Konflikte. Sein ganzes Wesen ist Skepsis, Er ist nichts für dich – glaub' es mir. Nimm ihn nicht, Maxe ...«

Während er so sprach, hielt er mit seinen Händen die Arme Maxes umfaßt: mit einer zärtlichen Scheu, die mehr Hoffen als Wagen war, und auch in seinem Blick sprach eine ängstliche Unsicherheit des Wollens sich aus. Das fühlte sie wohl; sie spürte mit dem feinen Instinkt der Unberührtheit den tiefen Respekt, der seine Leidenschaft zügelt, und eine seltsame Verwirrung bemächtigte sich ihrer: ein Ahnen und Begreifen, eine Ausdehnung ihres Wesens, auch das Aufgehen einer neuen Welt der Empfindungen und endlich eine sanfte Rührung, die ihre Augen feucht werden ließ.

Aber der schreckliche Ruf der Hupe wollte nicht enden, und diesmal erklang es ganz nahe: die Automobile mußten schon vom Schlosse fortgefahren und in der Dorfstraße sein. Dionys ließ die Arme sinken; sein Gesicht wurde leer.

»Komm,« sagte er, »sie holen uns.«

»Ja,« entgegnete Maxe, »wir wollen gehen ... aber vorher will ich dir noch antworten – ganz rasch ... Du bist mir der liebste Freund, und ich danke dir für deinen guten Rat. Ich danke dir von ganzem Herzen. ... Freilich – es liegt ja alles anders, als du meinst. Der Emmingen – ach, er denkt nicht daran, um mich zu werben! Denkt nicht daran, Dionys – der redet nur und – und ... Trotzdem, das schwöre ich dir, wenn er Ernst machen sollte, weise ich ihn ab. Ja, das schwöre ich dir ... und nun gib mir noch einen Kuß, du lieber Mensch – einen Kuß in Freundschaft ...«

Ein eigentümlich vages Lächeln huschte um ihren Mund, als sie ihm ihre Lippen bot. Er küßte sie zum zweiten Male: einen Kuß in Freundschaft. Aber dabei wußten beide, daß sie ihre Gefühle mit Absicht verfälschten.

Nun wurden unten im Flur Stimmen lebendig. Beate rief: »Tugendreich, wo steckst du nur?!« ... Dann rief Elfriede: »Sohn der Semele, Dionys, dithyrambischer Knabe – ahoi!« ... Und schließlich Herr von Emmingen: »Fräulein Maxe, gnädigstes Fräulein, wir harren Ihrer mit Ungeduld!«

»Sind schon da!« rief Maxe lustig zurück. »Herrschaften, bleibt unten – die Treppe ist eine gefährliche Passage!«

Sie hob ein wenig ihren Rock und kletterte hinab. Krempel folgte und übte sich im Komödienspiel: er zeigte wieder sein fröhliches Jungengesicht.

Man überschüttete sie mit heiteren Vorwürfen. Nur der Blick Emmingens schien tiefer dringen zu wollen: er streifte Maxe in forschendem Zünden und wie die Frage eines unbarmherzigen Inquisitors. Da wandte sie sich rasch ab, denn sie fühlte, daß ihr das Blut in die Wangen schoß und zu törichtem Verräter zu werden drohte.

Draußen vor der Krugwirtschaft hielten die Automobile des Kommerzienrats. Brökelmann hatte eine Karte in den Händen und verhandelte mit seinem Chauffeur, indes sich die Dorfkinder um die leise schnaufenden Wagen zu sammeln begannen. Im Schwielow verglomm der Widerschein des Abendrots. Um die Waldhöhen strich grauer Nebel; es war frisch geworden.

Herr von Emmingen hing Maxe den Mantel über die Schultern.

»Also wie war's?« fragte er. »Hat sich die Expedition gelohnt? – Es ist nicht immer gut, den Spuren der Erinnerung nachzugehen. Die Gegenwart spottet zuweilen der Vergangenheit, und alle Hoffnung auf ein stilles Erneuern wird zu radikaler Verneinung. Ich leugne gar nicht den Reiz rückschauender Empfindsamkeit. Aber es muß unbewußtes Gefühl dabei sein; wer ihn sucht, wird leicht auf Leere stoßen, wo er Bewegung von innen heraus finden wollte ...«

Er ließ wieder sein Blinkfeuer leuchten, während er Maxe zum Wagen führte. Sie nickte stumm, ohne zu antworten. Sie hörte kaum auf ihn: eine müde Lässigkeit spann sich um ihr Hirn. Es war ihr sogar, als verschleire sich etwas im Anblick der Dinge: als breite der Nebel sich aus und verwische alle Konturen. Die lebendigen Wirkungen schienen versagen zu wollen, das Unmittelbare schwand: sie war wie in einem Traume. Sie fühlte wohl, daß sie neben Elfriede im Wagen saß und Emmingen und Krempel gegenüber hatte; sie hörte auch sprechen, aber es waren Töne, die klanglos aus weiter Ferne kommen konnten. Und dann heulten abermals die Hupen los, und der dumpfe Schrei riß an ihren Nerven. Sie zwinkerte mit den Augen wie bei plötzlichem Erwachen und hörte nun deutlich die Stimme Elfriedes.

»War's noch der Storch von damals?« hatte Elfriede lachend gefragt.

Die Göchhusens saßen am folgenden Morgen beim Frühstück auf dem Balkon: Frau Magda im Schlafrock, denn sie liebte die Bequemlichkeit, Maxe und Beate schon im Tageskostüm; Elfriede, die soeben erschien, hatte ihre Jacke über dem Arm und warf sie auf einen Stuhl.

»Elfriede,« sagte die Mama, »du hast noch Zeit. Rendezvous um elf Uhr in der Vorhalle des Wannseebahnhofs. Es geht nach Nicolassee und nicht nach Wusterhausen.«

»Woher weißt du das?«

»Weil Hartwig eben seinen Burschen mit der Bestellung geschickt hat. Außerdem mit einem großen Fliederstrauß. Aber der Bursche hat nicht gemeldet, ob der Flieder für dich oder für mich ist.«

Elfriede nahm Platz, und Maxe schenkte ihr Tee ein.

»Er wird für dich sein, Mama, aber ein bissel Duft kannst du mir abgeben. Also nach Nicolassee. Wieder mal Wasser- und Wolkenstudien. Birken werden auch dabei sein. Und erst um elf Uhr?«

»Ja, um elf Uhr. Du mußt dir Frühstück mitnehmen. Sag' mal, seit wann malt denn Herr von Hartwig bei Birkenmüller?«

»Oh, schon seit Ewigkeiten.«

»Und hat Talent?«

»Für den Hausgebrauch. Aber kritisches Verständnis und eine helle Passion für die Farben. Maxe, du bist blaß. Warum?«

Die Jüngste schrak leicht zusammen, und nun erblaßte sie wirklich.

»Dumme Frage. Ich weiß nicht, warum. Vielleicht habe ich einen schweren Traum gehabt oder zuviel Wachtelpastete gefuttert. Des Traums erinnre ich mich nicht mehr, aber der Pastete mit Freude ...«

Man sprach von gestern, und Beate fand wieder Worte lobender Anerkennung für den Kommerzienrat. Das war auch schon gleich nach der Rückkehr von Zochin der Fall gewesen: da hatte sie förmlich geschwärmt für ihn.

»Ihr macht mich ordentlich neugierig auf den Mann,« sagte Frau von Göchhusen. »Ist er denn präsentabel?«

»Aber, Mama!« rief Beate. »Du wirst dich wundern, wenn du ihn kennengelernt hast. Wir müssen ihn dann mal einladen.«

»Versteht sich. Auch Hartwig,«

»Und den Superintendenten Warmuth,« fügte Maxe hinzu. »Der hat schon vor vierzehn Tagen seine Karte abgegeben.«

Frau Magda nickte. »Na ja. Merkwürdig, wie sich auf einmal die Menschen finden. Bloß...« sie stippte einen Zwieback in den Tee und ließ den Nachsatz fort.

»Bloß?« wiederholte Beate fragend.

»Ach – nichts,« entgegnete die Mama zerstreut. »Mir war da was eingefallen. ... Gleichgültiges. Ja, eine Gesellschaft werden wir wohl noch geben müssen. Vielleicht ein Gartenfest ... Vegesack!« rief sie dem die Wege harkenden Portier zu, »wie ist denn das mit den jungen Rosen? Ist keine erfroren?«

Der riesige Oberkörper Vegesacks wurde jenseits der Ballonbalustrade sichtbar, im gleichen Augenblick, da Genander erschien und ein paar Briefe auf den Frühstückstisch legte.

»Alles in Ordnung, gnädige Frau,« antwortete Vegesack. »Keine erfroren, auch kein Bohrwurm nicht. Die Pimpinellen bilden schon so eine kleine Hecke, aber die Eglantine werden wir im Herbst doch an ein Spalier bringen müssen. Die möchte gerne klettern.«

»Die Post, gnädige Frau,« sagte Genander, auf die Briefe tippend, und fuhr dann fort: »Es ist noch ein Rest Kalbskeule von gestern da, gnädige Frau – das gäbe ein ganz schönes Ragout für heute mittag. Vielleicht mit Prinzeßkartoffeln. Und was für ein Gemüse?«

Frau von Göchhusen antwortete nicht. Ihr Blick war auf die Adresse des obenauf liegenden Briefes gefallen, und plötzlich wurde sie kalkfarben im Gesicht.

»Vielleicht Artischocken?« fragte Genander. »Die haben wir lange nicht gehabt.«

Magda erhob sich und nahm die Briefe an sich. »Gut, Genander,« entgegnete sie, »Artischocken. Oder was Sie sonst wollen. ... Kinder, besprecht mit Genander das Mittagessen. Ich habe einen wichtigen Brief bekommen, den ich in Ruhe lesen möchte.«

Sie ging. Das Menü wurde schnell entworfen, dann zog sich auch Genander wieder in seine Küche zurück.

»Was war mit der Mama?« fragte Maxe ängstlich. »Saht ihr nicht, daß sie totenblaß wurde?«

»Freilich,« erwiderte Beate, »und ich weiß auch weshalb. Ich habe die Handschrift auf dem Briefe erkannt, der sie so erschreckt hat. Er kommt von Papa ...«

So war es, und nun saß Frau von Göchhusen im einsamsten der Zimmer neben dem alten Papagei, der mit zusammengekniffenen Augen lethargisch auf seiner Stange hockte, und las diesen Brief. Zuerst jagte ihr Blick über die

Zeilen, aber sie wurde bald ruhiger und begann noch einmal von vorn:

»Pallanza, Villa Esperenza.

3. Mai.

Liebe Magda;

ich hatte zuversichtlich gehofft, nach meiner Rückkehr aus Mexiko ein paar Worte von Dir vorzufinden. Aber es waren überhaupt keine Briefe da; die eselhafte Post hat es vorgezogen, alle Eingänge für mich während meiner Abwesenheit zurückzuschicken, und nun weiß ich nicht einmal, ob Du meine flüchtigen Zeilen mit der Nachricht vom Tode Wandas erhalten hast. Das letzte Jahr war ein bitterschweres für sie; ich will Dir nicht schildern, wie diese schöne Menschlichkeit immer mehr verfiel und wie die Auflösung schon da war, während ihr Auge noch immer nach der Sonne suchte. Gut, daß die endliche Erlösung schmerzlos war.

Zur Erledigung der Erbschaftsfragen mußte ich persönlich nach Mexiko. Es war kein Vergnügen. Die Erbschaft ist unanfechtbar, da Wanda einzige Tochter war. Aber es gibt noch Vettern und Tanten des Namens Espinosa del Mercado, und die fielen allesamt wie die Schmeißfliegen über mich her, und einer, ein fettgemästeter, mit allen Hunden gehetzter Abgeordneter, strengte sogar einen Prozeß gegen mich an, weil er behauptete, ein Drittel der Hinterlassenschaft fiele zufolge unsrer Kinderlosigkeit an die Familie zurück. Der Prozeß hätte zehn Jahre dauern können, und da zog ich es denn vor, dem dicken Vetter mit einigen tausend Pesos den großen Mund zu stopfen. Mit ähnlichen Manövern operierte ich auch in der sonstigen Verwandtschaft, setzte ein Dutzend Advokaten in Nahrung, kargte nicht mit Bestechungsgeldern, und so gelang es mir denn allgemach, wenigstens den größten Teil der Liegenschaften zu kapitalisieren. Für die Minen bei Queretaro mit ihren reichen Einkünften habe ich einen außerordentlich tüchtigen Deutschen als Direktor gewonnen. Das Unternehmen soll in eine Aktiengesellschaft verwandelt werden, so daß ich mich langsam davon zurückziehen kann.

Ich erzähle Dir dies alles, weil nun abermals ein Umschwung in unsern materiellen Verhältnissen eingetreten ist, über den ich mit Dir notgedrungen verhandeln muß. Du brauchst darüber nicht zu erschrecken, denn es versteht sich von selbst, daß ich auf einer persönlichen Zusammenkunft nicht bestehen würde, wenn dies Deinem Empfinden widersprechen sollte. Unsere Mädel sind ja nun erwachsen und hoffentlich auch verständig genug geworden, um mit ihnen einmal etwas andres besprechen zu können als den nächsten Ball, die neueste Toilette oder den Wintersport in St. Moritz. Du kannst eine von ihnen also als Vertreterin wählen.

Und damit, liebe Magda, komme ich auch zu einer großen Bitte; Bitte sage ich, denn ich möchte geflissentlich vermeiden, mich auf den Boden gesetzlichen Verlangens zu stellen. Du kannst Dir denken, daß es nunmehr um mich völlig einsam geworden ist. Das ist ein Schicksal, das ich mir selber geschaffen habe, aber ich besitze nicht mehr den stolzen Übermut von einst, um es ohne die Gefahr, in klägliche Mißmut zu verfallen, ertragen zu können. Die letzten Jahre haben mich alt werden lassen: nicht nur äußerlich – das grau gewordene Haar und die Faltenknitterung lassen sich schließlich noch ertragen. Schlimmer ist, daß das Vertrauen auf die innere Kraft nachgelassen und die Schätzung des Ich sich bedenklich verringert hat. Kurzum, ich habe Sehnsucht nach unsern Kindern. Nach unserm Vertrage habe ich Anrecht auf Maxe; aber falls Du grade sie nicht entbehren möchtest, bin ich ebenso zufrieden, wenn Du mir Beate oder Elfriede überläßt. Mißverstehe den Ausdruck ›überlassen‹ nicht. Ich nehme Dir keins Deiner Mutterrechte, und würde keins der Kinder zwingen, bei mir auszuhalten, wenn ein unwiderstehliches Widerstreben käme.

Aber ich bin gewiß, es kommt nicht, denn feindseliger gegen den Typus Menschen hat mich das Alter nicht gemacht, und zumal die eigene Brut wird mit mir zufrieden sein. Das beste dünkt mich, Du befragst einfach die Mädel, wer von ihnen sich für unbestimmte Zeit dem Vater widmen will: jede ist mir gleich willkommen. Ich bleibe vorläufig in Pallanza und will erst weitere Entschlüsse fassen, wenn ich jemand bei mir habe, der mir raten und helfen kann. Denn ich bin mit meinen Plänen und Absichten etwas ins Unsichere geraten, seitdem die Fäden gerissen sind, denen ich bis dahin folgte.

Benachrichtige mich gütigst auch über Dein und der Kinder Wohlergehen und sei bestens gegrüßt in alter Freundschaft

von Deinem ergebensten

Erich Göchhusen.« Als Frau Magda diesen Brief zu Ende gelesen hatte, ließ sie ihn mitsamt ihren Händen langsam in den Schoß sinken und starrte auf das blanke Messing des Papageikäfigs und auf das struppige Untier, das noch immer hinter den Stäben in stummer Bewegungslosigkeit hockte. Der Brief war nach Form und Fassung genau so wie alle andern Briefe, die Göchhusen ihr nach ihrer Scheidung geschrieben hatte: höflich, freundschaftlich, sogar mit einer gewissen, zärtlichen Unterströmung. Es lag nun einmal in der Natur dieses liebenswürdigen Egoisten, daß er alles abzuwehren sich mühte, was in die Ethik seiner Lebensphilosophie störend eingreifen konnte: er war ein Feind jeder Rauheit. Und deshalb hatte er auch jahrelang nie den Wunsch geäußert, eines seiner Kinder zu sehen. Es war ganz gewiß nicht Mangel an Liebe dabei im Spiel gewesen, sondern nur die Sorge, daß durch das Dazwischentreten einer Dritten, die auch Anteil an seinem Herzen haben wollte, eine Verschiebung in dem glücklichen Verhältnis zu seiner Frau und die Möglichkeit eines ihm unbequemen Kampfes eintreten könnte.

Nun aber war er wieder frei, und da verlangte ihn nach seinem guten Recht. Die Scheidung war nach der Form des »böswilligen Verlassens« seitens des Ehemanns geregelt worden. Über die Kinder hatte das Gericht überhaupt nicht befunden; es lag da nur eine freiwillige notarielle Abmachung vor, laut der die beiden ältesten Mädchen der Mutter, das jüngste dem Vater gehören sollte. Herr von Göchhusen hatte in der ganzen Scheidungsangelegenheit eine so große Vornehmheit gezeigt, daß auch Frau Magda es für recht und billig fand, ihm entgegenzukommen. Und auch jetzt wieder standen materielle Gesichtspunkte in Frage, die nicht übersehen werden durften. Magda dachte praktisch und zielbewußt. Das große Vermögen Göchhusens mußte einmal seinen Töchtern zufallen; aber es stand noch lange nicht fest, daß sie seine einzigen Kinder bleiben würden: er konnte sich auch noch, zum drittenmal verehelichen. ›Ich kenne ihn,‹ sagte sie sich, ›und auch das mit dem plötzlichen Altfühlen kenne ich bei ihm. Das ist ein Zustand, der schon in jüngeren Jahren bei ihm eintrat – wenn er einen moralischen Kater hatte oder wenn er sich langweilte. Es ist klar, daß der Zustand auch diesmal nicht lange anhalten wird. Er wird nach neuen freudigen Emotionen suchen, wird in seine alten Dummheiten verfallen: wird sich wieder verlieben. Er ist mir nicht sicher. Und dem will ich vorbauen. Er muß das Erbteil der Kinder festlegen. Am besten wäre es, die Beate ginge zu ihm. Aber wer es auch sei: ich werde meine Vertreterin gehörig instruieren ...‹

Sie war jetzt ruhig und seelenklar und konnte bei dem Gedanken lächeln, daß er eine persönliche Zusammenkunft mit ihr überhaupt in den Bereich der Möglichkeit gezogen hatte. Nein, wahrhaftig: dafür dankte sie. Sie hatte endlich ihren Herzensfrieden wiedergefunden, und den wollte sie sich von dem ruhelosen Menschen nicht rauben lassen. Mochte eine der Töchter bei ihm aushalten, solange das angängig war. Sie sah ja kommen, wie es beginnen und wie es enden würde. Zuerst würde er glückselig sein und das Mädel mit gänzlich unnützen Geschenken überhäufen; und dann würde sie ihm irgendwo – ja, sicher, irgendwo unbequem werden: eine helläugige Beobachterin bei seinem Verlangen nach Verjüngung und nach Überwindung der Krisis des »Altfühlens« – und endlich würde er sie wieder zurückschicken. –

Die drei Mädchen saßen noch auf dem Balkon, als die Mutter mit ruhig heiterem Gesicht unter ihnen erschien und den Brief auf den Tisch legte.

»Euer Vater hat geschrieben,« sagte sie; »er wünscht eine von euch bei sich zu haben. Ich kann das verstehen. Lest den Brief und besprecht euch untereinander. So, wie die Sache liegt, muß ich mich fügen. Ich überlasse *euch* aber, zu entscheiden, wer zu ihm will.«

Sie ging zu Genander in die Küche und ließ die Mädchen in großer Aufregung zurück. Drei Hände streckten sich gleichzeitig nach, dem Briefe aus; dann rief Beate: »Halt! Halt, Schwestern – das ist ein Dokument von Wichtigkeit. Papa verlangt nach uns. Damit könnte ein neuer Lebensabschnitt beginnen. Kommt in meine Stube; da wollen wir überlegen.«

Beate hatte das Vorrecht der Ältesten. Man gehorchte ihr und setzte sich in ihrem Zimmer unter die Büste Gutenbergs. Dann riegelte Beate die Tür ab, um jede Störung zu vermeiden, und begann den Brief vorzulesen.

Die beiden andern hörten aufmerksam zu. Nur Elfriede wußte etwas vom Tode Wandas; aber der ihr dies gesagt und ihr unendlich viel von ihrem Vater erzählt, hatte im Vertrauen gesprochen. Das ehrte sie, und sie ließ sich nichts merken. Maxes Augen begannen zu tropfen, als die Stelle von dem »Altgeworden« kam; da rührte das Mitleid an ihrem Herzen. Als Beate geendet hatte, saßen alle drei wie stumm eine geraume Weile unter der Büste Gutensbergs;

jede trug sich mit ihren eigenen Gedanken, aber der Gedankenkreis war dennoch ein zusammenhängender. Endlich sagte Beate:

»Wir müssen unsre Pflicht tun. Der Papa hat uns freigelassen, wer von uns zu ihm will. Sollen wir dem Zufall die Entscheidung geben? Wir könnten darum würfeln.«

»Es sind gar keine Würfel im Hause,« entgegnete Maxe ernst.

Beate riß von einer Zeitung einen Streifen des Randes ab, teilte ihn in drei Stücke und barg sie in der Hand, so daß nur die Enden des Papiers zwischen den Fingern hervorlugten.

»Zieht!« sagte sie. »Der kürzeste Streifen, soll das Los bedeuten.«

Aber Elfriede schüttelte den Kopf. »Dagegen wehre ich mich,« entgegnete sie kühl. »Ich erkläre rund heraus: ich will *nicht* zum Papa. Ich besitze nicht Resignation genug, mein eben erst neubegonnenes Studium aufzugeben, um dafür etwas Zweifelhaftes einzutauschen.«

Die Entschiedenheit des Tons ärgerte Beate. »Sage lieber,« erwiderte sie schroff, »du besitzest nicht Selbstzucht genug, die Trennung von Herrn von Hartwig aushalten zu können.«

»Ich verbitte mir solche Anspielungen!« fuhr Elfriede auf und wurde ganz weiß im Gesicht.

»Um Gotteswillen!« rief Maxe, »was zankt Ihr euch denn – was ist denn los?! Was ist ...« Sie starrte Elfriede an, die noch so weiß war wie vorher und über deren Nasenwurzel das Fältchen des Dräuens stand.

»Nichts,« sagte Beate einlenkend, »ich hab's nicht böse gemeint. ... Friedel, sei nicht albern. Es war ja nur ein Scherz, ein –«

Aber sie verstummte, denn plötzlich warf sich Elfriede auf das Bett, preßte den Kopf in die Kissen und begann ungestüm zu schluchzen.

Die Schwestern standen fassungslos. Die Augen Maxes rundeten sich groß und huschten in zagem Fragen zu Beate hinüber. »Ati, erklär' mir doch,« begann sie leise, und Beate fiel achselzuckend ein:

»Da ist nicht viel zu erklären. Sie ist verliebt.«

Die Mundwinkel Maxes stiegen tiefer. »In – in Hartwig?« stammelte sie.

»Ja!« schrie Elfriede. Sie sprang auf, die Wangen tränengenäßt und mit zuckenden Lippen, aber trotzige Selbstgewißheit im Ton. »In *ihn!* Da habt Ihr mein Bekenntnis. Und nun geht hin und verklatscht mich!«

Maxe hatte sich mit einem Ruck auf den Puff neben dem Bette gesetzt. Es war ihr, als hätte man den Boden unter ihren Füßen fortgezogen. Die Plötzlichkeit dieser widerspruchsvollen Erkenntnis beeinträchtigte ihr Vorstellungsvermögen. Sie war in kläglicher Verwirrung und konnte nur halblaut mit dünner Stimme stottern:

»Aber ich denke – ich denke... der Herr von Hartwig, denk' ich, war doch für die Mama bestimmt ...«

Beate schritt auf und nieder. Seit gestern ahnte ihr, daß zwischen dem Major und Elfriede ein Einverständnis bestand, ein heimliches Verstehen – vielleicht noch keine gegenseitige Regelung des Fühlens, aber doch eine Sicherheit. Es tat ihr aufrichtig leid, daß sie vorhin schroff gewesen war: die positive Wirkung bereute sie nicht; sie mußte zur Klarheit führen.

Maxe saß noch immer geknickt und mit zweifelnd ängstlicher Miene auf dem Puff, während Elfriede neben ihr stand, äußerlich ruhiger geworden und mit dem Handrücken über die nassen Wangen wischend. Sie war über den Affekt des Augenblicks hinaus und bemühte sich sichtlich, ihre Stimmung zu meistern. Doch klang ihre Sprache eigentümlich rauh und gepreßt, als sie sagte:

»Für die Mama ... Nun ja: so hatten wir es uns gedacht ... Aber es ist anders gekommen ...«

Beate blieb vor ihr stehen und nahm ihre Hand. »Elfriede, es ist nun mal heraus. Durch meine und auch deine Schuld. Aber du kannst uns Vertrauen schenken. Unser Schwur bei Krempel soll mehr als eine bloße Kinderei gewesen sein. Bist du mit Hartwig schon einig?«

»Nein ... Ist denn das nötig?«

»Ich denke: ja!«

»Wir verstehen uns – das ist die Hauptsache.«

»Aber ist noch nichts Positives. Weißt du, ob er deine Neigung erwidert?«

»Ich fühle es.«

»Friedelchen, hör' zu. Wir müssen uns ernsthaft verständigen, um dir helfen zu können. Mit der Mama ist eine Veränderung vorgegangen. Ich weiß nicht, ob ihr das auch bemerkt habt. *Mir* jedenfalls ist es aufgefallen. Es ist wie eine Verjüngung. Wenn sie von Hartwig spricht, bekommt sie ein ganz anderes Gesicht. Wenn er sich anmelden läßt, verbirgt sie nicht einmal ihre Freude. ... Wenn sie –«

Sie stockte unwillkürlich. Wer Elfriede nahm den Satz auf. »Sprich nur ruhig aus,« sagte sie. »Wenn sie ihn nun *auch* lieben gelernt hat, meinst du – zum zweitenmal, so wolltest du sagen... nicht wahr? ... Dann werde ich die Jüngere *bleiben*, Beate, und meine Jugend wird siegen!«

»Um Gotteswillen,« stöhnte Maxe leise, »– die arme Mama!«

Aber da empörte sich in Elfriede das Weib, und ihr Auge wurde finster. »Bin ich nicht auch noch da, Maxe?« erwiderte sie. »Wer kann es mir verargen, wenn ich mein Glück festhalten will? Ich habe nicht Größe genug zu freiwilliger Entsagung. Auch das gemeinste Glücksverlangen hat seine Berechtigung. Die will ich mir nicht nehmen lassen. ... Im übrigen beruhigt euch: ihr spürt schon Tragik, ehe sie da ist. Hartwig hat *nie* die Absicht gehabt, um unsre Mutter zu werben. Dem Drama fehlt also die Entwicklung.«

Maxe stand auf. Sie hatte ihre Empfindsamkeit überwunden, sah aber immer noch Probleme, die der Auseinandersetzung bedurften.

»Du verschiebst die Sachlage,« sagte sie. »Nicht darum handelt es sich, ob Hartwig um die Mama anhält oder nicht, sondern darum, ob sie den Mann liebt. Und ist dies der Fall, so ist natürlich auch das Unglück da ...« Jetzt schlug ihre Stimmung wieder um, und neue Eindrücke kamen ... »O Gottegott,« klagte sie, »warum sind wir nur auf die dumme Idee verfallen, unsre Mama verheiraten zu wollen!«

»Papperlapapp,« warf Beate ein, »die Idee war ausgezeichnet und ist es noch. Es konnte kein Mensch voraussehen, daß Woldemar mit dem ›o‹ uns das Spiel verderben würde. Ich habe meinen Humor wiedergefunden und schlage vor, den tragischen Gesichtswinkel zu verlassen. Brökelmann muß in die Bresche treten. Bisher galt er nur als Aushilfe; jetzt schieben wir ihn in den Vordergrund.«

»Wir haben auch noch den Superintendenten,« sagte Maxe.

»Der ist bis dato überhaupt nicht in die Erscheinung getreten. Halten wir uns an das Vorhandene. Hartwig muß ausscheiden. Kannst du nicht dafür sorgen, daß er längere Zeit auf Urlaub geht, Elfriede?«

»Aber, Beate, wie soll ich das denn anfangen?! Und dann hätte ich doch gar nichts mehr von ihm ...« Sie erschrak und zog ihre Uhr ... »Ich muß gehen, wenn ich mit den andern noch rechtzeitig zusammentreffen will,« fuhr sie fort. Und nun flammte auf einmal ein strahlender Schein über ihr ganzes Gesicht, und aus ihren Augen brach helle Sonne. Sie packte die Hände Beates mit festem Griff und flüsterte ihr zu: »Du ahnst ja nicht, wie ich, mich immer auf diese Stunden des Beisammenseins freue! Und wenn wir auch gar nicht miteinander sprechen – wenn wir ganz ruhig vor unsern Staffeleien sitzen: die Gedanken des einen beschäftigen sich unausgesetzt mit dem andern ... es ist ein gemeinsames Leben – ein bewußtes Fühlen, daß er in mir ist und ich in ihm bin ... Ich bin so glücklich, Beate!« Sie umarmte stürmisch die Schwester und ging. Aber nur bis zur Tür. Da machte sie nochmals kehrt, als hätte sie etwas vergessen. Sie küßte nun auch Maxe und raunte ihr in das Ohr: »Du siehst, daß ich nicht fort kann. Geh du zum Papa ...« Dann eilte sie mit roten Wangen davon.

Beate seufzte leise auf. »Was nun?« sagte sie.

»Ich weiß nicht,« entgegnete Maxe, setzte sich wieder und faltete die Hände. »Ich bin ganz wirr im Kopfe.«

»Was hat dir Elfriede noch zugeflüstert?«

»Ach – nichts weiter, als daß ich zu Papa sollte.«

»Es ist auch das Gescheiteste. Du ersiehst aus seinem Briefe, daß er sowieso ein Anrecht an dich hat. Und du wirst dich bei ihm schon amüsieren. Du bist vergnügter veranlagt als ich, und wirst ihm die Trübsal vertreiben. Ich bin überzeugt, daß ihr euch ohne weiteres verstehen werdet. Und hier verlierst du ja nichts. Gottseidank, daß du nicht auch Liebesdummheiten im Kopfe hast!«

Aber sie hatte kaum ausgesprochen, als eine Spannung raschen Erstaunens in ihre Züge trat. Maxe begann erst leise zu schluchzen, und dann machte sie es genau so wie vorher Elfriede: Sie warf sich auf das Bett und drückte das Gesicht in die Kissen und weinte immer lauter. Es war wie eine gute Kopie der andern: wie ein geschicktes Nachspielen.

»Maxe!« rief Beate. »Maxe, was ist? Bist du vielleicht ... bist du vielleicht auch verliebt?!«

»Ja,« jammerte Maxe in dumpfen Tönen aus den Kissen heraus, »ich sag' es ganz ruhig ... ich bin es ... und nun geh zur Mama und verklatsche mich!«

Unbewußt flossen in ihr die Erinnerungen an die hübschen Bekenntnisworte Krempels und an das Geständnis Elfriedes durcheinander und mischten sich. Aber für die Gefühlswelt der Jüngsten hatte Beate kein Verständnis. Was fiel dieser Kleinen ein!? Sie behandelte Maxe gern noch als Kind. Sie nahm sie bei der Hand und half ihr empor.

»Heule nicht,« sagte sie. »Ich geh nicht zur Mama – aber wenn du so jaulst, kann sie von selber kommen, und dann haben wir die Bescherung ... Hast du kein Taschentuch da? Es ist merkwürdig, daß du nie ein Taschentuch bei dir hast. Hier hast du meins, und nun trockne deine Tränen und sei verständig.«

Maxe blieb auf dem Bettrand sitzen und schluchzte nur noch von Zeit zu Zeit. Beate aber fühlte sich jetzt ganz als die verantwortungsvollste Älteste; sie verschränkte die Arme über die Brust und sah Maxe mit strengen Augen an.

»Nun bitte, Maxe: ich will die Wahrheit wissen. In wen bist du verliebt? Doch nicht etwa auch in den Major mit dem ›o‹!«

»Nein,« antwortete Maxe unter heftigem Kopfschütteln, »in den nicht ... Was denkst du denn ... Sondern in – – ich sag's nicht! ...« Und abermals schluchzend, wiederholte sie: »Ich sag's nicht! Ich sag's nicht!«

Beate änderte ihre Taktik. Sie setzte sich neben Maxe und umschlang sie liebevoll. Auch ihre Stimme wurde zärtlicher.

»Sei keine Närrin, Kleine! Es ist bei Gott nicht Neugierde von mir, mich in deine Herzensgeheimnisse drängen zu wollen. Ich möchte dich nur vor Torheiten bewahren. Warum sagst du mir nicht, wer es ist? ... Wer kann es denn sein? Etwa Emmingen?«

»I Gott bewahre!« rief Maxe. »Der am allerwenigsten! Den würde ich *nie* nehmen! Den hasse ich!«

»Das ist verrückt,« entgegnete Beate, »das ist wieder verdreht. Ein so netter, feiner und wohlerzogener Mensch. Warum hassest du den denn auf einmal?«

»Das weiß ich nicht. Oder doch. Weil ... weil er ein Skeptiker ist. Und ewig voller Konflikte. Und ohne ruhige Grundstimmung – verstehst du?«

»Nein. Jedenfalls ist mir dies Urteil neu. Früher dachtest du anders. Seltsam, daß du auf einmal so ein herber Kritikus geworden bist. ... Also der nicht. Wer kann es sonst sein? Ich kenne doch den Reigen unsrer ...«

Sie stockte und sann nach. Und plötzlich hob sie den Kopf, sah Maxe scharf und prüfend an und sagte:

»Das ist doch unmöglich, daß ... Unsinn! Krempelius kann es nicht sein.«

»Doch,« schluchzte Maxe in seinen Kehlkopftönen, »grade der! Warum soll er es denn *nicht* sein?!«

Nun stand Beate stracks auf. Sie wollte losdonnern: so war ihr zumute. Sie konnte handfest werden, wenn sie es für nötig hielt; sie war die energischste unter den dreien. Aber die Klugheit legte ihr verständigen Zwang auf. Man brauchte Maxe nur in die Augen zu schauen, um zu wissen:

dieser Liebeshandel war für sie noch zu keinem tiefgreifenden Erlebnis geworden.

So hielt Beate denn an sich, und die Herbigkeit ihrer Züge wandelte sich zu freundlichem Lächeln.

»Du hast recht,« entgegnete sie, »warum soll er es denn nicht sein? Es kann jeder sein; wir sind alle nicht wählerisch, wenn der Glücksdrang kommt ...« Sie streichelte Maxe die Wangen. »Seid ihr schon einig?« fragte sie.

Das fragte sie gleichsam nebenbei. Und Maxe in ihrer naiven Harmlosigkeit spürte auch nicht, daß es ein geschicktes Aushorchen war.

»Nein,« antwortete sie, »so mußt du es nicht auffassen ... Wie wir auf Pittelkos Boden waren – Herrgott, da sprachen wir von allerlei, und auf einmal auch von Emmingen – und das ist gewiß, Beate: der Dionys ist eifersüchtig auf ihn ... habe ich, dazu Anlaß gegeben? – Zu dumm, nicht wahr?«

»Zu dumm. Nun weiter.«

»Also da warnt mich der Krempel plötzlich vor Emmingen – und plötzlich, ebenso plötzlich, Beate, gesteht er mir seine Liebe ... Er hätte mich schon immer geliebt, aber er wüßte ja, daß wir uns doch nie angehören würden – er wollte es mir bloß sagen – in aller Freundschaft, sagte er .,.« und da ...«

»Und da – ?«

Maxe wurde sehr rot. »Haben wir uns auch einen Kuß gegeben,« ergänzte sie. Aber sie sagte dies nicht etwa kleinlaut und senkte weder den Kopf noch war sie verschüchtert. Sie war tapfer dabei und schaute Beate freimütig an.

Die Schwester nickte verständnisvoll. »Das ist nicht weiter gefährlich,« erwiderte sie. »War's nur einer?«

Maxe überlegte in fliegender Hast, ob sie lügen sollte. Doch siegte ihre Wahrheitsliebe. »Nein – zweie,« gab sie zu. »Aber der erste zählte nicht. Und auch der zweite – es war wirklich nur ein Freundschaftskuß. ... Trotzdem – siehst du, das ist es eben, das ist es – da fühlte ich ganz genau, daß ich ihn wiederliebe ... Ach Gott, Beate, kannst du denn das verstehen? Du hast doch noch nie geliebt!«

»So? – Du mußt es ja wissen. Aber bleiben wir bei der Sache. Du hast ihm auch gesagt, daß du ihn wiederliebst?«

»Auf Ehrenwort nicht!« rief Maxe. »Ich habe ihm nur gesagt, daß das mit Emmingen Blödsinn ist ... weiter kam ich gar nicht, weil ihr unten an der Treppe schon nach uns zu brüllen anfingt ...«

»Und das war recht gut,« versetzte Beate. »Ich will dir keine Vorwürfe machen, Maxe. Aber das muß ich dir doch wohl sagen: daß Krempel sich sein Geständnis sehr wohl hätte verkneifen können. Er ist klug genug gewesen, sich zu salvieren, und hat als Philologe sozusagen nur theoretisch gesprochen. Doch auch das war unnötig. Man soll einem jungen Mädel keine Mucken in den Kopf setzen.«

»Er hat nicht erst lange überlegt, was er sprach. Es war auch wahrhaftig kein Verbrechen.«

»Ganz gewiß nicht: aber eine Zwecklosigkeit. Denn er wußte ganz genau, daß die Mama nie die Zustimmung zu seiner Heirat mit dir geben würde.«

»Weil er arm ist,« sagte Maxe bitter. »Oder weil er Krempel heißt. Oder weil er bürgerlich ist.«

»Nein. Weil Mama dasselbe Gefühl haben wird wie ich: daß du deinem Wesen, deinem Charakter, deiner Veranlagung nach durchaus nicht zu ihm paßt. Natürlich wirst du das Gegenteil behaupten, und ich verdenke dir das auch gar nicht. Aber recht hast du trotzdem nicht. ... Verzeihe, daß ich das offen ausspreche: du schwankst noch gewaltig in deinen Empfindungen und läßt dich vom Augenblicke leiten. Du warst bisher eigentlich immer ein Verteidiger Emmingens. Unter dem Einflusse Krempels aber bildest du dir plötzlich ein, ihn zu hassen. Der gleiche Einfluß erweckt in dir auch die Vorstellung, daß du Dionys liebest. Möglich, daß das Gefühl ganz echt ist – ich zweifle sogar nicht daran. Ich zweifle nur, daß die Echtheit von Dauer sein wird. Und ich sage dir, daß ich das auch bei Krempel bezweifle. Menschen von euerm Optimismus neigen nur allzu leicht zur Selbsttäuschung. Ihr steht immer unter der Einwirkung des Moments.«

»Das heißt: wir sind charakterlose Schwächlinge. Hast du noch sonst etwas in unsern Steckbrief zu schreiben?«

Beate zuckte wieder mit den Achseln. »Ich verzichte. Ich will auch nicht mit dir streiten. Ich habe die Pflicht, ehrlich zu sein, und weiß, daß das gut ist. Und deshalb preise ich es als einen glücklichen Zufall, daß der Papa nach dir verlangt. Da wirst du Zeit zu ruhiger Überlegung gewinnen.«

Maxe schwieg eine kleine Weile. Ihre Stirn war verfinstert, das Auge dunkel. Es lag im Blick auch etwas wie Lust am Widerstand und Aufrufung zum Kampf. Sie biß die Lippen zusammen und drängte das Schluchzen zurück, das von neuem in ihrer Brust aufsteigen wollte.

Dann hob sie mit rascher Bewegung den Kopf. »Gut,« sagte sie fest, »ich werde gehorchen – schon, weil mir nichts andres übrigbleibt. Ich muß nachgeben: Papa hat das Recht, mich zu fordern. Er kann mich polizeilich requirieren lassen. Daß ich nicht aus freiem Willen zu ihm gehe, soll er hören: ich werde immer nur gezwungen bei ihm bleiben. Aber auch der Zwang wird mich nicht einschüchtern. Denn das, Beate, schwöre ich dir –«

»Nicht schwören!« rief Beate einfallend und mit einem Lächeln fröhlicher Fürsorge. »Des Meineids der Verliebten hat schon der alte Zeus gespottet. Schwöre nicht – es kann die Reue kommen. Warte ab und prüfe dich selbst. Liebes Kind –«

Sie vernahm, daß die Tür ging, und verstummte. Die Mutter lugte in das Zimmer.

»Habt ihr euch geeinigt?« fragte sie. Sie trat ein und merkte sofort, daß ihre Jüngste geweint hatte. Da fiel ihr der Gedanke an die in Aussicht stehende Trennung schwer auf das Herz, und sie begann zu zwinkern. »Ich sehe schon,« fuhr sie fort, »also Maxe ist es...«

Mutter und Tochter standen sich einen Augenblick schweigend gegenüber. In der einen war die Rührung groß, in der andern kämpfte ein Herzeleid. Dann umarmten sie sich, und es kamen wieder die Tränen.

»Mein Liebling,« sagte Frau von Göchhusen, »weine nicht,« aber ihr selbst rann das Wasser über die frischen Wangen, »sei doch verständig! Mir wird ja der Abschied auch so schrecklich schwer ... mein Trost ist nur, daß du bald wieder heimkommen wirst ...«

Sie fand liebe Worte, küßte Maxe und streichelte ihr Haar. Dazwischen klingelte es im Entree, und Beate wurde ungeduldig.

»Nun hört einmal auf,« sagte sie. »Ihr tut wirklich, als ob es sich um Tod und Leben handle ... Mein Gott, was auch gewesen sein mag: es ist doch unser Vater!«

Johanna trat ein und brachte zwei Visitenkarten.

Beate war neugierig und äugte auf die Blätter. »I sieh – der Herr von Emmingen!« rief sie.

»Ja,« entgegnete die Mutter und fuhr mit dem Taschentuch über ihr Gesicht, »Emmingen und euer Kommerzienrat Brökelmann. Gott, hat der Mann es eilig.«

Die beiden Herren waren von der Zofe in den großen Salon gelassen worden.

Brökelmann blieb einen Augenblick unweit der Tür stehen, als wünsche er eine Übersicht zu gewinnen. Emmingen lachte dazu.

»Ja,« sagte er, »es ist nicht so leicht, sich hier zurechtzufinden. Die gnädigsten Kinder pflegen dies Interieur den ›Irrgarten der Mutter‹ zu nennen. ... Fassen Sie einmal den runden Tisch vor dem Sofa schärfer ins Auge, geliebter Kommerzienrat. Das ist bei der Vestaflamme der Teemaschine der Sammelplatz der häuslichen Geistigkeit – man kann sagen: der Espritkollekteur der Göchhusens. Was darum lagert, sind Hemmnisse. Ich rate Ihnen: schwenken Sie rechts an der Hürde der beiden Fauteuils vorbei, lassen Sie das Hindernis des Mitteldiwans linksseitig liegen und versuchen Sie dann tapfer zwischen der Scylla und Charybdis des kleinen Glasschranks und der Palmengruppe durchzukommen. Ich glaube, daß Sie auf diese Weise ohne größere Fährlichkeit das Ziel erreichen werden.«

»Nein,« antwortete Brökelmann, »ich bleibe, wo ich bin. Der Eintritt der Hausfrau kann die Situation von neuem verschieben, und hier spüre ich wenigstens festes Land unter den Füßen. ... Also, Emmingen, wir sind uns klar über das, was wir wollen. Alle Willkür ist aufgehoben; wir steuern gleich der Gewißheit entgegen.«

»Nicht gleich, Brökelmann: ein Präludium muß sein, eine kurze Ouvertüre. Lassen Sie mich nur machen. Ich werde die Gelegenheit genügend vorbereiten, und wenn ich dann mein Taschentuch ziehe, setzen Sie ein.«

»Geben Sie mir ein andres Zeichen, lieber Emmingen. Das Taschentuch erinnert mich an Haremsgebräuche. Sie könnten auch vorher niesen und das Tuch zur Benutzung ziehen wollen. Irrungen dürften sich einschleichen.«

»Also schön. Ich werde die Nelke aus meinem Knopfloch nehmen, wenn ich den Zeitpunkt für gekommen erachte. Und dann schießen Sie los. Ich unterstütze Sie durch

Kleingewehrfeuer, und wenn Sie die Festung genügend zerniert haben, laufe ich selber Sturm. Herrjeh, unsre Blumen!« rief er plötzlich.

Die hatte man im Korridor liegen lassen. Emmingen holte sie. Er hatte einen Strauß Gloire de Dijon gewählt, Brökelmann Rotschildrosen.

Sie hatten noch einige Minuten zu warten. Frau Magda mußte sich erst die Tränenspuren vom Gesicht waschen und ihre Toilette vervollständigen. Inzwischen stellte der Kommerzienrat allerhand ängstliche Fragen an Emmingen. Ihm war beklommen zu Mut.

»Sie ist doch vielleicht zu jung für mich,« sagte er. »Ehrliche Antwort, Legationssekretär: ist's nicht ein Wagnis?«

»Das ist jedwede Ehe, kalkulier' ich. Man läuft Illusionen nach. Manchmal auch seiner Eitelkeit. Oder einer romantischen Schnurre. Oder einer unwiderstehlichen Macht, die allerhand Masken trägt. Kommerzienrat, gucken Sie nicht so viel in den Spiegel. Sie sind wunderschön.«

»Ich verglich uns beide. Der Freiherrntitel wird mich auch nicht embellieren. Etwas Rustikales bleibt immer.«

»Das ist sehr vornehm. Es ist sozusagen Erdgeruch.«

»Ach Gott, Emmingen, machen Sie doch keine Witze! Wie ein Junker sehe ich nicht aus. Es ist lächerlich, aber ich schwöre Ihnen: ich habe Herzklopfen. Ich möchte am liebsten wieder nach Hause gehen.«

Da trat Frau Magda ein. Sie strahlte vor Liebenswürdigkeit und schlug die Hände zusammen, als sie die Rosenbüsche sah.

»Aber, meine Herren,« rief sie, »das ist ja der ganze Frühling! Sie verwöhnen mich ... Tausend Dank...« Sie roch an den Rosen.

»Die meinen sind Dijon,« sagte Emmingen. »Der Kommerzienrat wählte die Rotschildart. Aber gnädigste Frau mögen kein Symbol darin sehen.«

Frau von Göchhusen lachte. »Der ewige Spötter. ... Lieber Herr Kommerzienrat – nehmen die Herren doch Platz – lieber Herr Kommerzienrat, meine Töchter sind entzückt von der Aufnahme, die Sie ihnen in Zochin bereitet haben –«

»Meine gnädige Frau –«

»Sind ganz begeistert...« Und nun flogen die einleitenden Redensarten hin und her. Es wurde viel von Zochin gesprochen, von der Molkerei, von dem Denkstein für den Bernhardiner Montez, vom Schwielowsee und auch von Kleists Grab. Herr von Emmingen führte die Unterhaltung mit gewohnter Gewandtheit. Der Kommerzienrat war anfänglich stiller, stockte zuweilen und schaute Frau Magda, sobald sie sich abwandte, forschend und gleichsam vergleichend an, wurde ein wenig verlegen, wenn sie ihn direkt anredete, kam dann aber auch ins Fahrwasser der Gesprächsstoffe und plauderte munter mit. Das Thema glitt auf die verflossene Saison hinüber und auf die Sommerpläne, und von ungefähr war man wieder bei Zochin angelangt.

»Das ist das Hübscheste,« sagte Frau von Göchhusen, »ein Landsitz in unmittelbarer Nähe Berlins. Ich habe Zochin sehr vermißt – und die Kinder waren ganz unglücklich, als es verkauft wurde. Darf ich Sie auch einmal besuchen, Herr Kommerzienrat?«

Brökelmann flammte förmlich auf. »Aber gnädigste Frau,« rief er, »das würde mir eine besondere Ehre sein! Quartieren Sie sich mit den Fräulein Töchtern bei mir ein: das Haus ist ja groß genug – viel zu groß für einen einsamen Menschen wie mich.« »Sehr liebenswürdig – aber eine ganze Invasion könnte doch unbequem werden. Nein,

nein – ich will nur einmal wieder einen Blick in das liebe alte Nest werfen – meine Kinder haben mir erzählt, daß Herrenhaus und Park fast unverändert geblieben sind. ... Denen haben Sie wirklich eine große Freude bereitet, Herr Kommerzienrat – namentlich Beate kam förmlich aufgeregt zurück und schwärmte mir die Ohren voll...«

Nun begann Emmingen wie in gleichgültigem Spiel der Finger die weiße Nelke, die er im Knopfloch trug, herauszuziehen. Brökelmann wurde ein klein wenige unruhig, fuhr mit der rechten Hand durch die Luft und erwiderte:

»Gar zu gütig, gnädige Frau. Die jungen Damen nahmen so regen Anteil an meinem Unternehmen ... ja apropos, Fräulein Beate erzählte mir auch, daß Sie dem Molkereiwesen besonderes Interesse entgegenbrächten. Das ist ja nun meine Spezialität, und wenn Sie mir die Ehre Ihres Besuches schenken, kann ich Sie mit allen Neuerungen auf diesem Gebiete bekannt machen. Ich möchte mir dann aber vorzuschlagen erlauben, daß Sie zunächst einmal mein städtisches Geschäft besichtigen, das sich geschlossener und doch umfassender präsentiert als die Anlagen in Zochin.«

»Das tue ich sehr gern, Herr Kommerzienrat,« erwiderte Magda, »obwohl ... nun ja, Interesse nimmt man naturgemäß an allem Zeitgemäßen von Bedeutung. Aber Beate hat da wohl etwas übertrieben. Sie ist selber so aufnahmefähig allem Belehrenden gegenüber –«

»Ja, das ist sie,« fiel Emmingen lebhaft ein, »sie hat eine seltene Energie des Wesens und dringt allen Dingen gern bis auf den Urgrund, bis auf die Quelle. Ich bemerkte das gestern im Laboratorium – – es steckt eine unversiegbare Frische in ihr, ein Streben nach innerer Wirklichkeit...«

Er schwenkte die weiße Nelke hin und her.

Dem Kommerzienrat schien diese Bewegung unangenehm zu sein. Ein rascher Zug des Mißmuts ging über sein Gesicht, und während seine Hand wieder durch die Luft strich, näherte sich sein rechter Fuß dem linken Emmingens.

»Zweifellos,« entgegnete er dabei mit gefälligem Lächeln, »jawohl, so ist es ... Wissen Sie übrigens, gnädigste Frau, daß ich in letzter Zeit häufiger von Ihnen sprechen konnte? Ich habe einen alten Freund, den auch Sie gelegentlich kennengelernt haben: den langen Pastor Warmuth. Ich bin mit ihm in Insterburg auf der Schule gewesen – ein prächtiger Mensch, etwas Sonderling, aber von sympathischer Eigenart und doch auch eine Kapazität – das kann man wohl sagen ...« Und er erzählte, dann und wann durch Frage und Einwurf von Frau von Göchhusen unterbrochen, weiter von dem langen Warmuth und seinem immer zu kurzen Talar, von seiner Orchideenzucht und seiner hymnologischen Sammlung, indes Herr von Emmingen den Ausdruck verwunderter Enttäuschung kaum noch zu verbergen vermochte.

In der Tat: Herr von Emmingen war etwas konsterniert und verstand seinen Mitverschwörer bei dem geplanten Herzensüberfall nicht recht. Noch einmal wurde im Laufe des Gesprächs Beates erwähnt, und wieder hob der Legationssekretär die weiße Nelke, um sie hierauf mit rascher Gebärde an ihren alten Platz zu stecken.

Der Kommerzienrat war der erste, der sich zu empfehlen wünschte, doch bat Frau von Göchhusen, noch einige Minuten verweilen zu wollen. »Elfriede ist in der Malstunde,« sagte sie, »aber Beate und Maxe ... entschuldigen Sie mich für einen Augenblick – ich begreife nicht, wo die Mädchen stecken ...«

Sie erhob sich, um die beiden zu rufen, und kaum hatte sie den Salon verlassen, so fuhr Emmingen ärgerlich in die Höhe und rief mit gedämpfter Stimme:

»Brökelmann, da hört doch alles auf! Warum haben Sie denn unsre Beredung nicht eingehalten?! Dreimal ergab sich eine glänzende Gelegenheit, Ihrer stürmischen Neigung zum Ausdruck zu verhelfen, und ich würde dann sofort eingehakt und das Meinige getan haben, um Ihnen den Sieg zu erleichtern. Stattdessen haben Sie immer wieder abgeschwenkt und von Ihrer Milchwirtschaft gesprochen und dem langen Warmuth und von wem und was nicht noch alles! Sitzen Sie immer noch in Ängsten und Bangen? Da hätten Sie mich eben nicht mitnehmen sollen. Bedenken Sie doch gefälligst, Kommerzienrat –«

»Bitte,« fiel Brökelmann mit erhobener Rechten ein, »lassen Sie mich jetzt auch einmal sprechen. Haben Sie je etwas von der schwankenden Zuständlichkeit des Subjekts gehört, wenn sich im Individuum ganz plötzlich ein Zweifel an sich selbst zu regen beginnt?«

»Nein,« erwiderte Emmingen, »das ist mir auch höchst gleichgültig. Ich stehe auf dem Standpunkt unsrer Abmachungen.«

»Die gingen von irrigen Voraussetzungen aus. Ich befand mich in einer Täuschung – in wachem Zustande, wenn auch in einem Anfluge mystischer Stimmung. Ich glaubte Fräulein Beate zu lieben, aber sie war nur Substitut für die Mutter. Ich stand unter der Eingebung eines Unbewußten, unter hellseherischer Phantasie – begreifen Sie?«

»Wie soll ich denn solchen Unsinn begreifen?« entgegnete Emmingen trocken. »Tatsache ist, daß Sie um Beate anhalten wollten.«

»Richtig. Das war mein fester Vorsatz. Aber in dem Augenblick, da ich hier eintrat, kam das geheimnisvolle Schwanken.«

»Es war nichts Geheimnisvolles dabei: Sie hatten einfach Angst.«

»Nennen Sie es so – auf das Wort kommt es nicht an. Ein Angstgefühl, meinetwegen. Aber es war wie fortgeblasen, als ich die Mutter Beates vor mir sah. Denn das war das Resultat dieser mystischen Umgehung – verstehen Sie, einer eigentümlichen psychologischen Kurve, die mich glauben ließ, die Tochter zu lieben, während mir nach sinnlicher Wahrnehmung sofort klar wurde, daß ich die Mutter meinte.«

Emmingen schüttelte den Kopf. »Ungewöhnlich verzwickt. Wenn ich grob sein wollte, würde ich sagen: ganz verrückt.«

Brökelmann lachte. »Sagen Sie es ruhig. Ein bißchen verrückt ist es wirklich. Deshalb will ich klarer werden. Sogar völlig klar: Frau von Göchhusen gefällt mir besser als Beate. Äußerlich und auch ihrem Wesen nach. Äußerlich, weil sie reifer ist und sich mehr meinen Jahren nähert. Innerlich, weil sie die Geklärtere ist. Also lassen Sie Ihre Nelke im Knopfloch, Emmingen. Ich brauche kein Zeichen mehr. Ich warte nur noch ein etwas näheres Bekanntwerden ab, und dann halte ich um sie an. Ist es nicht das Vernünftigste, lieber Freund? Paßt diese prachtvolle Frau nicht ausgezeichnet zu mir? Nicht ungleich besser als die Tochter?«

Emmingen hatte sich niedergelassen. »Ich will Ihnen nicht böse sein, Kommerzienrat,« erwiderte er, »aber eigentlich ist die Geschichte unglaublich. Sie haben vergessen, daß ich Diplomat bin und daß ich nach diplomatischen Rezepten die Sachlage vorbereitet habe. Eine doppelte Werbung ist nichts Alltägliches. Wie ich sie zu arrangieren gedachte, sollte sie ein sogenannter Schlager werden, um mich im Sinne eines gebildeten Zeitungsmenschen auszudrücken. Aber Ihr Umschwung der Gefühle hat auch mir die Gelegenheit genommen, meinen Antrag vorzubringen.«

»Die Gelegenheit wird wiederkommen.«

»Ja, natürlich, das wird sie. Immerhin ...« Man hörte nahende Schritte im Nebenzimmer, und Emmingen erhob sich wieder, um die eintretenden Mädchen zu begrüßen.

Nun wurde die Unterhaltung von neuem aufgenommen und bewegte sich im alten Geleise. Das Thema Zochin wurde abermals angeschlagen und auch von der Schönheit des Frühlings gesprochen, bis Frau von Göchhusen unvermittelt sagte:

»Maxe reist demnächst nach Oberitalien zu ihrem Vater.«

Das war Emmingen neu. Ein leichtes Zucken ging über sein Gesicht und der Ausdruck ehrlicher Bestürzung.

»Auf längere Zeit, gnädiges Fräulein?«

»Ich weiß noch nicht, Herr von Emmingen. Vielleicht nur für den Sommer – vielleicht bleibe ich auch noch den Winter über fort.«

Emmingen ruckte wieder mit Schultern und Armen: für die Kenner seiner Persönlichkeit ein untrügliches Zeichen, daß er einen unbequemen inneren Widerstand zu überwinden trachtete. Er wollte seine Überraschung nicht merken lassen, aber das Unvermögen, sie hinter einem geschickten Spiel zu verstecken, war doch größer. Und so fragte er in der Ehrlichkeit seines Empfindens denn ganz einfach:

»Sehen wir uns vor Ihrer Abreise noch einmal, gnädiges Fräulein?«

»Jawohl,« warf die Mutter ein. »Wir brauchen nichts zu überhasten. Wir hatten sowieso die Absicht, die Herren demnächst zu uns zu bitten –«

»Mama plant ein Gartenfest,« sagte Beate. »Wir hofften eigentlich auf das Blühen unsres Tulpenbaums, aber er hat es wieder beim Versprechen belassen. Nun werden wir uns mit bunten Ballons behelfen, wie es bei Eröffnung eines Sommergartens in Berlin üblich ist.«

Der Kommerzienrat meinte, es sei immer gut, an den alten Sitten festzuhalten; auf die Natur könne man sich nicht verlassen, aber die Sitte trotze den Einflüssen der Klimate. Und dann fragte Emmingen:

»Und wann dürfte die Festivität stattfinden? Ich stehe nämlich auf dem Sprunge, mir einen kleinen Erholungsurlaub zu erbitten, möchte aber um alles in der Welt nicht die bunten Ballons versäumen.«

»Setzen wir doch gleich einen Zeitpunkt fest,« sagte Frau von Göchhusen. »Also vielleicht in acht Tagen. Am Dreizehnten.«

»Charmant, gnädige Frau. Ich schwärme für die Zahl Dreizehn. Der Kampf gegen den Aberglauben ...«

Man plauderte noch ein paar Minuten, worauf sich die Herren empfahlen. Der Kommerzienrat wand sich geschickt durch den »Irrgarten der Mutter« zur Türe zurück, und zwei Minuten später standen die beiden auf der Straße, wo das Automobil Brökelmanns wartete.

»Nehmen Sie mich mit bis zu Ihrem Hause, lippescher Standesgenoß,« bat Emmingen. »Ich bin total erschöpft. Die Integrität des Gehirns ist futsch, die Seele so weich wie Ihre beste Sahne. Daß Maxe zu ihrem Vater reist, hat mir den letzten Stoß versetzt.«

Die Herren waren eingestiegen. »Sie haben noch acht Tage vor sich,« entgegnete Brökelmann. »Acht Tage sind ein Ewigkeit für einen Diplomaten Ihres Schlages. Warum wollen auch Sie plötzlich verreisen?«

»Der Einfall eines Moments. Ich reise ihr nach, wenn es nicht anders geht. Ich werde versuchen, den Vater für mich zu gewinnen. Ich werde wie ein alter Kimbrer auf die Eroberung ziehen – oder wie ein Troubadour der Provence, was sicher feiner ist, obwohl ich nicht singen kann. Und ich werde zum Ziele kommen.«

»Bravo, Emmingen! Das ist eine Energie, der ich Beifall zolle. Ich mache es ebenso. Alles Schwanken ist überwunden. Jetzt weiß ich, was ich will – Haben Sie sich nie mit Okkultismus beschäftigt?«

»Das fehlte mir auch noch!«

»Ich meine in wissenschaftlichem Sinne, nicht in spiritistischem. Es gibt da ein Kapitel von der Assoziation psychischer Zustände mit den Vorstellungen –«

»Kommerzienrat, ich habe nichts dagegen, daß es so etwas gibt, aber es ist mir absolut gleichgültig. Kommen Sie mir bitte nicht wieder mit Überweltlichem – ich glaube nicht dran. Ich glaube einfach, daß die gesunde Vernunft Sie von der Tochter zur Mutter gezogen hat.«

»Ist mir auch recht. Ich akzeptiere jede Deutung. Aber merkwürdig bleibt's doch. Als ich Frau von Göchhusen sah, kam es wie eine Erleuchtung über mich. Nein, nein – ich fange nicht wieder mit mystischen Theorien an,« warf er begütigend ein. »Ich spreche vom Tatsächlichen. Eine wundervolle Frau. Sie wird auch nichts gegen meinen Jungen einzuwenden haben. Sie hat ja selbst drei Kinder. ... Emmingen, wenn Frau von Göchhusen erst Frau Brökelmann ist –«

»Bitte sehr: Frau Baronin von Brökelmann –«

»Also meinethalben – um meiner Liebe willen laste ich mir auch die lippesche Krone auf. ... Dann, wollte ich sagen, sollen Sie einmal sehen, was Sie für einen prächtigen Schwiegerpapa an mir haben.«

Der Wagen hielt vor dem Brökelmannschen Hause in der Bendlerstraße, und die Herren stiegen aus.

»Lieber wäre mir,« antwortete Emmingen, dem Kommerzienrat die Hand reichend, »Sie nähmen sich schon vorher meiner an, falls Sie Glück haben sollten.«

»Tu ich, lieber Freund. Wenn uns die Maxe nur nicht entwischen wollte!«

»Das ist es. Das ist das Hemmnis. ... Ich geh jetzt auf mein Bureau und werde den Nervenkranken agieren, den Erholungsbedürftigen. Ich werde für alle Fälle mein Urlaubsgesuch vorbereiten. Man kann nie wissen, wozu es gut ist.«

Er nahm seinen Hut mit der gewohnten drehenden Bewegung ab und schritt gesenkten Hauptes, wie in tiefem Nachdenken, die Straße hinab.

Es wurde nun in den nächsten Tagen im Göchhusenschen Hause viel von dem bevorstehenden Gartenfest gesprochen. Zunächst handelte es sich um die Einladungen. Daß die neuen Bekannten: Hartwig, Brökelmann und der Superintendent, berücksichtigt werden mußten, war klar, ebenso Emmingen, den man ja wie den Kommerzienrat bereits mündlich aufgefordert hatte.

»Und Krempel?« fragte Maxe, die den Auftrag erhalten hatte, die Einladungen auszuschreiben. »Muß er denn immer dabei sein?« gab die Mutter zurück. »Er hat erst am Sonntag vor acht Tagen bei uns gegessen.«

»Das war aus Anlaß eines Gelegenheitsbesuchs, Mama. So etwas rechnet man nicht.«

»Rechnen brauchen wir bei Krempel überhaupt nicht,« warf Beate ein. »Er wird's nicht übelnehmen, wenn wir ihn diesmal auslassen. Wir haben zuviel einzelne, Herren und zuwenig Damen.«

»Bestreite ich,« sagte Maxe. »Wir allein sind drei. Martha Degenbrodt müssen wir auch einmal haben. Ebenso Tilde Vanhooven. Außerdem: dies sogenannte Gartenfest – hoffentlich regnet's nicht – ist doch auch das Abschiedsfest für mich. Am achtzehnten soll ich reisen. Da wäre es ungezogen, wenn wir Dionys nicht auffordern wollten.«

»So tu's schon,« entgegnete die Mutter ungeduldig. »Schreibe aber extra ›Bitte Überrock‹ auf die Einladungen. Einmal der Gartenidylle halber, und dann auch, weil Krempels Frack wirklich nicht mehr präsentabel ist. Bei der Einsegnung von Kätchen Vanhooven habe ich mich seiner ordentlich geschämt.«

Diese Wendung ärgerte Maxe. »Es ist richtig,« entgegnete sie, »daß sein Frack nicht sonderlich modisch und meinethalben auch ein bißchen abgeschabt ist –«

»Namentlich auf den Rabatten,« sagte Elfriede; »zu starkes Glanzlicht und hie und da, zu pastos.«

Maxe verzog die Lippen. »Es ist nicht hübsch, über einen armen Menschen zu spotten, Friede. *Unter* den Rabatten sitzt doch auch noch was.«

Die Mutter gab ihr einen Kuß auf den Scheitel. »Hast ganz recht, Maxe. Wir sind ungezogen. Er soll kommen, wie er will ...« Nun begann man die Einzelheiten zu besprechen. Der Tee sollte im Garten genommen werden, das Souper im Eßzimmer. Nachher vielleicht nochmals Garten: da konnte Genander beim Schimmer der bunten Ballons das Bier präsentieren.

»Wenn es nicht Grog wird,« sagte Beate. »Geehrte Herrschaften, ich will euch das Spiel nicht verderben. Aber

158

denkt gefälligst daran, daß das Mailüfterl manchmal kühl weht. Und der Dreizehnte ist, Servatius, der letzte der gestrengen Herrn.«

»Wir müssen es darauf ankommen lassen,« erwiderte Elfriede, die in der Heimlichkeit ihres Herzens, viel für das Gartenfest übrig hatte, weil sie an die Bank zwischen den Fliederbüschen dachte, auf der nur zwei sitzen konnten. »Wir haben ja einen berufsmäßigen Gottesmann unter den Geladenen; da wird uns der Himmel vielleicht gnädig sein ...«

Mit dieser Hoffnung tröstete man sich und entwarf, da man gerade bei der Sache war, auch gleich die Tischordnung, Beate hielt es für richtig, daß der Superintendent die Mutter führte.

»Er redet immer nur von seinen Orchideen,« klagte Frau von Göchhusen, »oder tut er das nicht, so erzählt er von seiner Sammlung alter Kirchenlieder. Habt ihr nicht einen andern für mich?«

»Den Milchmann,« schlug Maxe vor. »Mama, gegen den kannst du nichts haben. Er weiß die Inschrift auf Kleists altem Grabe auswendig, die kein Mensch mehr lesen konnte, und weiß auch unter allen Bakterien Bescheid.«

Frau, Magda lachte. »Also gebt mir den Milchmann,« erklärte sie, »oder meinethalben auch den Pastor. Aber setzt als Ausgleich auf meine andere Seite den Major. Mit dem läßt's sich wenigstens plaudern.«

Ein kalter Blick Elfriedes streifte die Mutter. »Sei's so,« sagte sie. »Dann führt mich der Major, und du hast ihn links. Maxe kriegt Emmingen, Beate die Geistlichkeit, Krempel kriegt Tilde Vanhooven. Sela.«

Nun ging Maxe an ihren Schreibtisch, und füllte die Einladungen aus. Es wurde schon zu sechs Uhr gebeten, ganz unmodern: »zu Tee und Abendbrot«. Maxe erlaubte sich auch ein paar kleine Scherze. Auf der Einladung für den Kommerzienrat schob sie die Zeile ein: »Bei starkem Frost Rodeln im Park«; bei Hartwig unterschrieb sie selbst und setzte darunter: »Rekrut a.D.«; bei Emmingen fügte sie hinzu: »Wegen der feenhaften Beleuchtung des Gartens ist das Brillieren eigenen Geistes streng untersagt.« Aber der Mutter erzählte sie nichts von diesen Witzchen. Die hatte so etwas nicht gern.

Als sie die Einladung für den Doktor der Philologie und Philosophie Herrn Krempel schrieb, überlegte sie ein kleines Weilchen und ließ dann plötzlich die Feder sinken. Sie saß vor ihrem blumengeschmückten Schreibtisch am Fenster; das Fenster stand offen, auf dem Gesims reckten die Maiglöckchen ihre weißen Köpfe, darüber taumelte ein Schmetterling. Der Blick des Mädchens folgte dem seinen Rhythmus des tanzenden Falters, ihr Ohr lauschte dem Lärm der Spatzen im Lindenbaum, aber es lag im Sehen und Hören kein Wollen und kaum ein Bewußtsein. Der tanzende Falter zog Serpentinen durch die blaue Luft, die zu schwebenden weißen Bändern wurden und zu den hellen Schatten eines Morgentraums, und das Geschwätz der Spatzen verschmolz zu einer ineinanderlaufenden Litanei fremdartiger Töne. Und je starrer Maxes Blick wurde und je aufnahmeleerer, um so kräftiger wurde die fortschreitende Bewegung ihrer verängstigten armen Seele. Es kam zu Fragen und Antworten, die stürmischen Fluß annahmen, und zu einer Bitterkeit des Urteils, die alles Tatsächliche zu verschieben drohte. Was war ihr der Vater, der sie so plötzlich zu sich berief, um ihre Persönlichkeit nach seinem Gefallen zu nützen und seinem eigenen Wesen unterzuordnen? Kaum, daß sie sich seiner entsann; kaum, daß er ihr mehr galt als irgendein gleichgültiger Fremder. Und nun trat er als gebietende Macht auf und riß sie durch einen brutalen Befehl aus dem ersten Liebesleben ihres jungen Herzens ...

Das Starre im Auge Maxes verlor sich und wich einem zärtlichen Glanze. Sie dachte noch einmal an die Szene auf Pittelkos Bodenkammer zurück, und in dem künstlerischen Subjektivismus ihres Empfindens veränderte sie das hübsche Bild der Wirklichkeit und bereicherte es aus warmer Phantasie durch lyrische Klänge und poetische Ausdrucksmittel. Es wurde in den Schwingungen ihrer Seele zu einem Gedicht und zu einer kleinen Novelle, und der Kindheitsfreund mit dem schrecklichen Namen zu einem schönen Helden mit einschmeichelnder Stimme und von ritterlicher Art. ... Dann floß vergleichende Reflexion in die Phantasie, und rasche Gestaltungskraft gab ihrem Helden ein neues Gebilde. Der dionysische Krempel blieb zwar, blieb aber doch nur als Transparent, durch das die vornehmere Erscheinung des Herrn von Emmingen leuchtete. Das war auch wieder eine künstlerische Umformung, ein Suchen nach, schönerem Einklang, eine sinnliche Schnellmalerei. Emmingen war mehr Held und Ritter, aber Krempel das tiefere Gemüt ... Ach, du armer Dionys, dachte sie, wie wird dir das Herz schmerzen, wenn du erfährst, daß ich fortgehen soll! Man will nicht, daß wir uns lieben dürfen. Warum nicht? Weil wir nicht zusammenpaßten, sagt Beate, die Eisige, die alle Gefühle arithmetisch bearbeitet und die freie Macht der Liebe in Logarithmentafeln pressen möchte. Aber wir wissen es besser. Dionys, ich komme zurück, und du wirft mir treu bleiben ...

Krempel war wieder ihr Held allein und trug nicht mehr den Rittermantel Emmingens und schaute sie mit seinen runden Kinderaugen zutraulich an. Da ging ein lustiges Lächeln durch allen romantischen Stimmungszauber, und die Lebensfrische kam wieder. Sie nahm die Einladung für den Herzensfreund vor und schrieb unten hin: ›W. S. g. u.‹ Das mußte er verstehen, es war eine gebräuchliche Kürzung. Und dann wandte sie das Kartonblatt und setzte abermals die Feder an und ließ sie über die Rückseite wandern.

»Dionysos, es heißt scheiden,« schrieb sie. »Die Musik ist vertönt, das Himmelsrot ist grau geworden, selbst der Mondschein ging hin. In Pittelkos Kammer fliegen die Fledermäuse und jagen allen Märchenspuk davon. Dionysos, es heißt scheiden. Am achtzehnten reise ich zu meinem Vater und weiß nicht, wann ich wiederkomme. Am dreizehnten werden wir uns adjö sagen: vor allen Leuten, weil das den Abschied erleichtert. Ich erwarte Dich. Maxe.«

Sie überlas das noch einmal. Die Wendung: »Selbst der Mondschein ging hin« gefiel ihr nicht. Sie hätte lieber gesetzt: »Auch der Mondschein verblich«. Aber sie wollte weder streichen noch umschreiben: so ließ sie es denn, wie es war. Einen Augenblick dachte sie daran, einen Kuß auf das Papier zu drücken. Doch da schob sie ärgerlich die Unterlippe vor, denn sie glaubte ganz deutlich die Stimme Emmingens zu vernehmen: »Tun Sie das nicht, meine Gnädigste – es ist doch nur Komödie und Selbstbespieglung, Auch färbt die Tinte ab.«

Mit einer hastigen Bewegung des Unwillens schob sie das Papier in die Hülle.

Krempel korrigierte die deutschen Aufsätze seiner Klasse, als Frau Brendicke ihm die Göchhusensche Einladung in das Zimmer brachte. Er erkannte die Schriftzüge Maxes und wurde ein wenig unruhig. Das geschah unwillkürlich. Als letzte Erinnerung an die Poesie auf dem Boden Pittelkos war ein schwaches Gefühl von Unbehagen verblieben. Der Philologe in ihm verlangte ein ordnungsgemäßes Tun. Er aber hatte sich im Affekt zu etwas hinreißen lassen, das er bei Überlegung nicht vor sich selbst verantworten zu können glaubte. Gewiß hatte er die kleine Maxe von Herzen lieb. Doch er hätte dies ihr erst gestehen dürfen, wenn er sich bewußt gewesen wäre, auch mit einem Antrag durchzudringen. Und er war sich des Gegenteils klar. Er unterschätzte sich nicht in dem Frohgemut seiner Lebensauffassung; aber er baute sich auch keine Rosenhütten in der Wüste. Er hatte das Talent, Hoffnungen aus dem Wege zu gehen, die nichts als, Luftschlösser waren: eine gute und tapfere Eigenschaft, die vielleicht auch neulich ein Beisichselbstbleiben gewährleistet haben würde, wenn ihm nicht die Torheit einer eifersüchtigen Wallung die Ruhe geraubt hätte.

Er öffnete den Brief, las erst die Einladung und dann das auffordernde »W. S. g. u.« Nun kam die Rückseite heran. Er nahm die Feder, die von dem Korrigieren der Hefte her noch mit roter Tinte gefüllt war, und trug in der Handschrift Maxes ein vergessenes Komma nach. Noch während dies ganz mechanisch geschah, stieg in ihm ein sehr holdes Empfinden auf und gab seinem Gesicht eigenen Ausdruck. Es war wie lächelnde Wehmut und wie Freude im Leid. Diese paar Zeilen waren die ganze Maxe. Er las sie wieder und wieder und sah sie in jedem Worte. Sie war die kleine Poetin, die in frohem Spiel der Phantasie auch den Druck des Schweren überwand. Das mochte sie von ihrem Vater ererbt haben: daß die Mithilfe bildlicher Stimmungen allem Trüben und Undurchsichtigen das Quälende nahm.

Sie ging fort: vielleicht auf lange. Sie wußte selbst nicht, wann sie wiederkehren würde. Dionys empfand das wie eine Befreiung. Es war kein Einsturz schöner Ideale; die Notwendigkeit der Entsagung kam und glich alles aus. »Die Musik ist vertönt, das Himmelsrot grau geworden, selbst der Mondschein ging hin.« Sie hatte schon recht. Der Alltag dämmerte herauf, und an die Stelle holden Märchentraumes trat die Nüchternheit des Lebens.

Er machte am Nachmittag des Dreizehnten besonders sorgfältige Toilette, bürstete seinen schwarzen Rock eigenhändig aus, legte ein neues Vorhemdchen an und knöpfte ein Paar noch ungebrauchte Manschetten um. Er stand dabei vor dem Spiegel und ärgerte sich zum erstenmal darüber, daß seine Wäsche arg altmodisch war. Maxe kümmerte sich freilich darum nicht; doch Beate hatte neulich einmal an einem hervorguckenden Bändchen seines Chemisettes gezupft und dazu eine ironische Bemerkung gemacht. Sie war gut gemeint gewesen und hatte ihm auch nicht wehe getan; aber daraufhin war seitens der drei Mädchen ein gemeinsames Mustern seines Äußern erfolgt, und man hatte mit scherzhaften Äußerungen nicht gespart. Daran dachte er gerade jetzt, als er vor dem Spiegel stand und das unpraktische Leinengefüge des sogenannten Vorhemdchens in Ordnung brachte. Er war ein armer Schlucker, der nicht viel zurücklegen konnte: immerhin hätten seine Einnahmen zu einer Modernisierung seiner Garderobe gereicht. Aber für die äußerlichen Zutaten seiner Persönlichkeit hatte er wenig Verständnis. Für ihn lag die Sache einfach so, daß der Wäschenachlaß seines Vaters verbraucht werden mußte und nicht fortgeworfen werden durfte. Das wäre schade gewesen; die ungeheuer großen Taschentücher bestanden aus bestem Linnen, und wenn die Vorhemdchen schön gestärkt waren, deckten sie das Jäger-flanell darunter wie ein weißer Panzer.

Krempel schlüpfte in seinen Bratenrock und zupfte die Röllchen vor. Ein Lächeln ging über sein Jungengesicht, so ein Lächeln der Weltverachtung. Ein auflehnender Trotzt stieg in seine Brust; es kam ihm vor, als verkörpere sich in ihm eine Gegenwirkung wider die Außenwelt. Und zugleich empfand er mit dem süßen Schmerzgefühl eines vergnügt in grausen Tod gehenden klassischen Märtyrers, daß er für das elegantere Leben verloren war. Das Gesamtbild seiner Wirklichkeit, wie es der Spiegel zurückwarf, paßte nicht einmal in den Göchhusenschen Hausstandsrahmen. Es war mit peinlicher Ordnung zusammengestellt und zurechtgelegt, aber es bot in den Einzelheiten doch gar zu viel Angriffspunkte: es war technisch verfehlt. ... Dionys sah Maxe neben sich, Arm in Arm mit ihm, Braut und Bräutigam. Da konnten die Leute etwas zum Lachen haben. Er hörte förmlich dies Lachen. Und plötzlich lachte er mit: schmetternd und höhnisch. Er war eine Mißgeburt, ein

Geschöpf ohne System; war ein Widerspruch für die Gegenwart. Er hieß Dionys Krempel: das sagte alles.

Die Lust überkam ihn, die Einladung im letzten Augenblick abzulehnen, Kopfschmerzen vorzuschützen oder sonst irgend etwas. Aber das wäre gar zu kindisch gewesen. Die geordnetere Denktätigkeit kehrte zurück und zerstreute die Kümmernis des Moments.

»Frau Brendicke!« rief er in den Küchenflur. Die Brendicke erschien, blieb untern der Türe stehen und fragte: »Herr Doktor?«

»Frau Brendicke, ich möchte Ihr Urteil hören. Sie sind eine Frau von Geschmack, davon zeugt schon die Architektur Ihrer Sardellenbrötchen. Seien Sie kritisch, seien Sie streng. Ich will in vornehme Gesellschaft. Kann ich so gehen wie ich bin?«

Er stand vor ihr und legte mit Napoleonsgebärde die rechte Hand in den Ausschnitt der Weste und warf auch ein wenig den Kopf zurück.

Die Brendicke hatte zunächst ein Fleckchen auf dem schwarzen Tuchrock entdeckt: ein Staubfleckchen, das sie mit ihrem Ärmel abputzte. Hierauf trat sie etwas zurück, und ihre Miene wurde getragen und ernst und füllte sich mit ästhetischer Wertung.

»Herr Doktor,« antwortete sie, »ich kann bloß sagen: fein. Die neue Waschfrau plättet mit Spiritus auf, da kommt Glanz in das Vorhemd. Auch die Hosen sitzen nun wieder, und man sieht die Bügelfalte. Der kleine Schneider neben dem Grünkramladen versteht sein Geschäft. Herr Doktor, Sie sehen wie ein Bräutigam aus. Es ist eine Freude.«

Krempel verbeugte sich und dankte. Dann wandte er sich um und forderte auch für die Rückseite ein kritisches Wort. Die Brendicke zupfte an ihm herum und erklärte, der eine Rockschoß stände zu weit ab.

»Was haben Sie denn allens dadrin, Herr Doktor?« fragte sie, verwundert über die stark sichtbare Wölbung.

Dionys lachte. »Nichts als das Taschentuch,« entgegnete er. »Aber es ist auch danach. Väterliches Erbe; es ist wie das Laken zu einem Kinderbett. Geben Sie mir ein neues. Ich werde es zusammengefaltet lassen, dann trägt es nicht so auf.«

Das geschah, und nun machte Krempel sich auf den Weg. Er ging zu Fuß. Das tat er immer und richtete seine Zeit so ein. Die Hetze des Lebens stand im Gegensatz zu den Grundtrieben seiner Natur. Da war er wieder der Philologe: diese jagenden Beförderungsmittel störten ihn in der ruhigen Bindung seiner Gedanken.

Er ging die Tauenzienstraße hinab und schlug den Weg nach dem Kanalufer ein. Das sommerliche Grün der Bäume und Bosketts erfreute sein Auge. Er brauchte sich nicht zu beeilen und blieb hie und da am Wasser stehen, sah den Kähnen nach und den schwimmenden Enten und spürte nichts mehr von Unbehagen. Es war ein stilles Gleichmaß in ihm, und wenn er daran dachte, daß es heute den Abschied von Maxe galt, nickte er und sagte sich, daß das gut sei. »Die Musik ist vertönt«: eine Musik voll Sphären; aber sie konnte nicht ewig währen. Kontraste formen das Leben. Alles Nebeneinander hat seine Endpunkte; auch das Nacheinander muß einmal kommen. Als er weiterschritt, hemmte ein kleines Geschehnis, wie es im Straßenleben der Großstadt zuweilen sich findet, seinen Fuß. Eine Radlerin war von einem sausenden Auto zur Seite geschleudert worden und lag am Rande des Bürgersteigs. Das war eine regelrechte Verkehrsstörung; eine Menschengruppe bildete sich, die Wagen wichen aus und hielten hintereinander, von der Ecke der Lützowstraße stürmte ein Schutzmann daher.

Krempel hatte anfänglich nur mit einem Blick rascher Neugier die Unfallstätte gestreift; dann wollte er hilfsbereit hinzuspringen, dann erkannte er in der Gestürzten die Tochter eines Kollegen, und nun beeilte er sich, den Menschenring zu zerteilen. Zwei Leute versuchten, das Mädchen aufzurichten, aber das arme, blasse Geschöpfchen stöhnte laut und stieß plötzlich einen leisen Schrei aus.

Da war Krempel schon an ihrer Seite. »Was ist denn passiert, Fräulein Frieda?« fragte er. »Haben Sie sich verletzt?«

Sie nickte ihm zu und versuchte, ein freundliches Lächeln auf ihrem schmalen Gesicht festzuhalten. Doch der Schmerz kam wieder und verzerrte die Züge.

»Lieber Herr Doktor,« sagte sie und biß sich zwischen jedem Satz auf die Lippen, »bringen Sie mich nach Hause – ich glaube, ich habe den Fuß gebrochen...«

Dionys ließ die nächste Droschke halten. Aber erst hatte der Schutzmann sein Protokoll zu vollenden. Er bat um den Namen der jungen Dame. »Frieda Duplessis.« ... Die Schreibweise machte Umständlichkeiten: Fräulein Frieda mußte buchstabieren. Nun die Adresse. »Ansbacher Straße drei, Gartenhaus parterre...« Auch Namen und Wohnung Krempels wollte der blaue Mann wissen. Inzwischen hing das Mädchen am Arme ihres Helfers, und er fühlte, wie sie schwerer wurde. Der Schmerzensruf wiederholte sich.

Da wurde Krempel ungeduldig. »Nun stecken Sie Ihr Notizbuch ein,« sagte er zu dem Schutzmann, »und helfen Sie mir, die junge Dame in die Droschke zu schaffen. Aber vorsichtig. Mann des Gesetzes ... nehmen Sie den rechten Arm, ich fasse den linken...« Wieder ein Aufschrei, doch nun saß das Fräulein wenigstens im Gefährt: saß da mit totenblasser Miene und zuckenden Gliedern, und ein einsames Tränchen rann über ihre rechte Wange.

Ein Arbeiter hob das Rad mit seiner abgeschälten Pneumatik zu dem Kutscher auf den Bock; dann trottete der Gaul los.

Es war keine Vergnügungsfahrt. Fräulein Frieda freilich war stiller geworden und klagte nicht mehr. Die Preisgebung ihres Schmerzes mochte ihr peinlich sein. Aber daß sie litt, sah Krempel ihr an. Er hatte sie auf einem Vereinsabend der Lehrer des Joachimstals kennengelernt, und es hatte ihn interessiert, zu hören, daß sie sich einen modernen Sonderberuf geschaffen hatte. Sie gab jungen Mädchen »Bewegungsunterricht« und hatte für ihre Kurse eine Turnhalle gemietet. Da war Krempel neugierig geworden und hatte gebeten, sich die Geschichte einmal ansehen zu dürfen. Das war ein hübsches Bild gewesen: ein Bild voll Anmut und spielender Grazie. Ein Mann saß in einer Ecke und fiedelte auf seiner Geige alle möglichen Tänze herunter; er hatte langes, strähniges Haar und ein Biergesicht und eine ganze Milchstraße von Fettupfen auf seiner Weste: den Mann durfte man nicht ansehen. Aber wie die Kinder, hell gekleidet und je nach den Gruppen mit verschiedenfarbigen Schleifen im Haar, in Reihen abschwenkten, sich neigten und beugten, zu kleinen Quadrillen formierten und Sterne und Kreise bildeten, wie sie Arme und Köpfchen bewegten, den Oberkörper drehten und wendeten und die Füße setzten: das alles war reizend. Es war keine regelrechte Tanzstunde, denn die Kinder lernten keine der üblichen Tänze: es waren in der Tat nur Bewegungsspiele, und Fräulein Duplessis achtete streng darauf, daß die Kleinen sich dabei nicht in alberne Ziererei verloren. Das, was sie wollte, verstand Krempel recht gut: es sollte eine Schule für weibliche Grazie sein. Fräulein Frieda hatte ihm das mit kurzen Worten erklärt. Die Schwerfälligkeit steckt uns im Blute; steckt vielfach auch in der deutschen Frau. Die Natur hat uns nicht gegeben, was sie als Geschenk einer holden Göttin den Romanen in die Wiege legte: die Grazie der Bewegung. Das freie und schöne Spiel der Glieder will erlernt sein, die volle Anmut des Sichgebens, die freilich nur eine Äußerlichkeit ist, doch aber eine, die man in der Werkstatt des Lebens einer Frau nicht missen möchte. »Und auch des Mannes,« hatte Dionys Krempel damals hinzugesetzt; »er kommt nie aus dem Mechanismus heraus, er lebt mit den Händen in den Hosentaschen. Er weiß nicht, wo er die Arme lassen soll, und in seinen Füßen liegt das Blei der Grobheit. Ich bedaure, daß ich kein kleines Mädchen bin und nicht auch bei Ihnen Bewegung erlernen konnte. Denn ich bin der Typus des Ungewandten...«

Seitdem hatte er Frieda Duplessis nicht wiedergesehen. Und nun saß sie blaß und mit schmerzverzogenem Profil neben ihm in der holpernden Droschke und dachte sicher nicht an die Grazie der Form. Ihr schmales, feines Gesicht trug den Ausdruck des Leidens. Unter dem blonden Stirnhaar furchte es sich; da lagen zwei schwere Falten. Die Augenlider waren ein wenig gesenkt, und Krempel fiel es auf, daß sie lange, fast weißliche Wimpern hatte wie die Rispen an einer Weizenähre. Ihm fiel auf dieser mühseligen Fahrt mancherlei auf: ihr fest zusammengepreßter Mund mit sehr roten Lippen, die in den Winkeln ein flaumiges Glanzlicht zeigten; ihr Ohrläppchen, das klein und rund war und in der Mitte eine winzige Vertiefung hatte; und ihr Kinn, das in seiner kräftigen Formung wie ein Symbol der Überlegenheit war.

Sie war ein schmächtiges Mädchen und durchaus keine Schönheit. Sie war nicht das, was den Männern gefällt; sie hatte im einzelnen ihrer Züge unverkennbare Reize, doch störte in der Gesamtheit «die Unregelmäßigkeit. Man hätte sie für sechzehnjährig halten können und auch für zehn Jahre älter; sie bot gewissermaßen keine Anhaltspunkte der Beurteilung, sie hatte zuviel Unfertiges. Aber der Zug des Leidens verschönte sie.

Dionys sprach wenig mit ihr während der Fahrt, weil er sie der Antworten überheben wollte. Einmal versuchte er, ihren gebrochenen Fuß auf das Rückpolster des Wagens zu legen. Aber das ging nicht an: der Schmerz war zu groß. Krempel war froh, als die Droschke hielt. Er bezahlte, rief den Portier, das Rad abzuladen, und half dann dem Mädchen aus dem Wagen. Ach du lieber Gott, war das eine schwierige Arbeit! Er fühlte, wie bei jeder Bewegung ihr ganzer Leib schütterte und die Muskeln sich krampfhaft spannten. Sie konnte nicht gehen, und er mußte mit ihr noch über den Hof des Hauses und eine Treppe hinauf. Der Portier sollte helfen; aber der Mann roch nach Schnaps. Da sagte er ihr: »So ist's nicht möglich, Fräulein Frieda. Ich werde Sie tragen...« Und ohne die Antwort abzuwarten, umschlang er sie vorsichtig, hob sie empor und trug sie über den Hof und die Parterretreppe des Gartenhauses hinauf.

Er hatte geglaubt, dies schmächtige Geschöpf müßte federleicht sein. Doch sie war schwer. Als er oben war, perlte der Schweiß auf seiner Stirn. Er behielt sie in den Armen, während er klingelte. Das Dienstmädchen öffnete und schrie auf. Eine Tür klappte, eine alte Frau erschien und schrie ebenfalls. Das war die Großmutter: Krempel wußte es. Der Doppelschrei wirkte wie ein Stichwort auf dem Theater. Wieder klappte eine Tür: Doktor Duplessis kam, und hinter ihm wurde das lange, hagere, bestürzte Gesicht seiner Gattin sichtbar.

Nun war es anfangs merkwürdig. Keiner half schweigend. Die vier Personen schrien durcheinander und sprudelten unbeendete Sätze hervor. Der Schreck machte sie hilflos. Dazwischen rief Frieda: »Bringt mich zu Bett! Ich habe den Fuß gebrochen...« Krempel gab ein paar erklärende Worte; hinter ihm stand der Portier mit dem Fahrrad. Es folgte ein neuer Aufschrei, ein »Herrgott im Himmel!«, ein französischer Fluch, ein Durcheinanderhuschen. Dann sagte Doktor Duplessis, indem er seine Brille fester setzte: »Diese Autos. Es ist bare Unvernunft. Gestern ist ein Schuljunge beinahe gerädert worden. Hier vor dem Hause. Man muß den Bürgersinn wecken. Ich gehe sofort zur Polizei. War es ein Bedag oder ein herrschaftliches Automobil?«

Er harrte gar nicht der Antwort. Frieda wurde fortgeschafft, und plötzlich stand Krempel allein in dem halbdunklen Korridor. Der Humor regte sich in ihm. Man hatte sogar das Dankeschön vergessen. Er suchte nach einem Spiegel und fand ihn auch; glättete vor dem düsteren Glase sein Haar, zupfte den Rock zurecht, setzte den Hut auf und wollte gehen. Aber da kehrte Herr Duplessis zurück, in fahriger Aufgeregtheit, die Brille auf die Stirn geschoben.

»Lieber Kollege,« sagte er, »es ist eine böse Sache. Eine Knochensplitterung, so etwas. Diese Autos! Gestern war ich Zeuge, daß ein Junge von zwölf, dreizehn Jahren beinahe gerädert wurde – vor unserm Hause! Ich werde einen Artikel veröffentlichen. Es geht nicht so weiter. Man muß sich zusammentun.«

»Ist nach dem Arzt telefoniert worden?« fragte Krempel.

»Nein,« antwortete Doktor Duplessis fast verwundert. »Wir haben gar kein Telephon. Wir haben auch keinen Arzt. Bei uns ist nie jemand krank.«

»Aber es muß doch einer geholt werden!«

»Das wäre wohl nötig. Selbstverständlich. Wissen Sie, wo der nächste wohnt?«

»Er wird zu finden sein. Soll ich ihn suchen?«

»Hören Sie, Kollege, dies wäre wirklich... Ich kann ja nicht fort. In meiner Stube sitzt der kleine Berstelmeier, dem gebe ich Nachhilfestunden. Kein Intellekt – ein Hirn wie eine verschlossene Türe. Und die unregelmäßigen Verben sind doch kein Himalaya! Wenn's nicht der Berstelmeier wäre! Der Sohn von dem Schulrat. Ich habe ihm immer gesagt, er soll den Bengel einfach ein Handwerk erlernen lassen. Der Junge hat Interesse für die Mechanik. Ich bitte Sie –«

Jetzt lugte das lange, hagere Gesicht der Frau Duplessis durch die nächste Tür: ein Gesicht mit verwischten Zügen und den Schatten grauer Alltagssorgen.

»Herr Doktor Krempel,« sagte sie, »darf ich auf einen Augenblick bitten. Frieda möchte Sie gern sprechen. Wir haben sie zu Bett gebracht – – aber es geht schon. Die Großmama sitzt neben ihr...«

Dionys trat in ein schmuckloses Stübchen. Aus den Kopfkissen winkten die Augen des Mädchens ihm zu: ein freundliches Kornblumenblau unter weißblonden Wimpern. Auch ihre Hand reckte sich ihm entgegen.

»Ich danke Ihnen von Herzen,« sagte sie. »Sie waren so lieb zu mir. ... Sie haben mich getragen – und ich bin keine leichte Last. Ich wiege mehr, als man glaubt...«

Ein wehes Lächeln ging um ihren Mund. Dionys sah: es war hohe Zeit daß der Arzt kam. In dieser unpraktischen Familie vergaß man das Notwendigste. Er antwortete etwas Gleichgültiges: es trieb ihn fort. Doktor Duplessis folgte ihm auf den Korridor und hielt ihn noch einmal fest.

»Wenn man wenigstens die Nummer des Automobils wüßte,« sagte er. »Es muß endlich einmal ein Exempel statuiert werden. Da haben wir einen Antilärmverein, einen Verein gegen das Hutabnehmen, einen Verein gegen –«

»Alles mögliche,« fiel Krempel ein. »Auch einen Verein der Joachimsthaler. Bei der nächsten Sitzung können Sie mir weiter erzählen, Kollege. Jetzt habe ich Wichtiges zu tun: ich hole Ihnen den Arzt.«

Er war schon an der Tür. »Ja natürlich,« rief Doktor Duplessis ihm nach. »Sie sind sehr freundlich, Kollege. Ich

würde ja selbst gehen, aber der Schlingel, der Berstelmeier
...«

Krempel hörte schon nicht mehr. Herrgott, waren das
Menschen! Kreuzbrave Leute, aber ohne Einheitspunkte,
ohne Konzentration. Der Typus des zerstreuten Gymnasial-
professors in den »Fliegenden Blättern« war nichts gegen
diesen Duplessis. Und ähnlich war auch die Frau: die
verkörperte Nebensächlichkeit, die sich in Kleinlichem
aufrieb. Schließlich die Großmutter: eine Rechnungsrats-
switwe, für die das ganze Leben ein Rechenfehler gewesen
war. Und in dieser Kleinwelt ohne Schwingungen war ein
so prächtiges Mädelchen wie Frieda aufgewachsen. ...
Während Krempel die Straße hinabstürmte und nach dem
Schilde eines Arztes suchte, fuhren die Gedanken in Sprün-
gen durch sein Hirn. Merkwürdig, wie schwer diese Kleine
war! Er fühlte sie noch auf seinen Armen; er hatte doch
Kräfte, aber eine Treppe höher hätte er sie nicht tragen
können. Es war geradezu ein Phänomen. Sie war
spinnenschlank, doch mit starken Muskeln. Sie mußte viel
Sport treiben. Es konnte spaßig sein, mit ihr einmal ringen
zu dürfen. ... Und indes Dionys Krempel den Kopf hin und
her fliegen ließ, um endlich den gesuchten Medizinmann zu
finden, rang er im Geiste mit Frieda Duplessis. Sie hielten
sich an den Händen; ihre Finger, kühl und schlank, umk-
lammerten eisern die seinen. Ein Gelenk knackte. Dann umfaßte sie ihn. Hui, hatte dieser Mädchenleib Spannung!
Aber er gab energische Gegenwehr: er hob sie in die Höhe;
ihre Füße schwebten in der Luft; ihre junge Brust lag an
seinem Gesicht. Nun wollte er sie werfen. Eitles Bemühen:
sie kam ihm zuvor, und ihre Arme rundeten sich um seinen
Hals – fester und fester, wie zwei Schlangen, die sich inein-
anderringeln. Nun sah er auch ihr Gesicht: von feinmattem
Scharlach übergossen bis zum Lichtblond des Stirnhaars
und zu den Ohrläppchen, und auf der Oberlippe, in den
Winkeln des Mundes, silberflaumige Fleckchen. Und
dann... »Na endlich,« sagte Krempel halblaut vor sich hin.

Das Bild! war fort, er rang nicht mehr. Er sah ein Schild mit der Inschrift: »Dr. med. K. Biesenthal, prakt. Arzt.«

Den suchte er auf: er rang nicht mehr. Er kicherte in sich hinein. Es dünkte ihn lustig, daß er auf den Oberarmen noch einen leisen Druck verspürte. Da hatte Frieda Duplessis geruht, und vielleicht war das Physische zu Psychischem geworden und hatte sich zu einem Scherz der Phantasie geformt. Verrückt, diese Idee eines Ringkampfs! Er war kein Ringer, war auch kein großer Turner; er tanzte wie ein Bär und würde bei den »Bewegungsspielen« eine üble Figur abgegeben haben. Wie kam er dazu, mit Frieda Duplessis einmal ringen zu wollen? –

Er klingelte bei Doktor Biesenthal. Der hatte keine Sprechstunde. Mit innerlichem Schimpfen zog Krempel wieder von dannen und suchte weiter. In der Kleiststraße fand er einen neuen Arzt: Doktor Seligmann. Den traf er in Hut und Paletot, denn er wollte gerade das Haus verlassen, und als er hörte, um was es sich handelte, riet er ihm, zehn Minuten weiterzugehen, zu Professor Curtius: der sei Chirurg und wisse mit gebrochenen Füßen besser Bescheid als er.

Krempel flog jetzt mehr als er ging. Auch der Professor hatte keine Sprechstunde mehr, aber Krempel drang doch bis zu ihm vor und entwarf eine so leidenschaftliche Schilderung des Unglücksfalls, daß der Chirurg sein Besteck zusammenpacken ließ.

Gott sei Dank! – Als Dionys wieder auf der Straße stand, bemerkte er zu seiner Verwunderung, daß schon die elektrischen Lampen flammten und das junge Grün der Bäume am Straßendamm weißlich färbten. Er sah auf die Uhr. Angenehme Bescherung! Zu sechs war er geladen, und jetzt ging es auf acht. Er zog die Schultern hoch, als wollte er sich auf der Stelle entschuldigen: Samariterdienst steht über jeden materiellem Wertung.

Nun beeilte er sich. Einen Wagen nahm er nicht; er schritt nur kräftiger aus. Zu spät kam er ja doch. Maxe würde das Mäulchen verziehen. Aber nur im Schmollen. Nie arme kleine Frieda hatte es auch verzogen, das hübsche rote Mäulchen mit den silbernen Flimmerwinkeln: aber im Schmerz...

Das Gartenfest bei den Göchhusens stand auf der Höhe der Entwicklung, als Dionys eintraf, Maxe empfing ihn gnädig und belobte ihn, als er von dem Grund seiner Verspätung erzählte. Dann bekam er Tee und Kuchen, doch sollte er nicht zuviel genießen, da das Souper in naher Aussicht stünde. Er las kein Abschiedsweh in ihren Augen, und das beruhigte ihn. Er wollte kein Aufwühlen, keine Erregung. Die Notwendigkeit bedingte ein resignierendes Hinnehmen.

Es war ein prächtiger Abend. Vegesack hatte den Illuminator gespielt und sich selbst übertroffen. Die bunten Ballons leuchteten allerwege. Sie hingen wie große gelbe Apfelsinen im Tulpenbaum und schauten mit blanken Augen aus den Boskets. Hie und da in den Ecken hatte man es bei zartem Verdämmern belassen, und auf her Bank in den Fliederbüschen, auf der immer nur zwei sitzen konnten, war es fast dunkel. Dies war gegen den Willen Vegesacks geschehen, der sich gerade an diesem Platze eine Papierlaterne im türkischen Muster überaus reizvoll gedacht hatte; aber Elfriede hatte sie entfernt. Nicht überallhin gehört eine festliche Beleuchtung. Schon war es zu Gruppenbildungen gekommen. Das Einglas des Herrn von Emmingen leuchtete beharrlich in der Nähe Maxes Und störte wie neulich das logische Empfinden Krempels. Unter der großen Linde stand der Major von Hartwig und beschrieb Elfriede und dem Fräulein Vanhooven in fröhlichen Worten eine überraschende Generalinspektion, die am Vormittag auf dem Bezirksbureau stattgefunden hatte. Das Lachen der jungen Damen klang hell und lustig, das der kleinen Vanhooven wie ein übermütiger Triller. Sie war ein hübscher Schwarzkopf und galt unter den Freundinnen für leutnantstoll; sie äugte immer nach buntem Tuch; dieser Major war eine Neuheit im Kreise, und sie kokettierte gleich frisch mit ihm los. Elfriede merkte es wohl und amüsierte sich darüber: nun war sie des Mannes sicher.

Das war sie seit gestern. Da hatten sie wieder nebeneinander gemalt; im Treptower Wäldchen, natürlich zwischen Birken und Wasser. Sie suchten ihnen Standplatz immer allein, und Birkenmüller richtete es voll ahnender Seele so ein, daß die übrigen Mitglieder seiner Schule sich in weitem Kreise um sie verteilten. Pärchen störte er nie; das tat er prinzipiell nicht: er achtete die Wesenspunkte und tiefsten Lebensbedingungen seines fliegenden Ateliers, dem ein Künstlerkollege den Spottnamen »Verlobungsschule« gegeben hatte. Während er in seiner hellen Jacke und der farbigen russischen Bluse darunter, über die ein bunter Schlips wehte, von Staffelei zu Staffelei eilte und seine kritischen Bemerkungen machte, korrigierte er bei seinem Pärchen nur selten. Wozu auch? Er stellte die Liebe über die Künstlerschaft. Immerhin besser, man zog sich auf die Urelemente des Lebens zurück, als daß man den Reigen der Farbenklexer vermehrte. Aus Elfriede konnte vielleicht noch etwas werden; der Major war ein Stümper. Er sprach gut und malte schlecht. Er redete sich auch langsam in das Herz des Fräuleins hinein: das hatte der kundige Birkenmüller nach dem dritten Beisammensein gemerkt, und von da ab sperrte er sie von den übrigen ab. Sie sollten zu zweit sein.

Elfriede, wie ging es nun zu? – Es kam, wie es gewöhnlich geschieht, wenn zwei sich liebgewinnen. Es kam zu dem alten Prozesse, der mit seltsamen Wallungen im Herzen beginnt, mit einer Umsetzung des Empfindens und ganz neuen Bewegungen des Innern. Und dann veräußerlichte sich diese Bewegung in einer beredten Sprache der

176

Augen, in einem weichen Tonfall der Stimme, die unbewußt zärtliche Klänge annahm und einen melodischen Fluß,
in einem Ausscheiden alles Harten und Eckigen, in dem Be-
streben, sich auch in dem ganzen Gehaben gegenseitig zu
gefallen. Elfriede hatte vollkommen recht, als sie den
Schwestern gestanden hatte, sie wüßte, daß sie geliebt
werde, ohne daß zwischen ihm und ihr auch nur ein Wort
von Liebe gesprochen worden wäre. Er hatte sich zunächst
in ihr Haar verliebt, dessen »verlorenen Ton« sie immer
wieder durch das verläßliche Medium der Teerseife zu ergänzen verstand; denn nun trat zu dem Gewicht der
Sauberkeit ein bemühendes Kokettieren. Und dann ging das
Verlieben weiter: auch ihrerseits. Die doppelte Neigung für
die Kunst führte längst nicht mehr die lauteste Sprache im
Duo der Herzen. Es gab sicherere Gewinste, auf die man
sich verlassen konnte. Und als gestern im Treptower Wäldchen ein hilfreicher Wind ihr den Hut vom Kopfe gerissen
und Hartwig geholfen hatte, ihn wieder zu befestigen, mit
einer Ungeschicklichkeit, die der Verlängerung der Minute
diente, mit einem zarten Rühren seiner Finger auf ihrer
Wange, mit Farbenwechsel und Augenspiel: da wußte sie
mit voller Bestimmtheit, woran sie war. Er hätte ja gestern
schon sprechen können: im Treptower Wäldchen, zwischen
Birken und Wasser. Worauf wartete er noch? – Vielleicht,
daß heute das Wort zur letzten Wendung fiel. Elfriede war
entschlossen, ihm entgegenzukommen. Nicht Tilde Vanhoovens halber, vor deren auffordernden Kohlenaugen ihr
nicht angst war; sondern allein wegen der Mama. Da mußte
Klarheit geschaffen werden und eine Deutlichkeit, die kein
Fragen mehr zuließ. Es mußte endlich zur Entscheidung
kommen. Nach dem Abendessen ging man ja noch einmal
in den Garten – und zwischen den Fliederbüschen stand
eine Bank, auf die nur zwei sich setzen konnten...

»Gnädigste Frau,« sagte der Kommerzienrat, »Sie
müssen nicht alles aufs Wort nehmen, was Warmuth äußert.
Es ist viel Kanzelrethorik dabei und das Bedürfnis, den Ef-

fekt zu nützen. Alle Redner machen es so, geistliche wie weltliche, womit ich gar nicht sagen will, daß dabei ein Unrecht unterschlüpfe. Denn wer redet, wünscht sich auch einen geeigneten Resonanzboden. Aber wenn dieser Pastor behauptet, daß die Völker einmal kulturmüde werden können, so fordert das doch gehörigen Widerspruch heraus. Die Kultur ist das ewig Fortschreitende, lieber Freund, und alles Zurückgehen Einfalt.«

»Standpunkt eines liberalen Bezirksvereins,« entgegnete der Superintendent. »Brökelmann, mit dir ist nicht zu streiten. Du mißverstehst immer, wenn es dir in den Kram paßt. Ein Verlangen nach Ruhe in der unaufhaltsamen Flucht der Erscheinungen ist etwas Naturgemäßes.« »Ist Rückschritt,« rief Brökelmann.

»Ist eine notwendige Pause in der Entwicklung. Weltflucht ist Sehnen nach Verinnerlichung. Ich habe eine Freundin, die sich vor langen Jahren der protestantischen Mission im fernen Orient angeschlossen hat. Sie schreibt zuweilen, und schreibt glückliche Briefe. Die Wildnis ist ihr ein Festsaal, die Einsamkeit ein Weg zur Wahrheit.«

Frau von Göchhusen schüttelte den Kopf. »Für mich war das nichts,« entgegnete sie lächelnd. »Aber das soll kein prinzipieller Widerspruch sein. Wenn ich die Einsamkeit suchen will, finde ich sie auch in den Geräuschen der Welt.«

»Unbestreitbar,« sagte der Superintendent. »Es geht mir genau so. Und das schied mich von meiner Freundin. Aber deshalb verstehe ich sie doch. Der Drang nach einem dauernden Bestande war das Gemeinsame. Nur im Suchen danach teilten sich die Wege. Das begreift Brökelmann nicht. Brökelmann, du hast ja auch Gäule, da du Kommerzienrat bist. Wenn deine Gäule ewig galoppieren sollten, würden sie bald umfallen. So kann auch ein Fortschritt ermüden, der nur um des Fortschreitens willen da ist.«

»Die Technik hilft uns,« versetzte Brökelmann beharrlich. »Ich habe Automobile, und die rennen, ohne müde zu werden.«

»Aber sie müssen gefüttert werden,« rief Warmuth erbost. »Mit Benzin oder Elektrizität oder was weiß ich. Und da kommt denn der Standpunkt der Ruhe, der sich selbst bei Leblosem nicht entbehren läßt. Es gibt kein Perpetuum mobile. Es wird nie eins geben. Wir brauchen zuweilen den Rückstand das Verschnaufen, das In-uns-gehen, geistige Verdauung, Frieden zur Weiterbildung.«

»Schrumm,« sagte der Kommerzienrat.

Die vier saßen in Korbstühlen unter dem nie blühenden Tulpenbaum, der heute mit gelben Ballons geschmückt war: Frau Magda, Beate, Brökelmann und Warmuth, und das Gespräch flog hin und her, und das Thema wechselte oft. Die Schulfreunde aus Insterburg krakeelten viel miteinander. Sie hatten sich lieb und zankten sich immer. Brökelmann war der Verteidiger der notwendigen Materie, die die Maschine der Zeit heizt, Warmuth glitt gern mit geölten Sohlen über einen ethischen Idealismus. Er war ein langer Mann mit abfallenden Schultern und etwas kurz behosten Beinen, in die er beim Sitzen Knoten schlug. Im glattrasierten grauen Gesicht lebte eine regsame Mimik, in den Augen neben viel Gutmütigkeit viel Opposition. Diese Augen waren zur Nase ein wenig schief gestellt, und dadurch bekam die obere Gesichtshälfte etwas Schalkhaftes, während die untere mit dem stark umfalteten Munde wie ein bedeutsames Arbeitsfeld wirkte. Er war eine originelle Erscheinung, und die hinderte ihn an der Erreichung der Hofpredigerwürde, obschon man ihm von oben wohlwollte. Eine Oberhofmeisterin war einmal bei ihm gewesen, als es sich darum handelte, der jüngsten Prinzessin Konfirmationsunterricht zu erteilen. Da hatte er erwidert, er wüßte nicht so recht, ob er es gut machen würde, denn Oberhofmeisterinnen und Prinzessinnen hätte er bisher nur aus Märchen kennengelernt. Aber er würde es versuchen und es ging auch vortrefflich. Hofprediger wurde er trotzdem nicht. Man sagte, eine hohe Dame müßte immer lächeln, wenn sie sein Gesicht auf her Kanzel sähe. Und in der Kirche lächelt man nicht.

Die Unterhaltung verblieb noch ein Weniges bei dem Abstrakten, wie Warmuth es liebte. Brökelmann fuhr weiter das schwere Geschütz der Kultur auf, und der Superintendent focht dagegen mit den Waffen des Übergeistigen. Beate beteiligte sich lebhaft an dem Gespräch und setzte den langen Warmuth durch ihre kecken Paradoxen in Verlegenheit, während Frau von Göchhusen sich ziemlich still verhielt. Sie war heute hell gekleidet und sah jugendlicher aus als sonst. Aber Beate hatte keine Freude an dieser Jugendlichkeit ihrer hübschen Mutter. Eine heimliche Sorge zehrte an ihr, und sie mehrte sich, wenn sie sah, daß der Blick Magdas zuweilen zu dem Major von Hartwig, hinüberflog und daß dann das Auge leuchtender zu werden schien. Es war nicht mehr daran zu zweifeln, daß die Mama dem Manne Neigung entgegenbrachte – und nun kam Elfriede ihr mit der Eroberungslust des eigenen Herzens zuvor und kaperte den Geliebten. ... Schade – es war alles so hübsch eingefädelt gewesen; und es war fraglich, ob etwas so rasch sich wiederfinden würde. Mit dem Superintendenten war wirklich nicht zu rechnen, und der Kommerzienrat – nun ja, der konnte schon an die Angel kommen, aber ob bei dem die Mama auch zubiß? – Unter andern Verhältnissen vielleicht, denn er war wirklich ein Mann, vor dem man Respekt haben mußte, der auch sonst mancherlei Gefallbares besaß; doch zwischen ihm und ihr blieb immer noch der Major stehen, konnte auch bleiben, wenn Elfriede ihn längst ihr eigen nannte. Wer kennt das Frauenherz aus! ...

Es war jetzt Zeit zum Souper; man hatte eigentlich nur noch auf Krempel gewartet. Genander kam und vermeldete, daß angerichtet sei; er schwebte heute beständig zwischen

Garten, Wohnung und Küche, wo Lina das Regiment führte und Johanna gegen ihren Kommandoton rebellierte.

Die Stimmung bei Tisch setze gleich fröhlich ein, da Frau von Göchhusen schon bei dem Vorgericht die Reste ihres Cap Constanzia (letztes Kellervermächtnis ihres Mannes) präsentieren ließ. Sie war glücklich, daß sie den Major rechts neben sich hatte, und plauderte unaufhörlich mit ihm, nur dann und wann den Superintendenten mit einer kargen Bemerkung abspeisend. Hartwig kam ein wenig in Verlegenheit. Er hätte sich gern etwas lebhafter Elfriede gewidmet, fand aber kaum Zeit dazu: die Herrin des Hauses nahm ihn fast völlig in Anspruch. Elfriede konnte sich nicht dagegen wehren; ihr leidenschaftliches Herz zuckte, sie wurde unruhig und unüberlegt, und in einer Wallung des Ärgers, deren Sinnlosigkeit sie selbst nicht fühlte, sagte sie leise zu ihrem Nachbar:

»Ich bin Ihre Tischdame, Herr von Hartwig!«

Erst als sie diese paar Worte gesprochen hatte, empfand sie, daß sie sich in törichter Abhängigkeit von einer augenblicklichen Verärgerung zu einer Ungezogenheit hatte hinreißen lassen, und wurde rot. Der Major aber neigte sofort den Kopf, um eine unauffällige Antwort geben zu können. Dieser Ausruf Elfriedes, der wie ein heftiger Zusammenstoß von Gegensätzen klang, war entscheidend für ihn. Er gab ihm den vollen Glanz des Erkennens und eine unumstößliche Gewißheit. Er war für ihn kein Ausfluß launenhafter Verstimmung – nein, gar nicht –, sondern viel mehr die Wirkung einer unwiderstehlichen Macht, die sich in naivster Unverkennbarkeit äußerte, und da sprang in seinem hellen Auge eine Tür zum Glück weit auf.

»Ich weiß es, Elfriede,« antwortete er ebenso leise, »aber ich ... Nachher – nachher spreche ich mit Ihnen ... ich warte ja nur darauf ...«

Sie nickte mit kurzer Bewegung und warf sofort eine Bemerkung in das, Gespräch gegenüber. Sie war plötzlich von
bezaubernder Liebenswürdigkeit und fast lauter Unterhal-
tungslust. Ihr Blick sprühte umher; alle Tyrannei dunkler
Stimmung war geschwunden; der Jubel ihres Herzens
drängte sich ungestüm auf die Lippen, und in Seele und Ohr
klang hundertmal das Wort »Nachher« wieder. Nachher
also – nachher! Sie wußte auch, wo. Zwischen den Fliederbüschen im Garten stand noch immer die Bank, auf der nur
zwei sitzen konnten. Und sie würde schon Zeit finden zu
einer Aussprache unter zweien. Es war ja nicht viel, was
gesagt zu werden brauchte. ...

Der Kommerzienrat plätscherte in flutendem Fahrwasser.
Heut war er glücklich. Frau von Göchhusen entzückte ihn
mehr denn je. War das eine Frau! Ganz sein Geschmack.
Von so frischer Ursprünglichkeit, so quellig klar, so gar
nicht verwickelt. Das hatte er gern. Komplikationen
schaffte das Leben zur Genüge; bei einer Frau liebte er die
unverfälschte Natur als Grundstock alles Empfindens. Er
hatte mit ihr auch ein paar Worte über seinen Jungen
gewechselt. Da war so etwas wie melancholische Wärme in
ihr Auge getreten. Sie war die »Mädelmama« geblieben;
ein Sohn war ihr versagt gewesen. Und gewiß: sie hätte
gern einen Jungen gehabt. Dann hatte sie sich alles mögliche über den kleinen Brökelmann erzählen lassen und
reges Interesse bekundet, und auch zugestimmt auf die
Frage des Kommerzienrats, ob er ihr den Buben einmal
zuführen dürfe. Daß er gut erzogen worden sei, werde Krempel bestätigen.

Der saß neben Tilde Vanhooven, die er seit langem kannte. Zu Ostern war er bei der Einsegnung ihrer Schwester
Käte gewesen. Und nun kam etwas heraus, was sein Optimismus als besondere Gunst des Zufalls begrüßte. Er erzählte
zum fünften Male im Laufe des Abends von seinem Ret-
tungswerke am Lützower Ufer: nicht aus Renommisterei,

sondern weil es ihn lockte, immer wieder von Frieda Duplessis zu sprechen.

»Frieda Duplessis?« fragte Tilde. »Ist das die ... nämlich Käte hatte bei so einer Bewegungsstunde ...«

»Die ist es,« fiel Krempel freudig ein.

»Ja – Bewegungsstunde,« fuhr Tilde fort. »Freiübungen und Hoppsen und so etwas. Unterricht im Schick. Eine neue Erfindung zur Hebung der äußeren Benehmigung. Aber bei Käte schlug es nicht gut an. Sie sprang schließlich über jeden Stuhl und zappelte wie ein Maikäfer. Sie hatte *zu* viel Beweglichkeit bekommen.«

Krempel lachte. Dann wurde er rasch wieder ernst und schilderte alle Vorzüge des Systems Frieda Duplessis, bis es Fräulein Tilde langweilig wurde. Das merkte er und begab sich auf ein anderes Thema. Aber es dauerte nicht lange, so schwenkte er wieder zur Frage der Bewegung zurück und fragte ohne vermittelnden Übergang:

»Können Sie ringen?«

Tilde Vanhooven machte eine verwunderte Miene.

»Ringen?« wiederholte sie.

»Jawohl. Wie die Ringkämpfer, bloß harmloser. Ich kann es auch nicht, denke es mir aber sehr hübsch. Das müßte in den Schulen eingeführt werden. Überhaupt viel mehr körperliche Übungen – auch bei den Mädchen.«

»Dionys, Sie haben eine wahre Wut für den Bewegungszauber bekommen. Seit wann?«

»Seit mir das Bewußtsein aufgegangen ist, daß wir im Sitzen verkümmern. Tildchen, wieviel wiegen Sie?«

»Das weiß ich nicht. Ich habe mich lange nicht wiegen lassen. Jedenfalls wenig bei meiner Spillrigkeit.«

»Sehen Sie wohl. Sie können so spillrig bleiben, müßten aber noch einmal soviel wiegen. Es fehlt Ihnen an Muskeln und an Substanz der Knochen. Daran fehlt es Ihnen.«

Nun wurde Fräulein Tilde ungemütlich. »Sie sind ein abscheulicher Krempel,« erwiderte sie. »Sagen Sie mir flugs etwas Netteres, sonst beschwere ich mich bei Maxe. Die hat auf meine Einladung geschrieben, daß Sie mein Tischnachbar sein und mich ausgezeichnet unterhalten würden. Aber davon merke ich nichts ...«

Maxe hörte, daß ihr Name genannt wurde, und schaute flüchtig zu den beiden herüber. Es war ihr vorhin schon aufgefallen, daß Krempel weder bleich noch kummervoll aussah, wie sie eigentlich erwartet hatte, und nun hörte sie ihn ganz vergnügt mit Tilde Vanhooven plaudern. ›Er hat sich gut in der Gewalt, der arme Kerl,‹ sagte sie sich; ›ich hätte ihn nicht für einen so gewandten Schauspieler gehalten. Aber ich will ihm auch zeigen, daß ich mich beherrschen kann ...‹ Und sie nahm das angefangene Gespräch mit Herrn von Emmingen wieder auf, ohne daß es ihr schwer fiel.

Er »brillierte« heute nicht so wie sonst. Er schien sich die Mahnung Maxes zu Herzen genommen zu haben. Sie merkte das schon zu Beginn der Unterhaltung, und es reizte ihre Spottlust.

»Was haben Sie, Herr von Emmingen?« fragte sie. »Sie sind heut nicht auf der Höhe. Sie werfen nicht so mit Glitzerfunken um sich, wie ich es bei Ihnen gewöhnt bin; Sie haben auch Ihre Mocquerie in die Tasche gesteckt. Entweder ist das ein erhöhtes Raffinement, oder Sie haben meine schnoddrige Bemerkung auf der Einladungskarte übelgenommen.«

»Weder das eine noch das andere, gnädiges Fräulein. Übelgenommen in keiner Weise, denn der Witz war gut, und für derlei habe ich immer etwas übrig. Aber auch die

Wendung mit dem erhöhten Raffinement trifft nicht zu. Ich weiß schon, was Sie damit sagen wollen, indes – es fehlt mir heute an Hebeln der Kräfte, mich so zu geben, wie Sie es augenscheinlich wünschen.«

»Und wie wünsche ich es?«

Herr von Emmingen warf einen raschen Blick über die Tafelrunde, als wolle er sich davon überzeugen, daß jeder wie mit seinen Nachbarn so mit sich selbst beschäftigt sei, und antwortete hierauf in dem gedämpften Tone, den er gern in der Unterhaltung zu zweien bevorzugte:

»Das will ich Ihnen sagen. Nur bitte ich, gütigst davon Notiz zu nehmen, daß ich diesmal nicht den Kern der Wahrheit mit diplomatischer Schlagsahne umquirle: daß ich also ganz aufrichtig sein will. ... Wir feiern heute Abschied, nicht wahr? Sie wissen ganz genau, wie schwer mir dieser Abschied wird – ah, jawohl, das wissen Sie! Und da kam eine prickelnde Neugier: wie wird sich der Mann zu dem Gegebenen stellen? Die Neugier wurde zu einer Art despotischen Wunsches: Sie würden nicht ungern gesehen haben, wenn ich eine komödiantische Leistung geboten hätte. Ich glaube sogar, daß Sie das voraussetzten, denn ein gewisses Raffinement im Lebensspiel trauen Sie mir ja zu. Aber wie ich schon sagte: mir fehlt heute die Kraft des Umgestaltens. Ich bin wirklich und ehrlich traurig ...«

Das war ein gefährliches Thema, das Maxe heraufbeschworen hatte. Sie nahm in der Verlegenheit eine überflüssige Bratenscheibe und nippte an ihrem Glase.

»Sie sind ein Menschenkenner,« erwiderte sie, »das ist zweifellos. Nur ist Ihr Gesichtswinkel nicht immer der richtige – und auch Ihre Prämisse ist falsch. Sie erklären einfach: ›Sie müssen wissen, wie schwer mir dieser Abschied wird‹, und dann kommen die Folgerungen. Aber bitte: woher muß ich das wissen?«

Er blieb ernst. »Weil es im Frauenherzen ein unfehlbares Vermögen des Erkennens und Verstehens gibt, sobald ein Kontakt von andrer Seite eintritt: der Wunsch, erkannt und verstanden zu werden.«

»Das ist eine kühne Behauptung, Herr von Emmingen. Sind wir denn hellseherisch?«

»Ja. In Fragen des Herzens gewiß. Sie haben nur die eine große Welt, in der alle ihre Dramen und Lustspiele sich abspielen, ein Gebiet ihrer freien Taten und seinen Verstellungen, ihrer stolzen Wahrheiten und kleinen Lügen – eine Welt unvergleichlicher Ausdehnung und schönster Konzentration: ihr Herz. Das ist auch ihr Kult – und im Kult der Jahrtausende ist es von so subtiler Verfeinerung geworden, daß es die zarteste Gegenwirkung spürt.«

»Hübsch gesagt. Also eine Membrane, die bei jeder Schallwelle erzittert. Herr von Emmingen, es ist auch ein versiegeltes Buch, in dem kein Unberufener zu lesen versteht.«

»Natürlich nicht, aber die Berufenen.«

»Es können sich Leute berufen dünken, die es nicht sind.«

»Gewiß, die schalte ich aus. Die gehen uns auch nichts an: die Grobhändigen und Kurzsichtigen, die kein verschlossenes Buch zu öffnen und keine Geheimschrift zu lösen verstehen ...«

Maxe fühlte: wenn das Gespräch so weiter ging, konnte es zu Verwicklungen kommen, die es Emmingen leicht machen würden, sie als Mittel für seine Zwecke zu nützen. Und das wollte sie vermeiden. Ein Sieg war ja ausgeschlossen, aber auch der Vormarsch sollte ihm erschwert werden. Sie griff das Wort »Geheimschrift« auf, um einen Stützpunkt für die Wendung der Unterhaltung zu gewinnen.

»Als Diplomat sind Sie natürlich in der Entzifferung von Schlüsselschriften geübt,« sagte sie. »Ist das nicht zuweilen sehr schwer? Nehmen Sie an, Sie fangen eine Depesche mit drei unlesbaren Worten auf. Wie macht man es, um ihren Sinn zu erraten?«

Er wußte sofort, daß sie vom Wege abbiegen wollte, und fügte sich ohne weiteres. Eine Gelegenheit, sich im Verfolge des Abends wieder an das Grundthema heranzupirschen und es zu wenigstens vorläufigem Abschluß zu führen, würde sich schon finden.

Er wurde jetzt unbefangen und gab die gedämpfte Tonart auf. Man konnte von rechts und links zuhören: es machte nichts.

Genander präsentierte das Eis. Emmingen dankte und nahm nur eine von den Waffeln, die Johanna reichte, zerbröckelte sie und sagte:

»Auf unsrer Gesandtschaft spielen chiffrierte Depeschen keine Rolle. Wohl aber im Ausland – weil man da vorsichtiger sein muß. Man hat da ganze Systeme – und auch eigene Chiffreure, die sich auf die Kunst der Entzifferung verstehen. Denn natürlich kommt es vor, daß ein liebenswürdiger Windzug zuweilen ein Telegramm oder eine Notiz, die für ein andres Kabinett bestimmt ist, auf den eigenen Schreibtisch weht –«

»Und das sind dann gewöhnlich immer Dinge von Wichtigkeit.«

»Ja. Manchmal freilich auch absichtliche Irreführungen. In Bukarest fing man im vorigen Jahre Streifbandsendungen aus Serbien auf, Zeitungskonvolute – Blätter mit angestrichenen Buchstaben –, und da witterte man anfänglich allerhand Verschwörungen, bis sich herausstellte, daß das Ganze ein schlechter Scherz war, eine dumme Fopperei.«

»Was heißt das: Blätter mit angestrichenen Buchstaben?«

»Die sinnfälligste Art heimlicher Verständigung: man unterstreicht oder durchstreicht in einem beliebigen Journal bestimmte Worte oder Buchstaben, die sich nach einem vorhanden Schema zu Sätzen zusammenfügen lassen. Bei kürzeren Mitteilungen bedarf es nicht einmal eines Schemas: der Sinn ergibt sich von selbst.«

Maxe war froh, daß sie die Klippe der Gefahr glücklich umschifft hatte, und verblieb bei dem Gegenstand. Sie nahm ihr Menü und schob es Emmingen zu.

»Machen Sie mir das einmal vor,« sagte sie.

Er nickte und zog ein Crayon aus der Westentasche. Einen Augenblick zögerte er. Wieder umkreiste sein Blick in rascher Beobachtung die Tafelrunde, dann neigte er den Kopf und begann auf dem Menü zu streichen.

»Ich betonte schon,« sagte er, »es ist eine sinnfällige Art der Verständigung, eine sehr naive. Aber sie hat den Vorzug der Klarheit, der unter Umständen nicht zu verachten ist. ... Ich brauche nur die ersten drei Zeilen ...«

Während er so sprach, schrieb er noch etwas auf das Blatt und schob es Maxe wieder zu. Sie prüfte es lächelnd. In den drei ersten Zeilen waren verschiedene Buchstaben durchstrichen; dann hatte Emmingen eine Verbindungsklammer gemacht und dahinter das Wort »Maxe« geschrieben. Ihr Auge glitt zunächst über das Ganze:

Kaviar – Lachs

Frühlingssuppe　　} 　, Maxe!

Seiblinge

Die Fortsetzung des Menüs enthielt keine Striche.

»Kinderleicht,« sagte Maxe. »Das erste Wort habe ich schon: es heißt ›Ich‹.«

Nun stellte sie die durchstrichenen Buchstaben der zweiten Zeile zusammen: »lie«. Da fuhr ihr ungestüm das Blut in die Wangen. Diese verdächtige Silbe »lie« ersparte ihr die weitere Entzifferung. Sie brauchte die dritte Zeile kaum noch zu lesen; ihr war, als *höre* sie den Ausruf: »Ich liebe Sie, Maxe!« – sehr sanft gesprochen, kein elementarer Aufschrei, ein feines und schmeichlerisches Werben; die Werbung eines Kulturmenschen, der seine Gefühle in fester Dressur hält.

Aber auch sie ließ sich nicht überrumpeln. Es toste zwar ein wenig hinter dem dunklen Gekraus ihrer Stirne: im Wechsel der Erfahrungen fehlte ihr noch das sichere Urteil. War das nicht ein plumper Überfall? Eine Unverschämtheit oder ein liebenswürdiges Spiel? Eine originelle Gelegenheitsmache? Sollte sie verstimmt tun oder lachen über diese Menüerklärung, dieses drollige Geständnis zwischen drei Gerichten? – Drollig war es schon – und da lachte sie. Es war etwas Besonderes und Lachenswertes. Sie machte zur Nebensache, was Hauptsache war: so war es richtig.

»Niedlich,« sagte sie und faltete das Kartonblatt zusammen. »Aber gar zu leicht. Geheimnisse, die es bleiben sollen, darf man sich auf diesem Wege nicht anvertrauen.«

»Antworten Sie mir, und Sie werden doch sehen, daß es schwerer ist, als Sie glauben.«

»Das Schwere liegt nur in der Antwort selbst, Herr von Emmingen ...« Sie wurde wieder unruhig. Herrgott, der Mann forderte doch keine Gegenerklärung! – Sie schielte mit raschem Aufblick zu Dionys Krempel hinüber: der schien Tilde Vanhooven soeben eine sehr lustige Geschichte zu erzählen, denn im Schwarz ihrer Augen blitzte lautere Fröhlichkeit.

»Wollen Sie meinen Bleistift?« fragte Emmingen und legte seinen goldnen Crayon neben ihren Teller.

Sie nahm ihn und zugleich das Menü ihres Nachbars. Der fröhliche Krempel weckte den Übermut auch in ihr: der Normalstand fand sich wieder. Mit einem Scherz ließ sich am besten antworten. Sie strich in den Worten »Kaviar – Lachs« das i und ch und bei »Seiblinge« die ersten drei Buchstaben. Die »Frühlingssuppe« bedeckte sie gänzlich mit Bleistiftschwarz und setzte eine kräftig entwickelte 8 daneben. Dann machte auch sie eine Verbindungsklammer und schrieb Emmingens Namen dazu.

»Voilà,« sagte sie und gab ihm das Blatt.

Er rückte sein Monokel zurecht und überschaute das Rätsel:

    Kaviar – Lachs

8   Frühlingssuppe   } , Herr von Emmingen!

    Seiblinge

Die Lösung war nicht schwer. »Ich achte Sie, Herr von Emmingen!« ... Sein schmalschläfiger, kluger Kopf neigte sich verbindlich.

»Ich danke Ihnen, gnädiges Fräulein. Allerdings – *diese* Antwort ist eine Selbstverständlichkeit –«

»Sollte es auch sein. Aber zugleich eine Versicherung unverminderten Respekts.«

Frau von Göchhusen winkte Beate mit dem Kopfe. Ein Stühlerücken entstand.

Emmingen steckte die Speisekarte in seine Brusttasche. »Eine kluge Antwort,« sagte er, »aber doch nur ein Gedankending.«

»Da Sie Antwort haben wollten, war es die einzige, die ich geben konnte.«

Man stand auf. Genander, Johanna und der Lohndiener zogen die Stühle zurück.

»Letzte Wallfahrt in den Garten, meine Herren!« rief Beate. »Da gibt es Kaffee und Pilsener. Aber ich bitte zu beachten, daß der Tag Servatius noch nicht zur Rüste gegangen ist. Die Paletots hängen im Korridor.«

Emmingen bot Maxe den Arm. Sie fühlte einen wärmeren Druck, und im Aufschauen erschrak sie. Ihr Nachbar sah blaß aus. Das Gesicht war grau, der Ausdruck skeptischer Selbstbespöttelung wie fortgefegt und abgelöst von einer drückenden Wucht des Ernstes.

»Letzte Frage,« sagte er. »Was Sie da vorhin lesen konnten in dieser kindischen Geheimschrift, die ... also, darf ich das noch einmal wiederholen, wenn ich annehmen kann, daß eine bessere Zeit für mich gekommen ist?«

Jetzt war die Antwort noch schwerer. In Maxe regte sich ein eigenes dunkles Gefühl, nahe verwandt dem Mitleid. Daß der Mann sie lieb hatte, stand außer Frage, und das Bewußtsein, geliebt zu werden, senkt immer eine weiche Stimmung in das Herz. Aber die wollte sie nicht herrschend werden lassen – um Gotteswillen nicht! Jede Nachgiebigkeit konnte zur Gefahr werden! er sollte hören, daß sein Werben aussichtslos war.

»Herr von Emmingen,« entgegnete sie, »ich habe meiner Antwort nichts zuzufügen. Nichts – gar nichts. Ich bitte, begnügen Sie sich damit.«

Das verstand er. »Merci,« sagte er kurz. Vor ihm schritten Brökelmann und Beate. »Kommerzienrat,« fuhr er fort, »ich kalkuliere, Sie stürzen sich in eine Wallung des Leichtsinns. Oder Ihr Leichtsinn ist Spekulation. Die Abendkühle herrscht unter dem Tulpenbaum. Wollen Sie ihr auf die Gefahr hin trotzen, daß sich der Trotz in Rheuma wandelt?«

Brökelmann fühlte sich heute gewaltig jung. Er spürte Höhenflug und streifte die Gebundenheit des allzu Irdischen ab.

»Oho,« erwiderte er und wandte ein wenig den Kopf zurück, »Emmingen, ich bin nicht verzärtelt wie ein Legationssekretär, der sich erst den Schal um den Hals legen muß, wenn er ein Fenster öffnet. Ich bin auch meiner Konstitution nach Plainairist.«

Nun war wieder der Ton leichten Scherzes angeschlagen und blieb. Maxe scherzte mit. Es war doch gut, daß man gelernt hatte, alle Triebkraft des Empfindens bei Gelegenheit maskieren zu können. Das half über Konflikte hinweg und wurde zum glatten Führenden des Augenblicks.

Man ging über den Balkon in den Garten zurück. An der Balustrade des Balkons verweilten Frau von Göchhusen und der Major von Hartwig noch eine kurze Weile und sahen zu, wie sich die kleine Gesellschaft unter den Bäumen verteilte.

»Ein hübsches Bild,« sagte der Major. »Da stehen Ihre drei Töchter – sind Sie nicht glücklich, gnädige Frau? – Nein, heute nicht ganz. Es wird Ihnen schwer, sich von Fräulein Maxe zu trennen.«

»Ja, lieber Hartwig, das wird es. Mir wohl schwerer als ihr, denn sie ist jung und springt leicht über die Schroffheiten des Lebens fort. Diese jungen Mädchen sind wie fröhliche Ponys, die keine Hindernisse kennen oder wenigstens ihrer Fährlichkeiten sich nicht bewußt sind. Das geht heidi über Gräben und Mauern, immer in der Karriere. Unsereiner ist maßvoller geworden – oder muß es sein. Die Schwere kommt mit den Jahren und nimmt allgemach zu.«

»Und liegt oft genug doch nur in der Einbildung. Ich respektiere Ihren Abschiedsschmerz, liebe Frau Magda: er ist natürlich. Aber pardon, wenn ich über den Rest des

Klagegesangs lächle. Man braucht Sie nur anzusehen, um die Disharmonie zu fühlen. Sie sind wirklich noch zu lebensfrisch, um von Daseinsschwere sprechen zu können.«

»Ich habe genug durchmachen müssen, lieber Freund.«

»Das weiß ich. Weiß aber auch, daß die Tüchtigkeit Ihres Wesens Ihnen über alles Widerwärtige fortgeholfen hat. Und aus allem Unglück ist doch noch ein Glück verblieben: Ihre drei Mädchen – ein Tripelglück, ein harmonischer Dreiklang. ... Maxe geht weg. Die Notwendigkeit will es. Ja, du lieber Gott, die Notwendigkeit. ... Beate und Elfriede werden auch nicht ewig bei Ihnen bleiben können – sie werden sich ein eigenes Glück suchen. Stört das das Ihre? Sie können ruhig Ja antworten, aber –«

Sie legte ihre Hand auf seinen Arm. »Ich würde mit Nein antworten,« fiel sie ein. »Ich habe mich immer dagegen gewehrt, die Kinder schutzlos in die Welt zu lassen – und ich weiß, sie haben mir das oft verdacht. Sie wollten ihre bequeme Freiheit haben und faßten den Begriff der Freiheit nach ihrer Art auf. Etwas anderes ist es, wenn sie sich verheiraten. Als Mädelmama mußte ich immer darauf gefaßt sein, einmal einsam zu bleiben. Aber ich werde auch die Einsamkeit zu tragen wissen.«

Hartwig stand so, daß sein Gesicht im Schatten lag. Dennoch sah Magda, daß sich in seinen Zügen ein Ausdruck zu regen begann, der aus Tiefen des Herzens kam, und da zuckte ihr eigenes Herz.

»Verzeihung, wenn ich widerspreche,« sagte er. »Das von der Einsamkeit – das glaube ich nicht. Eine Frau von so regem geistigem Leben kennt keine Einsamkeit. Und dann: der Kreis Ihrer Kinder erweitert sich doch und damit vergrößern sich auch Ihre Daseinsinteressen. Und endlich: Sie selbst, Frau Magda. Daß Sie ein Durchschnittsglück mit lauer Genügsamkeit der persönlichen Freiheit nicht vorziehen werden, das begreife ich. Aber es kann doch auch einmal anders kommen ...«

Sie mußte die Augen senken. Sie hielt seinen Blick nicht aus: er drang zu tief und suchte nach Antworten, vor denen sie sich fürchtete. Unten riefen die Kinder. Der Kaffee war da. »Herr von Hartwig,« erscholl die Stimme Elfriedes, »Genander möchte Auskunft haben. Hier steht er mit einem ganzen Tablett voll Schnäpsen. Wollen Sie einen Mixt? Halb Kognak, halb Marnier, Ihre alte Mischung!«

»Ich bitte gehorsamst,« sprach der Major über die Balustrade, »mischen Sie selbst, Fräulein Elfriede. Was Sie wollen, auch wie ...« Und dann wandte er sich an Frau von Göchhusen zurück. ... »Ja, liebe Frau Magda,« fuhr er fort, die Worte von vorhin wiederholend, »es kann doch einmal anders kommen. Keine Scheinhaftigkeit, sondern ein ganzes Glück – und damit eine neue Festlegung des Lebens, die der Einsamkeit auch die letzte Schlupftür schließt.«

Er küßte ihre Hand und gab ihr den Arm, um sie in den Garten zu führen. Der Kommerzienrat nahm sie sofort mit lauten Worten in Empfangs und geleitete sie wieder zu den Korbstühlen unter dem rätselhaften Tulpenbaum, in dem noch immer die apfelsinengelben Ballons als einzige Blüten leuchteten. Brökelmann ärgerte sich, daß der lange Superintendent unentwegt seinen Spuren folgte und auch nicht von der Seite der Hausherrin weichen wollte. Ja, Brökelmann ärgerte sich. Er hätte gern einmal ein Viertelstündchen allein mit der liebenswürdigen Frau geplaudert, um sie ein paar anregende Tiefblicke in sein Gemüts- und Seelenleben tun zu lassen. Denn nun schien ihm der Weg vorgezeichnet, und er wollte mit klingendem Spiel dem Ziele entgegenrücken. Nicht in der Überhastung, sondern mit Vorbedacht; doch auch mit kluger Ausnützung aller gegebenen Vorteile. Frau von Göchhusen sollte ihn zunächst einmal kennenlernen. Für sie war er vorläufig weiter nichts als der Kommerzienrat Brökelmann, ein Milchhändler im Großen. Wie er innerlich aussah, das wußte sie noch nicht. Aber wie soll man das Innere nach außen wenden, wenn man beständig einen langen Theologen zur Seite hat, der an aller menschlichen Größe mäkelt und aus jeder Äußerung metaphysische Wurzeln ziehen will? –

Brökelmann hatte Frau Magda glücklich in ihrem Korbstuhl installiert – und da war auch Warmuth schon wieder da, einen viel zu kurzen Paletot um die abfallenden Schultern gehängt, eine Tasse Kaffee in der rechten und einen Likör in der linken Hand, nahm sofort neben ihr Platz und knotete seine Beine zusammen, gleichsam zum Zeichen, daß er hier auszuharren gedenke. Wütend setzte der Kommerzienrat sich ihm gegenüber, und da er Emmingen vorüberkommen sah, hielt er ihn fest.

»Bleiben Sie ein bißchen bei uns, liebe Zukunftsexzellenz,« sagte er, und Frau von Göchhusen fügte hinzu: »Ja, Herr von Emmingen, da steht noch einer von den bequemen Stühlen – die aus Eisen sind nur für flüchtigere Besuche oder eigentlich für solche, die man rasch wieder loswerden will. Aber die Korbsessel sind für die Freunde. Wo ist Genander mit den Zigarren?«

Er kam schon, und Emmingen steckte sich eine Patriotas an. Doch sie schmeckte ihm nicht, obwohl sie ganz gut war. Er war auch stiller als sonst. Anfänglich merkte Brökelmann das nicht, aber er wurde aufmerksamer, als Emmingen nicht in gewohnter Weise auf seine Bemerkungen einging und sie weiterspann. Da schaute er seinen jungen Freund forschend von der Seite an, und etwas wie ein Ahnen des Verständnisses dämmerte in ihm auf und fuhr als kalter Schreck in seine Seele. War Emmingen schon über die erste Entscheidungsphase hinaus? Er sah ganz so aus, als ob er sich in aller Schnelligkeit einen Korb geholt hätte. ... Dem Kommerzienrat kroch irgendein unbestimmtes Etwas, ein unsichtbarer Tausendfüßler, stichelnd und prickelnd über den Rücken und lähmte seine frische Zuversicht. Wenn dieser hübsche, flotte Diplomat, ein Mann von altem Adel, im Besitze aller erdenklichen gesellschaftlichen Tugenden und mit der Zutat einer aussichtsreichen Karriere, die auf einem Ministersessel enden konnte oder in einem festgefügten Oberpräsidium – wenn der schon keine Gnade fand in diesem Hause, dann sah es um eine Weiterbildung der eigenen Hoffnungen auch übel aus.

Brökelmann war nahe daran, seine gute Laune zu verlieren, aber Warmuth gab sie ihm wieder. Der Superintendent hatte lange nicht von seiner Orchideenzucht gesprochen. Und nun fing er davon an: von einer seltsamen, unerhörten, förmlich unheimlichen Kreuzung, einem Pflanzengeschöpf, aus dem man mit einiger Phantasie ein Tier aus der Apokalypse bilden konnte. Es war gruslich. ... Da begann Brökelmann zu spötteln, und Warmuth opponierte mit Eifer, und Brökelmann kam wieder in scherzbildende Stimmung, und der alte lustige Kampf erneuerte sich. Auch Emmingen und Frau von Göchhusen ließen Bemerkungen einfließen und sprachen hin und her; aber es schien fast so, als seien sie beide nicht recht bei der Sache. ...

»Wo ist Friedel?« fragte Maxe und schaute sich um; »sie war doch eben noch hier!«

»Ja natürlich,« antwortete Tilde Vanhooven, »sie hat dem Major einen Schnaps präsentiert, das habe ich gesehen, und nun ist sie wie in die Erde versunken.«

»Desgleichen der Herr Major,« sagte Krempel. »Sie sind beide versunken, aber die Versunkenheit wird ja nicht lange währen.«

»Spinnt sich was an?« fragte Tilde und machte eine Kopfbewegung nach rückwärts, um irgendeine Windrichtung anzuzeigen, in der sich das Paar befinden konnte.

»Aber nein,« rief Beate, »was soll sich denn anspinnen?! Du hast eine überreizte Phantasie, Tilde, und witterst hinter dem Harmlosesten Verdächtiges.«

»Ich bitte,« entgegnete Tilde, »von Verdächtigem ist keine Rede, aber Witterung ist richtig. Eine feine Nase habe ich; ja, die habe ich. Außerdem kenne ich Birkenmüllers fliegende Hochschule. Birkenmüller hat immer einen fertigen Segen auf der Palette.«

»Nicht so laut,« warf Beate ein. »Wenn die Mama das hört!«

»Scht!« machte auch Maxe. Dann nahm sie Krempels Arm. »Komm, Dionys, wir wollen die Verlorenen suchen gehen.«

Aber sie suchte nicht, sie wollte gar nicht suchen. Sie hatte eine noch feinere Witterung als ihre Freundin Tilde. Sie wußte die Gegend, wo die Bank stand, auf der nur zwei sitzen konnten. Diese Gegend vermied sie, während sie mit Krempel durch den Garten schritt und auf möglichst entlegenen Pfaden wandelte.

»Krempel, nun sehen wir uns so bald nicht wieder,« begann sie.

»Ja, Maxerle, jetzt fängt die Zeit der Sehnsucht an.«

»Wirst du denn manchmal an mich denken?«

»Ach Gott, wie kannst du so fragen! Eine liebe Freundin vergißt man doch nicht.«

»Wir wollen gute Freunde bleiben. Ich schreibe dir alles, was ich auf dem Herzen habe.«

»Tu das, Maxe – und immer ganz aufrichtig. Auch, wenn du da unten irgendeinen finden solltest, der dir ganz besonders gefällt.«

»Es wird mir keiner gefallen, das weiß ich bestimmt.«

»Nein, Maxe, das kannst du nicht wissen. Es kann plötzlich kommen – so etwas kommt immer plötzlich. ... Aber dann laß dich nicht überrumpeln; das sagte ich dir neulich schon.«

»Ich denke nicht dran. Ich habe dir ja geschworen –«

»Was hast du geschworen? Ah ja – ich weiß. ... Unsinn, Maxe, so meinte ich es nicht.«

»Doch – ich verstand dich schon. Und ich halte, was ich sagte.«

»Das mit ... Gott, Maxe, wie man so spricht! Mein Urteil über Emmingen ist noch heute das gleiche wie damals. Aber steht es denn fest, daß es das richtige ist?«

»Darauf könnte ich dir gar keine Antwort geben. Sicher, daß du eifersüchtig warst und übertrieben hast, Aber das war auch wieder ganz gut.«

»Ja, ich war eifersüchtig. Das fliegt einem so an. In der Erregung des Augenblicks – und nachher ärgert man sich darüber ...« Er machte eine abweisende Handbewegung. ... »Das ist ja nun vorbei. Pallanza ist weit vom Schuß, und Emmingen wird sich trösten – wenn er überhaupt ernsthafte Absichten gehabt hat. Du behauptest nein. Möglich. Was hat er dir denn bei Tische auf dein Menü gekritzelt?«

Maxe war nahe daran, alles zu erzählen. Ihr Blick flog über den Rasenplatz und streifte Emmingen. Er saß noch immer neben ihrer Mutter, ein wenig vornüber geneigt, die Zigarre in der Hand, und schien auf das zu lauschen, was der Superintendent mit etwas gehobener Stimme vortrug. Aber der Blick Maxes, so flüchtig er war, traf ihn doch wie eine antreibende Äußerung: so wie ein Blitz aus unbestimmtem Dunkel. Er reckte den Oberkörper und schaute auf: da fanden sich plötzlich beider Augen.

Maxe erzählte nicht, was sie schon auf der Zunge hatte. Sie antwortete: »Ach Gott, es war ein dummer Scherz, Dionys; er wollte mir eine neue Geheimschrift erläutern ...« Sie log mit vollem Bewußtsein und in dem klaren Gefühl, daß dieser Mangel an Vertrauen ein Unrecht war. Aber eine grelle Regung sträubte sich gegen die Wahrheit. Sie konnte nicht anders. ... »Also, wir schreiben uns öfters,« fuhr sie fort, »und ganz so, wie uns zumute ist. Ich werde eine Art Tagebuch anlegen, das schicke ich dir dann und wann, und du hebst es mir auf.«

»Es darf nur nichts Falsches einfließen, keine Gedankenlügen –«

Sie errötete leicht. »Nein, ganz gewiß nicht. Wie kommst du darauf?«

»Menschen mit starkem Empfinden zerlegen gern die Wirklichkeit. Sie spüren selber nicht so recht das Voraneilen ihrer Phantasie. Aber deine Idee ist nett. Reflektiere nicht zuviel, sondern gib Tatsachen.«

»Schön, Herr Lehrer. Und du revanchierst dich?«

»Ja. Auch mit Tatsachen.«

»Ich binde dich nicht. Schreibe, wie du willst. Aber sei ebenso wahrhaftig, wie ich es sein will. Auch wenn dir irgendeine begegnet, die dir besonders gut gefällt: auch das mußt du mir schreiben. Hand darauf.«

Er gab ihr die Hand. »Wann geht es los?«

»Am achtzehnten abends.«

»Ich bin auf der Bahn.«

»Laß das, Krempel. Die Familie ist auch da. Ich finde solche Abschiedsansammlungen greuelvoll. Der letzte Kuß geht nie zu Ende.«

Sie schritten jetzt an den Fliederbosketts vorüber, wo die bunten Ballons nur vereinzelt leuchteten und unter den Büschen die Schatten lagen. Maxe verstärkte plötzlich die Gangart.

»Lauf nicht so,« sagte Krempel. »War das nicht die Stimme Elfriedes?«

»Was du alles hörst!«

»Aber ja – und die des Majors. Ich bin doch nicht taub. Maxe, ich schätze, euer großes Unternehmen ist bedroht. Von den drei Parzen, die ihrer Mutter Schicksalsfäden spinnen wollten, ist eine abtrünnig geworden. Sie spinnt allein.«

»Wer kann es ihr wehren?«

»Niemand. Oh, meine Ahnung! Also die Armee fällt fort. Bleibt noch der Nährstand und der Lehrstand.«

»Still, Dionys. Beate winkt. Ich glaube, der Superintendent will zum Aufbruch rüsten: er zieht schon den Paletot an. Also komm nicht auf den Bahnhof. Wir sagen uns hier adieu: ohne viel Federlesen.«

»Und ohne letzten Kuß?«

Sie stutzte. »Selbstverständlich.«

»Das ist es nicht. Der Kuß wäre selbstverständlich, wenn –«

»Wenn?«

»Wenn die Stimmung den Akkord angäbe.«

Sie schwieg einen Augenblick, und ihre Stirn krauste sich nachdenklich. Dann nickte sie langsam. »Ja, du hast recht. Eine Stimmung wie neulich. Ein Schweben im Äther. Eine rasche Erhöhung ... Aber Stimmungen halten nicht an.«

»Die Musik vertönt, Maxe.«

»Bleibt nichts?«

»Doch: die Erinnerung. Und nicht wahr: die kann uns niemand nehmen? Die wollen wir festhalten. ... Wir sind ja verständige Menschenkinder und haben den Mut des Sichfügens. Wir deklamieren auch nicht. Kein Pathos, aber eine reine Freude. Die gibt uns die Erinnerung. Und das Dämmermärchen auf Pittelkos Boden – das werde ich nie – *nie* vergessen.«

»Ich auch nicht, Dionys.«

Elfriede und Hartwig kamen den beiden entgegen. Er mit einem Scherzwort, in den hellen Augen glückliches Leben, sie etwas zögernder, wie unter dem Einfluß einer leichten Verlegenheit.

»Bricht man schon auf?« fragte der Major und zog seine Uhr. »Wahrhaftig, es geht auf elf. Und sehe ich recht, so verflackern auch allgemach die Lichter in den Papierballons. Schade, daß alles ein Ende nehmen muß ...«

Noch immer präsentierten Genander und der Lohndiener Pilsener. Aber jetzt wäre ein Glas Grog wirklich mehr am Platze gewesen. Bisher hatte Sankt Servatius sich gefällig gezeigt: nun wurde er schroff. Es begann plötzlich eisig zu werden.

Der Superintendent war der erste, der sich empfahl. Er hatte schon den Paletotkragen in die Höhe geschlagen, sah blaß aus und schudderte.

»Emmingen, auch unsre Stunde schlägt,« sagte der Kommerzienrat. »Mein Auto steht zu Ihrer Verfügung, es kann Sie nach Hause bringen ...« Er zog die Hand Frau Magdas an die Lippen. ... »Tausend Dank für den genußreichen Abend, meine verehrte gnädige Frau.« Er fügte noch einige hübsche Worte hinzu, um die Unmittelbarkeit seiner Freude zu betonen, und versuchte, in seinen lebensklugen kleinen Augen einen Ausdruck intimer Innigkeit zu sammeln. Aber Frau von Göchhusen schien zerstreut. Sie antwortete mit einer geläufigen Phrase.

Vegesack und Johanna schleppten Mäntel, Paletots, Hüte, Stöcke und Schirme herbei, damit man nicht erst noch in das Haus brauchte. Dann schlüpfte man in die Hüllen und suchte auch schon nach dem Trinkgeld.

Hartwig verneigte sich tief vor Frau von Göchhusen.

»Wann sind Sie morgen daheim, Frau Magda?« fragte er.

»Ich gehe nicht aus, lieber Hartwig. Die Reisevorbereitungen für Maxe nehmen mich in Anspruch.«

»Da sprech ich mit Ihrer Erlaubnis gegen ein Uhr vor.«

Sie nickte, weil sie nicht zu antworten vermochte. Nun sah sie ja, was kommen würde. Morgen wollte er ihr Ja oder Nein. Eine einzige Nacht der Überlegung lag dazwischen. Sie fühlte das Klopfen ihres Herzens bis zu den Adern des Halses. ...

Jetzt ging es schnell mit der Verabschiedung. Emmingen reichte Maxe nur die Hand und verbeugte sich. Er sprach kein Wort dabei. Krempel folgte ihm auf dem Fuße.

»Adieu, Maxe. Ich komme doch auf den Bahnhof. Bei einer Volksversammlung schadet ein Mensch mehr nichts.«

»So komm.«

– – Brökelmann und Emmingen saßen im Auto. Der Kommerzienrat drückte sich fröstelnd in die Ecke.

»Kalt geworden,« sagte er. »So auf den Plutz. Maifrost.«

»Das ist immer das Empfindlichste. Es wird Nachtreif geben.«

»Und alle Blüten bekommen Nasenstüber ...« Er lugte aus den Augenwinkeln zu dem Nebenmann. ... »Es war nichts, Emmingen – was? Versteckenspielen gelingt Ihnen nie. Ich sah so etwas auf Ihrem Gesicht wie – so wie einen Genius, der die Fackel senkt. Wie einen Trauerflor.«

»Da sahen Sie richtig. Aber gesenkte Fackeln brauchen noch nicht zu verlöschen. Es brennt noch alles.«

»Gut so. Pusten Sie, damit die Flamme bleibt. ... Na, und ich? Wenn *mir* nur die Puste nicht ausgeht.«

»Halten Sie sich unbequeme Nebenbuhler vom Halse. Das ist das erste Erfordernis.«

»Nebenbuhler? Zum Exempel wen?«

»Zum Exempel Warmuth.«

Brökelmann lachte. »Der ist nicht gefährlich. Im allgemeinen nicht und nicht im speziellen. Hat eine Kette am Fuß und auch eine Kugel. Der ist nur ein scheinbarer Junggeselle.«

»Wieso?«

»Weil er seit zwanzig Jahren verheiratet ist. Aber seine Frau sitzt am Nyanzasee oder vielleicht auch in der Mandschurei und trichtert kleinen Heidenkindern ewige Wahrheiten ein.«

Emmingen dachte schon wieder an ganz etwas anderes. »Seh einer an,« war alles, was er entgegnete.

Im Göchhusenschen Garten nahm Vegesack die Ballons aus Bäumen und Sträuchern und packte sie in einen großen Korb, während seine Frau mit einer Laterne daneben stand.

Die drei Mädchen saßen noch in ihrer Abendtoilette unter der Büste Gutenbergs in Beates Zimmer und berieten, was zu tun sei.

»Es ist das beste,« sagte Maxe zu Elfriede, »du gehst gleich zur Mama und sprichst dich aus. Dann ist es überstanden.«

»Natürlich ist es das beste,« sagte auch Beate.

»Ich fürchte mich,« entgegnete Elfriede. »Und warum? Weil Ihr mir den Kopf warm gemacht habt. Ist es so sicher, daß die Mama dem Woldemar Neigung entgegenbringt?«

»Ich habe sie nicht danach gefragt,« antwortete Beate. »Und wenn ich es getan hätte, würde sie mir schwerlich gestanden haben. Alles, was ich weiß, beschränkt sich auf gewisse Beobachtungen.«

»Alles, was *ich* weiß,« sagte Elfriede in entschiedenem Ton, »ist die Tatsache, daß Woldemar ihr nie Gelegenheit gegeben hat, an eine Neigung seinerseits glauben zu können.«

»Davon bin ich überzeugt. Aber das spricht nicht mit. Auch eine verlorene Illusion bringt Schmerzen.«

Elfriedes Schultern zuckten. Sie kämpfte sichtlich mit einem aufsteigenden Schluchzen, aber sie bezwang sich. »Kann ich dafür?« stieß sie hervor.

»Gewiß nicht ...« Beate stand auf und küßte die Schwester. ... »Und es wird dir auch kein Mensch verwehren können, dein Glück zu verteidigen. Entsagung wäre Narrheit. ... Ja, darüber müssen wir uns klar sein. Ich tät's auch nicht. Im Recht auf Liebe galt immer der Spruch: Zuerst komme ich. Das ist kein Egoismus, das ist Selbsterhaltung. Denkst du nicht ebenso, Maxe?«

»Ich weiß nicht,« erwiderte Maxe kleinlaut.

»Weil du ein Kind bist. Weil du immer im Unklaren schwelgst. Aber es wird sich ja auch einmal ändern. Du wirst handfester werden, Kleine; da sorge ich mich nicht. ... Elfriede, geh zur Mama, aber ... ja, was soll ich dir noch für einen Rat geben? Ich könnte dir sagen: sei vorsichtig, doch das wäre auch nicht richtig. Sei liebevoll – das versteht sich von selbst. Also am besten: schütte ihr dein Herz aus und schone das ihre ...«

Elfriede ging; aber nicht mit der fröhlichen Zuversicht einer Glücksbringerin, sondern zagen Mutes.

»Wollen wir warten, bis sie wiederkommt?« fragte Beate.

»Ich bin noch nicht müde,« entgegnete Maxe, »und warte gern. ... Ach, Beate, mir ist auch nicht vergnüglich zu Sinnen!«

Beate wurde bei diesem Stoßseufzer aufmerksam und schaute die Schwester prüfend an.

»Was hast du denn? Auch Herzweh – oder wieder einmal? Immer noch die dionysische Krempelei? Höre mal, Tugendreich –«

»Ach, laß nur das Predigen! Krempel ist ein braver Junge und ... Es handelt sich gar nicht um Krempel. Diesmal ist's Emmingen.«

Beate blieb dicht vor der Jüngsten stehen. »Was will er?«

»*Mich* will er,« rief Maxe, »aber ich will *ihn* nicht! – Er hat mir bei Tische seine Liebe gestanden –«

»Bei Tische?«

»Jawohl, auf der Speisekarte.«

»So was hab' ich noch nie gehört.«

»Es war auch nicht zu hören: es war lesbar. Aber recht deutlich. Und ein paar mündliche Fragen kamen hinterher. Da hab' ich abgewinkt.«

»Maxe, ist das alles wahr?«

»Sonst würde ich's doch nicht erzählen.«

»Und du hast schlankweg ›Nein‹ gesagt?«

»Schlankweg.«

Das Gesicht Beates rötete sich. »Ich weiß schon, warum,« sagte sie ärgerlich. »Weil dir die Krempelei doch noch im Kopfe steckt.«

»Nein!« rief Maxe heftig. »Das war bloß eine Stimmungssache. Das ist begraben und aus.«

»Weshalb willst du denn den Emmingen nicht?«

»Weil ich ihn nicht liebe.«

Das war eine klare Antwort, der Beate sich beugen mußte.

»Dagegen ist nichts zu machen,« entgegnete sie. Sie blieb noch einen Augenblick sinnend im Zimmer stehen und setzte sich dann plötzlich mit hörbarem Seufzer auf den nächsten Stuhl.

»Kinder, es ist toll,« sagte sie. »Hinter euch sind die Männer her – und mich will keiner.«

»Aber Beate, das ist doch nicht wahr! Zwei hast du schon abgewiesen –«

»Die waren auch danach. Und den ich wollte, kriegte ich nicht ...« Sie seufzte noch einmal. ... »Na, mir soll's recht sein. Bei dir wird's ja auch nicht mehr lange dauern. Ist's nicht der Emmingen, ist's ein andrer. Vielleicht ein Italiener. Dann bleibe ich allein übrig – und werde doch noch Bibliothekarin ...« Sie sprang wieder auf. ... »Irgend etwas *muß* ich anfangen!« rief sie. »Ich lauf mir die Absätze nicht um die Männer ab. Ich möchte – ich möchte meine Selbständigkeit haben! Es ist eine Trübnis, daß der Hartwig ... Nein, es ist ganz gut so. Warmuth ist nicht zu brauchen.«

»Aber der Milchmann, unsre letzte Hoffnung. ... Krempel verglich uns mit den drei Parzen. Drei Mädchen am Spinnrad des Schicksals. Bloß den rechten Faden für die Mutter haben wir noch nicht gefunden.«

»Weil sie den ihren sich selber spann. Maxe, ich fürchte, wir sind zu dreist geworden. Wir wollten das Fatum lenken, und es hat uns auf die Finger geklopft.«

»Der Milcherne ist ja noch da.«

»Den nimmt die Mama nicht.«

»Warum glaubst du das?«

»Er ist nicht ihr Geschmack. Ich kenne Mama. Sie hat ihre besonderen ästhetischen Neigungen. Zweifellos hat Elfriede recht, wenn sie behauptet, daß Brökelmann besser zu ihr passe als Hartwig. Brökelmann ist wie eine quicke Versinnlichung des praktischen Daseins – und im Grunde genommen ist unsre Mutter so etwas auch. Wer sie sträubt sich dagegen. Sie ist manchmal eine Phantastin wie du. Oder besser: sie hat ihre Sentimentalitäten, auf die sie hält. Natürlich sind das nur empfindvolle Phrasen; aber wenn man das ganze Innenleben Mutters unter die Lupe nimmt, wird man finden, daß es ein Gemenge von Nützlichkeitsdrang und Empfindsamkeit ist.«

Maxe gab das zu. »Jawohl,« sagte sie, »und ich ähnle ihr von uns dreien am meisten. Du am wenigsten. Du warst immer die Zielbewußteste. ... Ich glaube auch nicht mehr, daß Mama sich für Brökelmann entscheiden wird, selbst wenn ... Beate, jetzt lache nicht: dieser Brökelmann ist eigentlich ein Mann für *dich*.«

Beate lachte dennoch. Dann wurde sie einen Augenblick ernsthaft, trat vor den Spiegel und reckte Ihre schöne Figur.

»Schau mich einmal an,« rief sie. »Ich bin kein Koloß an Eitelkeit – aber sage selbst: wäre ich nicht viel zu schade für ihn? ... Gesetzt den Fall, alles überbrückte sich: auch bei Unterschied im Alter. Es gäbe doch eine Fatalität: eine ganz äußerliche, über die ich nicht hinwegkäme. Das ist mein Widerstand gegen das Vulgäre.« »Du kannst aber den Kommerzienrat nicht vulgär nennen, Beate!«

»Nicht seinem Wesen nach. ... Maxe, du verstehst mich nicht. Ich sprach ja vom Äußerlichen. Nimm an, dein Krempel sei ein Ausbund aller guten Eigenschaften. Ich würde doch immer Anstoß an seinem Namen nehmen, an seinem schlecht sitzenden Überrock und an dem Bändchen, das ewig aus seinem Kragen hervorguckt. Oder nimm Warmuth an. Denke, er sei ein Idealmensch. Seine zu kurzen Hosen und der Knoten, den er in seine Beine schlägt, sobald er sich hinsetzt, würden mir seine ganze innere Schönheit vergraulen.«

»Das ist kindisch, Beate.«

»Bestreite ich nicht. Meinetwegen. Vielleicht ist es auch ein verkümmerter Rest aristokratischen Geschmacks.«

»Dann bin *ich* sehr plebejisch. Bei Emmingen stört mich im Gegenteil das allzu Korrekte. Rauhes ist mir lieber als eine unfaßbare Glätte ...«

Elfriede huschte wieder in das Zimmer. Sie war im Nachthemd und hatte das Haar geflochten.

»Jetzt geh ich zur Mama,« sagte sie. »Betet für uns.«

Sie küßte die Schwestern und lief in ihren kleinen roten Schlafschuhen rasch davon. Es war schon still im Hause. Vorsichtig klopfte sie an die Zimmertür ihrer Mutter.

»Ich bin es, Mamachen,« rief sie. »Kann ich herein?«

»Du, Elfriede? – Was willst du denn noch? Ich lieg schon im Bette. Aber komme nur.«

Elfriede klinkte die Türe auf und trat ein. Auf dem Nachttisch brannte die Lampe, lag auch ein kleines Bündel Briefe. Elfriede sah an der Handschrift, daß es Briefe ihres Vaters waren, in denen die Mama gelesen hatte.

Sie setzte sich zu ihr auf das Bett.

»Ich wollte dir noch etwas sagen, Mama,« begann sie. Plötzlich wurde sie glühend rot. Sie fühlte das Aufsteigen dieser Röte, die ihr Gesicht bis zu den Haarwurzeln bedecken mußte. Sie wollte lächeln, doch es gelang ihr nicht. Ihr Mund, der selten ruhigen Stillstand kannte, zitterte nervös.

Frau von Göchhusen richtete sich mit dem Oberkörper auf. »Aber was ist denn los, Kindchen?« fragte sie erstaunt.

Da umschlang Elfriede die Mutter mit stürmischer Innigkeit. Nun kam die Angst und das Mitleid, das sie nicht auskommen lassen wollte und das doch allmächtig wurde. Bis jetzt war die Kraft ihrer Liebe das Herrschende geblieben. Zuerst kommst *du*, hatte Beate gesagt. Ja natürlich: die Erhaltung ihres Daseins hing von dieser verständlichen Selbstsucht ab, und in ihr wurzelten alle neuen Aufgaben ihres Lebens. Das ewig Göttliche stieg himmelhoch über das Menschliche. Aber auch das Menschliche war da und blieb als eine unsichtbare Ordnung, die ihre Größe hatte. In dem Augenblick, da Elfriede das Geständnis ihres Glücks ablegen wollte, brach wie ein Aufruhr das Mitleid über sie herein: mit der Mutter, die lieben konnte wie sie.

Frau Magda wurde ängstlich. Sie drückte ihr Kind an sich und fühlte ihre fiebrigen Wangen.

»Komm zu mir,« sagte sie, »und dann erzähle. Was hast du? – So habe ich dich ja noch nie gesehen – so – so ...«

Elfriede schlüpfte zu ihr in das Bett und kuschelte sich zärtlich an den Mutterleib. Ach Gott, die arme kleine Mama! Es ging wie ein Odem freudiger Lebensbejahung von ihr aus, ein frisches Verlangen nach Weltlichem. Das Letzte ihrer Jugend dürstete mit gesunden Sinnen nach dem Einswerden in seliger Liebe. Sie liebte und wollte geliebt sein. Elfriede fühlte das instinktiv; es war ein Ahnen, das die eigene Sehnsucht weckte: Offenbarung im Gleichklang.

»Na – nun hab' ich dich wieder mal bei mir,« sagte Frau Magda; »warte – ich rücke noch ein bißchen – so, hast du nun Platz? Und liegst du warm? Als Kind hast du dir immer eine Kute gebuddelt. ... Was hast du für heiße Glieder, Friedelchen! Ich fühle durchs Hemde, wie deine Haut brennt. Hast du irgendeinen Ärger gehabt?«

»Aber nein ...« Eine kleine Pause verstrich, und dann flüsterte sie im Tone süßester Zärtlichkeit: »Mutter –« und atmete ein paarmal schwer und jagte endlich die Worte vor sich hin: »Hartwig hat um mich angehalten. Hat gefragt, ob er sich morgen auch *dein* ›Ja‹ holen könnte. Wir haben uns sehr lieb ...«

Als sie ausgesprochen hatte, schloß sie die Augen und preßte ihr Gesicht gegen den Busen der Mutter. Sie wollte ihrem Blick nicht begegnen.

Frau Magda lag regungslos neben ihr. Sie hatte verstanden: in vollster Klarheit; aber es kam noch ein eigentümliches Nachhören. Klingende Geräusche schlugen an ihr Ohr, und dann ein unaufhörliches Flüstern, und dann ein feines Singen, als sei irgendwo ein Heimchen versteckt.

Sie bewegte sich nicht. Sie war wie gelähmt und spürte auch die Schwere ihrer Glieder. Spürte den heißen Kopf ihres Kindes wie einen Brandfleck auf ihrer Brust, und jeder Atemzug Elfriedes schien sengend ihr Herz zu treffen. Ach, ihr Herz! Stand es nicht still unter dem Eindruck dieses Geständnisses? Doch nicht; es regte sich. Aber es schlug nicht wie sonst. Es war ein ängstliches Flattern und ein schmerzhaftes, als lebe ein verwundeter Vogel in ihrer Brust.

Sie hielt die Augen weit offen und starrte an die Decke, wo im Lichtkreis der Lampe eine kleine grüne Ephemere tanzte. Allmählich wich das Lähmungsempfinden, und das Leid taute auf. Es war bitter wie der Tod; doch die Bitternis hielt nicht an. Die Süße der Mutterliebe flutete hinein, die große Überwinderin, die keine Selbstsucht kennt und nicht die Gültigkeit des Worts: Zuerst komme ich.

Täuschung und zerstäubtes Hoffen; doch keine Leere. Ein neues, seltsames Empfinden, anfangs verworren und vage und mählich durchwaltet von einer emporringenden Kraft, die ihr Ziel fand; ein erstes Ziel, doch ein unverrückbares. Die Täuschung drang tief und traf auf zuckenden Lebensnerv. Aber das verliebte Kind, das schamhaft den Kopf an der Mutter Busen barg, das durfte nichts davon merken – nichts. ... Und nun wuchs mit dem festen Wollen die Kraft und wurde siegend.

Elfriede regte sich. »Mutter,« flüsterte sie wieder. Sie hob den Kopf und schaute in ein Auge, das voller Rührung war. Da schöpfte sie Mut, und ihr Gesicht verklärte sich. Wenn die Mutter sie *so* ansah, waren die Befürchtungen Beates Unsinn. Alle verdunkelnden Schleier im Herzen des Mädchens rollten auf einmal auf, und die volle Sonne strömte ein. Jetzt durfte sie glücklich sein und durfte es auch freimütig sagen.

Also so war es gekommen. ... Sie erzählte die Geschichte ihrer Liebe, die sehr einfach war, aber natürlich voller Reize in der Entwicklung. Sie erzählte das in abgebrochenen Sätzen, ohne Ängstlichkeit, zuweilen mit einem Anflug schwärmenden Sicherhebens, dann wieder mit derber Lustigkeit. ... »Die Kunst hat uns zueinander geführt. Apoll und die Musen seien gelobt. Aber ein Rafael wird er nie werden. Er hat keine Technik, bloß Farbensinn und ein feines Verständnis. Ich brauche auch keinen Künstler. Ein Mensch ist mir lieber. Mutter, was ist er für ein Mensch! Ich will ihn nicht erst lange loben – du kennst ihn ja zur Genüge. Kennst alle seine guten Seiten ... er hat keine schlechten – nein, er hat keine schlechten. ... Im Kommißdienst möchte er nicht lange mehr bleiben. Er hat allerlei gute Ideen ... das erzählt er dir morgen, wenn er zu dir kommt. ... Was wirst du da sagen?«

Sie stützte sich auf die eine Hand, und mit der andern streichelte sie die Wangen ihrer Mutter. Es überschlich sie plötzlich wieder ein bläßliches Gefühl, denn es schien ihr, als verändere die Mutter die Farbe. Aber sicher täuschte sie sich, denn nun nahm die Mutter sie beim Kopf und küßte sie lange und herzlich ab und sagte ihr unter Tränen:

»Er soll mir willkommen sein, Liebling. ... Ja, das soll er, denn er ist ein kreuzbraver Mann – und wirklich, Ihr gehört zusammen.«

»Nicht wahr, Mama?!« ... Elfriede setzte sich jetzt aufrecht und strich mit der flachen Hand mehrmals über die Bettdecke und fuhr fort: »Alles paßt. Auch das Alter. Entschieden. Einen jungen Hecht hätte ich gar nicht heiraten können. Geld hat er nicht, Mama, wenigstens nicht viel. Aber wir kommen schon aus. Und dann schwebt ja noch die Erbschaft Papas im Hintergrund. ... Ich freue mich, daß Maxe zu Papa reist. Sie wird ihm alles auseinandersetzen. Woldemar – mit ›o‹ – ja, darauf hält er noch wie zu deiner Zeit ... Woldemar möchte gern den Bureaudienst quittieren. Begreife ich – das ist ja zum Auswachsen. Nun beherrscht er alle möglichen fremden Sprachen und hat gute Konnexionen. Vielleicht, daß man ihn als Militärattaché brauchen kann. Das wäre auch was für mich. Ich möchte ganz gern in die Fremde. ... Aber, Mutterchen, weinen darfst du nicht. Auch die Fremde ist heute erreichbar – und es geht ja alles nicht so rasch. Erst kommt die Frage der Ausstattung. Darauf freue ich mich. Wir pinschern durch alle Läden. Ein paar Kostüme entwerfe ich selbst. Und dann ...«

Sie schnabberte weiter. In ihrem Glücksgefühl sprach sie von allem möglichen; in die Größe ihrer Liebe quollen die niedlichen Wünsche mädchenhafter Eitelkeit. Und die Mutter hörte geduldig zu und zwang sich auch zu Zwischenwürfen und Antworten. Aber es wurde ihr schwerer und schwerer. Ihre Kraft erlahmte, und der Sieg über sich selbst drohte zu einem schwächlichen Kompromiß zu werden. Da sagte sie endlich:

»Nun laß es genug sein, Kind. Wir sind beide müde. Geh in dein Bett und träume von ihm.« ... Morgen sprechen wir weiter – da kommt er ja auch. Und da muß ich frisch sein – ja. ... Küß mich noch einmal, Friedelchen ... mein geliebtes Kind, mein Goldkopf. ... Ich wünsche dir –«

Was sie wünschte, sagten ihre Mutterküsse. Elfriede schlüpfte aus dem Bett.

»Gute Nacht, Mutterchen. ... Aber nun lösch auch wirklich die Lampe aus und schlafe. ... Denn es ist richtig: du mußt morgen frisch sein. Die Mädelmama muß sich in vollem Glanze präsentieren ...«

Dem Bett gegenüber stand die große Psyche. Elfriede stellte sich davor, nahm ihr Hemd wie ein Rokokokleid und machte sich einen tiefen Knix. Sie war ganz kindisch in ihrer Glückseligkeit.

»Frau von Hartwig,« sagte sie. »Es klingt ganz hübsch. Nicht wahr, Mama? Besser als Frau Majorin. ... Wenn ich bloß erst einen Zärtlichkeitsnamen für ihn hätte! Woldemar ist zu steif, zu langatmig – und das ›o‹ ändert's auch nicht. Weißt du keinen?«

»Nein, ich weiß keinen. Aber du wirst ja einen finden. Herzchen, nun geh.«

Elfriede nickte, warf der Mutter noch an der Tür ein halbes Dutzend Kußhände zu und strich leise hinaus.

Frau Magda blieb liegen. Sie sah im hell erleuchteten Spiegelglas der Psyche ihr Gesicht und fand es alt geworden und verkümmert. Und sie fühlte auch: in dieser Nachtstunde ging ihre Jugend zu Ende. Das Letzte hatte ihr eigenes Kind genommen.

Sie warf sich in die Kissen zurück und weinte – weinte ganz still in sich hinein, damit es niemand hörte.

Am achtzehnten abends hielten drei Droschken vor dem Göchhusenschen Hause. Mit weniger Gefährten ließ sich die Reise nach dem Bahnhof nicht ermöglichen. Der letzte Wagen enthielt das große Gepäck, über das Vegesack die Oberaufsicht führte. Maxe hatte sich anfänglich gegen eine solche Überfülle an Bagage gesträubt, aber da hatte die Mutter schweigend auf die neuen Kostüme und neuen Hüte gewiesen, und auch bei Maxe war die Einsicht gekommen, daß ein der Mode unterworfenes weibliches Wesen zu den abhängigsten Lebegeschöpfen der Gegenwart gehört. Zwei Koffer hatte die Mutter, ohne Maxe erst zu befragen, in aller Stille bei Mädler erstanden. Der eine diente allein den Hüten und trug in seiner anschaulichen Würfelform den Charakter einer gewissen Universalität, die sowohl das Runde wie das Hohe, das Eckige wie das vielseitig Gebrochene umschließen konnte. Beim Anblick des zweiten erschrak Maxe anfänglich ein wenig, denn dieser Koffer war ein wahrhaftiger Kleiderschrank von so mächtiger Ausdehnung, daß sie sich selbst darin hätte transportieren lassen können. Aber als die Mama ihn öffnete und ihr die Geheimnisse des Inneren offenbar wurden, in das man die Kostüme ungefaltet hintereinander der Reihe nach aufhängen konnte, empfand sie doch Hochachtung vor dieser Verbindung des Praktischen mit dem Ungeheuerlichen und machte vor dem Koloß eine tiefe Verbeugung, seine Füllung getrost der umsichtigen Mutterhand überlassend.

Sie kümmerte sich nicht viel um die Packerei, und Frau von Göchhusen wiederum war es ganz lieb, daß sie in diesen Tagen alle Hände voll zu tun hatte und damit auch schneller über die Werbung Hartwigs und die mit ihr verbundenen Aufregungen hinwegkam. Die letzten Stunden im Hause benützte Maxe zu einer gründlichen Verabschiedung von allem, was ihr lieb war. Die Blumen in ihrem Zimmer übergab sie Elfriede; die alte Lina, die zu heulen anfing, wenn sie Maxe nur sah, erhielt den Auftrag, die Piepmätze vor dem Fenster zu füttern, die Spatzen, Meisen, Finken und Rotkehlchen, die ihr Morgenbrot auch fernerhin nicht entbehren sollten. Das Lebewohl von dem Untier im Papageienzimmer gestaltete sich zu einer förmlich dramatischen Szene. Das struppige Federwesen war wie gewöhnlich in tiefste Lethargie versunken und nahm von keiner Liebkosung Notiz, und erst, als Maxe ihren Finger durch den Käfig steckte, versuchte der Papagei mit lächerlich hilfloser Bewegung seinen krummen Schnabel in das Fleisch zu hacken. Er war von Anbeginn eine boshafte Seele gewesen, aber daß er auch beim Abschiede sich nicht zu bezwingen vermochte, tat Maxe doch leid. Immerhin bat sie Genander, dafür Sorge tragen zu wollen, daß der Kakadu nach seinem wohl bald zu erwartenden Hinscheiden zu einer würdigen Ausstopfung gelange.

Die Abfahrt aus der Regentenstraße war geeignet, die Aufmerksamkeit der Passanten zu erregen. Auch der Generalstäbler im zweiten Stockwerk stand am Fenster und sah zu. Frau Vegesack, diese Größe im Wenden irdischer Bedingtheit, Genander, die alte Lina und das Mädchen Johanna hatten auf dem Trottoir Aufstellung genommen, und allen waren die Augen feucht geworden. Maxe haßte zwar eine solche Tränenweihe, aber auch sie konnte es nicht verhindern, daß ein unbequemes Naß ihren Blick zu trüben begann. Sie beeilte sich mit der Verabschiedung, und wollte sich dann rasch ihrer Droschke zuwenden, als sie einen Galonierten hastigen Schrittes nahen sah, der ein riesiges Bukett in der Hand trug. Kommerzienrat Brökelmann sandte es, zugleich mit schönsten Wünschen für eine glückliche Reise.

Der Diener empfing ein Dankwort, dann gab Maxe das Bukett an Johanna.

»Ich kann es doch nicht mit auf die Reise nehmen,« sagte sie. »Beate, behalte *du* es und rieche alle Tage daran, bis der Duft verflogen ist. Und wenn du den guten Brökel siehst, und du wirst ihn sicher baldigst wiedersehen, so bestelle ihm irgend etwas Schönes von mir – sage, ich sei sehr gerührt gewesen, oder was dir so grade zu Sinnen kommt –«

»Bitte einzusteigen, meine Damen,« rief der Major von Hartwig, der als Schwager natürlich auch dabei war und seine Uhr gezogen hatte. »Die Expedition des Gepäcks dürfte längere Zeit erfordern, und der Zug pflegt gewöhnlich stark besetzt zu sein. Maxe, nimm du mit der Mama und Beate den ersten Wagen, ich folge mit Elfriede ...«

Maxe sah noch einmal aus dem Fenster zurück: auf die winkenden Leute und das alte Haus mit seinem Puttenfries über dem ersten Stockwerk und auf die beiden großen Kastanien, die in voller Blüte standen. Dann lehnte sie sich in die Wagenecke und dachte an das Riesenbukett des Kommerzienrats und sagte sich, daß Emmingen ihr auch wohl ein paar Abschiedsblumen hätte schicken können. Die würde sie freilich ebenso zu Hause gelassen haben wie die kommerzienrätlichen: aber es hätte sie doch gefreut ... Nein, fügte sie in Gedanken hinzu, es ist mir ganz gleichgültig. Die Geschichte mit Emmingen ist ja nun sowieso aus ...

Vor der Einfahrt des Bahnhofs lief Krempel bereits eilfertig auf und ab. Er hatte schon Sorge gehabt, er werde sich verspäten, weil er noch einmal bei der Familie Duplessis in der Ansbacher Straße vorgesprochen hatte, um sich zu erkundigen, wie es Fräulein Frieda erginge. Gott sei Dank ließ sich alles gut an; der gebrochene Fuß lag in Gips, aber die Heilung wollte natürlich ihre Weile haben. Krempel hatte das Fräulein auch auf ein paar Worte sprechen können, und dann hatte ihn Doktor Duplessis in eine nicht endenwollende Unterhaltung gezogen und geschwatzt und geschwatzt ... Nun war es wirklich hohe Zeit geworden. Unter Beihilfe Vegesacks wurde die Gepäckexpedition schnell erledigt, und dann wallfahrtete man auf den Perron und suchte das Schlafcoupé auf. Es waren gerade noch fünf Minuten bis zum Abfahrtssignal. Maxe sprang noch einmal aus dem Wagen: jetzt sollte der Schlußkuß kommen. Auf dem ganzen Perron wurde geküßt. Die Schwestern kamen zuerst an die Reihe, dann der neue Schwager, der Maxe ein Paket Witzblätter unter den einen Arm und ein Paket Pralinés unter den anderen steckte. Auch Krempel machte eine Bewegung, als ob er auf einen Kuß hoffte. Aber Maxe begnügte sich mit einem Händedruck. Nein, Dionys bekam keinen Kuß. Damals in Zochin, in der Märchenkammer Pittelkos, da war es etwas anderes gewesen. Da hatte er sogar zwei Küsse empfangen, die ersten und letzten: nun konnte er von der Erinnerung zehren.

»Adjö, Dionys. Vergiß nicht das Schreiben.«

»Adjö, Maxerle. Ich vergesse nichts – nichts.«

Die Mama war die letzte. Gut, daß der Wirklichkeitssinn über das Fortwirken der Rührung siegte. Sie hielt ihr Jüngstes in den Armen und flüsterte ihr allerlei zu: »Zieh dich auch immer warm an ... besonders nach Sonnenuntergang. ... Und denke an das, was ich dir gestern abend gesagt habe.«

»Ja, Herzensmamachen, ich denke an alles.«

»Hast du dein Geld auch sicher? ... Bei der Zollrevision mußt du dabei sein. An die neuen Kleider habe ich überall alte Vorstöße nähen lassen; das sind also gebrauchte Sachen und kosten nichts. ... Und dann ...«

Sie wisperte ihr noch etwas in das Ohr. Maxe nickte. »Aber ich bin doch kein Kind mehr, Mutterchen ...«

»Einsteigen!« riefen die Schaffner. Die Türen klappten. Maxe trat an das Fenster ihres Schlafcoupés und gab allen noch einmal die Hände. Nun schimmerten ihre Augen. Sie sah nur noch das gute Mutterchen. Herrgott, war das ein Glück, daß man sich so gründlich in ihr getäuscht hatte! Elfriede hatte Beate einfach ausgelacht. ... Der Major stand in der Mitte; rechts am Arm hing Elfriede, links die Mama. Das Bild dieser hübschen Gruppe nahm Maxe mit in die Ferne.

Der Zug setzte sich in Bewegung. Tücherschwenken und Händewinken. Dann vernahm Maxe noch ein letztes Wort aus ihrer Mutter Munde.

»Grüße mir auch den Papa!« ...

Nun kam der Zug in sein Eiltempo. Maxe setzte sich und trocknete die Augen. Eine Lichterstadt huschte an den Fenstern vorüber. Draußen breitete das Dunkel sich aus. Es kroch mit schwarzem Gefieder über das Land.

Maxe hatte noch ein wenig geträumt. Jetzt erhob sie sich und brachte ihr Nachtzeug in Ordnung. Sie wollte sich bald niederlegen und schob die Coupétür zurück, um dem Schaffner ihre Billets zu übergeben und dann zur Ruhe zu kommen.

Im Wagengang standen zwei ältere Damen und schwatzten leise miteinander. Auf der anderen Seite sah Maxe auch den Schaffner; er sprach mit einem Herrn in grauem Reiseanzug, der ihr den Rücken zuwandte. Maxe blieb eine Zeitlang in der offenen Coupétür stehen, und als es ihr zu langweilig wurde, winkte sie dem Kondukteur. »Ich komme gleich,« rief dieser, und im selben Augenblick drehte sich auch der Herr in grauem Reiseanzug um und sagte mit rascher Verneigung:

»Guten Abend, gnädiges Fräulein. ... Das ist aber wirklich ein charmantes Zusammentreffen ...«

Er näherte sich und reichte ihr die Hand. Maxe war so erstaunt, daß sie anfänglich keine Worte fand. Sie wollte lächeln, aber ein Gefühl der Verärgerung stemmte sich dagegen.

»Wo kommen *Sie* denn so plötzlich her, Herr von Emmingen?« fragte sie endlich.

»Aus Berlin – direkten Wegs.«

»Das kann ich mir denken. Und wo wollen Sie hin?«

»Nach Pallanza, gnädiges Fräulein.«

Sie krauste die Lippe. »Ei, ei ... also auch?«

»Ja – auch. Das heißt, wenn Sie ...« Er sah sich um. ... »Wir dürfen hier nicht so laut sprechen. Dies Coupé ist noch frei ...« Er schob die Tür des nächsten Abteils zurück. ... »Treten Sie für fünf Minuten ein. Ich will Ihnen alles erklären ...«

Sie setzten sich in dem leeren Coupé einander gegenüber.

»Nun?« fragte Maxe.

»Ja ... also ... was soll ich Ihnen eigentlich erklären? Den Zufall dieses Zusammentreffens? Es war kein Zufall.«

»Wenn es Absicht war, erläutern Sie mir vielleicht den Grund dieser Absicht. ... Oder nein – lassen Sie es. Es ist nicht nötig. Sie sind Herr Ihres Willens und können selbstverständlich ebensogut nach Pallanza reisen wie ich – und auch zur gleichen Zeit. ... Sie haben mir nichts zu erklären, Herr von Emmingen. Wir hätten uns gar nicht erst hierher zurückzuziehen brauchen. Was wir uns sonst noch Gleichgültiges zu erzählen haben, hat ja Zeit bis morgen ...«

Sie wollte sich erheben. Aber Emmingen hielt sie mit einer Handbewegung zurück.

»Noch eine Minute, gnädiges Fräulein,« sagte er bittend. »Ich habe mich vorhin vor den Ihren absichtlich nicht gezeigt, um irrigen Deutungen – wenigstens unnötigen – vorzubeugen. ... Tatsache ist, daß ich schon vor einiger Zeit um einen Erholungsurlaub eingekommen bin. Ich hatte doppeltes Anrecht darauf, weil ich im vorigen Jahre nicht vom Schreibtische fortgekommen bin. Die Bewilligung des Urlaubsgesuchs ist gestern eingetroffen. Natürlich hätte ich auch morgen abreisen können – aber da gestehe ich unverblümt zu, daß es eine Lockung für mich hatte, Ihr Reisebegleiter sein zu dürfen. Bei Gott, ich freute mich auf Ihr Gesicht, wenn Sie mich sehen würden; ich hatte mir das so hübsch ausgemalt: Überraschung, Stutzen, Staunen – und in einem törichten Übermaß phantastischen Bildens setzte ich sogar einen leichten Ausdruck von Freude hinzu – natürlich einen minimalen –, immerhin einen Ausdruck der Freude ...«

Maxe lächelte schon wieder: es war wirklich nicht leicht, diesem netten Plauderer zu zürnen. Er hatte die hübsche Gabe, alles Unausgeglichene mit leichter Hand glatt zu streicheln und allem Unangenehmen die rauhe Außenseite zu nehmen. Und selbst, wenn er ironisierte, verlor die Liebenswürdigkeit seiner Natur sich nicht: der gute Dionys hatte ihn in seiner Eifersuchtswallung doch gar zu herbe beurteilt.

»Ich hatte mich geirrt,« sprach Emmingen weiter; »ich hörte auch sofort am Ton Ihrer Stimme, daß ein leichtes Grollen in Ihnen lebte. Ja, das hörte ich. Und da war ich denn eigentlich auf eine Explosion, einen vulkanischen Ausbruch gefaßt. Aber Gott sei Dank ist der Himmel rasch wieder blau geworden, und die Sonne bricht durch das Gewölk –«

»Kann sich aber ebenso rasch wieder verkriechen,« fiel Maxe ein. »Lieber Herr von Emmingen, ein ehrliches Wort. Ich bin nicht kleinlich genug, Ihnen etwas nachzutragen, was ganz gewiß nicht böse gemeint war. Natürlich nicht böse – aber unüberlegt, und das ist bei einem Mann Ihrer Korrektheit doppelt verwunderlich.«

»Dürfte ich untertänigst bitten, den Ausdruck korrekt in jedweder Formung vermeiden zu wollen, gnädiges Fräulein. Er ruft Idiosynkrasien in mir wach – wie bei anderen der Genuß von Krebsen und Erdbeeren. Er macht mich krank.«

»Schön –« und Maxe nickte. »Aber aussprechen will ich doch. Haben Sie sich nicht klargemacht, daß es auffallen muß, wenn man in Berlin erfährt, Sie seien mir nachgereist? Was sollen denn die Leute davon denken! *Sie* setzen sich vielleicht darüber hinweg, aber mir –«

»Pardon – einen Einwurf. Sie legen den Ton auf das Wort nachreisen –«

»Mitreisen ist richtiger.«

»Gut – mitreisen. Es kommt auf das Wort nicht an. Man weiß vorläufig nur, daß ich abgereist bin. Mein Freund Brökelmann ist der einzige, dem ich mich anvertraut habe.«

»*Was* haben Sie ihm anvertraut?«

»Alles. Ja, das gestehe ich unumwunden, gnädiges Fräulein. Wir sind in letzter Zeit so etwas wie Orest und Pylades geworden oder irgendeine andere große Firma auf dem Gebiet der Freundschaft. Wir haben uns ausgesprochen. Zochin gab den Anfang. Da schlugen die Blitze ein – und da hat er mir auch erklärt, daß er schrecklich verliebt sei.«

»Wer? Brökelmann?«

»Jawohl: Brökelmann.«

»In wen?«

»In Fräulein Beate.«

Maxe schlug die Hände zusammen. »Herrgott! ...« Und Beate hat keine Ahnung –«

»Das ist auch ganz gut so.« ... Emmingen strich mit der Hand durch die Luft. ... »Brökelmann war schon nahe daran, um Fräulein Beate anzuhalten. Aber er ist ein merkwürdiger Mensch! – von einer erstaunlichen Unmittelbarkeit. Ich möchte sagen, er hat kein psychisches System, sondern nur Wecklaute. Kaum hatte er Ihre Frau Mutter kennengelernt, so drängte sich ihm mit unwiderstehlicher Gewißheit die Überzeugung auf, daß Fräulein Beate nur ein Transparent für die Frau Mama gewesen sei: daß er nicht Beate liebe, sondern die Mama.«

Maxe machte ein unbeschreibliches Gesicht. »Halt!« rief sie. »Einen Augenblick – ich komme nicht so schnell mit ...« Sie schüttelte den Kopf. ... »I Gott bewahre, ist das eine verwickelte Geschichte ...« Dann aber ging der Ausdruck einer ungestümen Freude über ihr Gesicht. ... »Jedenfalls also,« fuhr sie fort, »ist das Resultat die unumstößliche Tatsache, daß der Kommerzienrat Brökelmann in die Mama verliebt ist. Nicht wahr?«

»So ist es. Das kann ich beeidigen. Es liegt sogar die Wahrscheinlichkeit nahe, daß er mir schon in den nächsten Tagen mitteilen wird, wie seine Werbung abgelaufen ist.«

Die Freudenstimmung auf dem Gesicht Maxes zerflatterte ein wenig. »Wenn er nun einen Korb bekommt?« sagte sie kleinlaut.

»Ich glaube nicht, daß ihn das abschrecken würde, gnädiges Fräulein. Ich sagte schon: seine Psyche ist ein bißchen undiszipliniert. Aber wenn einmal die Wecklaute eintreten, bleiben sie stürmisch und klingeln drauf los, ohne sich leicht abstellen zu lassen. ... Er würde es noch einmal versuchen – und immer wieder. ... Er würde nicht locker lassen. Vielleicht rechnet er auch mit dem Eintritt eines Ermüdungszustands und mit einer gewissen Gutmütigkeit seitens Ihrer Frau Mutter. Ich meine, mit der Möglichkeit, daß sie ihn schließlich heiratet, um seine Werbungen loszuwerden ...«

Maxe versuchte, ihre Gedanken zu ordnen. Es war quirlig in ihrem Kopfe geworden. »Komisch,« sagte sie. »Also Beate ist endgültig aufgegeben?«

»Jawohl. Sie war, wenn ich mich so äußern darf, nur Durchgangsstation. Brökelmann hat dafür etwas mystische Erklärungen, auf die ich nicht weiter eingehen will. Die Wahrheit ist wohl, daß er sich über sein Empfinden anfänglich nicht völlig klar geworden ist und daß ihm schließlich die gnädigste Mutter besser gefallen hat als das Fräulein Tochter.«

Maxe streckte Emmingen die Rechte entgegen. »Geben Sie mir die Hand,« sagte sie, »wir wollen uns wieder vertragen. Ich gestehe offen, daß wir drei Schwestern den lebhaften Wunsch haben, unsre Mutter wieder unter der Haube zu sehen. Und gerade der Kommerzienrat bietet alle Garantien für eine Ehe – ich möchte sagen –«

»In glücklicher Geruhsamkeit,« fiel Emmingen ein. »Ja, das bietet er. Er ist *au fond* eine prachtvolle Natur. ... Gnädiges Fräulein, ich bin sehr glücklich, daß Sie mir nicht mehr böse sind. Und nun bitte ich nur noch um eins. Ich habe in der Tat die Absicht, vorläufig in Pallanza Station zu nehmen und will mich da im Grand Hotel einlogieren. Sagen Sie mir ganz ehrlich, ob Ihnen das recht ist. Ich würde natürlich Ihrem Herrn Vater meine Aufwartung machen und mir gelegentlich anzufragen erlauben, ob Sie zu einem Spaziergang oder einem Ausfluge Lust haben – würde Ihnen aber keinen Augenblick Gelegenheit geben, meine Anwesenheit als eine Art Last zu empfinden. ... Und wenn Sie meinen, daß es doch   nun also, daß es besser sci, meinen Wanderstab gleich weiterzusetzen, so würde ich mich auch diesem Befehle fügen. Ohne weiteres – ja, das würde ich....«

Maxe zuckte mit den Achseln. »Herr von Emmingen, es handelt sich ja doch nur um das Gerede der Leute,« erwiderte sie. »Vielleicht wird auch Papa etwas verwundert sein, daß ich gleich mit einem Reisemarschall bei ihm antrete. Aber wir haben ja immer die Ausrede eines angenehmen Zufalls. Also bleiben Sie nur. Und nun gestatten Sie mir, daß ich die Stelle suche, da mir das Bettlein steht. Morgen mehr. Wir haben noch genügend Plauderzeit vor uns. Gute Nacht...«

Sie verabschiedete sich. Auf dem Korridor wartete der Schaffner und bat um die Billets. Er war diskret genug gewesen, die Unterhaltung der Herrschaften nicht zu stören.

»Lieber Dionys!

Also nun gib acht: ich werde chronologisch zu Werke gehen und dabei meine Tagebuchnotizen zu Rate ziehen. Das kann ich tun, ohne in Verlegenheit zu kommen; wenn ich an die Mama schreibe, muß ich sie mit größerer Vorsicht benützen. Gründe folgen später.

Papa wollte mich in Laveno erwarten. Ich stand schon von Bellinzona ab am Fenster und schaute auf den See hinab, aber ich kann Dir versichern, daß mich alle Schönheiten Oberitaliens ziemlich kühl ließen und ich mich beim ersten Lorbeer höchstens darüber wunderte, daß er so lackiert aussah, und daß ich bei der ersten blühenden Myrte nicht einmal an Mignon gedacht habe. Mir war keineswegs poetisch zumute. Mir war sogar etwas bänglich: ich hatte eine gewisse Angst vor dem Zusammentreffen mit Papa. Ich fragte mich immer: woran soll ich ihn erkennen? Als ich ihn zum letzten Male gesehen, war ich noch ein Kind. Aus dieser Zeit stammt auch das große Ölbild, das ihn im Sportdreß darstellt. Inzwischen aber konnte er ein ganz anderer geworden sein.

Emmingen hatte – – ja richtig, da muß zunächst eine Erklärung vorangehen. Denke Dir mein Erstaunen, als ich

Herrn von Emmingen im Zuge traf! Er hat einen kleinen Nervenklapps und will an den Seen Erholung suchen. Tat natürlich glückselig, als er mich vorfand, raspelte eine große Menge Süßholz, gab sich aber bei den Zollrevisionen wie im Speisewagen und auch sonst als gefälliger Freund. Nur *eine* große Sorge beschlich ihn anfänglich: daß man vielleicht glauben könnte, er habe mit geflissentlicher Absicht denselben Tag der Abreise und den gleichen Zug wie ich gewählt. Das fiel dem korrekten Manne schwer aufs Herz, weil er, wie er sagte, immer vermeide, dem Götzen *On dit* Futter zuzuwerfen – und ich bitte Dich deshalb dringend, etwaigen albernen Anspielungen mit Energie entgegenzutreten.

Also, wo war ich stehengeblieben? Ich gehe ein paar Zeilen zurück und stelle den Anfang des vorigen Absatzes noch einmal hierher. Emmingen hatte neben mir Posto gefaßt und gab sich regelrechte Mühe, alle Weisheit des Bädeker über mich auszuschütten. Hatte aber kein Glück damit. Sogar die Seefläche, die er nach Quadratkilometern zu nennen weiß, interessierte mich nicht. In Luino stieg mit viel Geräusch und unendlichem Schnattern ein Schwarm von Engländern und Engländerinnen ein, die über den See gekommen waren und mit denen Emmingen sofort Krakeel anfing, weil sie den Korridor überfluteten und uns von unserm Platze zu drängen suchten. Da er ein sehr gutes Englisch spricht, so hielt man ihn wohl für einen Landsmann, und nun kam es zwischen ihm und einem vornehm aussehenden älteren Herrn zu einem lebhaften Duo, weil dieser Herr beständig durch die Korridore wandelte, in alle Coupés schaute, sämtliche Damen beäugte und sich nach Möglichkeit mißliebig machte. Emmingen war wütend auf ihn, und als der Herr auch unser Coupé öffnete und sich anscheinend für unser Handgepäck zu interessieren begann, da wurde er grob und verbat sich das. Der Herr antwortete gar nicht, sondern tippte nur mit den Fingern auf mein Köfferchen, und zwar auf die aufgemalten Buchstaben M.v.G., und fragte kurz: »Wer sitzt hier?« – »Wir,« schrie Emmingen zurück, »diese Dame und ich! Wir haben Platzkarten und Anspruch aus unsre Plätze. Nummer sieben und acht.« Immer auf englisch. Nun aber, Krempelius, ereignete sich eine Seltsamkeit. Der Herr starrt mich an, faßt mich an den Schultern, und plötzlich fühle ich, daß ich blaß werde. Er starrte mich an, aber es waren die Augen Elfriedes, die mich so anstarrten: Elfriedes Augen! – Im selben Moment hatte Emmingen den Herrn schon zurückgestoßen; er war wie ein junger Löwe, der seine Brut bedroht sieht, und wollte eben losdonnern, als der Herr in ruhigem Tone auf deutsch sagte: »Lassen Sie gefälligst Ihre Torheiten. Diese Dame ist meine Tochter.«

So, Dionysos, war unser Wiederfinden. Papa war in einem Boot von Pallanza nach Luino gefahren, um mich hier aufzulesen. Er zog mich in das leere Coupé und küßte mich ab – und draußen blieb der arme Emmingen stehen: nicht mehr wie ein junger Löwe, sondern, achherrjeh, höchstens wie ein begossener Pudel. Mir selbst aber war zumute, als sei ich versehentlich in die Arme eines wildfremden Menschen geraten. Wahrhaftig, lieber Freund, ich mußte mich erst an den Gedanken gewöhnen, in diesem vornehmen älteren Herrn, der auch eine zufällige Reisebekanntschaft hätte sein können, meinen Vater zu sehen. Ich gab mir natürlich Mühe, seine Herzlichkeit zu erwidern, aber es wurde mir nicht so leicht. Seine Küsse, mit denen er nicht kargte, machten mich erröten, und wenn er zärtlich die Arme um mich schlang, hatte ich das Gefühl, als müsse ich mich dagegen wehren. Nachher hat sich das alles sehr rasch gegeben, aber zuerst war der Widerstand groß. Ich suchte heimlich in seinem Gesicht nach Ähnlichkeiten mit seinem großen Ölporträt, ohne sie finden zu können. Natürlich kann das Täuschung sein; vielleicht hat er sich gar nicht so verändert; aber das muß ich sagen: es dauerte doch geraume Zeit, ehe ich das ganz Fremde überwand und das Bewußtsein, sein Kind zu sein, in mir in Fluß kam. Seine Augen bildeten die erste Brücke: Augen, wie sie Elfriede hat, aber nicht so energisch im Ausdruck und immer voll kleiner weicher Affekte. Sehr schöne Augen, von denen ich mir recht wohl denken kann, daß sie dermaleinst mannigfach betört haben, ohne bezwingende Kraft, aber verlangend und heischend und sozusagen umfassend (besser wohl noch, einwickelnd, wenn das nicht respektlos klingt).

In Laveno wurden wir wie Fürstlichkeiten empfangen. Galonierte Diener (Genander mit seiner alten Livree kann sich begraben lassen) sprangen an den Zug und schoben eine Treppe an unsern Wagen. Papas helle Stimme schrie Befehle, und die Rücken krümmten sich; der Bahnhofsvorsteher salutierte, die Mützen flogen von den Köpfen, alle Welt grüßte untertänigst. Nun wußte ich gleich: Papa spielt am Maggiore die Rolle eines geheimnisvollen Krösus (und er spielt sie wundervoll: halb Monte-Christo, halb Lord Ashburnham). Eine Equipage, Polster gris-perl, hannöversche Füchse, gelbes Riemzeug mit Silberbeschlag, weiße Leinen, brachte uns zum Hafenplatz. Neue Aufregung; Matrosenaufmarsch; Salut der Ruderer; Brüllen der Facchini. Man geleitete die Königstochter zu einer großen Barke, und Cleopatra nahm Platz. ... *Krempelio mio*, ich kam mir ganz verwunschen vor. Aber auch verschüchtert und eingeengt. Das Allzumenschliche in seiner begrenzten Einfachheit verkroch sich. Ringsum Theater, und ich ein fast erschreckter Zuschauer voll grenzenloser Naivität.

Dann fiel mir Emmingen ein. Der arme Kerl war plötzlich abgesetzt; Papa hatte ihn mit vollendeter Höflichkeit irgendwo stehenlassen. Zwischen streitenden Facchini sah ich noch einmal sein Monokel schimmern. Adjö, Herr von Emmingen! Ich winkte mit dem Handschuh; aber er bemerkte mich nicht mehr.

Pallanza. Blauer See, Borromeische Inseln, Alpendekoration, Monte Rosso, San Bernardino, Mischabel, Fletschhorn. Siehe Bädeker. Die Villa Esperanza mit einem prachtvollen Garten bis an das Ufer heran; zwischen Magnolien die Reste eines antiken Badebassins; überall weiße Statuen – viel zu viel Götter. Eine Passion meiner unbekannten Stiefmutter. Sie suchte immer nach Göttern, und sie liebte den kühlenden Marmor, weil sie immer fieberte. Die Villa nicht groß, aber vollgepackt mit allerhand Kunstschätzen. Ein paar Sarkophage, Mosaiken, Kirchengeräte aus alter Zeit; Romanisches; Byzantinisches; Gothisches; ein Relief Luca della Robbias, ein David Verrocchios. Dazwischen ein Zimmer mit mexikanischen Götzenbildern: schauderhaft. Der Papa entschuldigt sich: er weiß nicht, wo er mit den Sachen hin soll. Da hat er dies unkultivierte Museum geschaffen, eine Übergangsstation, die ihn selber ärgert. Aber was nach dem Übergang kommen wird, weiß er auch nicht.

Ich bin über alle Scheu hinaus. Allmählich finde ich, daß er dem Bilde meiner Phantasie doch zu ähneln beginnt. Anfänglich erschien er mir in der sorgfältigen Adjustierung seines Äußern, in der Pflege seiner Persönlichkeit und der Kultur seines Ich wie ein Beau aus der alten Schule. Für diesen Typus schwärme ich nicht, weil er gar zu leicht die Grenzlinien der Karikatur streift, zum mindesten die einer unmännlichen Gefallsucht. Aber bei dem Papa bleibt das Übertreibende doch im Hintergrunde. Ein gewisses Training hält richtiges Maß. Er ist ganz grau geworden, bei einem rosigen Gesicht mit fast weißem Schnurrbart. Ist auch noch immer ein sehr hübscher Mann: schlank und elastisch, ausdauernd im Laufen, Reiten, Rudern, körperlich famos geschult und geistig von großer Lebendigkeit. Aber zuweilen merkwürdig zerfahren und abirrend, und dann zeigt er auch Müdigkeit. Oder vielleicht ist das nicht Müdigkeit, sondern nur eine Unlust am eigenen Wesen. Es fehlen ihm in diesem Stadium die Hilfen zum Emporschnellen, oder es ist ihm zu langweilig, sie zu nützen.

Jedenfalls ist er zu mir von einer rührenden Gutherzigkeit und dabei in seiner ganzen Art so ritterlich, daß ich mir zuweilen sage, die Dame in mir (nicht Weib, sondern Dame) stehe ihm höher als die Tochter. Meine drei Zimmer hat er neu einrichten lassen. Es sind die, die meine Stiefmutter bewohnte; doch von ihrem früheren Mobiliar ist nichts zurückgeblieben. Es hätte mich ganz gewiß nicht gestört; aber ich nehme an, daß es der Feinfühligkeit Papas nicht entsprach, mich in einem Milieu unterzubringen, das in mir vielleicht unbequeme Erinnerungen wachrufen konnte. Andererseits spricht er, wenn ein Zufall zum Vermittler wird, durchaus offenherzig von der Verstorbenen und stets liebevoll und in freundschaftlichem Gedenken. So übrigens auch von der Mama. Er sagt nicht anders als Mama, wenn er ihrer erwähnt, und das tut er oft. Er fragt mich gehörig aus und möchte beispielsweise von Hartwig viel mehr wissen, als ich ihm erzählen kann. Ärgerlich war er nur über den Verkauf von Zochin an den Kommerzienmelker. Sein altes Zochin hätte er am liebsten selbst wieder zurückgekauft. Er denkt daran, sich in Deutschland festzusetzen und bekommt unzählige Briefe von Güteragenten. Aber, wie gesagt, er weiß wohl noch nicht recht, was er eigentlich möchte. Vorläufig brennt er darauf, auch Beate und Elfriede bei sich zu haben: auf diesen Wunsch soll ich die Mama langsam vorbereiten.

Die Tage vergehen schnell. Es kommt mir alles noch etwas traumhaft vor, und manchmal fühle ich mich ganz als Märchenprinzessin. Nur habe ich (unter uns, heiliger Krempel) schon jetzt zuweilen das Empfinden, daß dies Leben blauer Faulheit auf die Dauer doch nicht zu ertragen sein wird. Prachtvolles Wort, daß Reichtum allein nicht glücklich mache! Es streichelt den Plebs und ist dabei nicht einmal Lüge. Der Reichtum kann auch etwas Lästiges haben. Zum Exempel: der Troß der Dienerschaft in der Villa Esperanza ist durchaus nicht nach meinem Geschmack. Wohin man den Fuß setzt, stößt man auf lungernde Leute. Eine

Zofe, ein Stubenmädel und eine Jungfer (letztere spielt ehrenhalber die Prim in dieser Sinfonia Domestica) sorgen dafür, daß ich rein nichts zu tun habe und jeglicher Kraftentwicklung meinerseits der Boden entzogen wird. Manchmal sehne ich mich förmlich danach, mir eigenhändig ein Band annähen zu dürfen. Aber wenn ich nach einer Nähnadel klingeln wollte, würde mein Dreigestirn mir das Band mit dem entsprechenden Zubehör einfach wegnehmen und die Geschichte selber besorgen. Das Stubenmädel ist Italienerin, die Jungfer Schweizerin, die Zofe stammt aus Welschtirol. Der Reitknecht ist Engländer, Papas Sekretär ein geborener Schwede, und in der unteren Region kriecht auch noch ein altes, schnurrbärtiges Weib namens Pacchita herum: eine Mexikanerin, ich glaube, die ehemalige Amme meiner Stiefmutter. Papa braucht dies massenhafte Gesindel gar nicht. Er arbeitet an den Vormittagen mit seinem Sekretär und diktiert Briefe in allen Kultursprachen; die Erbschaftsregulierung nimmt ihn noch immer in Anspruch und sonst tausenderlei. Jedenfalls hört man in den Vormittagsstunden in seinem Arbeitszimmer ständig seine diktierende Stimme. Aber nach der Collazione widmet er sich mir. Da kommen die Plauderstunden im Garten: sehr hübsch, Dionys. Ich in der Hängematte, Zigaretten rauchend; er daneben im Schaukelstuhl, dito rauchend, und zwar viel und unheimlich lange Zigarren, die er immer wieder ausgehen läßt. Dabei erzählt er, und was ist er für ein charmanter Plauderer! Es ist eine Freude, ihm zuhören zu können. Er wird gern einmal sprunghaft und kommt von Zochin auf Queretaro und von der Regentenstraße auf die Riva degli Schiavoni, aber er ist immer unterhaltend, und es liegt so viel Politur in dem, was er sagt, so ein gewisser schmeichlerischer Glanz, ein bestechender Weltschliff. Er nennt sich selbst einen alten Bummler, der vor geregelter Arbeit stets eine unüberwindliche Scheu gehabt habe; trotzdem: er ist doch ein Mensch von seiner Individualität, ohne geordnete Ruhe, immer voller Bewegung, aber dabei von einer Lebensumspannung, die (ich will mal so sagen) ihre ethischen Reize hat.

Dann kommen die Ausflüge. Wir reiten spazieren, wir fahren, wir kraxeln, wir rudern. Wozu braucht der Papa die Horde von Domestiken? Es kommt vor, daß er seinen Gaul selber sattelt; er fährt mich im Dogcart und nimmt nicht einmal den Boy mit, weil ihm der Bengel zu helle Ohren hat; er hat immer ein halb Dutzend Ruderer zur Verfügung (die auch Ständchen singen können), aber er rudert mich am liebsten allein auf den See hinaus. Gestern haben wir den Sasso del Ferro erstiegen: eine Tagespartie, die mich ein bissel ermüdete. Das machte ihm gar nichts. Und überall kennt man ihn; wenn man vom Signore Barone spricht, meint man ihn.

Eine üble Sache ist es mit Emmingen. Papa ist nicht gut auf ihn zu sprechen. Er kann ihm sein Benehmen auf der Eisenbahn nicht verzeihen, obschon Emmingen sich in höflichster, auch herzlichster Weise entschuldigt hat. Ich glaube, Papa ist ein bißchen eifersüchtig. Der fremde Mann paßt ihm nicht. Ähnlich ist es mit Hartwig. Es macht fast den Eindruck, als ob er sich etwas zurückgesetzt fühle, daß man bei ihm der Verlobung wegen nicht erst angefragt habe. Und das ging doch nicht an, weil sich sonst die Mama in ein gewisses Abhängigkeitsverhältnis zu ihm begeben hätte, das weder rechtlich noch moralisch existiert. Aber zuweilen tut er so, als sei er nach wie vor das Familienoberhaupt – versteh mich recht: nicht etwa in schroff betonender Weise, sondern mit einer Selbstverständlichkeit, die jeden Widerspruch von vornherein ausschließt.

Und nun addio, Dionysischer. Bald mehr.

Deine Maxe.«

Es gab ein Gemach in der Villa Esperanza, das Maxe noch nie betreten hatte: das Arbeitszimmer ihres Vaters. Eines Sonntags vormittags, als sie wußte, daß Herr Holm, der Sekretär, nicht da war, klopfte sie, einen Brief in der Hand, an die Tür dieses Kabinetts.

»Herein,« rief die Stimme Göchhusens. Er saß an seinem Schreibtisch vor einem Haufen von Aktenstücken, aus denen er Auszüge machte, erhob sich aber beim Eintritt seiner Tochter.

»Stör' ich dich, Papa?« fragte Maxe.

»Keineswegs.«

Sie lächelte. »Ich sehe so ein paar Fältchen auf deiner Stirn. Jedenfalls komme ich dir überraschend. Bis in dieses Heiligtum habe ich bisher noch nicht vorzudringen gewagt.«

»Vorenthalten wollte ich es dir nicht. Aber ...« er zögerte einen Augenblick ... »ich hätte vielleicht ein anderes Arrangement getroffen, wenn mir dein Besuch angemeldet worden wäre ...« Damit deutete seine Hand auf ein großes Porträt an der Wand und wies dann im Bogen auf eine Anzahl eingerahmter Photographien, die auf dem Schreibtisch und auf den Wandgesimsen verteilt waren.

»Wanda?« fragte Maxe. Sie wählte immer den Vornamen, wenn in der Unterhaltung von der zweiten Gattin ihres Vaters gesprochen wurde.

Er nickte und schob in leichter Verlegenheit die rechte Schulter ein wenig in die Höhe. »Ich fürchtete, diese Galerie könnte vielleicht ein – ein – leise peinliches Empfinden in dir auslösen, Maxe. ... Es ist nicht dasselbe, ob wir Wanda gelegentlich erwähnen, was sich ja auch nur unter einem gewissen Zwange vermeiden ließe – oder ob du sie im Bilde vor dir siehst.«

»Es ist immer deine Frau, Papa. Ich weiß auch, wie sehr sie gelitten hat – und ich will dir noch etwas sagen. Mama hat nur selten von ihr gesprochen – aber in den letzten Tagen, als es abgemacht war, daß ich zu dir kommen sollte, geflissentlich häufiger. Und nie anders als mit warmem Mitgefühl – und auch mit Respekt. Ich habe dasselbe Empfinden.«

»Ich danke dir.« ... Er rollte ihr einen Sessel in die Nähe des Schreibtisches, aber sie blieb noch vor dem großen Bilde stehen und schaute es sinnend an.

»Sie muß sehr schön gewesen sein,« sagte sie.

»Das war sie, Maxe. Und ihre Schönheit ... setz' dich, Kind ... ja, du lieber Gott, warum soll ich nicht offen mit dir sprechen ... ihre Schönheit war auch der erste Anreiz, den sie auf mich ausübte.«

»Wenn ich ein Mann wäre – ich glaube, sie hätte mich ebenso entzücken können. Das Fremdartige ihrer Erscheinung muß ein erhöhender Reiz gewesen sein.«

»Jedenfalls deckte es verschiedene Disharmonien ihrer Schönheit, wie den zu kleinen Mund und die nicht hoch genug gelegenen Brauen. Aber ein durchaus harmonisches Kunstwerk der Natur gibt es ja nicht; es ist immer die Verbindung der Einzelheiten zum Ganzen, die den Eindruck schafft. Und die Gesamtheit der Erscheinung war bei Wanda in der Tat bewundernswert. Das Ölporträt ist im Jahre unsrer Hochzeit entstanden. Es war das einzige Mal, daß sie sich malen ließ, und das tat sie auch nur ungern. Sie hatte keine Ruhe zum Sitzen – bis ihr Leiden sie schließlich ganz an Rollstuhl und Bett fesselte. Das da drüben sind ihre letzten Bilder, die ich selbst aufgenommen habe ...« Er deutete auf zwei Photographien in Silberrahmen: geisterhafte Gesichter mit großen dunkeln Augen, die schon in die Ewigkeit zu blicken schienen.

Maxe fühlte ein leichtes Erschauern: der Vater hatte sein zweites Glück teuer erkaufen müssen. »Arme Frau,« sagte sie unwillkürlich. »Aber auch du, Papa ...«

Er winkte abwehrend, als wisse er, was sie äußern wollte. »Maxe, ich konnte darauf vorbereitet sein. Sie hatte mir schon lange vor der Hochzeit gesagt, daß die Empfindlichkeit ihrer Lungen sie zu dauerndem Aufenthalt im Süden zwingen werde. Ich habe auch selbst mit ihrem Arzt gesprochen. Ich wußte also alles.«

»Und trotzdem –«

»Trotzdem heiratete ich sie. ... Liebe Maxe, es ist ganz gut, daß wir uns einmal darüber aussprechen. Ich will auch nichts beschönigen; du sollst ganz klar sehen können. ... Sie fuhr wie ein Meteor in meine Lebenskreise. ... Mein Gott, ich war ja nie eine in sich geordnete Natur. Ich möchte sagen, ich steckte immer voller Versuche; immer in Übergängen, immer in Bewegungen, die durchaus nicht allzeit vorwärts führten. Die Rastlosigkeit lag mir im Blute. Es gab für mich keine festen Punkte, sondern nur Anweisungen auf die Zukunft. Ein Spiel mit interessanten Möglichkeiten; Temperamentsfragen und hübsche Konflikte; einen ewigen Start, keine Ziele. O ja, ich habe allmählich gelernt, mich selbst zu beurteilen. ... Aber siehst du, ich lüge nicht, wenn ich dir sage, daß ich doch auch sehr glücklich mit der Mama gelebt habe. Das Respektieren der gegenseitigen Eigenheiten schloß tiefergehende Dissonanzen aus. Und dann lag in ihrem Wesen bei starker Lebenslust das Glück des Sichfügenkönnens.«

»Heute noch,« warf Maxe ein und sah das frische Gesicht ihrer Mutter vor sich.

Herr von Göchhusen neigte den Kopf. »Ja,« fuhr er fort, »das war wohl ein Glück, die Begabung rascher Überwindung, vielleicht auch des Wegdeutens – aber es zog dennoch ein Übel nach sich. ... Damals hätte ein energischer Widerstand mir zuweilen nützen können, denn ich war leicht zu leiten. ... Und wie nun so plötzlich Wanda zwischen uns trat und der große Aufruhr kam – natürlich mit

Stürmen, die alles durcheinanderfegten – da ... fand die Mama doch auch nicht Kraft genug, mich festzuhalten. ... Ganz gewiß: ich war wie berauscht und mag ein starkes Pathos gefunden haben wie immer, wenn ich zwischen Problemen stand – aber eine kühle Abwehr hätte doch vielleicht meinen Willen brechen können. Das geschah nicht. Nie Nachgiebigkeit war zu sehr Gewohnheit geworden. ... Maxe, das alles sind natürlich keine Vorwürfe für die Mama.«

»Ich verstehe dich schon. Sorge dich nicht: ich verstehe.«

»Nun ja – und so vollzog sich denn alles, wie es kommen mußte. Ich ging meinem Bilde nach. ... Nun kannst du fragen, ob ich glücklich geworden sei. *Sie* jedenfalls –« und er zeigte auf das Porträt über dem Schreibtisch – »hat alles getan, was in ihrer Macht stand, mich glücklich zu machen, denn sie hatte mich sehr lieb. Aber, Maxe, die Macht ihres Glücklichmachens hatte Schranken. Ihre Krankheit war das Äußerliche; sie steigerte auch ihre Launenhaftigkeit. Der Fundus ihres Wesens war ein kapriziöses Durcheinander. Sehr pikant, aber auf die Dauer ... Sie war ein seltsames Mischblut, Maxe. Vielleicht ...«

Er stützte den Kopf auf die Hand und schwieg. Eine tiefe Schwermut lag auf seinem Gesicht. Maxe hatte schon öfters bei ihm urplötzliche Übergänge von heiterstem Frohmut zu erschlaffender Melancholie beobachten können: Rückwirkungen der Vergangenheit, die wie ein plötzliches Wetter kamen.

»Lassen wir das Thema, Papa,« sagte sie; »ich sehe, es regt dich auf.«

»Nein. Im Gegenteil, es tut mir wohl, mich aussprechen zu können. Aber die Nerven sind nicht mehr die alten. Das wird sich geben – es ist schon viel besser geworden. In Mexiko hat mich das Fieber gepackt – das zupfte noch mehr als die Erinnerung. ... Also – du weißt noch nicht alles. Ihr habt ja wenig genug von mir zu hören bekommen. Die Eifersucht Wandas galt immer nur dem Vergangenen, galt nur euch. Und ich wollte Ruhe haben. ... Sie hat mir auch ein Kind geboren.«

Maxe schaute befremdet auf.

»Ja, Maxe. ... Auf San Angelo in Venedig liegt es begraben. Es kam tot zur Welt. Und von da ab war auch das Leben Wandas nur noch ein langsames Sterben. ... Vielleicht wäre es besser gewesen, wir hätten uns nie kennengelernt. Weißt du, daß mir meine Ehe mit ihr manchmal wie ein Intermezzo zwischen Träumen und Wachen erscheint? Wenn ich daran denke, reicht alles in eine unendliche Ferne zurück. Es fehlen die Farben. Es zieht so wie Nebelbilder an mir vorüber. Es ist ein quälender Zustand. Ich hoffte, Mexiko würde mir Ablenkung bringen – deshalb fuhr ich hinüber. Aber die guten Verwandten ... ekelhaft! – Und nun kam in meiner großen Verlassenheit die Sehnsucht nach euch. Du glaubst gar nicht, wie dankbar ich dir bin, daß du einen so raschen Entschluß gefaßt hast. Ich fühle, daß ich allgemach wieder der alte werde ...« er lächelte gutmütig ... »nicht der alte, den die Mama noch kennt – dazu hat mich das Leben doch allzu scharf unter die Schere genommen ... aber die Daseinsfreude kommt langsam zurück – und so ein Erheben über unfreiwillige Knechtschaft ...«

Er achtete jetzt erst auf den Brief, den Maxe noch immer in der Hand hielt.

»Was bringst du mir da?« fragte er.

»Einen Herzenserguß Elfriedes, Papa. ... Es ist eine etwas heikle Geschichte – und ich sollte dich eigentlich schonend vorbereiten. Aber ich bin nun mal draufgängerischer veranlagt und halte es in diesem Fall auch für zweckmäßiger. ... Es handelt sich um die Mitgiftfrage.«

»Aha. ... Mein Freund Hartwig ist eigentlich ein Idealist. Aber er hat doch auch Lebensweisheit. Der Weg zum wahren Glück ist immer mit Goldstücken gepflastert. Eine gute Mitgift ist nie eine Daseinsbeschwerung.«

Maxe lachte. »Die Aphorismen lassen sich bequem fortsetzen, Papa,« sagte sie. »Raum ist in der kleinsten Hütte, aber es muß eine Garage dabei sein. Wer den Schwiegervater nicht ehrt, ist seines Mammons nicht wert. Auch das Auge des Verliebten schielt nach der Mitgift. Und so fort. Meinetwegen will ich dir recht geben: mit dem Idealismus Woldemars verbindet sich ein gesunder Sinn für die Praxis. Er will wieder in die Aktivität. Die Infanterie nimmt ihn nicht. Bleibt nur noch das hohe Roß. Das kostet gleich Geld. Aber vom hohen Roß möchte er auch wieder herunter und als Militärattaché in das Ausland.«

»Kostet noch mehr Geld.«

»Das wollte ich nicht laut sagen, aber es ist schon so. Was Elfriede betrifft, so sieht sie ihren Bräutigam bereits in Kürassieruniform. Und dahinter Notre Dame de Paris oder das Goldene Horn oder das Weiße Haus in Washington. ... Nun ist die Frage noch nicht völlig geklärt, ob wir drei Mädchen bei unsrer Verheiratung Anspruch auf das Vermögen haben, das du der Mama ausgesetzt hast.«

»Das ist insofern geklärt, als die Mama mit ihrem Gelde machen kann, was sie will. Ich glaube aber auch, daß mein Vertrag mit ihr gewisse Erbschaftsbestimmungen enthält. ... Gleichgültig. Mag sie für die Ausstattung Elfriedes sorgen. Die Mitgiftfrage soll meine Sache sein. Notabene, ich gebe vorläufig nur eine Rente. Immerhin, die beiden werden zufrieden sein. Ich habe genug.«

»Ich weiß es, Papa ...« Maxe zerknitterte den Brief und wurde ein wenig unruhig. ... »Verzeihe mir eine vielleicht törichte Frage,« fuhr sie fort. »Auch Elfriede kommt darauf zurück. Haben wir Kinder irgendein Anrecht auf die Hinterlassenschaft Wandas? – Bitte noch eins, ehe du antwortest. Der Ausdruck Anrecht ist vielleicht schlecht gewählt. Wanda soll reich gewesen sein. Aber ... Gott, Papa, sie war doch eine Fremde für uns! Elfriede meint, es würde für Hartwig ein schrecklich peinliches Bewußtsein sein, wenn er erführe –«

»Daß er in Paris oder Washington oder Konstantinopel von dem Gelde einer Frau lebe, die er nie gekannt hat. ... Schrecklich! Liebste Maxe, laß dir doch nichts vorreden. Weder von Hartwig noch von Elfriede. Das klingt alles prachtvoll – ein Ausdruck vornehmster Denkart, noch dazu auf den Präsentierteller gelegt und mit hübschen Floskeln garniert – so ein *sentiment à la jardinière*. Aber was heißt es denn eigentlich? Nimm einmal an, Wanda wäre in einer Stunde ihrer Launenhaftigkeit auf die Idee verfallen, euch dreien, euch, meinen Kindern, ihr gesamtes Vermögen zu hinterlassen, über das sie ja freie Verfügung hatte. Würdet Ihr da der Erbschaft entsagt haben? ... Macht euch doch nicht lächerlich! Es wäre eine Eselei gewesen, wenn Ihr nicht mit allen Fingern zugegriffen hättet. Und ich versichre dich, daß euer feinfühliger Herr Major in solchem Falle mit überraschender Schnelligkeit seine halbe Verneinung in eine kräftige Bejahung umgewandelt haben würde.«

»Papa, mir scheint, du beurteilst Hartwig doch nicht ganz richtig. Du hast irgend etwas gegen ihn.«

»Durchaus nichts. Ich kenne ihn sehr gut. Er hat viel Glänzendes – äußerlich und innerlich. Aber er kokettiert zuweilen mit Wertungen, die bei Licht besehen gar keine sind. ... Vor allen Dingen möchte ich euch bitten, euch allesamt: wenn Ihr schon meine arme Wanda in die Debatte zieht, so betrachtet sie auch als das, was sie gewesen ist!« ... Er sprang auf und trat an seinen Geldschrank. ... »Mein eigenes Vermögen,« sprach er zurück, während er den Arnheim öffnete, »meine Anteile an den Westfälischen Farbwerken und den Paderborner Maschinenfabriken sichern mir Einnahmen, die auch euch aller Sorgen entheben. Ich brauchte also die Hinterlassenschaft Wandas gar nicht. Aber sie ist doch einmal da. Soll ich sie den Strauchräubern in Mexiko schenken? Das wäre gegen den Willen Wandas, Sie hat nicht nur ein klares und unanfechtbares Testament hinterlegt, sondern auch noch einen besonderen letzten Willen zu Papier gebracht.« ... Er nahm eine Ledermappe aus dem Arnheim und aus dieser ein kleines Kuvert. ... »Das war in der Abschiedsstunde ihres Lebens. Sie konnte nicht mehr sprechen. Da schrieb sie mit Bleistift auf einen Briefbogen ein paar Worte, die sie als *letzten Wunsch* bezeichnete. Ich kann dir nicht alles vorlesen, weil der Schluß ... es kommt noch eine Intimität. Aber den Anfang sollst du hören.«

Er zog einen kleinen, gelb getönten, mit Monogramm versehenen Bogen aus dem Kuvert, der mit schwachen, kritzligen Schriftzügen bedeckt war, und las vor:

»Mein letzter Wunsch. Meine Verwandten in Mexiko haben mich zeitlebens nur mit ihrem Hasse beglückt. Ich will nicht, daß Du ihnen gegenüber freigebiger bist, als es die Notwendigkeit erfordert, etwaigen langwierigen Prozessen vorzubeugen. Stelle Dich ganz auf den Boden meines Testaments. Meine Nacherben sind Deine drei Kinder aus erster Ehe‹ ... hörst du, Maxe, so schrieb sie ... ›Ich habe ihnen den Vater genommen und habe sie dem Vater ferngehalten, weil ich nicht wollte, daß er seine Liebe teilte, solange ich selbst am Leben war. Trotzdem habe ich sie liebgehabt, weil sie Deines Blutes sind. Ich wünsche ferner ...‹ Nun kommt der Nachsatz, den du nicht zu kennen brauchst. Aber schon aus dem, was ich dir vorgelesen habe, ersiehst du, daß Ihr tatsächlich ein gesetzliches Anrecht auf die Hinterlassenschaft Wandas habt und daß kein Grund für euch vorliegt, ihrer anders zu gedenken, als sie – – ja, Maxe, als sie eurer gedacht hat ...«

Er steckte den Bogen wieder in das Kuvert und legte dies in die Mappe zurück. Seine Stimme war bewegter geworden, und auch Maxe ergriff eine tiefe Rührung. Sie stand auf und umarmte ihren Vater.

»Es ist gut, daß du mir volle Klarheit geschenkt hast,« sagte sie. »Ich bin dir von Herzen dankbar dafür, denn wahrhaftig: nun sehe ich Wanda in ganz andrem Lichte. ... Du hast dich ihrethalben scheiden lassen – nicht wahr? – und bist uns Kindern ihrethalben doch auch ferner gerückt worden – – das sind Dinge, die unser Empfinden naturgemäß beeinflussen mußten. Ja, Papa, unwillkürlich beeinflussen *mußten*, wenn unsre Vernunft auch immer nach einem Regulativ suchte. ... Aber nun ist ja alles anders ... ich habe für Geldfragen kein Verständnis – ich wirklich nicht. Nun ja – natürlich – es würde mir wahrscheinlich herzlich sauer werden, in Armut leben zu müssen. Aber acht gute Groschen mehr oder weniger würden meine Seele noch lange nicht in Aufruhr versetzen. Mama ist praktischer ... ja, die Mama...«

Sie schwieg plötzlich, schaute den Vater mit halbschiefem Blicke an und lächelte.

»Was ist mit der Mama, Maxe?« fragte Göchhusen, Er hatte sich wieder in seinen Schreibtischstuhl gesetzt.

»Ach Gott, Papa ... da wir doch schon bei allerhand Erklärungen sind: die Mama hat Angst, daß du dich noch einmal verheiraten könntest...«

Nun erschrak sie, als sie dies ausgesprochen hatte. Es war gegen die Verabredung und war eine Indiskretion. Die Mama hatte sie anders belehrt. Natürlich – sie sollte selbstsüchtig sein und an sich und die Schwestern denken. Aber sollte keine Dummheiten sagen.

Doch der Vater lachte. »Zum drittenmal! Ach, die kluge Magda! ... Sie glaubt mich zu kennen – aber glaubt es doch nur. ... Beruhige sie, Maxe. Schreibe ihr, dein Vater sei ein alter Mann geworden, der keiner Schönen mehr in die Augen guckte!«

»Oho, Papa – das wäre wider die Wahrheit. Es würde mich auch verdrießen. Das Greisentum läuft nicht so flinkbeinig auf den Sasso del Ferro und hat keinen Blick für die hübsche Kastellanstochter auf der Isola bella.«

»Du bist ein Strick, Maxe.«

»Sagt auch die Mama. Was ich ihr zu schreiben habe, weiß ich schon. Die da –« ihre Hand deutete auf das Bild Wandas – »war ihre alte Freundin. Das Leben hat einen Strich durch die Freundschaft gemacht. Aber der Tod war die Versöhnung.«

»Ja, so schreibe. Schreibe, wie dir ums Herz ist. Ich bin kein Freund von schönen Epitaphien. Bin auch der Ansicht, daß man die Erinnerung nicht Herr über sich werden lassen soll. Aber andrerseits: ein Mißverkennen der Toten würde mir doch schmerzlich sein. ... Gut, daß wir ehrlich zueinander sein können. In allem. Auch in den materiellen Fragen, die notgedrungen besprochen werden müssen. Ich wollte, ich könnte darüber auch einmal mit der Mama reden. Aber sie scheut sich vor einem Wiedersehen. Glaubst du, daß sie deine Schwestern auf ein paar Wochen zu mir lassen würde?«

»Ohne weiteres. Lade die Schwestern ein – ich bin gewiß, daß sie kommen. Auch Hartwig.«

Herr von Göchhusen steckte sich mit Umständlichkeit eine Zigarre an. Er gebrauchte drei Streichhölzer dazu.

»Hartwig – ja...hm...« Er prüfte den Brand seiner Zigarre.... »Es liegt da noch verschiedenes vor, über das ich nicht recht hinwegkomme, Maxe. Grade weil wir alte Freunde sind, hätte er mir schreiben sollen – er hätte bei mir um Elfriede anhalten müssen. Er wußte ja, daß ich zurück bin, und kannte meine Adresse.«

»Verzeihung, Papa, aber das ist doch ein strittiger Punkt. Zunächst mußte er sich zweifellos an die Mama wenden. Du vergißt immer wieder die Eigentümlichkeit der Situation.«

»Ich bin unter allen Umstanden der *Vater*!«

»Natürlich. Aber du sitzt hier, und die Mama drüben. Die Mama war ihm die nächste.«

»Sie hätte erst meine Einwilligung abwarten müssen. Nimm an, ich stellte mich auf den Standpunkt meines Rechts und behielte dich bei mir. Und hier käme einer und hielte um deine Hand an: ich würde meine Zustimmung bestimmt nicht ohne die der Mutter gegeben haben. In solchen Fragen haben beide Eltern das entscheidende Wort. ... Es ärgert mich, daß euer Woldemar selbst nachträglich nichts hat von sich hören lassen – und ist doch einmal in diesem Hause ein- und ausgegangen!«

»Das Verhältnis hat sich etwas verschoben, Papa. Das mußte Hartwig berücksichtigen. Natürlich mußte er das. Übrigens läßt Elfriede bei dir anfragen, ob er dir schreiben darf.«

»Komische Frage. Das hätte er längst tun sollen.«

Maxe lächelte. »Papa – versetz' dich in seine Lage,« sagte sie bittend.

»Er soll *nicht* schreiben,« rief Göchhusen. »Aber herkommen soll er! Alle drei sollen kommen. Das Liebespaar und Beate als Chaperonne – als Elefant. ...Ich will dir einen Vorschlag machen, Maxe. Ich muß in nächster Zeit sowieso nach Venedig. Ich habe da einmal für Wanda einen Palazzo gekauft, den ich wieder loswerden möchte. Habe schon in allen möglichen Zeitungen deshalb inseriert und werde von den Agenten überstürmt. Aber man muß so etwas persönlich machen, sonst hauen einen die Halunken über die Ohren. ... Ich proponiere, daß wir uns Mitte oder Ende Juni in Venedig treffen. Das ist auch die beste Zeit für den Lido. Beate, Elfriede, Hartwig – dann habe ich einmal meine Lämmer beisammen.«

»Einverstanden, Papa!« rief Maxe erfreut. »Hurrjeh, was werden die Schwestern jauchzen! Lido – nun denke nur: meine Sehnsucht! Dafür bekommst du einen Extrakuß!«

Aber sie konnte ihr Vorhaben nicht ausführen, da der Kammerdiener Göchhusens erschien, eine Visitenkarte auf silberner Platte.

Göchhusen nahm die Karte. »Nein,« sagte er kurz, »lasse bedauern – bin nicht zu sprechen. Stecke zu sehr in der Arbeit.«

Der Diener ging. Maxe sah die Karte, die ihr Vater auf den Schreibtisch geworfen hatte.

»Warum weist du ihn wieder ab?« fragte sie, ein Fältchen auf der Stirn. »Du beleidigst Emmingen absichtlich – sei mir nicht böse, Papa, aber es ist wirklich so.«

»Ich kann ihn nicht leiden.«

»Ach was – du denkst noch immer an das Quiproquo von neulich! Aber er kannte dich doch nicht und war mein Beschützer.«

»Er spielt sich zu sehr als deinen Beschützer auf – und das paßt mir nicht.«

»Mein teurer Vater ist einfach eifersüchtig. Merkwürdig, wie dieser Emmingen die Eifersucht entfacht. Mein kleiner Krempelius war auch eifersüchtig auf ihn. Und hatte ebensowenig Grund dazu. Es ist komisch.«

Der Diener erschien abermals.

»Was ist denn schon wieder los?« fragte Göchhusen.

Der Diener blieb, gut geschult, an der Türe stehen. »Gnädiger Herr entschuldigen,« antwortete er, »aber der Herr will sich nicht abweisen lassen. Er sagt, daß er mit einer höchst wichtigen Mitteilung käme.«

»Einer wichtigen Mitteilung?« wiederholte Göchhusen.

»Nimm ihn an, Papa,« bat Maxe. »Da wirst du ja hören, was er hat.«

»In den kleinen Salon,« befahl Göchhusen. »Maxe, Eifersucht ist Unsinn. So bin ich nicht. Aber vorsichtig. Elfriede war früher einmal mein Liebling. Die entführt mir der Hartwig. Jetzt stehst *du* mir am nächsten und sollst vorläufig bei mir bleiben. Da gucke ich alle jungen Männer, die deinen Spuren folgen, etwas scheel von der Seite an.«

»Das ist nur eine Umschreibung für Eifersucht, Vater. Der Befund bleibt. Ich will dir etwas zum Troste sagen: Emmingen hat sich bereits einen Korb von mir geholt. Einen ganz festgefügten; einen klassischen Korb.«

»Wahrhaftig?«

»Wahrhaftig. Und noch mehr: ich habe ihn auch nicht in Zweifel darüber gelassen, daß jede Wiederholung seiner Werbung ebenso aussichtslos verlaufen würde. Als Philosoph fügt er sich der Entsagung und hat das deutungslose ›Nein‹ auf seine Art mit Rosen garniert: er ist aus einem stürmischen Liebhaber ein harmloser Freund geworden.«

»Gut so.... Noch eine Frage: Warum wolltest du ihn nicht?«

»Dasselbe fragte mich Beate, und ich, antworte dir wie ihr: weil ich ihn nicht liebe.«

Göchhusen küßte seine Tochter auf die Stirn. »Ebbene – wenn es so ist, soll er willkommen sein. Gegen Freunde habe ich nichts – Liebhaber möchte ich vorläufig noch ferngehalten wissen.«

»Vorläufig,«

»Nun ja ...« Er lachte.... »Das Nachher kommt ja immer noch zur Zeit. Jetzt wollen wir Herrn von Emmingen ›Guten Tag‹ sagen.«

Emmingen stand im sogenannten Kleinen Salon vor dessen Hauptanziehungspunkt: einem bronzenen Relief aus Donatelloscher Schule, als die beiden eintraten. Er neigte sich tief über die Hand, die Maxe ihm reichte, und machte vor ihrem Vater eine formelle Verbeugung.

»Verbindlichsten Dank, daß Sie mich doch noch vorgelassen haben, Herr von Göchhusen,« sagte er.

»Ich bin mit Arbeiten überhäuft, Herr von Emmingen,« entgegnete Göchhusen, mit einer Handbewegung zum Sitzen einladend. »Aber für wichtige Mitteilungen stehe ich natürlich immer zur Verfügung...«

Emmingen hatte bereits Platz genommen, fragte Maxe nach ihrem Befinden und begann eine Unterhaltung mit ihr, die zunächst an das Donatellosche Relief anknüpfte, um alsdann allerhand anderes in rascher Folge zu streifen.

Herr von Göchhusen saß dabei und verwunderte sich. Sehr eilig schien es dieser junge Mann mit seinen überaus wichtigen Mitteilungen nicht zu haben. Er war in Besuchstoilette, hatte eine Nelke im Knopfloch und den Zylinderhut neben sich auf den Teppich gestellt. Göchhusen hatte Muße, ihn ungezwungen beobachten zu können. Er kannte die Familie: es war ein gutes Haus – badischer Adel, auch im Bayrischen sässig; kein Reichtum, aber rangierte Verhältnisse; der junge Herr selbst in Erscheinung und Gehaben typisch für die moderne diplomatische Generation. Auch dieser Typus war Herrn von Göchhusen nicht fremd: es steckte gewöhnlich mehr dahinter, als man vermutete.

Auf der Visitenkarte Emmingens stand hinter dem Namen *»Doctor juris utriusque«* in landläufiger Abkürzung: das war so eine Art Wappenverbesserung, die man sich gefallen lassen konnte. Wer ein Monokel trägt und einen über den Wirbel gezogenen Scheitel und wer auf den Sitz der Beinkleider hält und eine saubere Krawattenfältelung, braucht noch kein Schafskopf zu sein.

Das war Herr von Emmingen sicher nicht. Wenn man ihm ein paar Minuten zugehört hatte, wußte man, daß man es mit einem Menschen zu tun hatte, der nicht nur auf dem wohlfeilen Markte der Durchschnittskultur hausieren ging. Und eigentlich wunderte sich Göchhusen, daß Maxe ihm einen Korb gegeben hatte. Dann überkam ihn ein unsicheres Mißtrauen. Maxe plauderte mit augenscheinlichem Behagen und heiterer Lust am Widerspruch mit Herrn von Emmingen. Die Worte flogen, es flog auch der Witz: es lag eine stimmungsvolle Gemeinschaftlichkeit über der Unterhaltung und neben professioneller Glätte ein kameradschaftliches Verstehen wie unter vertrauten Freunden. Das Mißgefühl in Herrn von Göchhusen wuchs. Ob er sich auch dagegen sträubte: er war wahrhaftig ein wenig eifersüchtig; er hatte Angst vor einer Umgarnung seiner Maxe; das Mädel war sein und sollte ihm nicht so bald genommen werden.

Er räusperte sich und warf gelegentlich ein:

»Apropos, Herr von Emmingen, Sie haben mich neugierig gemacht. Sie ließen mir etwas sehr Wichtiges versprechen.... Darf Maxe zuhören oder –«

»Ich bitte gehorsamst,« antwortete Emmingen, »ich habe durchaus keine Geheimnisse vor dem gnädigen Fräulein.... Ich wollte mir nur zu fragen erlauben, ob Sie nicht ein Paar sehr hübsche gängige Wagenpferde kaufen möchten. Die könnte ich Ihnen nämlich nachweisen.«

Göchhusen machte große Augen. »Ist das das Wichtigste Ihrer Mitteilungen?« fragte er zurück.

»Doch nicht, Herr von Göchhusen. Es sollte dies nur die Einleitung bilden. Wenn Sie keine Pferde brauchen: darf ich Ihnen eventuell bei der Erwerbung eines neuen Automobils behilflich sein?«

»Mein Gott, das wäre doch auch keine Sache von Wichtigkeit!«

»Es käme darauf an, ob Sie ein Auto suchen oder nicht.«

»Ich suche keins.«

»Also dann... Ich las im Inseratenteil des ›Corriere‹, daß Sie am Canale Grande einen Palazzo zu verkaufen haben, und wollte ergebenste fragen, wieviel er wohl kosten dürfte.«

»Wünschen Sie ihn zu kaufen?«

»Er dürfte mir jedenfalls zu teuer sein. Aber die Möglichkeit wäre ja nicht ausgeschlossen, daß ich im Laufe der Zeit einmal einen sehr reichen Mann kennenlernen könnte, der sich darauf kapriziert, einen Palazzo grade am Canale Grande zu besitzen...«

Maxe hatte sich erhoben und war zu den Kamelien am Fenster getreten. Innerlich amüsierte sie sich, doch mit einer Beimischung von Sorge, ob der Vater genug Humor besitzen würde, die Keckheit Emmingens zu verstehen, dem natürlich nur daran lag, den Bann zu brechen, der ihn bisher von der Villa Esperanza ferngehalten hatte. Vorläufig schien Göchhusen allerdings noch keine Lust zu haben, die Spannung zu vermindern; es flog sogar etwas wie ein leichtes Wölkchen über seine Stirn, als er erwiderte:

»Herr von Emmingen, ich erkenne dankend Ihre liebenswürdige Fürsorge an. Zu Ihrer und meiner Bequemlichkeit aber gestatten Sie mir die Bemerkung, daß alles

Geschäftliche durch die Hände meines Sekretärs geht. Wenn Sie also wieder einmal eine freundliche Offerte haben, so wenden Sie sich bitte nur an Herrn Holm. Er ist für Sie immer zu sprechen.«

Göchhusen erhob sich. Maxe schaute sich sorgenvoll um und sah, daß auch Emmingen aufstand und seinen Hut ergriff.

»Das Geschäftliche ist damit erledigt,« sagte er. »Sie haben gemerkt, Herr von Göchhusen, daß es nur Mittel zum Zweck war. Ich bitte um Verzeihung, wenn ich mir den Eintritt bei Ihnen durch einen Scherz erzwang, den Sie vielleicht nicht billigen –«

»Der jedenfalls kritisch bedenklich war,« fiel Göchhusen ein, »– als eine Lustspielwendung, die nur bei vortrefflichem Ensemble seine Wirkung haben konnte. Aber ich bin kein geschickter Gegenpart.«

»Ich war auf alles vorbereitet, Herr von Göchhusen. Ein Lustspiel hat ja auch seine ernsthaften Szenen. Gestatten Sie mir also ohne kunstreiche Dialektik den Übergang zu Seriöserem. Sie haben mir die Szene im Eisenbahnwagen übelgenommen. Der schuldige Teil daran war aber wirklich nur der Zufall, der eine seiner ärgerlichen Launen gegen mich ausspielte. Gegen das Aufstöbern heimlicher Schadenfreude von seiten unfaßbarer Gewalten kann sich auch der Klügste nicht wehren. Ich habe getan, was ich mußte: ich habe in aller Form Ihre Vergebung erbeten. Und ich wiederhole noch einmal meine Bitte, mir verzeihen zu wollen. Ich bitte auch, mir Ihr Haus nicht ferner zu verschließen. Eine Reihe Göchhusens haben mich ihrer Freundschaft gewürdigt, auf die ich sehr stolz bin. Es würde mich glücklich machen, wenn auch Sie mich näher kennenlernen wollten.«

Er schwieg. Der Blick Göchhusens flog zu Maxe hinüber. Sie stand noch vor den blühenden Kamelien, aber ihm zugewendet. Er sah eine herzliche Bitte in ihren Augen, und da strich es wie mit kosender Hand über sein Vaterherz.

Er zog seine Taschenuhr. »Halb eins,« sagte er. »Wir wollen zusammen lunchen. Herr von Emmingen, Sie werden mir immer ein willkommener Gast sein.«

Damit war der Friede wenigstens äußerlich wiederhergestellt. Im Grunde genommen, besaßen die beiden Herren viel Gemeinsames in ihrer Welt- und Lebensanschauung und in den Richtungen ihres Geschmacks, der sich gern konservativ gebärdete, aber auch an Weiten und Ausblicken seine Freude hatte. Beider Empfinden war durchaus aristokratisch, stark ausgesprochen im Abscheu vor der Verpöbelungssucht und dann wohl auch einmal ins Kleinliche verfallend, doch keineswegs illiberal, sondern getragen vom Rhythmus des modernen Lebens und von einem flotten Temperament.

Sie hätten sich also recht gut verstehen können, und Emmingen tat auch das Seinige, Herrn von Göchhusen für sich zu gewinnen. Aber es wollte ihm nicht so recht glücken. Göchhusen kam ihm durchaus liebenswürdig entgegen, lud ihn häufig zu Gaste, unternahm auch mit ihm und Maxe zuweilen gemeinsame Autofahrten in die Lombardei und Spazierritte in die Berge, hielt sich aber doch immer in einer gewissen Reserviertheit. Es war augenscheinlich, daß er ein heimliches Mißtrauen nicht überwinden konnte: daß er fürchtete, Emmingen könnte eines Tages die geliebte Tochter für sich verlangen.

Vater und Tochter standen sich ausgezeichnet. Maxe bemerkte zu ihrer Genugtuung, daß die zeitweiligen melancholischen Anwandlungen, die Reflexe trüber Erinnerung, bei ihm allgemach zum Schwinden kamen. Er war heiter und aufgeräumt, er konnte sogar ausgelassen sein. Und in solchen Stunden wunderte sich das gut beobachtende Mädchen, wie viel glückliche Frische er sich durch alle Stürme bewahrt hatte. Es steckte in dem Fünfzigjährigen noch immer eine kräftig aufbauende Rüstigkeit und der alte, starke Drang nach Mannigfaltigkeit in der Betätigung. Ruhe wünschte er sich freilich auch: »Punktualität«, wie er sich ausdrückte. Das Auslandsdasein hatte er gründlich satt. Er wollte wieder schollenfest werden im Deutschen Reiche und prüfte gemeinsam mit Maxe (auch Emmingen konnte da Rat erteilen) die ihm zugehenden Anerbietungen von Gütern und Herrschaften. Aus der Ferne ließ sich natürlich nichts Zuverlässiges beurteilen; aber man übersah doch den Stand der Preise und konnte sich dies und jenes vormerken. Zu Beginn der Erntezeit sollten die Besichtigungen vor sich gehen; dann wollte Göchhusen nach Deutschland zurück.

Er hatte mit Maxe noch nie darüber gesprochen, wie lange sie wohl bei ihm bleiben würde. Das vermied er, ließ aber dann und wann einfließen, daß er ein vertragliches Anrecht auf sie habe; immer in scherzender Weise, doch Maxe merkte, daß bei dem Scherz auch ein Grundton von Ernst zur Mitsprache kam. Es kümmerte sie vorläufig nicht, denn sie hatte ihren Vater lieben gelernt. Sie war ihm auch mit herzlicher Freude eine getreue Mitarbeiterin geworden und vergrub sich mit ihm an stilleren Abenden in die Unlast von Aktenstücken und Besitztiteln, die er aus Mexiko, mitgebracht hatte. Da war keine leichte Übersicht zu erzielen, und über den Stand der Vermögensverhältnisse hätte sie ihrer Mutter schwerlich einen abschließenden Bericht erstatten können. Aber immerhin wußte sie, daß sie ein reiches Mädchen geworden war.

Das wußte nun auch Emmingen, und er sagte sich, daß er so etwas nicht übelnehme. Er hatte seine Werbungen ausgesetzt; das Verhältnis zwischen ihm und Maxe war ein ganz freundschaftliches geworden. Bedrohungen von anderer Seite fürchtete er nicht mehr. Es hieß für ihn einfach: aushalten und nichts überstürzen. Er hütete sich vor jedem unvorsichtigen Wort; er war ritterlich, doch niemals vertraulich. Das gefiel Maxe. Ihr gefiel noch etwas anderes bei dem Freunde. Emmingen hatte an Schärfe verloren. Er war immer noch streitlustig, wenn es sich um vulgäre Wertungen handelte, er scheute dann auch nicht vor einer radikalen Durchbrechung des Hergebrachten zurück; aber die Verneinung bildete nicht mehr ein Hauptstück im Katechismus seiner Schlüsse und Ansichten. Er war zugänglicher und wahrhaftiger geworden und minder kritisch in seinen Grundstimmungen, zumal Maxe gegenüber, die diese Wandlung übrigens, wenn sie ihr auch zusagte, nur für ein Gebot der Überlegungskunst hielt. Sie war nach wie vor auf ihrer Hut.

Eines Tages, als ihr Vater den Besuch eines Agenten aus Deutschland hatte, holte sie Emmingen aus dem Grand Hotel zu einem Spaziergange ab.

»Ich muß Sie sprechen, Sieur,« sagte sie. »Ich habe einen Brief von Beate bekommen, der riesig Interessantes enthält. Sie werden Kopf stehen.«

»Das ist das einzige, auf das Sie sich nicht verlassen können, Fräulein Maxe,« entgegnete er. »Seit meiner Kindheit habe ich mich nicht mehr im Kopfstehen geübt. Aber vielleicht versuche ich es mit dem Radschlagen...« Sie schritten in vergnügtem Geplauder die Straße nach der Punta della Castagnola hinab und schlugen dann zwischen den zahlreich verstreuten Villen einen Querweg nach dem Innern ein. An einer Gruppe kleiner Felsblöcke zwischen knorrigen Oliven, die ein hoher Eukalyptus überragte, machte Maxe halt.

»Hier ist es windstill,« sagte sie. »Ich glaube, wir bekommen Regen, wogegen ich nichts haben würde... Nehmen Sie auf einem dieser steinernen Fauteuils Platz und hören Sie zu.«

Sie setzte sich auf einen der Felsblöcke, und auch Emmingen suchte sich in ihrer Nähe eine primitive Sitzgelegenheit aus.

»Hart wie das Leben,« meinte er, als er sich niederließ, »und unbequem wie die Reue. Aber es muß ertragen sein. Und nun bin ich äußerst begierig auf Ihre Neuigkeiten.«

»Raten Sie, was passiert ist?«

»Schön – ich werde raten. ... Brökelmann hat sich den ersten Korb bei Ihrer Frau Mutter geholt.«

Maxe schaute erstaunt zu dem Sprechenden hinüber. »Sind Sie Gedankenleser?« fragte sie.

»Gott sei Dank nicht,« erwiderte er lachend; »das wäre mir eine zu gefährliche Eigenschaft. Die Erklärung ist rasch gegeben, gnädiges Fräulein: auch Brökelmann hat mir einen längeren Brief geschrieben, eine Klageepistel mit Händeringen zwischen den Zeilen und hundert Stoßseufzern am Rande.«

»Was schreibt er?«

»Ich halte es nicht für indiskret, wenn wir die Briefe miteinander vergleichen. Denn unsre Interessen treffen sich. Darf ich Sie bitten, mir zunächst einmal vorzulesen, was Fräulein Beate zur Sache berichtet?« Maxe zog den Brief hervor und entfaltete ihn. »Ich übergehe die Einleitung,« sagte sie. »Es heißt dann weiter: ›Und nun bereite Dich vor, etwas ganz Erstaunliches zu vernehmen; wenn Du einen Stuhl in der Nähe hast, halte Dich an der Lehne fest, sonst aber nimm Rückendeckung an der Wand, damit Du nicht umfällst. Gestern war Warmuth hier. Was wollte er? Er kam als Freiwerber für – nun also, für wen? – für den Kommerzienrat Brökelmann, unseren großen Milkselfmademan, und hat wohl an die zwei Stunden mit der Mama konferiert. Er soll seine Sache trefflich gemacht haben: er war ein würdiger Vertreter seines Auftraggebers. Er breitete alle guten

Seiten Brökelmanns in großer Anschaulichkeit vor der Mama aus: seine unbestreitbaren Verdienste um die Milchhygiene und die Bakterienkenntnis, seine inneren Eigenschaften, seine Wohlsituiertheit und als Krönung des Aufbaus die Tatsache, daß Brökelmann in Lippe-Detmold geadelt worden ist und in Erwartung des preußischen Geheimrattitels steht. Du siehst also, daß unser Brökel noch viel bedeutender ist, als wir ihn in kläglicher Unkenntnis seiner Gesamtwürden gehalten haben. Aber bei unsrer Mutter verfing alles nicht. Sie geriet in eine heftige Gemütsbewegung, bekam einen plötzlichen Weinkrampf und schüttete dann ihr bedrängtes Herz dem geistlichen Mittelsmann aus. Sie beichtete. Selbstverständlich kann ich Dir nicht sagen, was sie alles gebeichtet hat. Jedenfalls hat sie ihm versichert, daß es ihr ganz unmöglich sein würde, jemals im Leben auch nur eine Spur von Liebe zu Herrn Brökelmann zu empfinden, und hat dann den Superintendenten ernsthaft gefragt, ob es nicht eine Sünde vor Gott und den Menschen sei, ohne Liebe zu heiraten. Natürlich mußte das der gute Warmuth auf Grund aller seiner Überzeugungen bestätigen, und tat dies mit solcher Inbrunst, daß er unbewußt in das entgegengesetzte Fahrwasser geriet und der Mama erklärte, daß die Fortsetzung seiner Mission die sein werde, Brökelmann mit aller Kraft von ihr fernzuhalten.‹ ...«

Maxe schwieg einen Augenblick, überflog rasch die nächsten Zeilen des Briefes und sagte hierauf: »Das, lieber Herr von Emmingen, ist das rein Sachliche. Was noch folgt, sind allerhand Bemerkungen, die Sie nicht interessieren werden.«

»Ich danke,« entgegnete Emmingen, sein Portefeuille ziehend; »nunmehr werde ich mir erlauben, Ihnen als Gegenstück den betreffenden Passus aus dem Briefe meines kommerzienrätlichen Freundes vorzutragen ...« Er begann zu lesen: »»Ich habe lange überlegt, ob ich die Unsicherheit meines Selbstbewußtseins in Liebessachen überwinden und direkt meine Werbung bei Frau von Göchhusen vorbringen sollte. Wären *Sie* hiergewesen, dann hätte ich mich mit Ihnen noch einmal darüber aussprechen können – so aber wählte ich Schafskopf den verkehrtesten Weg und befragte meinen Insterburger Schulfreund Warmuth. Nun hätten Sie Warmuth hören sollen! Er antwortete ungefähr so, als ob er einer Horde von Botokuden eine Predigt halten wollte, stritt mir ab, eindringliche Kenntnis aller Finessen der weiblichen Psyche zu besitzen, meinte, ich würde durch mein kaufmännisches Gradezu von vornherein alles verderben, und schlug mir vor, aus heißer Freundschaft zu mir erst einmal das Terrain zu sondieren. Emmingen, ich habe nie viel für meine Geburtsstadt Insterburg übriggehabt; nun aber finde ich dies Nest über die Maßen abscheulich, bloß, weil auch Warmuth da geboren ist. Herrgott, wäre ich doch so verständig gewesen, mich auch in diesem Falle auf meine eigene Kraft zu verlassen! Aber es kamen wieder ähnliche Angstgefühle wie damals, als ich um Fräulein Beate anhalten wollte, und ein gewisses mystisches Empfinden, das mich in der Regel richtig geleitet hat, wenn ich in der Milchbranche eine neue Sensation vorbereitete. Bei meiner ersten Frau ging ja die Sache ganz glatt; aber da war ich noch ein Brausekopf, und außerdem war sie froh, daß sie mich kriegte. Nun aber bin ich doch recht gesetzt geworden, und wenn ich mich sonst auch leidlich zu benehmen weiß: ich glaube, bei einer Liebeserklärung würde ich heftig stottern und in meinen Ängsten vielleicht gänzlich vom Ziele abirren. So nahm ich mir denn Warmuth noch einmal vor und bearbeitete ihn gehörig. Er sollte Frau von Göchhusen einen einfachen Besuch machen, wärmer werden und je nach Empfinden gleich Farbe bekennen oder vorsichtig zum Rückzug blasen. Und was antwortete mir der Mann? Lieber Wilhelm, sagte er mit prachtvoller Zuversicht, wenn ich eine Sache in die Hand nehme, kannst du sicher sein, daß auch ein gottgewolltes Gelingen mit mir ist; denn im Ringen mit den Widerständen hat mein Leben jene Haltepunkte gefunden, auf denen die Erfahrung zur Reife wuchs. Ungefähr so sprach er, daß er in einer halben Stunde mit froher Botschaft zurückkehren würde. Ja, prostemahlzeit! Nach drei Stunden kam er freilich wieder, aber mit einem Gesicht, als ob er Bitterwasser getrunken hätte, und fing auch gleich zu predigen an: die Gegenliebe fehle, und nur wo zwei Herzen in gleicher Eintracht sich gefunden hätten, sei die feste Gewähr für eine Gott wohlgefällige Ehe und ein glückliches Erdenleben gegeben. Ich solle die arme Frau (sagte er) nicht weiter quälen, sondern mich in der Entsagung üben, die zu allen Zeiten das Größte menschlicher Leistung gewesen sei. Er hätte der armen Frau (arme Frau, sagte er immer) das feste Versprechen gegeben, daß ich für ewig zurücktreten würde, um ihre Seele nicht in Unruhe zu stürzen und in weltlichen Kümmernissen zu verflüchtigen. Lieber Emmingen, da habe ich an mich halten müssen, um meinem Insterburger Schulfreunde nicht eine Insterburger Schultachtel zu versetzen. Wahrhaftig, ich schäumte vor Wut. Hat mir der Mensch mit seiner Salbaderei die ganze Geschichte verfahren! Natürlich habe ich nicht allsogleich mit einem vollen Erfolge gerechnet; aber ich wäre dickhäutig gewesen und hätte den Versuch wiederholt. Und nun kommt dieses lange Kirchenlicht und verbrennt alle meine Hoffnungen! Ich kann Ihnen sagen ...‹«

Emmingen brach mitten im Satze ab. »Und so weiter,« fügte er hinzu. »Ist der Bericht Brökelmanns nicht eine famose Ergänzung zu dem Ihres Fräulein Schwester? Ich kann mir denken, wie die beiden Freunde aneinandergeraten sind. Natürlich hat es Warmuth von Herzen gutgemeint. Erst wollte er Brökelmann helfen und dann Ihrer Frau Mutter. Erst hat er zugeredet und dann abgeredet. Zur Schürzung des Knotens in der Komödie fehlt eigentlich nur noch, daß er sich schließlich selbst in Ihre Frau Mutter verliebt und um sie angehalten hätte. Das hätte einen gewissen dramatischen Höhepunkt gegeben, der sich freilich schon deshalb nicht ermöglichen ließ, weil der Held verheiratet ist.«

»Wer?« rief Maxe. »Warmuth? – Verheiratet – herrjeh! Seit wann?«

»Das kann ich Ihnen nicht genau sagen. Brökelmann hat mir davon gesprochen. Jedenfalls seit langem. Warten Sie – was erzählte denn Brökelmann? Er hat mir ein paarmal ... Ah ja, richtig! Also Warmuth hat schon als Kandidat geheiratet. Eine Gouvernante, glaube ich. Sie war von dem heiligen Feuer erfüllt, einmal eine Rolle in der Wüste zu spielen und den Heiden zu lehren. Warmuth auch – wenigstens damals. Sie bereiteten sich beide für die Missionskarriere vor – wenn man dabei von Karriere sprechen kann. Aber inzwischen füllte sich der Brotkorb daheim. Das Ansehen Warmuths wuchs; vielleicht festete sich auch die Überzeugung in ihm, daß er im eigenen Lande wirksamer tätig sein könne als in der Fremde – – jedenfalls hatte er die Lust verloren, Missionar zu werden. Sie aber hielt daran fest. Kinder waren nicht da, und so trennte man sich denn in Liebe und Eintracht.«

Maxe schüttelte den Kopf. »Es ist die Möglichkeit. ... Aber alle Welt hält den Superintendenten doch für unverheiratet!«

»Ja nun ... schließlich ist er ja nicht verpflichtet, es aller Welt auf die Nase zu binden, daß er seine Gattin seit fünfundzwanzig Jahren nicht zu Gesicht bekommen hat. Ich verstehe das: es liegt ein gewisses tragikomisches Element in der Tatsache, das ihm bei seiner Stellung, nicht angenehm sein kann. Andrerseits verheimlicht er auch diese Tatsache nicht; dazu ist er wieder zu ehrlich. Mein Gott, er spricht eben nicht davon, wenn es nicht notwendig ist! Das würde ich an seiner Stelle genau so machen ...«

»Natürlich ...« Maxe blieb einen Augenblick stumm sitzen, dann kicherte sie leise in sich hinein ... »Da geht uns also auch der dritte flöten,« sagte sie.

»Wieso der dritte?« »Es war nur das Fragment eines Selbstgesprächs. ... Ich dachte ... Wir hatten gedacht ... Emmingen, ich habe Ihnen ja schon einmal eine Andeutung, gemacht. Wir Schwestern würden ganz gern sehen, wenn Mutter sich wieder verheiraten wollte. Aus mancherlei Gründen. Und da hatten wir auch den langen Warmuth mit in das Spiel der Berechnungen gezogen ...«

Emmingen stand auf und versuchte, sich eine Zigarette anzuzünden. Aber der Wind war dagegen. Da ließ er es, zerbrach die Papyros und warf sie in die Luft.

»Interessant,« sagte er. »Ich verstehe die Sachlage. Auch alle Voraussetzungen. Man möchte die noch junge Mutter in sicherer Hut wissen, falls die Töchter einmal von ihr gehen sollten. Und die sicherste Hut ist immer die starke Macht eines persönlichen Faktors .... Mit Warmuth war es freilich vergebliche Liebesmüh. Anders mit Numro zwei: bei Brökelmann. Da waren Aussichten gegeben. Und wer ist der dritte? ... Pardon, ich werde indiskret –«

»Der ist seine eigenen Wege gewandelt,« fiel Maxe ein. »Emmingen, ich brauche Ihnen kein X für ein U zu machen. Das war Hartwig. Aber der nahm sich die Friede ...«

»Das ist einfach köstlich,« rief Emmingen. »Ansätze zu einer Gozzischen Komödie. Erster Akt: Konspiration dreier Töchter, die ihre Mutter verheiraten möchten –«

»Die Parzen am Webstuhl des Schicksals ...« Und sie sang nach einer unmöglichen Melodie: »Drei Mädchen sitzen am Spinnrad, des Glücks und spinnen, spinnen, spinnen –«

»Durch ihre Finger, weiß und schlank, die Fäden des Schicksals rinnen,« dichtete Emmingen als Fortsetzung. »Auf einmal aber schien's vorbei – ritsch, riß der eine Faden entzwei. Da lachten die Mädchen heiter und spannen emsiglich weiter.«

Nun lachte auch Maxe. »Aber wir haben nichts mehr zu spinnen,« sagte sie.

»Abwarten, gnädiges Fräulein. Nach dem szenischen Aufbau der Komödie müßten im zweiten Akt die drei zugedachten Freier sich um die Töchter bewerben. Das wäre ein logischer Lustspieltrick. Hartwig ist darauf eingegangen. Brökelmann hat eine unvorhergesehene Drehung gemacht.«

»Vielleicht macht er noch mal eine.«

»Gar nicht unmöglich. Da er aus mystischen Prozessen und geheimnisvollen Urgründen zur Wandlungsfähigkeit neigt, so ist es nicht ausgeschlossen, daß er sich wieder zu Fräulein Beate zurückwendet. Und sich auch bei ihr einen Korb holt.«

»Kann man alles nicht wissen. ... Gehen wir ein bissel weiter, Herr von Emmingen. Der steinerne Sitz hat seine Schroffheiten. Sie hatte sich erhoben, schob ihren Arm unter den Emmingens und ging mit ihm auf dem Wege nach San Remigio zurück .... »Ja, wirklich, das kann man nicht wissen. Beate ist nicht allzuviel umworben, trotzdem sie unter uns dreien eigentlich die schönste ist. Aber sie sieht ungeheuer anspruchsvoll aus. Das schreckt ab. Sie hat auch einen gewissen Hochmut. Das Nahrungsmittel, auf dem die Größe und die Leistungsfähigkeit Brökelmanns beruht, entspricht nicht ihrer Fürnehmheit. Und wenn seine Milch auch einzig dasteht an Fettgehalt und sonstigen wertvollen Eigenschaften: Milch ist nicht Gußstahl. Ja, wenn Brökelmann Besitzer eines Eisenwalzwerks wäre! Oder ein ähnlicher Schlotbaron! ... Immerhin – Baron ist er jedenfalls, und es ist schon möglich, daß die siebenperlige Krone bei Beate der Milch die Waagschale hält.« »Das müssen wir abwarten. Ein Milchbaron hat auch seine Eigenart und kommt nicht häufig vor. ... Gott, der arme Brökelmann! Nun spötteln wir über ihn, und er verdient es wirklich nicht.«

»Spötteln wir?«

»Es klingt schon so. Aber Sie haben angefangen.«

»Dann habe ich es von Ihnen gelernt.«

»Mir scheint, als sei meine Spottlust gelinder geworden. Scheint mir ... Sie war übrigens – wenn ich mich recht beurteile – mehr Verlegenheitsausdruck als angeborenes Empfinden. Sie wissen, ich gehörte sozusagen zu den schwankenden Gestalten. Zu den Zweiseelenkreaturen, die immer zwei Schritte vorwärts springen und einen zurück, wie die Leute in Echternach. Das, genierte mich, und da klammerte ich mich an die Spottlust. Nicht als Gegenkraft der Bewegung, sondern als Entschuldigung für ihre Trostlosigkeit. Es hat etwas Beruhigendes, sich selbst belächeln zu können. Ganz entschieden, das hat es. ... Aber der Mensch kann sich ja bessern. Manchmal genügt ein unwichtiges Geschehnis, die Besserung in Aktion zu rufen; manchmal bereitet sie sich von langer Hand vor. In diesem Falle waren zwei Worte von Ihnen die Faktoren, die den Anstoß zu dem Aufsichselbstbesinnen gaben.«

»Darf ich die Worte wissen?«

»Aber ja. Sie sprachen einmal von meiner Neigung zu ›Blinkfeuern‹ – und ein andermal schrieben Sie mir – damals, auf die Einladung zu Ihrem Gartenfest –, alles eigene ›Drillieren‹ sei strengstens verboten; die bunten Ballons genügten.«

Maxe zupfte ihren Staubschleier über das Kinn. »Das waren doch nur scherzhafte Redensarten,« sagte sie.

»Ich habe sie auch keineswegs übelgenommen. I Gott bewahre! Aber sie gaben mir doch zu denken. Ich gestand mir zu: sie waren bezeichnend. Und da habe ich mir denn Mühe gegeben, in mir selbst etwas mehr Ordnung zu schaffen. Im Archiv meiner Seele sah es liederlich aus; jetzt ist es ein Shannonregister geworden. Alles liegt auf dem richtigen Fleck.«

»Sie spötteln schon wieder. Aber es schadet nichts. Es ist ganz hübsch. Gebessert haben Sie sich jedenfalls. Sie sind – wie soll ich sagen – ausgeglichener geworden. Es flackert nicht mehr soviel in Ihnen; es brennen ruhigere Flammen. Keine Blinkfeuer, sondern ein sanftes Glühlicht. Weniger Pyrotechnik und mehr Leuchtkraft.«

Emmingen zog seinen Hut. »Ich danke sehr für gütiges Urteil,« entgegnete er. »Und nun tun Sie mir einmal den Gefällen und schauen Sie freundlichst nach links hinüber. Da liegt die Parkmauer der Villa Esperanza. Die nachtmützenähnliche Spitze ist das Dach des Pavillons. Der eifelturmartige Aufsatz daneben die Höhe der Aussichtstreppe. Was krabbelt da oben herum? Sind es zwei Männer? Und winken sie nicht?«

Die Entfernung war noch zu groß, um die Leute auf der Plattform des Aussichtsturmes zu erkennen. Maxe war stehengeblieben und äugte scharf.

»Natürlich sind es zwei Männer,« sagte sie. »Sie lassen die Taschentücher wehen. Der eine ist wohl Papa. Aber der Kleinere ...«

Sie gingen weiter den Seeweg entlang, den Blick beständig auf die beiden Gestalten gerichtet.

»Herrgott,« rief Maxe plötzlich und blieb abermals stehen: mit einem Ruck, als ob »Halt« kommandiert worden wäre.

»Was ist denn los?« fragte Emmingen.

»Das rechts ist in der Tat Papa –«

»Und der links?«

»Ist Krempel.«

»Wer?!«

»Krempel,« antwortete Maxe in bestimmterem Tone. »Ich erkenne ihn am Hut und an der Figur und endlich am Taschentuch. Sein Taschentuch ist wie eine Fahne. Er hat immer so riesige Taschentücher.«

Emmingen machte aus seiner unliebsamen Überraschung kein Hehl. »Aber wie kommt denn dieser Krempel hierher?!« sagte er ärgerlich.

»Das weiß ich auch nicht. Ich habe ihn nicht gerufen.«

»Merkwürdig. Er wird Ihnen doch nicht absichtlich nachgereist sein?«

Maxe war in Unruhe, und um sie zu verbergen, wurde sie heftig. »Herr von Emmingen, und wenn Sie mir die Pistole auf die Brust setzen: ich kann es Ihnen nicht sagen!« rief sie. »Ich weiß es nicht. Ich bin selbst erstaunt. Nachreisen ist Unsinn. Warum soll er mir denn nachreisen?«

»Man kann nie wissen. ... Vielleicht aus ... na ja!«

»Was? ... Aus Eifersucht. Genieren Sie sich nicht und sprechen Sie aus.«

»Gut. Also aus Eifersucht. Warum nicht?«

»Weil er dazu nicht kapitalkräftig genug ist, werter Herr. Die Eifersucht kann er sich allenfalls zu Hause leisten. Aber um sie bis über die Alpen zu tragen, dazu langt's bei ihm nicht. Er ist ein armer Kerl. ... Und nun möchte ich Sie um eins bitten, Emmingen –«

»Stehe zu Befehl.«

»Nein, nicht Befehl. Ich bitte bloß. Sie können sich gegenseitig nicht recht verknusen. Das habe ich schon in Zochin gemerkt. Es schwebt wirklich so etwas wie eine Atmosphäre von Eifersucht zwischen Ihnen. Sie würden mir einen großen Gefallen tun, wenn Sie freundlich – sagen wir: wenigstens *harmlos* zu Krempel wären.... Ermöglicht es Ihnen Ihr Aufschwung zur Besserung, sich auch einmal harmlos zu geben?«

Auf der Stirn Emmingens breitete sich immer noch eine Wolke des Unmuts aus. Und sie blieb auch, als er antwortete: »Ich kann es ja wenigstens versuchen.«

Maxe kniff ihr rechtes Auge zu. »Das sagen Sie in einem Tone, der der guten Absicht direkt widerspricht.«

»Weil es mir nicht leicht wird, Ihren Wunsch, zu erfüllen.... Ich habe nichts andres gegen diesen Krempel als die Vertraulichkeit, mit der er Ihnen begegnet. Natürlich weiß ich, daß sie auf alter Kinderfreundschaft beruht. Das weiß ich – und ich begreife auch, daß so etwas festsitzt. Aber ich kann mir nicht helfen: es belästigt mich. Und ebenso belästigt es mich, daß er so plötzlich unter uns erscheint. Er wirkt störend auf mich ein.«

In Maxe stieg jetzt wieder der Ärger auf. »Herr von Emmingen,« sagte sie scharf, »wenn Sie sich nicht beherrschen können, so lassen Sie es gefälligst bleiben. Ich bat um eine Gefälligkeit. Bei Ihrer Weltgewandtheit kann Ihnen die Erfüllung nicht schwerfallen. Es ist der reine Mechanismus. Aber ich dringe nicht in Sie. Machen Sie, was Sie wollen ...«

Man war jetzt bis ziemlich dicht an die Parkmauer gekommen, die hier einen Bogen beschrieb und sich bis zur Seeküste hinabzog. Der Park umfaßte zahlreiche, bei den Italienern beliebte Spielereien: eine Tropfsteingrotte mit unterirdischer Wasserfahrt, Gartenhäuschen, einen Vexierpavillon, ein närrisches Mausoleum für einen römischen

Helden der Einbildung und auch das Eisengerüst eines Aussichtsturms. Vom Plafond dieses Turmes grüßten Göchhusen und Krempel die Näherkommenden. Krempels großes Taschentuch flatterte noch immer wie eine Friedensfahne im Kinde.

»Was sagt Ihr zu dem unerwarteten Besuch?« rief Herr von Göchhusen, indem er die Hände als Schalltrichter um den Mund legte.

Krempel machte es ebenso. »Grüß Gott, Maxe!« schrie er von seiner Höhe herab. »Guten Tag, Herr von Emmingen. Wie geht's?!«

Maxe und Emmingen riefen und grüßten zurück und wandten sich dann landeinwärts dem Parktor zu.

»Krempels Zuruf war doch sehr freundlich,« sagte Maxe im Weiterschreiten. »Und nun schütteln gütigst auch *Sie* Ihre Unlust ab und seien Sie Mensch zum Menschen.«

»Also geschehe es,« erwiderte Emmingen. »Ich werde jedwede herabstimmende subjektive Zuständigkeit kraftvoll unterdrücken und mich Herrn Krempel lediglich von der Sonnenseite zeigen. Er soll von mir entzückt sein.«

Krempel erzählte:

»Maxe, ich habe ein unsinniges Glück gehabt. Du kennst meine Brendicke; ja, du kennst sie. Mit ihr spiele ich seit Jahresfrist ein Los zusammen: ein achtel Los der Königlich Preußischen Klassenlotterie. Wir sind bereits dreimal mit dem Einsatz herausgekommen und schätzten schon dies als eine hohe Gunst Fortunas, obwohl sie keine dauernden Spuren in unseren Schatullen hinterließ. Aber jetzt ist der große Schlag gefallen. Wir haben gewonnen, Maxe! Nach allen Abzügen sind uns noch neunhundertdreiundzwanzig Mark geblieben, also auf den Kopf Mark vierhunderteinundsechzig nebst fünfzig Pfennigen.«

»Kolossal. Ich, gratuliere, Krempel.«

»Danke schönstens. Nun handelte es sich um die Verwendungsfrage. Die Brendicke trug ihren Mammon sofort auf die Sparkasse. Dies erschien mir ein kleinliches Verhalten. Einem Glückgewinst gegenüber soll man die Neigung zum Aufhäufen fallen lassen. Ich habe lange überlegt. Ich dachte an eine komplette Erneuerung meiner Garderobenverhältnisse. Aber das war mir zu äußerlich. Wann wollte ich mir eine Volière kaufen mit allerhand piependem Getier. Und schließlich wollte ich bei Franz Kramhuber, einem sogenannten *champion of the world*, mit mächtigen Muskeln, Unterricht im Meisterringen nehmen.«

»Was?!« rief Maxe.

»Bravo,« sagte Emmingen und applaudierte mit den Daumennägeln. »Diese Idee gefällt mir. Das Psychische überwuchert in uns; die Gesetze des Physischen werden vernachlässigt. Da muß ein Ausgleich geschaffen werden.«

»Krempel,« rief Herr von Göchhusen, »bitte, treten Sie einmal vor! Mit dem ganzen Gehaben eines Meisterschaftsringers. Prachtvoll! Wenn Sie in Trikot gewickelt sind, müssen Sie einen überwältigenden Eindruck machen. Können Sie denn schon alle Kunstgriffe?«

»Nein,« erwiderte Dionys, »keinen einzigen. Ich ließ nach reiflicher Gedankenarbeit auch diese Idee wieder fallen. Und zwar kam dies so. Ein Kollege vom Joachimsthal, Doktor Duplessis, machte mich darauf aufmerksam, daß die billigen Pfingstzüge nach dem Süden wieder beginnen. Er wäre gern selber gefahren, aber er hat eine kranke Tochter zu Hause und konnte nicht fort und klagte mir nun sein Leid. Und da schoß es wie ein Blitzlicht über mich: Italien! Mit meinem Losgewinn könnte ich bis in die kalabrische Stiefelspitze – aber so lange reichen meine Ferien nicht, und da will ich mich denn mit Oberitalien begnügen. Natürlich galt mein erster Besuch der Villa Esperanza.«

»Wo wohnst du?« fragte Maxe.

»Ich bin in der Albergo Milano abgestiegen, aber dein Herr Vater –«

»Hat ihn hierher genommen,« fiel Göchhusen ein. »Selbstverständlich. Für den Sohn meines alten Pastors Krempel habe ich immer noch ein Plätzchen übrig. Leider hat er sich in eine Mansarde eingekrempelt und die Fremdenstube verschmäht, die ich ihm angeboten habe ...«

Die vier schritten den von Magnolien eingefaßten großen Hauptweg der Villa zu. Krempel fand alles wundervoll, schrie bei jeder Aussichtsstelle auf, roch an einem blühenden Vanillebusch und hatte noch nie einen Maria Paulownabaum gesehen. Maxe freute sich mit ihm, und auch Herr von Emmingen war von einer gewissen ernsten Freundlichkeit: etwas reserviert, aber doch nicht herablassend.

Man frühstückte miteinander, dann zog sich Emmingen in sein Hotel zurück, und Maxe ging mit Krempel in den Garten, um sich von ihm erzählen zu lassen, was es Neues in Berlin gebe. Sie wählten einen schattigen Platz unweit des Seeufers und legten sich unter einer großen Zeder in das Gras.

Allzuviel hatte Krempel nicht zu berichten. Er war zwar einigemal in der Regentenstraße gewesen, aber immer nur für kurze Zeit, und wußte augenscheinlich auch nichts von dem Korbe, den sich der Kommerzienrat Brökelmann geholt hatte. Maxe vermutete, daß die Schwestern ihm absichtlich nichts davon erzählt hatten, was sie eigentlich nicht richtig fand, da Krempel doch auch Teilnehmer an der großen Verschwörung war. Aber in ihrem Empfinden hatte sich mancherlei geändert; augenblicklich stand ihr Emmingen näher als der Kindheitsfreund, und so schwieg auch sie von dem Fehlschlag in der gemeinsamen Parzentätigkeit. Man konnte ja immer noch darauf zurückkommen.

Übrigens schien Krempel auch Wichtigeres erzählen zu wollen. Es fiel Maxe auf, daß er einige Male anhub: »Maxerle, was ich noch sagen wollte« – oder: »Höre, Tugendreich, ich muß dir etwas anvertrauen« – und daß er dann immer wieder mit einer gleichgültigen Wendung abschwenkte. Einmal unterbrach er sich, um ein Bambusgebüsch für Zuckerrohr zu erklären, und dann wieder, um mit einer schönen Handbewegung über die Seefläche begeistert auszurufen: »*O mia bella Italia! O Lago azzurro! O grande Maggiore!*«

»O – o – o!« parodierte ihn Maxe. »Dionys, du mußt nicht glauben, daß ich in der Zeit, da ich deine geistige Kontrolle entbehrte, verdummt bin. Ich bin immer noch ungemein scharfsichtig. Ich merke, daß du irgend etwas auf dem Herzen hast, was du mir gern erzählen möchtest. Es tritt aber im entscheidenden Moment eine geheimnisvolle Gegenströmung ein, die deinem Mitteilungsbedürfnis Fesseln anlegt. Warum?«

Krempel schaute wieder träumerisch über den See. »Es ist fabelhaft,« sagte er, »diese Bläue ist eigentlich nicht ganz blau. Er mischen sich grünliche Tinten hinein. Ob das Hannibal auch schon beobachtet hat? Er ist seinerzeit hier gewesen, und vielleicht hat er auf derselben Stelle gerastet –«

»Krempel!« rief Maxe, »wir leben *post Christum natum*, und mir fehlt jedes Interesse für Hannibal. Warum schweifst du wieder in die Vorzeit? Ich möchte wissen, was du mir zu sagen hast?«

Er warf sich im Grase herum, so daß er auf dem Bauche lag, nahm die rechte Hand Maxes und küßte sie.

»Es ist richtig,« entgegnete er, »daß ich dich etwas fragen wollte. Nämlich folgendes: denkst du noch manchmal an Pittelkos Bodenkammer zurück?«

Maxe nickte, indes auf ihren Wangen das Rosa sich langsam verdunkelte. Diese Frage ließ allerhand Deutungen zu.

»Gewiß,« sagte sie, »das tu ich schon.«

»Und wie wird dir dabei?«

Sie fühlte: es war so, als kröche etwas über ihr Herz. Aber sie nahm sich zusammen.

»Wie soll mir werden?« erwiderte sie gleichmütig. »Mal so, mal so. Wir wissen ja, daß wir damals im Banne poetischer Stimmungen standen.«

»Ja,« sagte er, »ich meine: wirken die zuweilen noch nach? oder sind sie blaß geworden?«

»Dionysos, das ist eine merkwürdige Frage. Ich bin gar nicht auf die Idee gekommen, mich daraufhin einmal energisch zu prüfen. Wozu denn auch?«

»Natürlich – wozu denn auch? ...« Nun würde er lebhafter. Er hatte bisher die Hand Maxes gestreichelt. Jetzt ließ er sie los, schwang sich um sich selbst und setzte sich aufrecht hin. .... »Das ist eine sehr berechtigte Wendung. Dieses Wozu sagt alles. Es ist eine Frage an das Schicksal. Es bezeichnet die Richtung auf etwas Sachliches.«

»Du bist mir unklar.«

»Das schadet nichts.«

»Vielleicht drückst du dich aber doch ein bißchen deutlicher aus.«

Krempel atmete schwer. Es klang fast wie ein Seufzen. Er öffnete den Mund, und so blieb er einen Augenblick sitzen. Maxe sah ihn neugierig an. Und plötzlich sagte er:

»Sieh das kleine Wölkchen über der Isola bella! Wie ein rudernder Schwan. Wie der Schwan Lohengrins.«

Maxe schlug mit der flachen Hand in das Gras.

»Dionys, nun hör auf!« rief sie. »Phantasiere nicht, sondern sprich in normalen Zusammenhängen.«

»Schön, Maxe, ... Maxe, hör zu ... Maxe, denke dir« ... er neigte den Kopf wie ein sich schämender Junge und sagte leise: »Ich bin verliebt!«

Noch ein paar Sekunden starrte ihr Auge ihn an. Das dunklere Rot ihrer Wangen wurde lichter. Um die Lippen strich der Versuch eines Lächelns. Dann setzte sie sich neben ihn: mit einer energischen Bewegung, die anzudeuten schien, daß sie nun *alles* von ihm zu hören wünsche. »In wen?« fragte sie.

Aber er antwortete nicht, sondern fragte zurück:

»Warst du auch schon einmal verliebt?«

»Das weiß ich nicht. Und wenn ich's wüßte, würde ich es dir wahrscheinlich nicht sagen. ... Verliebt mag man manchmal sein. Aber man kann sich auch in seinen Empfindungen täuschen. ... O ja, das kann man. Schwebende Eindrücke fordern dazu auf. Da rinnen die Grenzlinien durcheinander. ... Man kann ehrliche Freundschaft für Liebe halten und umgekehrt.«

»Ich glaube, daß es so ist,« erwiderte Krempel mit trauriger Stimme.

»Warum sagst du denn das so melancholisch?« fragte Maxe.

»Weil bei mir auch noch alles durcheinander rinnt. ... Aber nicht das – – sondern *das*.«

»Sondern was? – Dionys, wenn du doch gefälligst so freundlich sein wolltest, dich zu einer logischen Gedankengliederung zu zwingen.«

»Jetzt ist aus dem Wolkenschwan über der Isola bella ein kleines Kamel geworden,« antwortete Krempel sinnend.

Maxe stand rasch auf und schüttelte die Grashälmchen von ihrem Rocke ab.

»Bleib sitzen,« sagte sie. »Bitte, bleib nur sitzen. Ich gehe inzwischen auf mein Zimmer und schreibe ein paar Briefe. Wenn du deine Gedanken gesammelt hast, kannst du mich ja rufen.«

Er hielt sie am Rocksaume fest. »Um Gottes willen, gehe nicht fort,« erwiderte er. »Nämlich ... ohne das gewonnene Los wäre ich natürlich nicht hierher gekommen. ... Aber mir lag doch auch daran, mich mit dir zu treffen – und auszusprechen. Auszusprechen – verstehst du?«

»Gewiß verstehe ich. Aber du sprichst dich ja nicht aus.«

»Weil ... Erst setz dich mal wieder zu mir. Dicht an meine Seite. Und wenn ich bitten darf: guck mich nicht an. Schau einfach über den See, während ich rede. Dann wird die Logik schon kommen. Sie ist schon da. Aber du darfst mich nicht angucken ...«

Sie nahm schweigend abermals neben ihm unter der großen Zeder Platz, faltete die Hände im Schoße und schaute geradeaus. Das kleine Kamel über der Isola bella war inzwischen zu einem verfehlten Wachtelhündchen geworden.

Krempel faltete auch die Hände. Beide Menschen sahen sehr andächtig aus.

»Es liegt so,« sagte er. »Bei Pittelko damals, wirst du dich entsinnen, sprach ich allerlei, weil ich ein bißchen eifersüchtig auf Emmingen war –«

»Und er auf dich.«

»Und er auf mich. Das kommt vor. Die Eifersucht ist eine Leidenschaft, die ... aber ich will keine Gemeinplätze verbreiten.«

»Worum auch ich ergebenst bitten möchte.«

»Und da schworst du mir bei Pittelko, wie du dich erinnern wirst –«

»Ich weiß, was ich schwor, und habe es gehalten,« fiel sie ein.

»Das ist es ja eben. Ich gebe dir diesen Schwur zurück. Wenn also Emmingen kommen sollte –«

»Ach, Krempel, laß doch Emmingen aus dem Spiel! Der gehört nicht hierher. *Du* bist verliebt – so hast du mir erklärt.«

»Ganz richtig – und da wollte ich mir denn zu fragen erlauben, ob du nichts dagegen hast –?«

Das Wachtelhündchen über der Isola bella war ein breiter, weißer Schleier geworden. Auf diesen Schleier hefteten sich die Augen Maxes. Sie begriff nun, warum sie Krempel nicht anschauen sollte. In dem armen Jungen regten sich Gewissensbisse.

»Nicht nur,« antwortete sie ruhig, »daß ich nichts dagegen habe: ich freue mich auch von ganzem Herzen darüber, daß du dich rechtschaffen verliebt hast.«

»Ehrenwort, Maxe?!« rief er, wandte sich ihr strahlenden Blickes zu und ergriff ihre Hände.

»Ehrenwort, du Dummchen. Vorausgesetzt, daß deine Liebe –«

»Selbstverständlich! Ich weiß schon, was du sagen willst. Ich bin ein Philister, Maxe, und kein Schürzenjäger. ... Aber ich muß nochmals auf das Damals zurückkommen, auf den Nachmittag in Pittelkos Kammer.«

»Tu es nicht, Dionys. Vertönte Musik, du weißt ja. Stimmungssache. ... Ein Kuß in Ehren – ein Kuß in Freundschaft ...« Sie sah ihn an; nun schaute sie nicht mehr fort. Auf ihrem Gesicht lag der Liebesglanz seiner Augen. ... »Du sollst noch einen dritten Kuß haben, Dionys. Komm her – es gilt deinem Glücke.«

Sie legte ihre Arme um seinen Hals und küßte ihn. Da hielt er wieder ihre Hände fest und drückte sie stark.

»Maxe – liebe kleine Freundin,« stammelte er und rang nach vernünftigem Ausdruck, »ich bin so ... ich kann dir gar nicht sagen, wie selig ich bin. ... Bis jetzt, bis heute, bis zu dieser Stunde schwammen Wolken über meiner Seligkeit – wie der Schwan über der Isola bella – aber das kleine Kamel – nun ist es eine weiße Raupe geworden ... aber jetzt ist es ganz wolkenlos in mir – ganz. ... Ich bin gräßlich verliebt!«

»In wen?«

»Ja natürlich – diese Frage muß endlich beantwortet werden. In eine gewisse Frieda – Frieda Duplessis –«

»Woher kenn' ich den Namen?«

»Denke an das Mädchen mit dem gebrochenen Fuß –«

»Ach ja! ...« Maxe schlug sich an die Stirn ... Der Radunfall – bei unserm Gartenfest hast du das zwanzigmal erzählt. ... Frieda klingt hübsch – Duplessis auch. Französischer Ursprung?«

»Emigrantenfamilie – ja. Vater Lehrer wie ich. Also arm. Aber das schadet nichts.«

Maxe sah in die Sonne und blieb für ein kleines Weilchen stumm. Dionys betrachtete den Ausdruck ihres Gesichts und nahm dann nochmals ihre Hand, um sie an seine Lippen zu ziehen.

»Bist du mir bös?« fragte er.

Sie schüttelte fast heftig den Kopf. »Ich bitte dich – red nicht so unsinnig! Böse – wie käme ich dazu?! Ich freue mich – ich freue mich ...« Sie sprang empor und geriet in eine erregte Lustigkeit, packte Dionys an den Händen und zog ihn in die Höhe. ... »Komm her,« rief sie, »ich will dich wie einen Bräutigam schmücken!« Sie brach eine Azalie und steckte sie ihm in das Knopfloch. Dann riß sie eine Windenranke ab, die um den Zedernstamm kletterte, eine Winde mit schneeweißen Trichterblüten, die am Rande türkisblau umsäumt waren, und schlang sie ihm um den Kopf. ... »So,« sagte sie, »nun bist du schön und bräutlich. So sollte deine Frieda dich sehen. Sag, ist sie schwarz, wie ich?«

»Nein, sie ist blond. Sie hat eine Mähne wie reifer Weizen, und ihre Haarwurzeln flimmern wie Silber.«

»Da hat dein Geschmack sich verändert. Früher zog dich das Dunkle an.«

»Ist das wahr? – Ja, es ist möglich. Aber auch das Blonde hat seine Reize. Ich finde sie sehr schön, Maxe. Sie ist tannenschlank und sieht zart aus. Aber Muskeln hat sie, das ist fabelhaft.« Es strömt eine so reine Gesundheit von ihr aus. Sie wird dir gefallen.«

»Sie gefällt mir jetzt schon. Hast du kein Bild von ihr?«

»Nein ... Maxe, wir sind ja noch nicht soweit. Ich habe sie ein paarmal besucht. Sie mußte immer auf dem Sofa liegen – wegen des bandagierten Fußes. Da hab ich ihr vorgelesen. Wir waren gewöhnlich allein, wir zwei: in ihrem kleinen Zimmerchen ... Gartenhaus, ohne Großstadtgeräusche – schräge Sonnenstrahlen – und eine so feine Stimmung –«

»Ja, ja,« rief Maxe, »ich verstehe! Die Stimmung. Die Stimmung kam.«

Er nickte still.

»Und da habt Ihr Euch gefunden?«

»Das wohl. Aber nicht erklärt. Sie hat einmal meine Hand genommen und an ihre Wange gelegt. Das war alles. Aber mir hat es genügt.«

Maxe schlang noch eine zweite Winde um seinen Kopf, eine mit dunkelblauen Blüten und schwarzem Auge, und fragte dann:

»Hast du sie noch nie geküßt?«

»Nein. Das wagte ich nicht.«

»So,« sagte sie, und ein Zucken sprang um ihre Mundwinkel, »und bei mir – damals – bei mir hast du es gewagt.«

»Das war's ja eben, Maxe. *Weil* ich es bei dir gewagt hatte. ... Der Kuß – dieser erste Kuß, denn den zweiten gabst *du* mir, ebenso wie den dritten – der hatte etwas Verbindendes. Er schlang geheime Fäden um unsere Herzen. So empfand ich es – und da mußte ich erst wissen, ob du gradeso fühltest. ... Verstehst du nun, weshalb ich hierher gekommen bin?«

»O ja. Du bist ein ernsthafter Philologe. Du bist ein gründlicher Mensch. Du mußt immer deine Ordnung haben. Aber du *hast* sie, Dionys. Es ist alles in Ordnung. Der Kuß damals – nein, er schlang keine heimlichen Fäden. ... Liebe dein Mädchen. Liebe deine zarte starke Frieda. Liebe sie, Dionys! Und dann – will ich sie auch lieb haben ...«

Plötzlich lief sie davon. Sie lief mit flinken Füßen quer über den Rasenplatz der Villa zu. Noch einmal blieb sie stehen und winkte ihm mit beiden Händen, während ihr Gesicht lachte. Aber das Lachen war Zwang. Sie lief davon, weil sie wußte, daß sie sonst ins Schluchzen gekommen wäre. Doch wenn man sie gefragt hätte, warum ihr so zum Weinen zumute sei: sie hätte wirklich keine Antwort geben können. Sie gönnte Dionys sein großes Glück – aber es war eine erbärmliche Gönnerschaft. Sie flüchtete nicht nur vor ihm: sie floh auch vor sich selbst.

Am andern Tage hatte Maxe den Wirrwarr des Gemüts überwunden. Sie war wieder ruhig und verständig und gab Krempel sogar allerhand gute Ratschläge. Der nämlich wollte in seinem großen Glücksüberfluß schleunigst wieder nach Berlin zurückfahren, um seinen Liebeshandel in Eile zu Ende zu führen. Dagegen aber sprach Maxe wie eine erfahrene Tante, die im Geduldpredigen geübt ist, sich mit Entschiedenheit aus. Zunächst einmal sollte Dionys seinen Urlaub gehörig ausnützen. Nun war er doch schon hier unten, und die arme kleine Frieda mit ihrem gebrochenen Fuß lief ihm wahrhaftig nicht davon. Natürlich nicht: das sah Krempel ohne weiteres ein. Aber er wollte wenigstens eine Entscheidung haben; er wollte wissen, ob er der Familie Duplessis als Schwiegersohn auch wirklich willkommen sei: kurzum, er wollte schriftlich um seine Frieda anhalten. Dagegen hatte Maxe nichts; da sprach wieder die Ordnungsliebe Krempels mit, der seine Angelegenheiten ins reine zu bringen wünschte. Sie half ihm sogar bei seinem Briefe an Doktor Duplessis, der sich unter ihrer geistigen Oberleitung zu einem so vollendeten Schriftstück entwickelte, daß man ihn jedem Briefsteller für Liebende hätte einfügen können.

Und schon nach vier Tagen traf die Antwort ein. Doktor Duplessis schrieb, daß er für seinen Teil, doch ebenso seine liebe Frau, die Werbung seines verehrten Kollegen um die Hand seiner Tochter als eine Ehre betrachte. Er habe auch bereits mit Frieda gesprochen und könne Herrn Doktor Krempel ihr Jawort übermitteln. Sie freue sich von Herzen auf seine Wiederkehr, habe aber den dringenden Wunsch, daß er sich nicht in seinen Urlaubsdispositionen stören lassen solle, und fast mit den gleichen Worten, wie Maxe sie gesprochen hatte, bat er, der Kollege möge die kurze Ferienzeit nur tüchtig ausnützen. Nach seiner Rückkunft wollte man gleich die Verlobungsanzeigen drucken lassen.

Dann kamen noch einige Aufklärungen über die Mitgift. Es lägen zehntausend Mark Ausstattungsgeld bereit; außerdem erhielte Frieda zwanzigtausend Mark in bar, und dieser Summe wollte die Großmutter aus Eigenem noch achttausend Mark hinzufügen. Doktor Duplessis gab die Summen in Ziffern wieder, setzte aber jedesmal ein »geschrieben« in Klammern dahinter, zum Beispiel: »20 000 M. (geschrieben zwanzigtausend Mark) in bar«. Dadurch erhöhte sich anscheinend das Volumen und sah respektgebietend aus.

Jedenfalls freute Krempel sich unbändig darüber. Einen solchen Reichtum hatte er niemals erhofft.

»Es kommt mir überraschend,« sagte er zu Maxe. »Ich hätte sie für viel ärmer gehalten. Namentlich von der Großmutter habe ich ein solches Maß von Güte nicht erwartet. Sie sieht nicht danach aus. Maxe, jetzt heißt es, nicht übermütig werden. Wenn ich die Zinsen dieser Mitgift zu meinem Gehalt schlage und zu den Erträgnissen meines eigenen, freilich nicht nennenswerten Vermögens, dann bildet sich eine goldene Basis, die zur Protzenhaftigkeit verleiten könnte. Aber ich kann dir versichern, daß wir bescheiden bleiben werden. Wir werden dich auch künftighin nicht von oben herab behandeln, sondern dir immer gewogen sein, und um dir zu zeigen, daß wir nicht auf unsern Reichtum pochen, soll es, wenn du uns einmal zum Abendessen, besuchst, Heringssalat geben und feine Trüffelpastete.«

Natürlich mußte das frohe Ereignis auch seine Feier haben. Herr von Göchhusen nebst Fräulein Tochter luden zu einem kleinen Festmahl: außer Krempel und Emmingen noch ein anderes Paar, das seit einigen Tagen in Pallanza weilte, nämlich Tilde Vanhooven mit ihrer Mutter, der Geheimrätin. Eines Tages war Herr von Emmingen mit den beiden Damen, die gleich ihm im Grand Hotel abgestiegen waren, in der Villa Esperanza erschienen, und dieser Besuch hatte bei Maxe natürlich große Freude erregt. Die Damen wollten an die Riviera, aber Tilde hatte es durchgesetzt, daß man in Pallanza kurze Station machte, um Maxe zu besuchen. Sie war auch neugierig, den Vater ihrer Freundin kennenzulernen, und da man zudem Herrn von Emmingen im Hotel vorgefunden hatte, so wurde der Halt am Maggiore etwas verlängert, und Tilde begann ihrer Gewohnheit gemäß mit dem jungen Diplomaten sofort heftig zu flirten. Sie liebte sonst eigentlich nur die Uniformen, aber wenn keine da waren, schloß sie auch das Zivil in ihr Herz.

Das Verlobungsfestmahl nahm einen heiteren Verlauf. Tilde riß die schwarzen Augen auf, als sie die mit Blumen, Kristall und Silber geschmückte Tafel und den Schwarm der galonierten Diener sah. Maxe war ein Goldvögelchen, und da war es denn begreiflich, daß Herr von Emmingen sich ihr so beharrlich an die Fersen heftete. Um so geschmeichelter fühlte sich aber auch Tilde, daß Emmingen sie selbst keineswegs links liegen ließ, sondern mit großer Aufmerksamkeit behandelte. Sie hatte schon in Berlin, bei dem Gartenfest in der Regentenstraße, das Empfinden gehabt, daß sie ihm gut gefiele, und nun ließ sie den ganzen Apparat ihrer niedlichen kleinen Künste spielen, um die Ansätze zu verstärken und sich in der ganzen Glorie ihrer Gefallbarkeit zu zeigen. Sie war ein koketter kleiner Racker: sehr hübsch, oberflächlich, aber mit flinken Gedanken, und jeder Triumph über das Ewigmännliche bedeutete ihr eine Lebenssteigerung.

Emmingen würde sich wahrscheinlich weniger interessiert mit ihr beschäftigt haben, wenn er nicht eine Beobachtung gemacht hätte, die eine neue bewegende Kraft in ihm auslöste. Ihm fiel auf, daß Maxe plötzlich erheblich kühler zu ihm wurde, daß ihr freundschaftliches Vertrauen nachließ und ihr Wesen eine eigenwillige Herbigkeit annahm. Das machte ihn stutzig. Er sagte sich ohne weiteres, daß der Grund zu dieser Veränderung nur in seiner Vernachlässigung ihrer Person zu suchen sei. Er hatte sie in let-

zter Zeit wirklich ein wenig vernachlässigt: Tilde Vanhooven besaß eine große Geschicklichkeit, ihn für sich in
Anspruch zu nehmen. – sie umfing ihn völlig mit dem
Duftschleier ihrer süßen Liebenswürdigkeiten und wickelte
ihn gründlich ein.

Also das war klar: Maxe fühlte sich zurückgesetzt.

Es kam ein Tag, da Emmingen dies auch von anderer
Seite bestätigt wurde. Er hatte sich mit dem dionysischen
Krempel angefreundet. Die Atmosphäre zwischen ihnen
war von allen Spannungsreizen gereinigt worden: nun
fanden sie sich und verstanden sich gut. Eines Nachmittags
hatten sie sich in der Badeanstalt Caprera getroffen und
machten dann zu zweit noch einen kleinen Spaziergang bis
an den Fuß des Monte Rosso. Da sagte Krempel plötzlich
ohne Einlenkung und Übergang:

»Herr von Emmingen, was haben Sie eigentlich gegen
Maxe?«

Emmingen schaute den Fragenden von der Seite an,
ruckte und zuckte ein wenig mit den Schultern und erwiderte: »Gar nichts. Warum? Was soll ich gegen sie
haben?«

»Das möchte ich eben hören. Sie sind zu ihr nicht mehr
wie früher.«

»Hat sie sich bei Ihnen darüber beklagt?«

»Nicht direkt. Aber ich spüre ihre Verstimmung.«

»Und Sie meinen, ich sei schuld daran?«

»Es kommt mir so vor. ... Ich habe doch auch Augen im
Kopfe, nicht wahr? Ich habe gesehen, daß Sie Maxe die
Cour gemacht haben. Habe schon in Berlin Ihr Interesse für
sie gemerkt. Sie waren immer hinter ihr her. Jawohl, Herr
von Emmingen. Und auf einmal erscheint Tilde Vanhooven

auf der Bildfläche, und da lassen Sie Maxe fallen. So ist es.«

Emmingen lächelte nicht. Jetzt kam Ernst in die Situation.

»Eine Frage,« sagte er. »Wissen Sie, daß mir Maxe schon einmal einen Korb verabfolgt hat?«

»Nein,« entgegnete Krempel in aufrichtigem Erstaunen, »das höre ich jetzt erst von Ihnen.«

»Nun gut. Von dieser Zeit ab wurde sie zu mir freundschaftlich. Eine zweite Frage: Glauben Sie an die Freundschaft eines jungen Mädchens zu einem jungen Mann?«

»Zweifellos. Ist Maxe nicht auch mit mir befreundet?«

»Es scheint so. Aber wissen Sie ganz genau, daß in diese Freundschaft niemals ein sinnliches Moment hineingespielt hat?«

Dionys antwortete nicht. Er dachte an die dämmerungsumflorte Nachmittagsstunde in Pittelkos Bodenkammer. Da hatten sich Schwingen der Liebe geregt, und die ganze Luft war erfüllt gewesen von süßem Verlangen.

»Ich warte auf Ihre Antwort,« sagte Emmingen.

»Ich kann sie nicht geben. Wenigstens keine präzise. Aber ich kann Sie das Eine versichern, daß *heute* unsere Freundschaft von klarster Harmonie ist. Beweis dafür, daß solche Freundschaft zu den Möglichkeiten gehört.«

»Aber auch Beweis dafür, daß sie in den meisten Fällen erst auf Umwegen einzutreten pflegt. Das sagt mir auch Ihre Betonung des Wortes ›heute‹. Ich möchte glauben, daß Freundschaft immer Produkt des bewußten Geistes ist. Sie liegt dem Manne nahe, aber weniger dem Weibe, das alle schöne Größe aus dem Quell des Unbewußten schöpft.«

»Spekulative Philosophie, Herr von Emmingen. Aber sei's so. Und die Folgerung?«

»Ja, lieber Doktor, die Folgerung ist lediglich ein beglückendes Hoffen. ... Glauben Sie wirklich, daß ich Maxe der kleinen Tilde halber vernachlässige?«

»Maxe glaubt es, davon bin ich überzeugt.«

»Das ist von Wichtigkeit. Sie fühlt sich verletzt. Regt sich dabei schon etwas von Eifersucht?«

»Vielleicht nur ein Gefühl des Ärgers über die Zurücksetzung.«

»Könnte möglich sein. Aber schon dann wäre ich Maxe nicht gleichgültig.«

»Was Sie ihr auch sicher nicht sind. Sie will Sie als Freund behalten.«

»Aber *ich* will keine Freundschaft!« rief Emmingen heftig. Sein Stock köpfte eine Distel am Wege. Er schwieg ein kurzes Weilchen und fuhr dann in weicherem Tone fort: »Das ist absurd. Eine Liebe kann nicht durch Freundschaft erwidert werden. Ich gehe noch weiter. Ein Mädchen kann für einen Mann, von dem sie weiß, daß er sie liebt, unmöglich Freundschaftsgefühle hegen. Alles andere: Mitleid, Verachtung, offene Feindseligkeit, aber nicht Freundschaft. Der Instinkt ist dagegen. Er wird sich immer gegen das Begehren des andern richten, das sie selbst nicht zu erwidern vermag. Daraus kann sich eine Scheu in allen Abstufungen entwickeln, doch niemals Freundschaft: wenigstens solange nicht, als sie die Liebe des Mannes fühlt.«

Er focht wieder mit seinem Stock durch die Luft.

»Ich mache kein Geheimnis daraus, daß ich Maxe liebe,« sagte er; »auch Sie haben es gemerkt – und Maxe selber *weiß* es. Weiß sehr gut, daß ich heute noch ebenso fühle wie an dem Tage meiner Erklärung. Unter der Maske der

Freundschaft spürt sie die tiefere Gewalt – und sie ist nicht so verderbt, sie nur als pikante Sensation zu spüren. Sie ist gesund an Seele und Nerven. Und weil sie das ist, würde sie auch nicht den unbewußten Einfluß meiner Liebe dulden, sondern mir längst gezeigt haben, daß sie den Verkehr mit mir beschränken möchte. Das kann man tun, ohne unhöflich zu sein. Aber sie tat das Gegenteil. Sie freute sich, wenn ich mit ihr zusammen sein konnte: ich war ihr immer herzlich willkommen. Und nun sagen Sie mir auch noch ganz offen, daß sie sich verletzt fühlt, weil ich sie anscheinend um Fräulein Vanhoovens willen vernachlässigt habe.«

»So sagte ich. Maxe tut mir leid. Denn, Herr von Emmingen, heute liegt alles anders als vor einem Vierteljahr. Ich will einmal auf Ihre Deduktionen eingehen. Unsre Kinderfreundschaft verdichtete sich zu einem unklaren Liebesempfinden; die Illusion der Gefühle erschien uns aber als lautere Wahrheit. Mir wenigstens – ich will nur von mir reden. Da traten Sie auf den Plan, und ich sah in Ihnen sofort den Nebenbuhler. Ein Nebenbuhler ist immer fatal. Sie werden es mir deshalb auch nicht übelnehmen, wenn ich Ihnen sage, daß Sie mir damals außerordentlich ekelhaft waren.«

Emmingen blieb einen Augenblick stehen und verbeugte sich.

»Dankend zurückgegeben. Sie erschienen mir um diese Zeit gleichfalls in ungewöhnlich widerwärtigem Lichte.«

»Nun also,« entgegnete Krempel lachend, »darüber sind wir uns klar. Ich habe aber noch etwas hinzuzufügen. *Ihr* Dazwischentreten veranlaßte mich zu einer gesunden Revision meiner Gefühle. Und da verflog denn sehr rasch alles Illusionistische, und es blieb nur die ehrliche Freundschaft. Was ich *Ihnen* zu verdanken habe, Herr von Emmingen.«

Er verneigte sich abermals. »Sie nötigen mich zu einer angenehmen Entgegnung,« sagte er. »Ich bin schon seit anderthalb Jahren um Maxe herumgeschwirrt: ein armer

Schmetterling, der sich nicht an die Blüte wagte. Warum nicht? Weil ich immer unsicher war; weil eine Zweierleiheit in mir regierte. Erst *Ihr* Dazwischentreten veranlaßte mich zu einer gesunden Revision meiner Gefühle. Da wurde das ewige Schwanken denn zu positiver Festigkeit. Was ich *Ihnen* zu verdanken habe, Herr Doktor Dionysos.«

Krempel gab ihm die Hand. »Da können wir uns also endgültig vertragen, Herr von Emmingen. Und *for ever*.«

»*Sayons amis, Cinna*,« erwiderte Emmingen herzlich.

Am Himmel drohten Gewitterwolken, und da machten sie denn kehrt, um dem Regen zu entgehen.

»Nachdem wir so,« nahm Krempel wieder das Wort, »unsrer gegenseitigen Verehrung Ausdruck gegeben haben, werden Sie auch verstehen, weshalb ich die Mißstimmung Maxes wieder in frohe Laune verwandeln möchte.«

»Wenn ich das verstehen soll, müssen Sie mir zuvörderst zugeben, daß Maxe in der Tat eifersüchtig auf Tilde Vanhooven ist.«

»Es mag sein. Lag Grund für Sie vor, sie eifersüchtig zu machen?«

»Grund? Anfänglich nein. Ich hatte gar nicht die Absicht, Fräulein Tilde gegen sie auszuspielen. Erst als ich zu merken begann, daß Maxe den Flirt augenscheinlich unliebsam beurteilte, kam Methode in das Spiel. Ja – Methode. ... Lieber Freund, glauben Sie mir, daß mir das Herz weh tut bei dem Gedanken, Maxe kränken zu müssen. Aber es muß zur Entscheidung kommen. Diese Komödie der Freundschaft ist ungesund.«

»Wenn ich helfen könnte! Vielleicht kann ich es.«

»Nein. Es muß aus dem Eigenen kommen. Ich will nicht nur Töne hören, sondern einen vollen Akkord. Deshalb habe ich mir vorgenommen, die Damen Vanhooven an die Riviera zu begleiten.«

»A–ah!« rief Krempel erstaunt. »Sie wollen abreisen?«

»Ja. ... Aber – versteht sich – es wird einen Zeitpunkt der Rückkehr geben, des Wiederzusammentreffens mit Maxe. Und das wird die Probe auf das Exempel sein.«

Nun verstand Dionys. Doch er hatte seine Bedenken.

»Werden Sie nicht in Tilde unnötige Hoffnungen erwecken?« fragte er.

»Gott bewahre. Sie ist das Flirten gewöhnt. Es dringt bei ihr kaum zum Hirnbewußtsein, geschweige denn ins Herz.«

»Das ist allerdings auch meine Meinung. Einen weiß ich, der sich über Ihre Abreise freuen wird.«

»Und das wäre?«

»Herr von Göchhusen.« Emmingen nickte. »Ich werde nicht warm mit ihm, soviel Mühe ich mir auch gebe. Er wittert Gefahr. Und tut recht daran. Aber mag er sich freuen. Wenn ich Maxes sicher bin, erobern wir ihn gemeinschaftlich. ... Lieber Doktor, ich sprach vorhin von einem beglückenden Hoffen. Das trage ich in mir – schon heute. Es wird mir schwer, abzureisen – ach, verdammt schwer! Aber ohne Abreise kein Wiederkommen, und ohne das Wiederkommen keine Gewißheit. Dann werde ich sie in ihren Augen lesen. In ihren Augen, Doktor Dionys!...«

Nun brach das Gewitter los, und die beiden Herren fielen in Laufschritt. – –

Ein paar Tage später machten Tilde Vanhooven, ihre Mutter und Herr von Emmingen ihren Abschiedsbesuch in der Villa Esperanza. Schon gelegentlich hatte Emmingen davon gesprochen, daß er den Rest seines Urlaubs an der Riviera zu verbringen wünschte, aber es überraschte Maxe trotzdem, daß er gemeinsam mit den Vanhoovens abreisen wollte. Sie war einen Augenblick ganz fassungslos und hatte das bestimmte Gefühl, daß sie blaß geworden sei. Doch das Beherrschungsvermögen war stark genug in ihr, sich über den Zustand des Moments hinauszufinden und mit gefälligem Lächeln zu erklären, wie schade es sei, daß man sich nun trennen müsse. Die Geheimrätin erzählte, daß man zuerst auf einige Tage nach Genua und dann nach Bordighera wolle, und Tilde zwitscherte in dem Hochgefühl ihres neuen Triumphes dazwischen, es sei doch gar zu reizend, daß Herr von Emmingen sich zu der gleichen Tour entschlossen habe. Sie warf dabei Maxe einen herausfordernden Brunhildenblick zu, den diese wohl verstand und der in ihrem Auge einen Funken der Gegenwehr entzündete. Dann aber sagte sie sofort: »Gewiß ist das reizend. Hoffentlich findet Ihr gutes Wetter an der See ...«

Die Wetterphrase brach allem Drohenden die Spitze ab. Doch auch für Emmingen kam ein Augenblick, der von ihm Festigkeit forderte. Bei der letzten Verabschiedung reichte ihm Maxe die Hand, und da war ihm, als fühle er einen Druck leiser Zärtlichkeit, der wie ein Versuch scheuen Sichaneignens war.

»Auf Wiedersehn, gnädiges Fräulein,« sagte er.

»Wo?« fragte sie.

»In Berlin – nicht wahr?«

»Wann werde ich wieder in Berlin sein? Sehe ich Sie nicht vorher? – Wir gehen demnächst nach Venedig.«

Nun traf sein Blick in ihrem Auge auf eine Bitte. Und vielleicht wäre er schwach geworden, wenn der bittende Ausdruck nicht auch eine Bejahung gefordert hätte – wie eine Selbstverständlichkeit. Sie lag in der unmerklichen Senkung der Lider und einer leichten Bewegung des Kopfes.

Er zog die Schultern hoch. »Gnädiges Fräulein,« entgegnete er, »ich muß mit meinen Tagen rechnen. Mein Urlaub geht zu Ende, und ich fürchte, ich werde ihn nicht verlängern können. Ich möchte aber auch gern noch auf einen Sprung nach Monte Carlo. Da will ich mich mit Brökelmann treffen...«

Ihre Augen verkleinerten sich. Ein zuckendes Lächeln bog ihren Mund und formte sich zu einer Linie des Hochmuts.

»Amüsieren Sie sich gut,« antwortete sie. Das war alles.

Der Besuch war fort. Herr von Göchhusen rieb sich die Hände.

»Maxe,« sagte er, »da findet sich etwas. *Una combinazione* nennt es der Italiener. Das ist hier nicht anders. Es gehen zärtliche Schwingungen durch die Luft, als sei sie mit Reflexen vielhundertjähriger Hochzeitsreisen geladen. Und selbst der Wind weht wie verhaltene Leidenschaft über die Flur.«

Maxe stand an den Blumen und knipste eine verwelkende Blüte ab. »Ich verstehe dich nicht, Papa,« erwiderte sie, ohne sich umzuwenden.

Er lachte. »Emmingen und deine Freundin Tilde – merkst du nichts? Tildes Augen reden eine ganze *Ars amandi*. Das versteht sie. Und er ist wie verwandelt, seit sie hier ist – wie verändert. Magie der Anziehung. Aber sie passen ganz gut zusammen – nicht?«

»Sehr gut.«

Göchhusen schritt noch immer auf und ab. »Na – nun sind wir ja mal wieder unter uns,« fuhr er fort. »Weißt du – Emmingen ist zweifellos ein netter Mensch – ich habe gar nichts gegen ihn – aber war doch immer ein fremdes Element im Kreise. Und dann wurde ich bei ihm nie den Verdacht los, daß er es auf dich abgesehen haben könnte. Er guckte dich manchmal so merkwürdig an.«

»Jetzt aber bist du über diese Sorge hinaus?«

»Jawohl. Gott sei Dank. Ich hätte dich ihm auch nicht gegeben. Kein Gedanke. Hartwig will mit Elfriede ins Ausland. Und Emmingen kann über kurz oder lang nach Guatemala oder Honduras kommen oder in ähnliche schöne Gegenden, wo man unsre jungen Diplomaten die Sporen verdienen läßt. Dann hätte ich dich auch verloren.«

»Die Gefahr ist ja nun beseitigt, Papa. Sie lag auch nie vor.«

Ihre Stimme klang müde. Und als sie sich bald daraus in ihr Zimmer zurückzog, fühlte sie, daß diese Müdigkeit zugenommen hatte. Um ihre Stirn lag ein bleierner Druck, dazu kam eine lastende Schwere in allen Gliedern.

Am Abend ließ Herr von Göchhusen den Arzt kommen. Er stellte ein leichtes Fieber fest, das er auf Erkältung zurückführte, und empfahl nichts als Bettruhe.

Nun blieb Maxe zwei Tage im Bett und hatte Zeit, nachzudenken. Sie tat es auch redlich und versuchte sich aus dem trüben Gemenge grauer Stimmung zu einem Wahrheitsgehalt durchzuarbeiten. Aber alle Resultate blieben in Anschauungen stecken. Sie kam zu dem Schluß, daß die Männer im allgemeinen nicht viel taugten, und fand zugleich, daß dieses Urteil doch ein wenig einseitig sei. Dionys war treulos gewesen: das stand fest. Aber er hatte gewissermaßen darum gebeten, treulos sein zu dürfen. Sie hatte darüber ein Tränchen vergossen: das war so unwillkürlich gekommen. Doch wenn sie sich in aller Ehrlichkeit die Frage vorlegte, ob der Gedanke einer Verheiratung mit ihm sich aus der Innerlichkeit des Herzens drängte, so mußte sie nein antworten.

Eine so direkte Frage wagte sie gar nicht, wenn sie an Emmingen dachte. Da hätten sich unliebsame Erwägungen wie absperrende Kulissen vor die Beantwortung geschoben.

Denn diesem Manne hatte sie bereits einen Korb in aller Form Rechtens erteilt. Warum eigentlich? Weil sie es Krempel zugeschworen hatte. Als sie in der Abwicklung ihrer Gedanken an diesen Punkt gelangte, wurde sie ärgerlich. Jener Schwur war im Grunde genommen eine große Albernheit gewesen. Dionys hatte ihn ihr ja auch zurückgegeben – natürlich: weil er inzwischen eine andere gefunden hatte und nicht mehr eifersüchtig zu sein brauchte. Es schien doch klar zu sein, daß die Männer nicht viel wert sind. Sie huschen hin und her und haben Herzen wie die Magnetnadeln. Das sah man ja auch an Emmingen. »Es ist eine Gemeinheit,« sagte sich Maxe, »daß er mich sitzen läßt, weil ihm die Tilde besser gefällt ...«

Aber während abermals das salzige Wasser in ihre Augen schoß, fand sie doch den Mut der Gerechtigkeit, sich zu korrigieren. Er hatte sie ja gar nicht sitzen lassen. Er war eigentlich im vollen Rechte. Sie hatte ihn abgewiesen. Konnte sie sich noch darüber beklagen, daß er sich Tilde zuwandte? ... Dann kochte fast so etwas wie eine grimmige Wut in ihr auf. Es war geradezu schamlos, wie diese Tilde sich den Männern an den Hals warf. Ihre Koketterie war mänadenhaft. Einen Augenblick stand Maxes Denkprozeß still und blieb an diesem Ausdruck haften. Mänadenhaft war unrichtig – aber es kam nicht darauf an. Sie lachte bitter auf. Das konnte eine gute Ehe werden. Diese ewig ungestüme Tilde und der korrekte Emmingen. Nach vier Wochen fuhren die beiden aufeinander los, und nach acht Wochen kratzten sich die Augen aus. Notabene: sie kratzte, er litt nur. Wahrscheinlich litt er schweigend. Der arme Emmingen! Er lief blindlings in sein Verhängnis ...

Dagegen war nichts mehr zu machen. Es gab auch keinen festen Standort, von dem aus sie ihm hätte helfen können. Herrgott, sie wußte sich ja selbst nicht zu helfen! Sie wollte nach antiker Art eine wundervolle Größe in der Beurteilung aller dieser Menschlichkeiten finden – aber die Größe gelang ihr nicht. Wahrhaftig, sie fühlte sich jämmerlich klein. Sie weinte und schalt sich wegen dieser dummen Heulerei. Sie wollte ihr Dasein in neues Werden versetzen und sich in alles vergessende Arbeit stürzen – aber sie konnte nicht einmal arbeiten. ... Was sie in die Hand nahm, verpfuschte sie. Da hatte man nun der Mutter einen Glücksfaden spinnen wollen. Sogar mehrere Fäden: sie waren ritzratz gerissen. Und die Fäden des eigenen Glücks? Ach du lieber Gott: sie hatte als Klotho nur Stückwerk gesponnen, als Lachesis Nieten aus der Losurne des Lebens gezogen, als Atropos die Sonnenuhr in die Schatten des Zweifels gestellt. Sie war keine Herrscherin über ihr Schicksal.

Sie war ein Schaf. So war das Endresultat ihrer Betrachtungen, daß sie sich selber ein Schaf nannte. Nicht einmal Schäfchen: sie wählte kein Diminutiv. Rundheraus erklärte sie sich für ein vollendetes Schaf. Sie hätte Dionys festhalten können und auch Emmingen, und hatte beide davonziehen lassen. Zu dumm! Aber nun war es geschehen: der eine hatte schon sein neues Glück, der andere jagte ihm nach. Man mußte sich fügen.

Am dritten Tage erklärte sie ihrem Vater, nun sei sie wieder ganz gesund. »Aber etwas fehlt mir doch noch, Papa,« sagte sie, »ich muß mir Arbeit schaffen. Manchmal schreibe ich ein bißchen süßen Unsinn in Versen und manchmal in Prosa. Das ist keine Arbeit. Ich werde mich von nun ab des Hausstands annehmen.«

Göchhusen erschrak. »Maxe, der geht ja auch so ganz gut,« antwortete er. »Nächster Tage wollen wir nach Venedig. Die Schwestern und Hartwig treffen am Fünfzehnten ein. Der Palazzo am Kanal hat einige vierzig Zimmer. Ich muß die meisten meiner Leute mitnehmen. Drüben sind auch noch welche. Das Ganze wird dir über den Kopf wachsen. Laß es doch beim alten.«

»Nein, Papa. Es fehlt die Oberaufsicht. Es herrscht keine Disziplin. Von jetzt ab werde ich mich um alles kümmern. Ich will dir die Hausfrau ersetzen. Dazu bin ich da ...«

Und so geschah es denn auch. Maxe ging energisch zu Werke. Es sauste plötzlich ein Donnerwetter durch das Haus: bis hinab in die unteren Regionen. Da gab es Wesen, die sich dawider empörten: sie flogen an die Luft. Ein neues Leben fing an. Sichtbar begann sich die Ordnung auszudehnen. Was Chaos gewesen war, einte sich allgemach zu einem hübschen Komplex von Kräften. Der Haushalt wurde zu einem wohlgefügten Kunstwerk. Maxe stand früh auf und war überall zu sehen. Wo ihre helle Stimme zu hören war, wurden die Bewegungen flinker. Sogar die alte Pacchita verlor ihre mexikanische Faulheit. Die »Baronessa« war von gefürchteter Strenge. Sie schien hundert Augen zu haben; ihr Blick tauchte in alle Tiefen. Sie sah jedes Staubatom und jedes Spinnengewebe; sah erblindetes Silber und welkende Blumen; sah den Leuten sogar auf die Finger und litt nicht, daß etwas an ihnen hängen blieb. Darüber freute sich namentlich Herr Holm, der Sekretär. Er hielt das Rechnungswesen in Ordnung, konnte aber der Verschwendung nicht steuern. Jetzt wurden ihr ökonomische Grenzen gezogen.

Diese kräftige Inanspruchnahme ihrer selbst tat Maxe wohl. Sie kam nicht mehr zu grüblerischem Sinnieren. Das wollte sie auch nicht. Krempel wunderte sich: diese kleine Maxe war doch ein tapferes Kerlchen. Sie beschämte ihn. Er steckte viel mehr im Gefühlsmäßigen. Seit er Tag für Tag mit seiner Frieda glühende Briefe wechselte, wuchs seine Sehnsucht nach Berlin. Er lag Maxe in den Ohren: sollte er nicht doch einfach zurückkreisen und den Rest des Urlaubs schießen lassen? – Sie lachte ihn aus und fand sogar Worte fröhlichen Spotts. Da raffte er sich zusammen und erklärte Maxe, sie sei ihm leuchtendes Vorbild. Hierauf arbeitete er in fiebernder Eile seine letzte Route aus, denn er hatte sich in Pallanza schon arg verzögert: Mailand, Verona, Mantua, Padua, Venedig. Dort wollte er Maxe Addio sagen und dann nach Berlin rasen und in die Ansbacher Straße, in jenes Gartenhaus, in dem sein Glück wohnte. Wenn er von der Ansbacher Straße sprach, begann er zu jodeln, als liege sie zwischen Bergen und Gletschern. Über er jodelte nur, weil aus den Tiefen des Gemüts die Freude zum Jubel drängte. Zuweilen sang er auch Arien, die jeder Melodie entbehrten, und auf einsamen Spaziergängen überraschte er sich selbst bei gänzlich unvermittelten Luftsprüngen und einem gelegentlichen känguruhartigen Hüpfen. Da war ihm die Freude in die Beine geschossen und klopfte an die Gelenke.

In den letzten Tagen vor dem Aufbruch nach Venedig hatte Maxe noch besonders viel zu tun. Aber sie blieb in guter Stimmung: die Aussicht auf das Wiedersehen mit den Schwestern verhieß neuen Sonnenschein.

Pferde und Automobile wurden zurückgelassen. Eine Anzahl Domestiken war schon vorangeschickt worden: trotzdem war der Troß noch immer groß genug, als die Abreise endlich vor sich ging.

Man traf um die Dämmerstunde in Venedig ein, Holm erwartete die Herrschaften. Eine Flottille kleiner Barken, die Gondelführer mit Schulterschleifen in den Göchhusenschen Farben, lag an der Freitreppe des Bahnhofs bereit. Eine schwerere Barke, an den Seiten offen und hier mit farbigen Teppichen gedeckt, war für Maxe und ihren Vater bestimmt.

Als Maxe die Bahnhofstreppe hinabstieg, stutzte sie und wurde plötzlich sehr bleich, während ihr gleich darauf das Blut wieder heftig in die Wangen schoß. Auch Göchhusen blieb einen Augenblick stehen.

»Zackri,« rief er halblaut, »ist das nicht...«

Jetzt sprang ein Herr von der untersten Treppenstufe aus den beiden entgegen. Er trug einen Buschen Rosen in der linken Hand und schwenkte seinen Hut mit der rechten.

»Gnädigste Dogaressa,« sagte er, »gestatten Sie mir ganz gehorsamst, Sie im Auftrage des Großen Rats feierlichst begrüßen zu dürfen.«

Maxe nahm die Blumen und verbarg ihre Freude nicht. »Tausend Dank, Herr von Emmingen,« antwortete sie; »wo kommen Sie her, und woher wußten Sie die Stunde unsrer Ankunft?«

»Das ist diplomatisches Geheimnis, gnädiges Fräulein. Aber ich bin willens, Ihnen alles zu erklären –«

»Morgen,« fiel Göchhusen ein. »Herr von Emmingen, ich hoffe, Sie werden uns häufiger besuchen. Heute lassen Sie uns freundlichst Zeit zur Installation.«

Der kühle Ton genierte Emmingen keineswegs. Er verneigte sich liebenswürdig. »Selbstverständlich. Ich wollte nur zur ersten Begrüßung zur Stelle sein.«

»Wo wohnen Sie?« fragte Maxe.

»Bei Danieli.«

»Also auf Wiedersehn ...« Sie reichte ihm die Hand und drückte herzlich die seine. Und als er auf der Bahnhofstreppe stehenblieb, winkte sie ihm aus der Barke noch einen Gruß mit den Rosen zu.

Göchhusen war knurrig. »Das paßt mir nicht,« sagte er unverhohlen. »Nun haben wir den Emmingen wieder auf dem Halse!«

»Pardon, Papa. Du selbst hast ihn aufgefordert, uns häufiger zu besuchen.«

»*Fason de parler*. Das sagt man so. Warum ist er nicht bei seiner Tilde geblieben?«

»Vielleicht sind die Vanhoovens auch mit hier. Ich weiß es nicht.«

»Aber ich weiß, daß ich dich mir nicht wieder so entziehen lasse, wie in Pallanza. Oder aber ... Gut, er soll mir nach wie vor willkommen sein, wenn er mir sein Ehrenwort gibt, nicht um dich anzuhalten.«

Maxe blieb ganz ruhig; nur ihre rechte Schulter zuckte.

»Überlege erst reiflich,« antwortete sie, »ehe du ihm dies Ehrenwort abforderst ...«

Nun waren auch Beate und Elfriede mit dem Major von Hartwig eingetroffen, und der alte Palazzo Solazzi am Großen Kanal wurde mit frohem Leben erfüllt.

Göchhusen hatte den Palast vor sechs Jahren gekauft, als seine Frau kränklicher zu werden begann und die Staubfreiheit Venedigs sowie die feuchte Luft auf Wanda von günstigem Einfluß zu sein schienen. Es war ein stattlicher Bau aus der Zeit der Hochrenaissance und enthielt in einem Saale noch ein in die Wand gelassenes Bild, das dem Giorgione zugeschrieben wurde. Göchhusen hatte in seinem Schönheitssinn und seiner Vorliebe für malerische Wirkungen den ganzen Palazzo gründlich restaurieren und mit feinem Geschmack einrichten lassen. Es hatte damals auch Wanda Freude gemacht, mit ihrem Gatten die Budiken der Antiquitätenhändler zu durchstöbern und die Zimmerfluchten mit passendem Mobiliar, Teppichen und künstlerischem Schmuck zu füllen. Der angebliche Giorgione war durch sie entdeckt worden. Sie ließ eine Nische öffnen, um Platz, für eine Statue zu schaffen, und da fand sich das Bild, eine Madonna mit. dem heiligen Franziskus, in der Vermauerung der Wand. Die Folge war ein Prozeß mit dem Vorbesitzer des Hauses, einem reichen Engländer, der Anspruch auf den Giorgione erhob, aber abgewiesen wurde, und die weitere Folge eine Wallfahrt der Kunsthistoriker nach dem Palazzo Solazzi und ein heftiger Federkrieg für und wider die Echtheit des Bildes.

In dem Giorgionesaal setzte sich Elfriede gleich am ersten Tage nach ihrer Ankunft fest und begann das Gemälde zu kopieren. Wichtigeres hatte ihr Bräutigam zu tun. Die alte Freundschaft zwischen ihm und Göchhusen festete sich in Schnelle von neuem, so daß Hartwig auch seinerseits mit seinen Zukunftsplänen herausrücken konnte. Zuvörderst handelte es sich um seine Wiederanstellung in der aktiven Armee und seine Versetzung zur Kavallerie. Mit alldem war Göchhusen durchaus einverstanden und bot auch mit freigebiger Hand die Mittel zu der neugewählten Karriere. Anders verhielt er sich gegenüber dem Anliegen Frau Magdas, das Hartwig ihm unterbreitete. Magda mochte einsehen, daß ihre Maxe keine recht energische Vertreterin ihrer Wünsche sein würde, und hatte demgemäß ihren Schwiegersohn beauftragt, mit Göchhusen über die Erbschaftsfestsetzungen für ihre Kinder zu verhandeln. Darüber aber ärgerte sich Göchhusen. Er fand es lächerlich, daß seine geschiedene Frau in der Angst lebte, er könnte sich zum dritten Male verheiraten und dadurch das Erbe der Kinder beeinträchtigen. Hartwig hatte einen schweren Stand. Göchhusen schrie und polterte gewaltig. Was dachte denn die gnädige Frau in Berlin?! War es nicht ein wahnsinniger Gedanke, den sie sich in den Kopf gesetzt hatte? Und um dieses spleenigen Einfalls willen sollte er große Kapitalien festlegen – und so im Handumdrehen, als ob es sich um drei Mark fünfzig, handelte?! Er hatte doch wahrhaftig oft genug bewiesen, daß er nicht wie ein Geizhals auf seinem Säckel saß: er war eine noble Natur – aber die gnädige Frau in Berlin schien hin für einen Schubjack zu halten. Schubjack! rief er. Er wütete sehr. Da hielt denn Hartwig ein Einlenken für zweckdienlich. Er ließ die Sache vorläufig fallen.

Inzwischen war auch Krempel eingetroffen, um die letzten vierzehn Tage seines Urlaubs mit den Freundinnen in Venedig zu verleben. Er mußte gleichfalls in den Palazzo Solazzi ziehen und konnte sich sein Zimmer wählen. Er wählte eins unmittelbar unter dem Dache, einmal der Aussicht wegen und dann auch, weil er behauptete, daß die Schnaken nicht so hoch zu steigen pflegten.

Nun begann ein lustiges Leben. Wenn man nicht den Spuren Elfriedes durch die Kunststätten der Lagunenstadt folgte, machte man Ausflüge nach Pallestrina, Murano oder Chioggia oder lag auf dem Lido. Da war man am liebsten. Man hatte ein paar Capannen gemietet, badete, schwamm und streckte sich im sonnenheißen Sande aus. Die züchtigen jungen Berlinerinnen mußten sich allerdings erst an das ungenierte Strandtreiben gewöhnen. Sie hatten sich sehr diskrete Badekostüme gekauft, genierten sich aber doch ein bißchen, sich so unter dem Schwärm im Trikot steckender Herren zu zeigen und hüllten sich anfänglich ängstlich in ihre weiten Frottiertücher. Elfriede war die erste, die den Mantel fallen ließ und sich damit der Gewöhnung fügte; dann folgte Beate und schließlich auch Maxe, die aber noch lange mit eingeknickten Knien und hochgezogenen Füßen umherstolzierte, als fürchtete sie für ihre Beine. Endlich kam auch über sie das Ganze allmächtiger Gewohnheit zugleich mit dem klugen Bewußtsein, daß die Dejambierung (wie Emmingen sich ausdrückte) am Strande nicht gefährlicher sei als die Dekolletierung im Ballsaal.

Eines Tages sahen sie so etwas wie einen großen Seehund im Sande liegen und waren sehr entrüstet darüber, daß sich dies Ungetüm gerade vor ihren Capannen hingelagert hatte. Die Entrüstung wandelte sich aber in ein fröhliches Gegenteil, als sich der Seehund bei ihrem Nahen ungefüge emporwälzte, mit der rechten Flosse an den Kopf griff, als ob er den Hut ziehen wollte, und als er merkte, daß keiner da war, sich zu einer Verbeugung bequemte, indes er anfangs freundlich, dann drohender sagte:

»Ich habe die Ehre, meine gnädigsten Damen, und bin hocherfreut, Sie im Schoße der Königin des Meeres begrüßen zu dürfen. Emmingen, außerdem bin ich entrüstet, und zwar über *Sie*. Sie wollten sich mit mir in Monte Carlo treffen und laufen statt dessen am Lido im schwarzen Trikot herum. Warum haben Sie mir nicht wenigstens Nachricht gegeben?«

»Ist geschehen, lieber Brökelmann, das kann ich beeidigen. Ich habe von Pegli aus an das Hotel Casino telegraphiert.«

»Da ich im Excelsior wohnte, hat mir das Telegramm im Hotel Casino verdammt wenig genützt. Verzeihung, meine Damen, daß ich ein wenig aufgeregt bin, aber nichts irritiert mich mehr als ein nicht gehaltenes Versprechen. Übrigens bin ich schon wieder im Gleichgewicht ...« Er raffte seinen am Boden liegenden Bademantel auf und hing ihn wie eine altrömische Toga um die Schulter. ... »Ja, im Gleichgewicht. Es ist letzthin zu öfterem gestört worden; aber die alte Struktur hat sich zurückgefunden. Meine Herrschaften, ich bin orientiert. Die Regentenstraße ist nach dem Canalazzo übergesiedelt. Da hält der Giorgione Wache, es blüht die Kunst, und das Leben geht weiter.«

Sie Begrüßung Brökelmanns war auch seitens der Göchhusenschen Mädchen eine herzliche. Man hatte ihn gern und ging über die verunglückte Werbung bei der Mama zur Tagesordnung über. Man tat so, als wäre sie nie geschehen oder tat wenigstens so, als wisse man gar nichts von ihr. Seit dem Besuche in Zochin gehörte dieser Kommerzienrat gewissermaßen in das Gewebe der gegenseitigen persönlichen Beziehungen. Er war nicht zu etwas Unentbehrlichem geworden, aber immerhin zu einer schätzenswerten Vervollständigung des glücklichen Menschenkreises, der sich in der Lagunenstadt zusammengefunden hatte. Für Göchhusen war er seinem ganzen Wesen nach wie geschaffen. Zochin bildete die erste Gemeinsamkeit der Interessen, und aus ihr erwuchs in Bälde eine dicke Freundschaft. Brökelmann war nicht nur ein höchst origineller Kopf, sondern auch ein ausgezeichneter Kaufmann, dessen scharfe Intellektualität immer bis zur Wirklichkeit vordrang und keine Vortäuschungen duldete. Er wurde für Göchhusen eine Mithilfe, wie er sie im Wirrwarr der Erbschaft seiner verstorbenen Frau brauchen konnte. Und Brökelmann tat ihm auch den Gefallen, sich ihm stundenlang zu widmen und sich seiner Interessen anzunehmen.

Maxe amüsierte sich über diese neue Freundschaft.

»Kinder,« sagte sie gelegentlich zu den Schwestern, »ist es nicht merkwürdig daß sich da ein Faden, den wir mit kunstreicher Hand für die Mama ausspinnen wollten, nun unversehens nach andrer Richtung weiterentwickelt? Wer hätte je eine solche Intimität zwischen Brökelmann und Papa für möglich gehalten?«

»Seien wir doch froh darüber,« antwortete Elfriede. »Die beiden passen gut zueinander, und so ist unsre Tätigkeit als Schicksalsgöttinnen wenigstens nicht ganz umsonst gewesen. Nur die Mama – ja, die geht leer aus, und grade ihr galt das Geheimnis unsres Waltens.«

»Scht,« machte Maxe und tat geheimnisvoll, »ich will euch etwas anvertrauen. Aber unter tiefster Diskretion –«

»Diskretion ist Ehrensache,« warf Beate ein.

»Also vernehmt. Emmingen will uns in Berlin seinen Gesandten zuführen. Der Mann ist kinderloser Witwer, ist Exzellenz, hat einen sehr schönen, grau melierten Vollbart und möchte sich gern wieder verheiraten. Letzteres weiß Emmingen. Es ist demgemäß neue Hoffnung vorhanden.«

»Ich mache nicht mehr mit,« sagte Beate. »Ich trete von dem Trio der Parzen zurück. Aber ich habe nichts dagegen, wenn dein Emmingen das Geschäft weiterführt.«

»*Mein* Emmingen,« wiederholte Maxe. »Nun geht es schon wieder los. Bisher hieß es *mein* Krempel. Was würdest du sagen, wenn ich von *deinem* Brökelmann sprechen wollte!?«

Beate zuckte die Achseln. Doch es war sichtbar: Maxe berührte da einen wunden Punkt. Sie hatte sich verplappert und den Schwestern gelegentlich erzählt, daß die erste heiße Leidenschaft im Herzen des Kommerzienrats Beate gewesen sei. Zwar hatte die Leidenschaft sich nicht zu festem Bestande kristallisiert; aber die Tatsache an sich schuf ein Gefühl der Erregung in Beate. Unverschämtheit! hatte sie zuerst ausgerufen, als sie dies gehört hatte. Der Ausdruck wandelte sich später ab und wurde milder. Es blieb nur noch ein großes Interesse für das unumstößliche Faktum übrig, daß Herr von Brökelmann sie weiß Gott hatte heiraten wollen. Die Adelsgewährung war noch nicht veröffentlicht worden, stand jedoch vor der Tür. Jedenfalls sagte Beate heute schon nie anders als Herr von Brökelmann (als ob sie sich daran gewöhnen wollte) und zuweilen auch »mein lieber Baron«. Dann aber machte Brökelmann regelmäßig eine unwillkürlich leidende Bewegung. Der Baronstitel schien ihn doch ein klein wenig zu belästigen.

Er war zu den drei Mädchen von gleichmäßiger Liebenswürdigkeit, brachte ihnen Blumen und Konfitüren und war durchaus der *bourgeois gentilhomme*, den man an ihm kannte. Dennoch spürte Beate, daß er sie bevorzugte – und sie sträubte sich dagegen. Was wollte der Mann, um Gottes willen? Zuerst sie, dann die Mama, und nun wieder sie. Das war doch geradezu grotesk. Ein Mensch, der sein Herz beliebig einzuheizen verstand, der mit sympathetischen Wirkungen operierte. Was wollte er eigentlich? Sie war nicht mehr so zuvorkommend zu ihm wie früher: ihre große Mission war ja zu Ende. Sie bemühte sich sogar, kühl zu sein, und als er einmal versuchte, auf die mystischen Hintergründe seines Seelenlebens hinzudeuten, lachte sie ihn schalkhaft aus. Mit seinen Erkenntnissen und Offenbarungen ging sie nicht mit.

Göchhusen hätte sich wunschlos glücklich im Zirkel seiner Kinder gefühlt, wenn Emmingen nicht gewesen wäre. Elfriede verlor er sowieso, seinen einstigen Liebling; Beate stand ihm in der kühlen Ruhe ihres Wesens ziemlich fern; da wollte er wenigstens Maxe behalten. Was ihn am meisten erbitterte, war die lächelnde Gelassenheit, mit der Emmingen seinen Widerstand aufnahm. Der Mann mußte doch merken, daß er sich bei ihm unbeliebt machte! Aber Gott bewahre: er kam immer wieder, und immer mit seinem unbekümmerten Gesicht, und drückte ihm mit großer Herzlichkeit die Hand und tat so, als sei er der willkommenste Gast.

Gelegentlich sprach, Göchhusen mit Dionys darüber.

»Krempel, wissen Sie Bescheid?« fragte er. »Wie kommt es daß Herr von Emmingen die Stunde unsrer Ankunft in Venedig gewußt hat?«

»Die hat er von mir erfahren,« antwortete Dionys. »Es ist kein Geheimnis. Er wollte es gern wissen, und da Maxe mir geschrieben hatte, mit welchem Zuge sie reisen würde, so telegraphierte ich das an Emmingen weiter. Es war eine einfache Gefälligkeit; ich wußte ja, daß er sich für Maxe interessiert.«

Jetzt schlug Göchhusen auf den Tisch, daß es krachte.

»Interessiert!« rief er. »Meinetwegen! Mag er! Das kann ich ihm nicht verbieten. Aber ich verbiete ihm, daß er dem Mädel den Kopf verdreht! Sie läuft ihm ja förmlich nach.«

»Ach nein,« erwiderte Krempel ruhig, »sie ihm nicht, aber er ihr. Wenigstens sozusagen. Nach Pallanza ist er *mit*gereist, und nach Venedig ist er *voran*gereist.! Das hat er ganz schlau angefangen.«

Göchhusen starrte Krempel an.

»Sie scheinen mir mit im Bunde zu sein?!« rief er drohend.

»Doch nicht. Aber ich würde mich freuen, wenn die beiden sich kriegten.«

Göchhusen wollte aufschäumen. Er tat es nicht. Er lächelte.

»Schade, lieber Krempel,« sagte er, »daß wir nicht der gleichen Ansicht sind. Mit *meinem* Willen bekommt der Herr Legationsrat meine Tochter nicht. Und ich werde dafür sorgen, daß ihre Mutter meinen Willen teilt ...«

Am gleichen Tage nahm er sich auch den Kommerzienrat vor.

»Brökelmann, Sie müssen mir einen Gefallen tun,« begann er.

»Immer zu Diensten, lieber Freund. Soll ich ein paar Güter für Sie besichtigen?«

»Nein. Sie sollen Emmingen auf kluge Weise beibringen, daß ich seine Besuche nicht mehr wünsche.«

Brökelmann machte ein verlegenes Gesicht. »Das ist unmöglich,« erwiderte er.

»Warum?«

»Weil auch die klügste Art, ihm diesen liebevollen Wunsch beizubringen, nichts fruchten würde. Denn er kommt ja zunächst nicht zu Ihnen, sondern zu Fräulein Maxe.«

»Das will ich eben nicht mehr.«

»Es ist die Frage, ob Fräulein Maxe nicht gegenteiliger Meinung sein wird.«

»Bin ich nicht der Vater?«

»Ei jawohl. Aber sie ist die Tochter. Eine Tochter ist stets ein weibliches Wesen. Und bei allen Weiblichkeiten ist das Herrschende das Herz. Und Herrschendes fügt sich nicht par ordre de Moufti.«

Göchhusen starrte Brökelmann an.

»Es scheint mir ein allgemeiner Gegenbund wider meine Wünsche zu existieren,« rief er. »Brökelmann, stehen Sie auch auf Seite Emmingens?«

»Aber natürlich,« antwortete der Kommerzienrat kopfnickend; »ich würde mich fürchterlich freuen, wenn die beiden sich kriegten ...«

Göchhusen sah ein, daß er in der Umgebung keine Unterstützung finden würde. Man begünstigte allerseits das sich anspinnende Liebesverhältnis. Nun wurde er eigensinnig. Seine Herrennatur regte sich: er wollte mit dem Kopf durch die Wand. Es war unmöglich, Emmingen einfach vor die Tür zu setzen. So etwas macht man nicht. Er überlegte reiflich und kam endlich zu dem Entschluß, sich für seine Wünsche die Mutter Maxes zu sichern. Wenn *beide* Eltern gegen die Partie waren, blieb Herrn von Emmingen gar nichts anderes übrig, als sich zurückzuziehen. Und das sollte noch *vor* seiner Erklärung geschehen: dann war die Geschichte ohne Aufsehen und große Szenen erledigt.

Göchhusen schrieb nicht gern; er telegraphierte lieber. So setzte er denn folgende Depesche an Frau Magda auf:

»Möchte Dich in wichtiger Angelegenheit persönlich sprechen. Es handelt sich um die Zukunft Maxes. Ein junger Herr, der mir nicht behagt, scheint um sie werben zu wollen. Ich bin entschieden dagegen und möchte in meiner Gegnerschaft Dein Einverständnis haben. Können wir uns über diese Frage einigen, so erkläre ich mich bereit, Deinem Wunsche einer Kapitalssicherung für die Kinder nachzukommen. Reise Du Donnerstag abend zehn Uhr zwanzig Berlin ab, so daß ich Dich Freitag nachmittag fünf Uhr fünfundzwanzig Verona erwarten kann, wo ich Hotel Londres für Dich Quartier bestelle. Dringende Drahtantwort zurückerbeten. Erich Göchhusen.«

Auch dies Telegramm war als dringend befördert worden. Die Antwort traf noch am selben Tage ein:

»Bin Freitag nachmittag Verona, will Sonnabend wieder zurück. Bitte mich Bahnhof zu erwarten. Magda.«

Göchhusen zeigte die Depesche keinem Menschen. Er schützte einen Geschäftsbesuch in Verona vor, beauftragte Hartwig, ihn in seiner Abwesenheit als Hausherr zu vertreten, und reiste ab. Es hatte ihm geahnt, daß seine Spekulation glücken würde. Die versprochene Kapitalssicherung für die Kinder war der Köder, der Magda lockte. Sonst würde sie sich sicher nicht zu der Unterredung mit ihm entschlossen haben.

Göchhusen stieg in Verona im Grand Hotel de Londres ab, das er kannte und wo er zwei Zimmer für Magda nahm. Gegenüber belegte er einen Salon und ein Schlafzimmer für sich. Er war ohne Diener gekommen; er wollte keine Lauscher haben. Andererseits sollte Magda sich behaglich fühlen. Er prüfte ihre Zimmer sehr genau, ließ das Meublement umstellen und vervollständigen und einen Korb mit Blumen auf den Mitteltisch des Wohngemachs setzen. Dann besichtigte er noch einmal den Salon gegenüber. Auch hier wünschte er Blumenschmuck und eine sorgfältig gedeckte Tafel für das Diner. Die Kellner mußten den Tisch sofort decken; er wollte das Arrangement sehen und hatte allerlei auszusetzen. Das Service gefiel ihm nicht, auch nicht das Kristall. Der Gerant des Hauses kam selber und hörte die Wünsche des schwer zufriedenzustellenden Gastes an. Göchhusen diktierte das Menü. Er zerbrach sich den Kopf, was Magda früher für kleine Lieblingsgerichte gehabt hatte. Endlich fiel ihm ein: frische Trüffeln waren immer ihre Passion gewesen – ja richtig – Trüffeln und grüner Gebirgsspargel. Beides mußte beschafft werden, koste es, was es wolle. Die sonstige Zusammenstellung fand sich leicht. Dazu einen beliebigen Tischwein und selbstverständlich Cliquot. Cliquot hatte sie immer am liebsten getrunken – schon auf der Hochzeitsreise ...

Diese ganze Mühewaltung war für Göchhusen etwas Selbstverständliches. Er erwartete ein weibliches Wesen: da war er immer der Werbende.

Erst als er sich den Hut aufsetzte, um zu Fuß nach dem Bahnhof zu schlendern, kam eine eigentümliche Beunruhigung über ihn. Es war doch seltsam, daß er Magda wiedersehen sollte. ... Bisher hatte er nur in kühler Verständigkeit daran gedacht und immer in Verbindung mit dem Vorstellungslauf, sie seinen Wünschen in bezug auf Maxe gefügig zu machen. Nun aber kam ein sachtes Herzklopfen mit einem Einsturm von allerhand Erinnerungen. Sie war einmal sehr, sehr hübsch gewesen, so wie die Beate, die das Ebenbild ihrer Jugend schien – wie mochte sie heute aussehen? – Sie sei rundlich geworden, sagten die Kinder – nun ja, so eine leichte Anlage zur Üppigkeit hatte sie schon immer gehabt. ... Herr von Göchhusen schritt jetzt an dem Schaufenster eines Friseurs vorüber und blieb einen Augenblick stehen, um sich in dem dort angebrachten Spiegel zu beschauen. Er nickte sich selbst zu: mit dem Ausdruck einer gewissen Befriedigung; er machte sich noch ganz leidlich.

An der Porta Bescova stand ein Blumenhändler. Göchhusen kaufte sich bei ihm eine Nelke und steckte sie in das Knopfloch am Aufschlag seines Paletots. Dabei lächelte er. Er gebärdete sich wirklich wie ein Verliebter, der die Braut erwartet. Er wollte ja auch siegreich wirken; natürlich wollte er das. Es stand für ihn viel auf dem Spiel. So sagte wenigstens sein Eigensinn. ...

Nun schritt er auf dem Bahnhofsperron auf und ab. Der Zug fuhr ein. Göchhusen nahm an, daß Magda neugierig aus dem Fenster ihres Coupés schauen würde. Aber er spähte vergeblich nach ihr aus. Eine Flut von Menschen ergoß sich in die Halle. Göchhusen sicherte sich zwei Facchini und schritt, die Ellenbogen gebrauchend, am Zuge entlang. Sein Gesicht nahm einen verärgerten Ausdruck an. Ein unangenehmer Gedanke stieg in ihm auf. Wenn sie nun nicht gekommen war! ... Aber da sah er sie auch schon. Sie drängte sich durch die Menschen, hatte ein Handtäschchen an die Brust gedrückt und schaute sich mit etwas verängstigtem Gesicht nach allen Seiten um.

»Magda!« rief er mit lauter Stimme.

Sie stutzte, lächelte freundlich und blieb stehen.

»Da bist du ja,« sagte er und schüttelte ihr herzlich die Hände. »Das ist nett, daß du gekommen bist. Ich dachte schon ... Wo ist dein Gepäckschein?«

Sie gab ihm den Schein. Er rief den Facchini ein paar Worte zu und führte Magda zu dem Hotelwagen.

Sie sprach gar nicht. Der Hals war ihr wie zugeschnürt, die Brust wie gepanzert. Um so lebhafter war er. Er redete ununterbrochen und vom Gleichgültigsten. Aber in der Tat redete er nur, um die Verlegenheit dieser ersten Augenblicke zu überbrücken.

Es war doch immerhin ein merkwürdiges Wiedersehen. Die Gedanken schoben sich bei ihm durcheinander; sie galoppierten; sie tanzten. Verona war die zweite Station ihrer Hochzeitsreise gewesen. Damals hatten sie in der Colomba d'Oro gewohnt. Er erinnerte sich noch gewisser Einzelheiten. Julias Sarkophag war ihr eine große Enttäuschung gewesen, aber die Arena hatte sie entzückt. ... Dann dachte er an den letzten Abschied von ihr; an ihre heißen, tränenlosen Augen und die zuckenden Lippen. ...

Dann wieder an die Tage von Zochin. ... Es war doch ein merkwürdiges Wiedersehn.

»Hast du nur den einen Koffer?« fragte er, als die Facchini mit dem Gepäck kamen.

Sie nickte. »Ja – den Koffer und den Hutkarton. Fast schon zu viel für die paar Stunden. Ich möchte morgen wieder zurück.«

»Na na,« erwiderte er lächelnd, »so eilig ist es doch nicht. Wozu denn die Hetzjagd?«

»Ich habe zu Hause gar nicht gesagt, wo ich hinreise. ... Weißt du, ich wollte unnötigen Klatsch vermeiden. Es braucht ja niemand zu wissen, daß ich in Italien bin.«

»Natürlich nicht ...« Er stieg zu ihr in den Wagen und setzte sich auf den Rücksitz. Er schonte ihre Scheu. Sie vermied es, seinem Blick zu begegnen. Unter ihrem Schleier sah er noch immer verängstigte Züge und eine unruhige Verlegenheit. Aber jetzt begann ihn das zu amüsieren.

»Ich habe uns ein Diner bestellt,« sagte er; »du wirst hungrig sein.«

»Nein, gar nicht,« erwiderte sie hastig, »nicht die Spur ...« Und nach einer kleinen Pause fragte sie: »Wohnst du denn auch im Hotel Londres?«

»Jawohl. Selbstverständlich. Warum nicht?«

Sie antwortete nicht, und da fragte er noch einmal: »Warum soll ich denn nicht auch da wohnen?«

»Gott,« entgegnete sie und wurde sehr rot, »ich dachte nur ... Wenn uns zufällig Bekannte begegnen ... es könnte doch peinlich sein ...«

Er lachte fröhlich. »Beruhige dich. Ich habe mir die Fremdentafel angesehen. Es sind keine Bekannte da. ... Na – und wär's auch so. Es handelt sich ja um kein verschwiegenes Rendezvous, sondern um – sozusagen um eine geschäftliche Unterredung ...«

Nun schwieg sie wieder. Der Wagen fuhr über den Ponte Navi. Sie schaute auf das gelbe Wasser der Etsch; ihre Augen wanderten ruhelos umher.

Plötzlich wurde sie aufmerksamer. »Das Teatro nuovo,« sagte sie, »nun kommen wir gleich auf die Piazza d'Erbe.«

»Was du für ein gutes Gedächtnis hast!«

»Ja, das hab' ich. Im Teatro nuovo haben wir damals –« dies »damals« klang schwach und schüchtern – »›Aïda‹ gesehen.«

»Richtig!« rief er. »›Aïda‹! Verdi war dabei. Er saß in einer kleinen Orchesterloge, und das Publikum war wie rasend. Entsinnst du dich noch?«

»Ja ...« Und auf einmal fragte sie ganz unvermittelt: »Erich, nicht wahr, der junge Mann, von dem du mir telegraphiertest, ist Emmingen?«

»Herr von Emmingen – jawohl. Woher weißt du das?«

»Weil er Maxe schon in Berlin ein bißchen den Hof gemacht hat. Sie hat ihn auch öfters in ihren Briefen erwähnt. Du kannst ihn nicht leiden?«

»Das ist zuviel gesagt. Nur als Schwiegersohn paßt er mir nicht. Aber das sind Dinge, die wir in aller Ruhe besprechen können ...«

Der Wagen hielt vor dem Hotel an dem um diese Zeit stark belebten Corso S. Anastasia. Gerant, Portier und Kellner waren zur Stelle. Alles dienerte tief, und Magda wurde von neuem verlegen. Es war wirklich eine eigene Situation.

Göchhusen führte sie in ihre Zimmer.

»Ich wohne grade gegenüber,« sagte er. »Numro einundzwanzig ist der Salon. Da wollen wir essen. Es ist gemütlicher als unten. Ich habe italienische Kellner bestellt, so daß wir uns ungeniert unterhalten können ...«

Er hatte an alles gedacht.

»Ist dir halb sieben recht?« fragte er weiter.

Sie stand vor den Blumen am Mitteltisch. »Ganz recht,« erwiderte sie. »Sind die Rosen von dir?«

»Wenn du es nicht übel nimmst. Hier ist schon blühender Sommer.«

Es kam Bewegung in sie: sie sah ihn wieder durch das Medium seiner liebenswürdigen Sonderart, und es wurde ihr schwer, ihre Rührung zu meistern. Gut, daß er noch neben ihr stand. Da mußte sie sich zusammennehmen. Sonst wäre wahrhaftig ein Schluchzen in ihr aufgestiegen.

»Ich danke dir,« sagte sie freundlich.

Er zog sich zurück, um sich gleichfalls umzukleiden. Es ging diesmal auch ohne den Kammerdiener. Als er im Smoking vor dem Spiegel stand, um die Krawatte noch einmal zu binden, kam wieder ein Anflug von Eitelkeit über ihn. Aber es blieb nicht nur bei äußerer Betrachtung, sondern steigerte sich auch zu Beziehungslinien, die zu einem festen Wunsche führten. Er wollte ihr gefallen, er wollte es. Sie war noch eine sehr hübsche Frau, und, zum Teufel, er hatte nicht die Absicht, neben ihr in den Schatten zu treten. Er wollte zeigen, daß auch er noch etwas darzustellen vermochte – und, wie er sich so abermals im Spiegel sah, hatte er doch das Gefühl, daß ihm das gelingen könnte. Er nahm eine Bürste und glättete seinen Schnurrbart: auf die Schnurrbartspitzen hatte sie ihn zu guten Zeiten manchmal geküßt.

Und dann trat er von dem Spiegel zurück und warf mit rascher Bewegung die Bürste fort. Ach nein, albern wollte er nicht sein. In deine Schranken, lieber Erich! Sorge für ein annehmbares Gesamtbild, das versteht sich von selbst, aber verfall nicht ins Komödiantische. Ein alternder Geck ist immer ein Konterfei menschlicher Kleinheit – du bist zu schade für solches Spiel. ... Er begann ernster zu werden; er besann sich wieder auf sich selbst. Aber dann mußte er von neuem lächeln. Ihre anfängliche Befangenheit hatte etwas sehr Drolliges gehabt. Am liebsten wäre sie in einem andern Hotel abgestiegen. Und das gemeinsame Diner ... nun ja, es kam ja nicht alle Tage vor, daß man mit seiner geschiedenen Frau dinierte – aber etwas mußte sie doch essen – und er hatte auch Appetit – da setzte man sich eben zusammen. *Honny soit qui mal y pense.* ...

Er zog seine Uhr. Fünf Minuten vor halb sieben. Im Salon trug der Oberkellner schon die Suppenschüssel auf. Göchhusen musterte noch einmal den Tisch. Der war hübsch gedeckt. Das Zimmer war verdunkelt worden, die elektrischen Birnen brannten. Die Streublumen auf dem Damast verbreiteten einen angenehmen Duft; aber die große Jardinière in der Mitte des Tisches ließ Göchhusen fortnehmen. Sie störte.

Halb sieben. Göchhusen kontrollierte sich selbst und fand, daß er ein wenig in Unruhe war. In der Grundtätigkeit seines Wesens rührte sich etwas Fremdes oder lange unbekannt Gebliebenes. Eine Weichheit besonderer Art: keine Wehmut – eher ein Gefühl seltsam gedämpfter Freude, das seine Seele in Halblicht tauchte.

Es war schon eigen. Diese Frau war ja doch die Mutter seiner Kinder. ...

Nun trat sie ein, und er schritt ihr entgegen und küßte ihr die Hand. Sie trug ein Kostüm aus schwarzen Spitzen und eine Perlenkette um den Hals, die er kannte: sie war sein Brautgeschenk gewesen. Magda war wieder ein wenig verwirrt; sie versuchte zu lächeln, doch es gelang ihr schlecht; auf ihren Wangen stand ein schämiger Ton, ihr Blick flirrte umher.

»Hübsch,« sagte er. »Du hast dir deine Jugend bewahrt ...« Und dann lachte er. ... »Ich fange gleich mit Komplimenten an. Aber das wollen wir nicht. Um Gotteswillen. ... Nimm Platz, liebe Magda ...«

Allmählich verlor sich ihre Befangenheit. Er begann sofort harmlos zu plaudern, fragte nach allerlei: nach der Wohnung in der Regentenstraße, nach den alten Dienstboten, nach dem Papagei, kam dann auf Zochin und seinen gegenwärtigen Besitzer, auf Krempel und schließlich auf die Fidelitas in Palazzo Solazzi. Sein Ton war heiter und auf eine gewisse vertrauliche Güte gestimmt, die aber Maß zu halten wußte. Freundschaftliches Empfinden bildete den Grundbestand.

Als die Trüffeln serviert wurden, ging ein Lächeln über ihr Gesicht.

»Sieh da!« sagte sie.

»Nicht wahr?« entgegnete er schmunzelnd. »Mein leuchtendes Gedächtnis. Es gibt auch noch Gebirgsspargel. Die hast du in Chamouny mit Leidenschaft gegessen ...«

Sie schälte ihm eine Trüffel.

»Die Kinder haben nicht deinen Geschmack,« plauderte er weiter. »Allenfalls Beate. Maxe gar nicht. Brökelmann hat uns neulich mal zu einem kopiösen Diner geladen – zu einer Gesamtübersicht aller Finessen der Saison –, und da behauptete Maxe, sie zöge eine gesunde Hausmannskost vor. Sie fällt manchmal in das Kleinbürgerliche: aber das sei ein Reiz mehr an ihr, sagt Brökelmann.«

»Brökelmann scheint der Mittelpunkt eures venetianischen Kreises zu bilden.«

»So ungefähr. Ich hab' ihn sehr gern. Du nicht?«

»O doch. Aber ... hat dir Beate oder Elfriede nichts von ihm erzählt?«

»Was?«

»Lieber Gott, eine Kleinigkeit. Er hat jüngst um mich angehalten.«

»I der Tausend! Dieser Brökel! Das hätte ihm so gepaßt. Schau einer an!«

»Tu mir den Gefallen und verrate dich nicht –«

»Gott bewahre. Ich kann's ihm ja gar nicht verdenken. Es ehrt den Mann. Es zeugt von Geschmack. Ich taxiere, du hast eine ganze Menge Bewerber gehabt.«

»Nicht allzu viel. Wir haben ziemlich zurückgezogen gelebt.«

»Nun ja ... freilich ... immerhin, eigentlich ist es ein Wunder, daß du dich nicht wieder verheiratet hast.«

»Lieber Erich, die Kinder! Ja, wenn *sie* nicht gewesen wären ... ach nein, dann auch nicht ... Ich habe mich nicht wieder verliebt.«

»Wahrhaftig nicht? Nicht mal so ein ganz kleines bißchen?«

Ein rosa Schatten strich über ihre Wangen. »Ich glaube nicht. ... Ich mußte ja für die Kinder leben. Nun ist Elfriede versorgt. Bei Beate scheint die Kühlheit ihres Wesens die Männer abzustoßen. Sie ist eigentlich die hübscheste. Aber hat immer etwas Gemessenes, etwas Statuarisches möchte ich sagen. Sie ist zu herbe. Und Maxe ... ja, bist du denn sicher, daß Emmingen um sie anhalten wird?«

»Allem Anschein nach – auch nach dem, was ich von Krempel und Brökelmann andeutungsweise gehört habe.«

»Und weshalb magst du ihn nicht?«

»Lieber Gott, weil ... Aber nicht jetzt. Wir wollen alles Gewichtigere für nachher aufheben. Ich bin so froh. ... Also, Magda, ich muß dir ein Bekenntnis machen. Nimm es gnädig auf. Ich bin wahrhaftig glücklich, mit dir wieder einmal bei Tische sitzen zu können. ... Kellner, geben Sie uns ein Glas Champagner ...«

Sie neigte den Kopf über ihren Teller. Sie fühlte, daß sie flammend rot wurde – und genierte sich vor den Kellnern. Wenn die Leute auch wirklich nicht Deutsch verstanden (was immerhin fraglich war), so sahen sie doch den Ausdruck auf den Zügen Erichs. Ach nein, er mußte nicht so sprechen! –

Die Kelche waren gefüllt; er stieß mit ihr an.

»Auf alte Freundschaft,« sagte er.

Jetzt erhob sie rasch den Kopf. Kindisch sollte er sie nicht sehen. Morgen war sie ja schon wieder auf und davon.

»Da mache ich mit,« antwortete sie. »Auf alte Freundschaft. Warum nicht? – Böse – nein, wirklich böse bin ich dir auch nie gewesen.«

»Nie, Magda?«

»Nie. Es war ja nur ein Sturm von außen, der uns auseinandergebracht hat. Und auch während des Sturms warst du immer gut zu mir.«

»Ich konnte nicht anders,« erwiderte er sinnend. »Aber vielleicht wäre es besser gewesen, unsre Naturen hätten damals den Damm des Anerlernten durchbrochen. Wir waren beide zu nachgiebig. Ich – und auch du. Warum hast du mich nicht festgehalten?«

Diese Frage setzte sie in Erstaunen.

»Aber Erich,« rief sie, »ich wußte ja doch, daß ... Ich wußte ja doch, daß du dich nicht mehr von Wanda trennen wolltest! Wie konnte ich dich da halten?!«

»Ein Streit um Vergangenes, Magda. Meine Frage sollte auch kein Vorwurf sein. Aber ich gestehe dir, daß ich mir in späteren Zeiten zuweilen gesagt habe: wenn du stärker gewesen wärst in deinem Willen als ich, dann hätte sich alles andere fügen müssen. Denn *ich* war niemals stark von Willen – nur trotzig und eigensinnig. ... Das ist ja nun vorbei. ... Die arme Wanda ist tot – doch *wir* leben noch ... und hör' zu: wenn sie da oben thront zur Seite der Mater gloriosa und unter den seligen Büßerinnen und schaut herab auf uns beide – das weiß ich, daß sie Freude haben wird an uns – ja, das weiß ich. Unsre Becher sind voll, Magda: wir wollen sie auf ihr Andenken leeren.«

Sie tranken. Auch Magda leerte ihr Glas – langsam und schluckweise, aber bis auf den letzten Tropfen. Eine wunderliche Stimmung hielt sie umfangen, in der das Ich und das Absolute zum Schwinden kamen. Es war wie eine langsame Auflösung der sichtbaren Gegenwart in einen Unwirklichkeitszustand: wie ein Traumgefühl.

Sein Plaudern brachte wieder hellere Punkte; aber das Dämmerbewußtsein wollte bei ihr sich doch nicht völlig zur Klärung umgestalten. Es blieb das Empfinden von etwas Rätselhaftem. Wenn er scherzte, lachte sie mit; sie gab Antwort auf jede Frage; sie wurde auch kecker und verlor ihre Scheu. Doch zwischendurch stießen sich ihre Gedanken an der Wirklichkeit, und allerhand Fragen stiegen auf. Wo war sie eigentlich? Saß sie mit Erich am gleichen Tische? War das *ihr* Erich – der Erich von früher? Sein Blick, seine Geste, sein Lachen? Wo kam er her? War er denn je getrennt von ihr gewesen? ...

Es wurde rasch serviert. Magda war trotz ihrer Gegenversicherung bei gutem Appetit. Und trotz ihrer inneren Erregung und dem merkwürdig Traumhaften wuchs in ihr ein Gefühl des Wohlseins und der Behaglichkeit. Göchhusen war jetzt nicht mehr vorsichtig in seinem Gespräch; wenn er Wandas erwähnte, so geschah dies wie etwas ganz Natürliches, und wenn er von der Güte ihres Wesens erzählte, die über das vielgestaltige Problem ihrer Charakterentwicklung

Glanz gegossen hatte, so schlich sich ein warmes Empfinden auch in das Herz Magdas.

»Noch ein Glas Sekt?« fragte Göchhusen. »Oder einen Schluck guten Bordeaux als Abschluß? Da hatten wir früher einmal einen Mouton Rothschild, den du so gern trankst – vielleicht –«

Aber sie fiel lachend ein: »Nein, ich danke, Erich. Ich habe genug. Fast schon zu viel. Ich bin das nicht mehr gewöhnt.«

»Gut, Kind. Da schlage ich vor, daß wir den Kaffee drüben in deinem Salon nehmen. Inzwischen kann hier abgeräumt werden.«

Er gab den Kellnern Anordnungen. –

Drüben spielte Magda die Hausfrau. Sie achtete darauf, daß der Kaffeetisch sauber gedeckt wurde, setzte die Spiritusmaschine in Brand, goß Göchhusen einen Kognak ein. Er saß in einem Fauteuil und schaute ihr zu.

»Grad so wie immer,« sagte er. »Auch dieselben Bewegungen. Wie du das Streichholz mit geschlossenen Lippen auspustetest und das Likörglas erst gegen das Licht hieltest, um zu sehen, ob auch kein Staub darin wäre: das war genau so wie vor fünfzehn Jahren.«

»Ach ja, ich glaube, ich habe mich nicht sehr verändert. Oder höchstens in der Fasson. Doch auch da waren die Grundlinien schon gegeben.«

»Es fällt mir nicht ein, dir mit einem neuen Kompliment zu antworten. Aber ich muß dir doch sagen, daß ich angenehm enttäuscht bin. Ich verstehe Brökelmann. Und nun könnte ich beinahe eifersüchtig werden. Ha, dieser Brökelmann!«

»Er ist ein guter Kerl. Dein zorniges ›Ha‹ verdient er nicht. Er kam nicht einmal selbst, sondern ließ mir durch

Prokura seine Liebe erklären. .... Ja, Erich, können wir nun einmal über Maxe sprechen?«

»Natürlich. Aber erst setz' dich gemütlich hin. So eine gemütliche Stunde habe ich lange nicht verlebt. Komm hierher neben mich ...« Er zog wieder ihre Hand an seine Lippen. ... »Also, was nun? Maxe. Jawohl. Es scheint, daß sie den Emmingen begünstigt.«

»Das habe ich längst gemerkt. Und ich verstehe nicht recht, was du gegen ihn hast.«

»Persönlich nichts, Magda. Aber Maxe ist die letzte, die mir bleibt.«

»Du sprichst von unsrer Abmachung –«

»Nein. Nur von meinem begreiflichen Wunsche, für das Ende meines Lebens nicht allein bleiben zu brauchen.«

»Du willst dich wieder ankaufen?«

»Ja. Ich suche nach einem Besitz, der mir Arbeit und auch Ruhe schaffen soll. Aber ich graue mich vor dem Alleinsein.«

»Das verstehe ich. Nur darf Maxe nicht unter deinen Wünschen leiden. Sieh, ich war ja selber egoistisch genug, die Kinder nicht von mir zu lassen. Sie hatten ihre eigenen Pläne und wollten hinaus in die Welt. Das litt ich nicht, denn ich fürchtete mich geradeso vor Alleinsein wie du. Aber das Heiraten können wir ihnen doch unmöglich verbieten!«

»Eigentlich nicht. ... Da hat mir die Maxe gelegentlich etwas anvertraut. Ist es wahr, daß du Angst hast, ich würde noch einmal in eine neue Ehe kriechen?«

»Maxe ist indiskret,« erwiderte Magda errötend. »Wie kann man so etwas wiedererzählen! – Wenn ich davon gesprochen habe, so geschah es doch nur –«

»Ich weiß schon,« fiel er begütigend ein. »Die Erbschaft der Kinder. ... Sie würden nie zu kurz kommen. ... Aber nun denke auch mal darüber hinaus. Denke, daß ich mutterseelenallein auf meinem Besitze hausen soll. Daß ich niemanden habe, dem ich mich, anvertrauen kann. Das bezahlte Gesindel kommt nicht in Frage. ... Und ich bin doch nun einmal eine Anschlußnatur. Mich verlangt heute wie ehemals nach Zusammengehörigkeit. Und heute mehr noch als ehemals, denn ich bin älter geworden, und das Streben dem Draußen hat sich erheblich abgeschwächt. Ich bin nicht mehr so fahrig wie einst, ich bin konzentrierter geworden. Ja wahrhaftig, ich spüre in mir das Ruhebedürfnis des Alters –«

»Ach, Erich, sprich doch nicht immer vom Alter! Wenn man dich ansieht –«

»Bitte weiter!« drängte er lachend, als sie zu zögern schien; »nun sag' du mir ein paar Komplimente! ... Ich habe mich so leidlich gehalten – nicht wahr, das wolltest du ausführen? Der graue Kopf spricht nicht mit. Aber ein bißchen Elastizität ist immer noch da. Weder Rheuma noch Gicht, und auch kein Kalk in den Adern. Und nun erst das Herz. Anders geworden – natürlich. Keine Galoppsprünge mehr und kein Durchgehen in der Karriere. Eine Klopfmaschine von geregelter Tätigkeit. ... Also, Magda, was willst du eigentlich? Körper und Herz gesund – und auch die Seele ist durch ein Purgatorium gegangen: warum soll ich mich denn unter solchen Umständen nicht noch einmal verheiraten?!«

Sie wollte aufstehen, doch er hielt sie fest.

»Bleibe nur sitzen,« bat er. »Wir wollen das alles ohne große Gesten erledigen: Hand in Hand, als gute Freunde. Für die Kinder sorge ich, das steht fest. Es sind reiche Mädchen. Aber auch für mich selbst möchte ich sorgen. Würdest du es denn für so unbegreiflich finden, wenn ich mir für meine alten Tage noch eine geliebte Gefährtin suchen wollte?«

Sie schüttelte den Kopf.

»Nein, Erich – das nicht,« antwortete sie. »Ich möchte nicht, daß du mich mißverstehst. Ich dachte immer nur an die Kinder. Und allerdings – dabei schlüpfte auch eine Befürchtung mit unter. ... Ich kannte ja nur dein Wesen von früher – und ... Aber nein, das will ich nicht sagen. Ich will dir nicht weh tun.«

»Das tust du nicht. Magda, du tust mir nicht weh. Ich bitte dich, sprich dich aus!«

Sie nippte an ihrem Kognak, als wollte sie sich Mut trinken.

»Ich hatte eine gewisse Angst,« sagte sie dann rasch, »daß du mit einer neuen Heirat vielleicht wieder eine Dummheit machen könntest.«

»Aha! ...« Er neigte zustimmend den Kopf. ... »Na ja. ... Ich habe so manche hübsche Dummheit im Leben verzapft. ... Habe dem Bedürfnis nach vermeintlichem Glück immer zu schnell nachgegeben. ... Habe – – ha – be ... habe mir gewöhnlich selbst im Lichte gestanden und mehr Schätze vergraben, als notwendig war. ... Du vergißt nur eins: daß sich in mir doch eine Umkehrung vollzogen hat. Die brachte das Leben so mit sich. ... Nein, Magda: diese Angst war unnötig. Dummheiten mache ich nicht mehr.«

Sie nahm seine Hand und drückte sie fest.

»Wenn du mir das versprichst, Erich,« sagte sie mit tiefer Herzlichkeit, »dann bin ich aller, aller Sorgen ledig. Gewiß brauchst du wieder eine Frau. In deinem neuen Leben muß eine gute und treue Gefährtin um dich sein. Aber keine für einen kurzen Liebesrausch, sondern eine für immer. Eine, deren Liebe in die Tiefe geht und die dir auch Schutz ist. So eine, die sich nicht nur mit dir freut, sondern auch mit dir arbeiten kann: die dich an kleinen Torheiten hindert, denn, ich glaube, daß du noch immer eine arg verschwenderische Hand hast –«

»Ja, das sagt Maxe auch,« fiel er heiter ein. »Siehst Du wohl – und deine Frau müßte eben die Klugheit besitzen, so ein wenig erzieherisch auf dich einwirken zu können. Dürfte natürlich keine Philisterin sein – das wäre gräßlich –, aber mitunter ein Gegengewicht für deine splendiden Launen. Kurzum, eine Frau voller Liebe und auch von Erkenntnis: Gattin und Freundin und Mitarbeiterin.«

»Reizend!« rief Göchhusen. »O Gott, Magda, wenn ich eine solche Frau fände! ... Aber ich will ehrlich sein. In dieser hübschen Stunde sollst du keine Unwahrheit von mir hören. Ich *weiß* eine Frau, die grade so ist, wie du sie schilderst. Und die soll die Meine werden.«

Er hielt ihre Hände fest und schaute sie voll an: mit lachendem Auge, auch mit forschendem, und einem Blicke, der nach Ergründlichem zu suchen schien.

Da verblich ein wenig die Farbe ihrer Wangen, und sie senkte unwillkürlich die Lider.

»Erich,« stammelte sie, »wenn das wahr ist – wenn ... Ich würde so glücklich sein in deinem Glücke ...«

Und dann war ihr, als wollte ihr Herz einen Sprung tun. Dann war ihr, als erreichte ihre seltsame Traumbefangenheit eine schwindelnde Höhe und als wandelte sich das Nacheinander der Minuten in zeitlose Ewigkeit. Sie fühlte sich umschlungen und geküßt – es war wahrhaftig, als müsse sie sich gegen eine Ohnmacht sträuben.

Aber sie wurde nicht ohnmächtig. Sie hörte ihn deutlich sprechen:

»Magda, diese Frau bist *du*. ... Kleine Magda, ich schwöre dir zu: ich kam hierher, um gescheit und in aller Kühlheit mit dir zu verhandeln. Ich wollte die Maxe behalten. Aber du hast schon recht: das würde ein maßloser Egoismus sein. Lieber behalte ich dich. Es ist mir ganz klar, daß du die einzige Frau bist, die mir alles sein kann, was du selbst eben bei meiner Künftigen als notwendig erörtert hast. Und dann ist mir auch klar, daß ich besser als Brökelmann bin. Dem hast du gottlob abgewinkt – aber ich bitte dich: *mir* winke nicht ab. Ich bitte dich: mir winke *zu*!«

Sie sah in seine lachenden Augen, in denen noch immer etwas vom Glanz der Jugend stand, und wollte antworten. Aber es war seltsam: sie konnte nicht sprechen. Der Strom des Geschehens, der sie so unerwartet umbrauste, trieb tausend Wirbel. Sie rang nach Worten. Das war wirklich wahr: sie rang auch nach Luft. In dem Zusammenschießen der Gefühle verlor sie die Herrschaft über sich selbst.

Er kniete vor ihr nieder.

»Das ist unmodern,« sagte er; »aber ich knie doch, Magda. Ich will einmal verständig sprechen. Seien wir klug und weise. Dies Neufinden klärt auch die Situation. Ich brauch Maxe nicht mehr, wenn ich dich habe. Mag sie glücklich werden mit ihrem Emmingen. Wir werden wieder in Ordnung kommen. Wir legen Rosen auf das Grab Wandas – und reichen uns die Hände wie einst. .... Du sagst selbst, du seiest mir nie böse gewesen. Und ich, Magda, habe dir auch in der Zwischenherrschaft die alte Liebe bewahrt. Es gab ja nichts, was sie hätte töten können. Das ist ein fester Ausgangspunkt, ist klares Bewußtsein, ist Überzeugung. Wir haben uns getrennt – wir finden uns wieder. ... Ich werbe nicht mehr so stürmisch um dich wie das erstemal. Aber in größerer Treue. Sei wieder mein, Magda! ...«

Der Strom des Geschehens, der sie so unerwartet umbrauste, rieselte als warmer Quell durch ihr Herz. Die Sehnsucht nach Zärtlichkeit brach allmählich in ihr durch; das so lange Zurückgedrängte verlangte nach seinem Recht; es regte sich in allen Tiefen, und neue Lebensgefühle kamen in rauschenden Fluß. Und während Tränen ihre Wangen netzten, schlang sie ihre Arme um seinen Hals und küßte den Vater ihrer Kinder.

Zwei Tage später, um die Dämmerung, kehrte Maxe in starker Erregung von einem Besuche San Marcos in den Palazzo Solazzi zurück und rief nach den Schwestern.

»Ich muß euch sprechen,« sagte sie heftig. »Gleich. Auf der Stelle. Sofort!«

»Herrjeh!« rief Elfriede, »was ist denn los?!«

»Alles mögliche. Ich bitte euch, fragt nicht lange, sondern kommt in mein Zimmer.«

»Sollen wir Woldemar benachrichtigen?«

Maxe schwankte einen Augenblick. »Nein,« antwortete sie dann. »Wir wollen unter uns bleiben. Auch Krempel ist nicht nötig. Wir wollen allein sein. Nun heißt es einen neuen Schicksalsfaden spinnen. Aber da brauchen wir geschickte Hände, denn diesmal ist es der Faden meines eigenen Glücks ...«

Die drei ließen sich im Zimmer Maxes nieder. Sie zündeten nicht erst das elektrische Licht an. Sie blieben in der Dämmerung.

»Mir ahnt schon, was kommen wird,« sagte Beate.

»Mir auch,« antwortete Elfriede.

»Nun also,« entgegnete Maxe, »da seid Ihr ja vorbereitet. Eben hat mich Emmingen gefragt, ob er bei dem Papa um mich anhalten darf. ... Ich war mit ihm in San Marco. Wir wollten uns die Schatzkammer ansehen. Aber da ist nicht viel zu sehen. Und dann gingen wir in die Krypta. Da machte es sich so ...«

317

Die Schwestern standen auf und küßten Maxe.

»Gratuliere,« sagte Elfriede, »es war vorauszusehen.«

»Gratuliere dito, liebes Kleinchen,« fügte Beate hinzu. »Aber vorauszusehen war es nicht. Wenigstens nicht vor einem Vierteljahr. Da erklärtest du dich entschieden gegen den jetzigen Eroberer.«

»Damals ist nicht jetzt,« sprach Maxe weise. »Damals war er auch noch anders. Damals ... Aber ich meine, wir bleiben bei dem Zustand der Gegenwart.«

»Und bei dem Mysterium von heute,« erklärte Beate. »Wir wollen mit axiomatischer Gewißheit feststellen, daß Ihr euch liebt.« »Das genügt nicht,« entgegnete Elfriede; »wir müssen feststellen, daß Ihr euch zu heiraten wünscht. Da habt Ihr uns alle auf eurer Seite, auch die männlichen Freunde unsres Hauses, auch das Brökelgeschöpf; nur einen nicht – gerade den Wichtigsten nicht, den Ausschlaggebenden –«

»Den Papa,« ergänzte Maxe. »Ich weiß es. Die Freunde haben es dem Freunde anvertraut. Brökelmann und Krempel haben Emmingen rechtzeitig gewarnt – und er ist auf seiner Hut. Aber das nützt nicht viel. Er ist der Ansicht, daß, wenn wir beide festhalten, der Papa schließlich nachgeben *muß*. Ich teile diese Ansicht nicht. Papa kann sehr hartköpfig sein. Was dann? Redet, Schwestern. Denkt an den Schwur bei unserm Dionysischen und steht mir mit Rat und Tat bei ...«

Die Schwestern verfielen in Sinnen, und Falten rankten sich auf ihren Stirnen. Sie hätten Maxe ja so gern geholfen – aber es hielt schwer. Sie wußten, der Papa hatte es sich in den Kopf gesetzt, die Jüngste vorläufig noch bei sich zu behalten. Und es war nicht anzunehmen, daß er so ohne weiteres seinen Plan aufgeben würde.

»Ich denke,« begann Beate, »daß wir abwarten müssen. Zunächst wird Papa natürlich ›Nein‹ sagen. Aber man muß immer wieder zu bohren versuchen. Wir können ja alle bohren. So eine Masse Bohrwürmer erreichen schon etwas.«

»O ja,« gab Elfriede zu. »Aber es muß auch noch ein Trumpf dabei sein. Die Sache liegt doch so, daß Papa einfach keine Lust hat, allein zu bleiben. *Wer* ihm sozusagen den Haushalt führt, wird ihm ziemlich egal sein. Natürlich käme da zuerst die Unverheiratete an die Reihe: also Beate.«

»*Merci!*« rief Beate, »ich binde mich nicht.«

Nun stand Maxe auf und setzte sich neben Beate auf den Teppich.

»Atichen,« sagte sie in süßem Bettelton, »da Friedel doch schon davon gesprochen hat: warum willst du mir denn nicht den Gefallen tun? Du siehst ja doch, was es für ein reizendes Leben bei dem Papa ist – und du hast auch immer Neigung für ein Dasein auf großem Fuße gehabt. Wenn Papa erst seine Herrschaft hat, kannst du die Lady spielen, soviel dir beliebt – und dann werden auch die Anbeter in Scharen kommen: der ganze junge Landadel, Barone und Grafen und vielleicht sogar ein Prinz, denn du bist ja reich.«

»*Merci,*« erwiderte Beate noch einmal, »ich will gar nicht wegen meines Geldes geheiratet werden. Ich bin auch keine Landpomeranze, liebe Kinder, und würde es vorziehen, ein Palais in Berlin zu besitzen, eine Villa auf der Isle of White –«

»Und einen Palazzo in Venedig,« fiel Elfriede ein.

»Warum nicht?« Beate lachte. »Brökelmann hat mir schon angeboten, den Palazzo Solazzi kaufen zu wollen, wenn er mir gefiele.«

Maxe schnellte in die Höhe. »Beate, die Wahrheit!« rief sie. »Hat Brökelmann –«

»Nein, er hat nicht. Er hat mir nur von seinen Zukunftsplänen erzählt, und ich leugne nicht, daß sie mich interessiert haben. Aber zwischen Interesse und ... Doch halten wir uns nicht auf und bleiben wir bei der Sache. Maxerle, mein Kleining, ich würde ja gern an deine Stelle treten und bei dem Papa bleiben – aber ich fürchte, ganz abgesehen von meinen persönlichen Neigungen, daß er sich daraus nicht viel machen würde. Ich bin nicht ein Hätschelkind so wie du. Ich habe nicht die Zärtlichkeit und das Anschmiegende – habe alles das nicht, was er gern hat. ... Nein, wir müssen einen andern Plan fassen. Wir müssen die *Mama* zu Hilfe kommen lassen.«

»Bravo!« rief Elfriede. »Das wäre das Richtige. Sie hat Emmingens Kurmacherei eigentlich immer begünstigt – und sie wird standhaft für Maxe eintreten.«

Maxe nickte. »Natürlich. Daß wir nicht gleich auf den guten Gedanken gekommen sind! ... Mir hat Papa einmal gesagt, er würde sich nur mit einer Heirat meinerseits einverstanden erklären, wenn auch die Mama dafür wäre ...« Sie sprang an die Wand und drehte das elektrische Licht auf. ... »Nun soll es hell werden! Die Mama muß her! Unser Muttchen wird mich nicht im Stiche lassen.«

»Schreib ihr gleich,« riet Elfriede.

»Ich telegraphiere,« sagte Maxe. »Vielleicht halten die Geschäfte Papa noch für längere Zeit in Verona fest. Dann hätten wir die Mama schon hier, ehe er zurück ist, und könnten sie vorbereiten. Wir quartieren sie im Hotel Britannia ein –«

»Warum nicht auch bei Danieli?« fragte Elfriede.

»Das geht nicht – wegen Brökelmann.«

»Der nähme das nicht übel,« sagte Beate. »Aber 's ist recht. Telegraphiere. Es eilt dir wohl sehr, Maxerle?«

Über Maxes Gesicht huschte ein Rosenrot. Sie krauste die Lippen. »Ich möchte wissen, ob es *dir* bei solcher Gelegenheit nicht auch eilen würde,« entgegnete sie schmollend. »Ich sehe doch Emmingen die nächsten Tage nun gar nicht. Er ist viel zu wohlerzogen, jetzt zu mir zu kommen, wo Papa noch nicht seine Einwilligung gegeben hat. Das würde auch Woldemar nicht leiden. Der ist gradeso. Eine gräßliche Korrektheit. Also eilt's mir selbstverständlich – sogar sehr.«

»Kann ich dir nicht übelnehmen,« entgegnete Elfriede. »Soll uns Woldemar die Depesche aufsetzen?«

»Nur nicht gleich alles den Männern auf die Nase binden,« riet Beate. »Warum denn auch?«

»Wär's nicht richtiger?«

»Nein,« sagte Maxe, »das ist *meine* Sache – und *ich* werde sie durchführen.«

Sie setzte sich an ihren Schreibtisch und rief die Schwestern heran, die ihr helfen sollten, das Telegramm zu stilisieren. Da kam denn folgendes zustande:

»Bedarf in einer zu Papa gegensätzlichen Herzensangelegenheit dringend Deines persönlichen Beistands. Da Papa geschäftlich abwesend, sofortiges Herkommen erwünscht. Umgehende Drahtantwort erbeten, um Dir Zimmer Hotel Britannia zu bestellen. Maxe.«

Man hätte aus Sparsamkeitsgründen gern noch ein Wort gestrichen, aber wollte auch nicht unklar sein. Maxe selbst trug das Telegramm auf das Postamt, da sie es keinem der Diener anvertrauen mochte. –

Nun wartete man am nächsten Vormittag in Bängnis auf die Antwort. Die traf auch ein, aber sie jagte den Mädchen

einen gewaltigen Schrecken in die Glieder. Sie lautete nämlich:

»Gnädige Frau seit Donnerstag abend verreist, unbekannt
wohin. Wollte gestern abend zurück sein, haben sie aber
vergebens erwartet. Sind alle in großer Sorge. Genander.«

Die Mädchen gerieten in Aufregung. Das war ja eine rät-
selhafte Geschichte! Die Mama abgereist, »unbekannt wohin«!?

»Wohin kann sie nur sein?« rief Elfriede klagend.

»Unbekannt,« rief Maxe verzweifelt zurück. »Du siehst
ja, was Genander telegraphiert! Lieber Gott, es wird doch
kein Unglück passiert sein?!«

»Nur immer Ruhe,« mahnte die verständige Beate. »Wir
wollen versuchen, der Sache auf den Grund zu gehen.
Auffallend ist zunächst, daß sie nicht hinterlassen hat, wohin sie gereist ist.«

»Das tut sie sonst immer,« sagte Elfriede. »Natürlich ist
das auffallend. ... Sie wird doch nicht etwa irgendwo – irgendwo eine heimliche Liebe sitzen haben?«

»Das wäre das, was wir bei ihr erstrebten – bloß ohne
Heimlichkeit. Aber es ist Unsinn. Daran ist gar nicht zu
denken. Die Mama läßt sich auf verschleierte Liebesaventi-
uren nicht ein. Das Rätsel des Wohin ist vorderhand nicht
zu lösen. Fragt sich weiter, warum sie zur angegebenen
Stunde nicht zurückgekehrt ist.«

»Habt Ihr die letzten Zeitungen gelesen?« fragte Maxe in
hastiger Unruhe. »Ist vielleicht ein Eisenbahnunfall
passiert? Ein Zusammenstoß? Eine Entgleisung?«

»Ach was – man braucht nicht gleich an ein Unglück zu
denken,« versetzte Beate. »Irgendein Zufall kann mitsprechen. Aber nun bin ich doch dafür, daß wir die Männer
benachrichtigen.«

»Dann muß ich ihnen ja *alles* sagen!« rief Maxe. »Auch das von Emmingen!«

»Es schadet nichts. Woldemar wird ein bißchen schimpfen, daß wir ihn nicht ins Vertrauen gezogen haben – aber das schadet nichts ...«

Hartwig schimpfte wirklich ein wenig. Er war der bestallte Hausverweser, war im Augenblick das Haupt der Familie: da hätte man ihm von allem Vorgefallenen Mitteilung machen müssen. Trotzdem umarmte er Maxe, beglückwünschte sie und versprach ihr, sich auch seinerseits ihrer Herzensangelegenheit als getreuer Schwager annehmen zu wollen.

Dann hielt man großen Rat. Krempel war dabei: am letzten Tage seines Urlaubs und schon in fiebriger Reisestimmung und mit Augen voll Sehnsucht. Auch Brökelmann tagte mit. Er war zufällig gekommen: mit einem großen Buschen Rosen für Maxe und einem zierlichen Veilchenstrauß für Beate. Man hielt ihn fest: er gehörte ja zu den Intimen und war eine praktische Natur.

Aber auch er konnte weder Rat noch Aufschluß geben. Tröstendes sagte er viel: das nützte nur nichts. Krempel war der Ansicht, Genander zu depeschieren, er solle sofort ein Telegramm senden, wenn Frau von Göchhusen wieder eingetroffen sei. Im übrigen fahre er ja morgen nach Berlin zurück und wollte gleich nach der Regentenstraße gehen, um nötigenfalls die Recherchen nach der Verschwundenen ungesäumt einzuleiten.

Doch das alles genügte den Schwestern nicht. Sie hatten sich in heftige Sorge hineingeredet. Besonders Maxe befand sich in großer Aufregung. Ihr fehlte auch Emmingen; der hätte sicher einen verständigen Vorschlag gehabt. Dicke Tränen standen in ihren Augen.

»Wenn wenigstens der Papa hier wäre!« rief sie.

»Benachrichtigen wir ihn,« entgegnete Brökelmann. »Ich würde das sowieso in der Ordnung halten.«

»So ist es,« gab Hartwig zu.

Auch Maxe stimmte bei. »Das ist unsre Pflicht,« sagte sie. »Es spricht auch nicht mit, daß die beiden getrennt voneinander leben. Er ist unser Vater.«

Man wußte, daß Göchhusen nach Verona gereist, kannte jedoch nicht das Hotel, in dem er abgestiegen war. Holm wurde gerufen.

»Hotel Londres,« berichtete er. »Ich habe es notiert. Herr von Göchhusen hat mir aber anbefohlen, ihm nur das Allerwichtigste nachzusenden. Liegt etwas vor, wenn ich fragen darf?«

Nein, sagte man ihm. Und dann setzte man abermals ein Telegramm auf:

»Genander telegraphiert aus Berlin, daß Mama Donnerstag abend unbekannt wohin abgereist und zur bestimmten Zeit nicht zurückgekehrt sei. Man sei dort in Sorge um sie. Wir hier auch. Drahtantwort, ob Du für richtig hältst, daß ich selbst Berlin reise. Hartwig.«

Zur gleichen Zeit sandte man auch noch ein dringendes Telegramm an Genander ab, mit der Anfrage, ob Frau von Göchhusen immer noch nicht zurück sei.

Und nun mußte man wiederum warten. Das waren schreckliche Stunden. Maxe wandelte gespensterhaft herum; ihre rasch arbeitende Phantasie erging sich in hundert romantischen Vermutungen. Brökelmann war im Palazzo geblieben. Er erklärte, nicht von der Stelle zu weichen, ehe in die Angelegenheit nicht Licht gefallen sei. Erklärte auch, an Stelle Hartwigs nach Berlin fahren zu wollen, denn Krempel trage das Herz voll Liebe und Leidenschaft und sei daher in praktischen; Dingen nicht zuverlässig. Und dabei wich Brökelmann nicht von der Seite Beates.

In der vierten Nachmittagsstunde trat der Diener ein, ein Telegramm auf silbernem Teller.

Alles stürzte ihm entgegen. Maxe riß die Depesche von der Platte.

»Woher?« schrie Elfriede.

»Aus Verona!« schrie Maxe zurück.

»Lies vor!«

Das Blatt zitterte in Maxes Händen. Wieder standen Tränen in ihren Augen.

»Ich kann nicht lesen,« klagte sie, »ich kann nicht sehen – ich –«

»Geben Sie her, Fräulein Maxe.« ... Brökelmann nahm ihr das Telegramm ab.

Er überflog es rasch. Ein seltsames Lächeln trat auf sein Gesicht. Dies Lächeln war kein gewöhnliches. Es hatte umspannenden Zusammenhang. Es hatte den Ausdruck verblüfften Staunens als Ausgangspunkt, und dann kam ein Vordringen schalkischer Freude, ein behäbiges Schmunzeln, und dann wurde es breit und äußerst lustig. »Meine Herrschaften,« sagte er, »ich bitte, stehen Sie fest. Eine überraschende Neuigkeit. Herr von Göchhusen telegraphiert aus Verona: ›Mama ist hier, ich bringe sie morgen mit.‹«

Die drei Schicksalsspinnerinnen brauchten sich nun nicht mehr um die Zukunft der Mutter zu kümmern. Über sie hinweg hatte eine lebendigere Kraft die Fäden geknüpft und Vergangenes mit blühender Gegenwart verbunden.

»Geheimnis des Fatums,« sagte der Kommerzienrat zu Emmingen. »Aber Gott sei Dank keine Beugung unter eine Ordnung kalter Gewalten, sondern ein neuer Aufbau im

Sonnenschein: die Fundamente zu einem Reich von Vernunft und Liebe. ... Ich geben meinen Segen, Emmingen, trotzdem ich im Schatten geblieben bin. Jawohl, im Schatten. Aber auch ich wittre Morgenluft und sehe, wie in weiter Ferne der Schatten sich aufhellt. Ich bin kein Fatalist – das ist eine zu bequeme Nachgiebigkeit. Ich werde doch noch mein Schicksal packen und es mir untertänig machen. Ich liebe diese Leute, weil sie so glücklich sind, und an ihrem Glück möchte ich teilnehmen. Möchte? – ach nein, ich *will* es ...«

In der Tat: das Glück war groß. Magda war im Hotel Britannia untergebracht worden. Göchhusen hielt dies zwar für eine unnötige Verbeugung vor dem rein Konventionellen und behauptete, daß man auch im Palazzo Solazzi das Herkömmliche zu wahren wisse; doch Magda wollte es nicht anders. Sie war einverstanden, daß die Formalitäten zu der Wiederverheiratung beschleunigt wurden: so lange aber wünschte sie nicht mit Göchhusen unter einem Dache zu wohnen. Schon nicht aus Rücksicht auf die Kinder; um der Welt und um ihrer selbst willen nicht. Doch tagsüber war sie von früh bis spät in dem Palazzo am Großen Kanal. Es gab ja so viel zu erzählen und zu beraten – und von früh bis spät schallte fröhlicher Stimmenlärm durch das alte Haus, und selbst das strenge Gesicht des heiligen Franciscus Giorgiones schien sich zu einem Lächeln verklären zu wollen.

In Berlin wußte man noch nichts von dem Vorgefallenen. Aber man ahnte mancherlei. Genander hatte verzweiflungsvoll zurücktelegraphiert, die gnädige Frau sei immer noch nicht da. Man tröstete ihn auf elektrischem Wege: die gnädige Frau sei in guter Obhut bei ihren Kindern in Venedig. Und da wurden in der Regentenstraße die Augen hell und die Ohren spitz. Herrjeh, da unten?! Da war ja aber der Herr von Göchhusen auch. ... Und die Vegesack erzählte von einem Geheimen Kalkulator, der von seiner Frau zweimal geschieden worden war und sie wahrhaftig immer wieder geheiratet hatte. So etwas kam vor ...

Es fing nun an, heiß in der Lagunenstadt zu werden. Auf dem Lido war es ja noch ganz erträglich, und das Meer nahm man denn auch gehörig in Anspruch. Nur Magda konnte sich nicht zu den Strandpromenaden im Badekostüm entschließen; das hätte sie um die Welt nicht getan. Sie fand das in hohem Grade genierlich und ließ an Beates Baderock in aller Heimlichkeit noch einen Saum annähen, obwohl er eigentlich schon lang genug war. In der Stadt aber brütete Sommerhitze über den Kanälen, und die Moskitos suchten nach Opfern. Es war Zeit, daß man daran dachte, weiter nordwärts zu wandern. Emmingen hatte sich Nachurlaub erbeten. Begründung: Verlobung. Da sah man auf seiner Gesandtschaft denn ohne weiteres die Wichtigkeit des Gesuches ein. Exzellenz, der Gesandte, gratulierte in einem freundlichen Handschreiben und ließ durchblicken, daß die Beförderung Emmingens zum Legationsrat in Aussicht stehe. Aber weiter wisse er auch noch nichts. Honduras schwebte am Horizont, vielleicht auch Nicaragua, vielleicht das schwarze Haiti. »Ist mir wurscht,« sagte Maxe »ich gehe mit dir bis an das Ende der Welt ...«

Brökelmann hatte den Palazzo Solazzi mit allem Inventar und mitsamt dem Giorgione auf drei Jahre gemietet und sich das Vorkaufsrecht vorbehalten. Es war eine Laune von ihm. Er meinte, daß er für seinen lippeschen Adel etwas tun müsse. Dieser Palast aus der Hochrenaissance bilde ein angenehmes Gegengewicht zu dem Milchhandel in Zochin. In der Milch liege immerhin eine gewisse Zerflossenheit: dies ragende Bauwerk aber predige Methodik und Durchbildung. Er dachte auch an eine Cottage auf der Isle of White. Auf der Isle of White war er noch nie gewesen. Aber er schwärmte plötzlich für dieses Eiland. ...

Also ja: man begann die Abreise von Venedig in Betracht zu ziehen. Die Villa in Ballanza wollte Göchhusen

vorläufig noch behalten. Auch das Haus in der Regentenstraße. Aber da sollten die Mitmieter heraus. Und dann
wollte man Umschau nach einem geeigneten Landbesitz
halten.

Er hätte es am liebsten gesehen, wenn seine neue
Eheschließung auf dem deutschen Konsulat in Venedig
vollzogen worden wäre. Doch Magda sträubte sich dage-
gen. Das war nicht hübsch. Das sah so schrecklich eilig aus.
Man hatte ja Zeit; auch wünschte sie mit Bestimmtheit eine
kirchliche Einsegnung. Da hatte Brökelmann nun eine
Bitte. Er bat Magda, sich von Warmuth trauen zu lassen.
Man würde ihm eine große Gefälligkeit damit erweisen.
Dieser Superintendent habe sich in so liebevoller Weise
seiner angenommen und so kräftig seine Interessen vertreten, daß er es ihm gönne, in dem befreundeten Hause das
Ehrenamt auszuüben.

So stand denn alles fest: zunächst die Göchhusensche
Hochzeit und im Herbst die Doppelhochzeit von Elfriede
und Maxe.

Bis dahin war auch Krempel glücklicher Ehemann. Er
schrieb verzückte Briefe an Maxe; er schrieb in Dithyram-
ben: er war ganz Dionys.

Kurz vor dem Aufbruch aus Venedig hatte Brökelmann
die Freunde noch einmal zu einem Diner zu Danieli geladen. Das sollte das große Verlobungsmahl sein, und dabei
ließ er es sich denn auch nicht nehmen, eine seiner schönen
Reden zu halten.

»Meine Damen und Herren,« sagte er, den gewichtigen
Leib einziehend, um ein wenig schlanker zu erscheinen,
»liebe Freunde insgesamt! Ich habe schon neulich einmal
Herrn von Emmingen darüber gesprochen, daß ich selten
im Leben einem Kreise so glücklicher Menschen begegnet
bin, wie Ihnen. Zum Glücklichsein gehört vor allem ein
Glückbedürfnis. Das schafft Glücksmöglichkeiten, und ich

weiß von mir selber, wie sich die auch auf die Umgebung übertragen. Kein Menschenleben bleibt ohne Stürme; auch Ihnen sind sie nicht erspart geblieben. Aber der Wirkung solcher Stürme ausweichen zu können und hinter den Wetterwolken schon wieder die Sonne zu sehen: das ist das Geheimnis der glücklichen Leute. Ich sage nicht: der Starken. Denn die sind schwereren Bluts. Ich spreche von denen, deren Wesensart zur Freie des Himmels strebt, die nicht von der Erdschwere niedergedrückt werden, die sozusagen zu schweben verstehen wie Fortuna selbst auf ihrer rollenden Glückskugel. Die sind beneidenswert, denn ihre kleinen Freuden verlegen dem großen Leid den Weg. Sie kennen den Wert des Vergessens: sie leben immer nur vorwärts, nicht rückwärts. Und sie leben mit Anmut, getragen von dem Optimismus ihrer Natur, der eine farbige Kraft des Bildens in ihnen schafft wie auf der Höhe attischer Zeiten. ... Gewiß, ich habe Respekt vor den großen Kämpfern, die in ewigem Ringen sich ihre Welt erobern. Aber meine Liebe gehört den Frohen, die Glück zu nehmen und zu geben verstehen, den Menschen mit freudiger Daseinsbejahung und mit der Lust am Leben. ... Ich trinke auf Euer Wohl, Ihr glücklichen Leute!«